August 1869: Ein verschlafenes Bauerndorf an der Westküste Schottlands wird von einem brutalen Dreifachmord erschüttert. Der Täter ist rasch gefunden. Doch was trieb den 17-jährigen Roderick Macrae, Sohn eines armen Landwirts, dazu, drei Menschen auf bestialische Weise zu erschlagen? Während Roddy im Gefängnis auf seinen Prozess wartet, stellen die scharfsinnigsten Ärzte und Ermittler des Landes Nachforschungen an, um seine Beweggründe aufzudecken. Ist der eigenbrötlerische Bauernjunge geisteskrank? Roddys Schicksal hängt nun einzig und allein von den Überzeugungskünsten seines Rechtsbeistandes ab, der in einem spektakulären Prozess alles daransetzt, Roderick vor dem Galgen zu bewahren.

GRAEME MACRAE BURNET, geboren 1967 in Kilmarnock, Schottland, studierte Englische Literatur in Glasgow. Er schreibt seit seiner Jugend und wurde 2013 mit dem Scottish Book Trust New Writer's Award ausgezeichnet. Mit »Sein blutiges Projekt« schaffte er 2016 den Sprung auf die Shortlist des renommierten Booker-Preis. Graeme Macrae Burnet zählt zu den außergewöhnlichsten Stimmen der internationalen Krimiszene, seine Bücher wurden in über zwanzig Sprachen übersetzt. Er lebt und arbeitet in Glasgow.

Sein blutiges Projekt

Der Fall Roderick Macrae

Herausgegeben und mit einem Vorwort versehen
von Graeme Macrae Burnet

Aus dem Englischen
von Claudia Feldmann

btb

Die englischsprachige Originalausgabe erschien 2015 unter dem Titel
»His Bloody Project: Documents Relating to the Case of Roderick
Macrae« bei Contraband, einem Imprint von Saraband, Glasgow.

The translation of this book was made possible with the financial help
of Publishing Scotland's translation fund.

Die Übersetzerin dankt dem Deutschen Übersetzerfonds
für seine freundliche Unterstützung.

Sollte diese Publikation Links auf Webseiten Dritter enthalten,
so übernehmen wir für deren Inhalte keine Haftung,
da wir uns diese nicht zu eigen machen, sondern lediglich auf
deren Stand zum Zeitpunkt der Erstveröffentlichung verweisen.

Verlagsgruppe Random House FSC® N001967

1. Auflage
Genehmigte Taschenbuchausgabe März 2020
btb Verlag in der Verlagsgruppe Random House GmbH
Neumarkter Straße 28, 81673 München
Copyright © 2015 by Graeme Macrae Burnet
Copyright © der deutschsprachigen Ausgabe 2017
by Europa Verlag GmbH & Co. KG, München
Covergestaltung: semper smile, München nach einem Entwurf
von Hauptmann & Kompanie Werbeagentur, Zürich,
unter Verwendung eines Fotos von Mark Owen
Covermotiv: © Mark Owen / Trevillion Image
Druck und Einband: GGP Media GmbH, Pößneck
MK · Herstellung: sc
Printed in Germany
ISBN 978-3-442-71616-6

www.btb-verlag.de
www.facebook.com/btbverlag

INHALT

Vorwort 8

Aussagen der Einwohner von Culduie 15

Karte von Culduie und Umgebung 22

Die Aufzeichnungen von Roderick Macrae 23

Medizinische Gutachten 192

Auszug aus *Reisen in das Grenzland des Wahnsinns*
von J. Bruce Thomson 196

Der Prozess 232

Epilog 334

Dank 342

*Die Mühle arbeitet am besten,
wenn der Mahlstein schartig ist.*

Sprichwort
aus dem schottischen Hochland

VORWORT

Ich schreibe dies auf Anraten meines Rechtsbeistands, Mr. Andrew Sinclair, der mir seit meiner Inhaftierung hier in Inverness mit einer Freundlichkeit begegnet, die ich gewiss nicht verdiene. Mein Leben war kurz und ohne große Bedeutung, und ich habe keineswegs die Absicht, mich der Verantwortung für die Taten, die ich begangen habe, zu entziehen. Dass ich diese Worte zu Papier bringe, entspringt also lediglich dem Wunsch, mich für die Freundlichkeit meines Rechtsbeistands erkenntlich zu zeigen.

So beginnen die Aufzeichnungen von Roderick Macrae, einem siebzehn Jahre alten Crofter[1], der angeklagt wird, am Morgen des 10. August 1869 in seinem Heimatdorf Culduie in Ross-shire drei Menschen brutal ermordet zu haben.

---

1 schottischer Kleinbauer, der als Pächter des jeweiligen Gutsherrn ein Stück Land für den Eigenbedarf bestellt

Ich möchte den Leser nicht unnötig aufhalten, doch erscheinen mir ein paar Anmerkungen zum Verständnis des hier zusammengetragenen Materials hilfreich. Wer direkt mit den eigentlichen Dokumenten beginnen will, kann dies selbstverständlich tun.

Im Frühjahr 2014 machte ich mich daran, ein wenig mehr über meinen Großvater Donald »Tramp« Macrae herauszufinden, der 1890 in Applecross geboren wurde, zwei oder drei Meilen nördlich von Culduie. Während meiner Recherchen im Highland Archive Centre in Inverness stieß ich auf ein paar Zeitungsausschnitte, in denen es um den Prozess von Roderick Macrae ging, und mithilfe von Anne O'Hanlon, der dortigen Archivarin, entdeckte ich schließlich das Manuskript, das den größten Teil dieses Buches einnimmt.

Roderick Macraes Aufzeichnungen sind in vielerlei Hinsicht bemerkenswert. Verfasst wurden sie im Gefängnis von Inverness Castle, vermutlich in der Zeit vom 17. August bis zum 5. September 1869, während Roderick auf seinen Prozess wartete. Viel mehr noch als die eigentlichen Morde sind es Rodericks Niederschriften, die diesen Fall zu einer *cause célèbre* gemacht haben. Die Aufzeichnungen – oder zumindest die aufsehenerregendsten Teile davon – wurden später in zahllosen Groschenheften abgedruckt und sorgten für hitzige Debatten.

Vor allem unter den Literaten Edinburghs bezweifelten viele ihre Echtheit. Rodericks Bericht weckte Erinnerungen an den *Ossian*-Skandal Ende des 18. Jahrhunderts, als James Macpherson behauptete, er hätte dieses bedeutende Epos der gälischen Dichtkunst gefunden und übersetzt. *Ossian* wurde alsbald zu einem Klassiker der europäischen Literatur, doch später fand man heraus, dass es eine Fälschung war. Für Campbell Balfour war es laut seinem Artikel in der *Edinburgh Review* »kaum glaubwürdig, dass ein einfacher, ungebildeter Bauer ein so umfangreiches und sprachgewandtes Schriftstück verfasst […] Die Aufzeichnungen sind eine Fälschung, und diejenigen, die diesen erbarmungslosen Mörder als eine Art edlen Wilden rühmen, werden alsbald mit rotem Kopf dastehen.«[2] Für andere waren sowohl die Morde als auch die Aufzeichnungen ein Beweis für die »schreckliche Barbarei, die in den nördlichen Gebieten unseres Landes noch immer herrscht und gegen die weder die unverdrossenen Bemühungen unserer Geistlichen noch die umfangreichen Verbesserungen[3] der letzten Jahrzehnte etwas ausrichten konnten.«[4]

Wieder andere sahen in den Ereignissen, die in den Aufzeichnungen geschildert wurden, einen Beweis für die Ungerechtigkeit der Feudalherrschaft, die die Kleinbauern des Hochlands noch immer erdulden mussten. Obwohl er die Taten als solche keineswegs entschuldigte, sah John Murdoch, der spätere Gründer der radikalen Zeitung *The Highlander*, in Roderick Macrae »einen Mann, der von einem grausamen System an den Rand des Wahnsinns getrieben wurde – und sogar darüber hinaus. Einem System, das aus Menschen, die eigentlich nichts weiter wollen, als auf einem gepachteten Stück Land ihren Lebensunterhalt zu verdienen, Sklaven macht.«[5]

Was die Authentizität des Dokuments angeht, so lässt sich diese anderthalb Jahrhunderte später wohl kaum mehr verifizieren. Es ist in der Tat erstaunlich, dass ein so junger Mann ein so sprachgewandtes Zeugnis ablegte. Allerdings beruhte die Vorstellung, Roderick Macrae sei nur ein »halb gebildeter Bauer« gewesen, auf einem hartnäckigen Vorurteil, das die wohlhabende Stadtbevölke-

---

2 Campbell Balfour: »Der *Ossian* unseres Jahrhunderts«. *Edinburgh Review*, Oktober 1869, Nr. CCLXVI.
3 Dies bezieht sich auf die *Highland Clearances*, die Vertreibung der Kleinbauern aus dem schottischen Hochland.
4 Leitartikel aus dem *Scotsman* vom 17. September 1869.
5 John Murdoch: »Was wir aus diesem Fall lernen können«. *Inverness Courier*, 14. September 1869.

rung des Central Belt gegenüber dem Norden hegte. Die Unterlagen der Volksschule in Lochcarron aus den 1860er-Jahren zeigen, dass die Kinder damals in Latein, Griechisch und Naturwissenschaften unterrichtet wurden. Vermutlich wird also auch Roderick im nahe gelegenen Camusterrach eine ähnliche Ausbildung genossen haben, und aus seinen Aufzeichnungen, die ja bereits für sich sprechen, geht hervor, dass er ein außergewöhnlich begabter Schüler gewesen sein muss. Die Vermutung, dass Roderick die Aufzeichnungen verfasst haben *könnte,* beweist aber natürlich noch nicht, dass er sie auch tatsächlich verfasst *hat*. Für diese Annahme spricht jedoch die Aussage des Psychiaters James Bruce Thomson, der in seinen eigenen Aufzeichnungen vermerkte, dass er das Schriftstück in Rodericks Zelle gesehen habe. Skeptiker könnten nun einwenden (und das haben sie auch getan), dass Thomson nie persönlich gesehen hat, wie Roderick etwas aufschrieb, und zugegeben, die damalige Beweiskette würde heutigen Prozessmaßgaben wohl kaum mehr standhalten. Auch die Vermutung, die Aufzeichnungen könnten in Wirklichkeit von jemand anderem verfasst worden sein (und hier käme natürlich als Erster Rodericks Anwalt Andrew Sinclair infrage), ist nicht völlig von der Hand zu weisen. Aber es bedarf schon der verschrobenen Denkweise eines ausgemachten Verschwörungstheoretikers, um dies ernsthaft in Betracht zu ziehen. Außerdem enthält das Schriftstück so viele minutiös geschilderte Details, dass es kaum von jemandem verfasst worden sein kann, der nicht in Culduie lebte. Und schließlich stimmt Rodericks Schilderung der Ereignisse, die zu den Morden führten, zu einem großen Teil mit den Aussagen anderer Zeugen während des Prozesses überein. Aus all diesen Gründen und weil ich das Manuskript selbst begutachten konnte, habe ich keinerlei Zweifel an seiner Echtheit.

Zusätzlich zu Roderick Macraes Aufzeichnungen enthält dieses Buch die Zeugenaussagen verschiedener Einwohner von

Culduie, die Berichte der Leichenbeschauer und, vielleicht das faszinierendste Dokument von allen, einen Auszug aus den Lebenserinnerungen von J. Bruce Thomson, *Reisen in das Grenzland des Wahnsinns,* in dem er seine Untersuchung Roderick Macraes sowie einen Besuch in Culduie schildert, den er in Begleitung von Andrew Sinclair unternahm. Thomson war leitender Arzt des staatlichen Gefängnisses in Perth, wo die Gefangenen untergebracht wurden, die wegen Unzurechnungsfähigkeit nicht verurteilt werden konnten. Mr. Thomson nutzte die Möglichkeiten, die ihm seine Stellung bot, nach Kräften aus und veröffentlichte zwei einflussreiche Artikel im *Journal of Mental Science: Die erbliche Natur des Verbrechens* und *Die Psychologie der Verbrecher*. Er war sehr bewandert in der neuen Evolutionstheorie und der gerade erst entstehenden Disziplin der Kriminalanthropologie. Und obgleich manche seiner Ansichten dem modernen Leser übel aufstoßen mögen, sollte man bedenken, zu welcher Zeit und unter welchen Umständen sie entstanden sind, und dem Verfasser zugutehalten, dass er sich ernsthaft bemüht hat, sich von der rein theologischen Sicht auf das Verbrechen zu lösen, um ein besseres Verständnis dafür zu entwickeln, was manche Menschen dazu treibt, Gewaltverbrechen zu begehen.

Schließlich habe ich noch eine Schilderung des Prozesses beigefügt, zusammengetragen aus den Zeitungsartikeln jener Zeit und dem Buch *Ein vollständiger Bericht des Prozesses von Roderick John Macrae,* veröffentlicht von William Kay, Edinburgh, im Oktober 1869.

Es ist nach fast einhundertfünfzig Jahren nicht möglich, festzustellen, inwieweit die hier beschriebenen Ereignisse der Wahrheit entsprechen. In den Aussagen und Berichten finden sich diverse Unstimmigkeiten, Widersprüche und Lücken, aber zusammengenommen ergeben sie dennoch ein anschauliches Bild von einem der faszinierendsten Fälle der schottischen Gerichtsgeschichte.

Selbstverständlich habe ich meine eigene Sicht der Dinge, aber ich überlasse es den Leserinnen und Lesern, selbst ihre Schlüsse zu ziehen.

Anmerkung zum Text

Soweit ich es nachvollziehen konnte, ist dies das erste Mal, dass Roderick Macraes Aufzeichnungen in vollem Umfang veröffentlicht werden. Trotz der langen Zeit, die vergangen ist, und der Tatsache, dass das Manuskript nicht immer mit großer Sorgfalt gelagert wurde, befindet es sich in bemerkenswert gutem Zustand. Es wurde auf losen Blättern verfasst und zu einem späteren Zeitpunkt mit Lederschnüren gebunden, was daran zu erkennen ist, dass der Text am inneren Rand an einigen Stellen durch die Bindung verdeckt wird. Die Handschrift ist bewundernswert klar, und nur an ein paar wenigen Stellen gibt es Korrekturen oder Durchgestrichenes. Bei meinen Vorbereitungen zur Veröffentlichung habe ich mich stets bemüht, dem Sinn des Manuskripts treu zu bleiben, und ich habe an keiner Stelle versucht, den Text zu »verbessern« oder eine ungeschickte Ausdrucksweise oder Satzkonstruktion zu korrigieren. Was hier vorgelegt wird, ist so weit wie nur möglich das Werk von Roderick Macrae. Manche Begriffe werden dem heutigen Leser unbekannt sein. Daher habe ich, wo es mir für das Verständnis nötig erschien, entsprechende Fußnoten angefügt. Außerdem möchte ich darauf hinweisen, dass überall im Buch sowohl die richtigen Namen der Protagonisten als auch deren Spitznamen verwendet werden – so wird beispielsweise Lachlan Mackenzie häufig Lachlan Broad genannt. Diese Verwendung von Spitznamen ist im schottischen Hochland zumindest in der älteren Generation immer noch üblich, vermutlich um zwischen verschiedenen Abkömmlingen der am häufigsten vorkommenden

Familiennamen zu unterscheiden. Diese Spitznamen basieren oft auf dem Beruf oder persönlichen Besonderheiten, aber bisweilen werden sie auch von Generation zu Generation weitergegeben, bis schließlich nicht einmal mehr der Träger des Spitznamens weiß, woher dieser eigentlich stammt.

Ich habe mir bei der Bearbeitung des Textes lediglich erlaubt, einige Satzzeichen und Absätze einzufügen. Das Manuskript ist in einem einzigen ununterbrochenen Fluss geschrieben, abgesehen von den Stellen, an denen Roderick vermutlich des Abends den Stift beiseitegelegt und am nächsten Tag von Neuem begonnen hat. Deshalb habe ich mich entschlossen, den Text um der besseren Lesbarkeit willen in Absätze einzuteilen. Ebenso ist die Verwendung der Satzzeichen äußerst sparsam oder in eigentümlicher Weise erfolgt. Somit stammt die Zeichensetzung in dieser Ausgabe größtenteils von mir, aber auch hierbei bin ich dem Vorsatz gefolgt, dem Original möglichst treu zu bleiben. Für den Fall, dass den Leserinnen und Lesern meine diesbezüglichen Entscheidungen fragwürdig erscheinen, so kann ich sie nur auf das Manuskript verweisen, das nach wie vor in Inverness im Archiv liegt.

Graeme Macrae Burnet, Juli 2015

AUSSAGEN DER EINWOHNER VON CULDUIE

Aussagen verschiedener Einwohner von Culduie und Umgebung, aufgenommen von William MacLeod, Polizeiwachtmeister von Wester Ross, in der Wache Dingwall am 12. und 13. August 1869

Aussage von Mrs. Carmina Murchison [Carmina Smoke], Einwohnerin von Culduie, 12. August 1869

Ich kenne Roderick Macrae seit seiner Geburt. Im Allgemeinen war er ein freundliches Kind und später ein höflicher und hilfsbereiter junger Mann. Ich glaube, er hat sehr unter dem Tod seiner Mutter gelitten, die eine bezaubernde, lebensfrohe Frau war. Ich möchte zwar nicht schlecht über seinen Vater sprechen, aber John Macrae ist ein unangenehmer Mensch, und er hat Roddy mit einer unnachgiebigen Strenge behandelt, wie sie kein Kind verdient.

Am Morgen des schrecklichen Vorfalls sprach ich mit Roddy, als er an unserem Haus vorbeikam. An den genauen Inhalt unseres

Gesprächs kann ich mich nicht mehr erinnern, aber ich meine, dass er sagte, er sei auf dem Weg zum Grundstück von Lachlan Mackenzie, weil er dort eine Arbeit zu verrichten habe. Er hatte Werkzeug dabei, und ich nahm an, dass er es dafür brauchte. Außerdem sprachen wir noch über das Wetter, denn es war ein schöner, sonniger Morgen. Roderick wirkte wie immer und zeigte keinerlei Unruhe. Eine Weile später sah ich, wie Roddy wieder zurückkam. Er war von Kopf bis Fuß voller Blut, und ich lief auf ihn zu, weil ich dachte, es sei ein Unfall passiert. Als er mich erblickte, blieb er stehen, und das Werkzeug, das er in der Hand hielt, fiel zu Boden. Ich fragte ihn, was geschehen sei, und er erwiderte ohne zu zögern, er habe Lachlan Broad getötet. Er wirkte durchaus bei Sinnen und unternahm keinen Versuch fortzulaufen. Ich rief meiner ältesten Tochter zu, sie solle ihren Vater holen, der im Schuppen hinter unserem Haus arbeitete. Als sie Roddy so blutbeschmiert sah, fing sie an zu schreien, was dazu führte, dass weitere Dorfbewohner zur Haustür gelaufen kamen und diejenigen, die auf ihrem Feld arbeiteten, innehielten und herübersahen. Dann brach ein ziemliches Durcheinander aus. Ich gestehe, in dem Moment war mein erster Gedanke, Roddy vor den Angehörigen von Lachlan Mackenzie zu schützen. Deshalb bat ich meinen herbeigeeilten Mann, Roddy in unser Haus zu bringen, ohne ihm zu sagen, was passiert war. Als Roddy bei uns am Tisch saß, wiederholte er ruhig, was er getan hatte. Mein Mann schickte unsere Tochter los, um unseren Nachbarn Duncan Gregor zu holen, damit dieser Wache hielt, dann lief er zum Haus von Lachlan Mackenzie, wo er die tragische Szenerie vorfand.

Aussage von Mr. Kenneth Murchison [Kenny Smoke], Steinmetz, Einwohner von Culduie, 12. August 1869

An dem besagten Morgen arbeitete ich im Schuppen hinter meinem Haus, als ich auf einmal Geschrei und Gelärm hörte. Als ich den Schuppen verließ, kam mir meine älteste Tochter entgegen, die vollkommen aufgelöst war und sich nicht verständlich äußern konnte. Vor unserem Haus drängten sich bereits mehrere Leute, und ich rannte schnell hinüber. In dem allgemeinen Durcheinander brachten meine Frau und ich Roderick Macrae in unser Haus, da wir annahmen, er habe sich bei einem Unfall verletzt. Als wir im Haus waren, teilte mir meine Frau mit, was passiert war, und als ich Roderick fragte, ob das wahr sei, bestätigte er es mit ruhigen Worten. Dann lief ich zum Haus von Lachlan Mackenzie, wo mich ein Anblick erwartete, der zu schrecklich war, um ihn zu beschreiben. Ich schloss die Tür hinter mir und schaute nach, ob jemand überlebt hatte, aber das war nicht der Fall. Da ich fürchtete, dass es einen Ausbruch von Gewalt geben könnte, wenn jemand aus Lachlan Mackenzies Familie dieses Drama erblickte, ging ich hinaus und bat Mr. Gregor, das Haus zu bewachen. Dann lief ich zurück zu meinem eigenen Haus, brachte Roddy in meinen Schuppen und sperrte ihn dort ein. Er wehrte sich nicht. Mr. Gregor konnte die Angehörigen von Lachlan Broad nicht daran hindern, das Haus zu betreten und die Leichen zu entdecken. Als ich Roddy hinter Schloss und Riegel gebracht hatte, tobten sie vor Rachlust, und es brauchte einige Zeit und Überzeugungskraft, sie im Zaum zu halten.

Was Roderick Macraes Charakter angeht, so war er zweifellos ein eigenartiger Junge, aber ob das in seiner Natur lag oder durch die Widrigkeiten ausgelöst wurde, die seine Familie erdulden musste, kann ich nicht sagen. Aber seine Taten sind wohl kaum die eines Mannes von klarem Verstand.

Aussage von Reverend James Galbraith, Pfarrer der Church of Scotland, Camusterrach, 13. August 1869

Ich fürchte, in den gottlosen Taten, die kürzlich in dieser Gemeinde begangen wurden, kommt erneut die angeborene Rohheit der hiesigen Einwohner zutage, eine Rohheit, die die Kirche in den letzten Jahren erfolgreich unterdrückt hat. Wie man weiß, ist die Geschichte dieser Gegend von niederträchtigen und blutigen Verbrechen gezeichnet, und die Menschen zeigen eine gewisse Wildheit und Maßlosigkeit. Solche Eigenschaften können nicht innerhalb weniger Generationen eliminiert werden, und obgleich die Lehren der Kirche einen zivilisierenden Einfluss haben, ist es unvermeidlich, dass die alten Instinkte ab und an wieder an die Oberfläche drängen.

Dennoch kann man natürlich nur mit Entsetzen reagieren, wenn man von solchen Taten hört, wie sie in Culduie geschehen sind. Allerdings überrascht es kaum, zu erfahren, dass von allen Einwohnern dieser Gemeinde ausgerechnet Roderick Macrae der Missetäter ist. Obwohl dieses Individuum seit seiner Kindheit meine Kirche besucht hat, hatte ich stets den Eindruck, dass meine Predigten bei ihm auf taube Ohren stießen. Ich muss wohl akzeptieren, dass seine Verbrechen zu einem gewissen Grad einem Versagen meinerseits zuzurechnen sind, doch bisweilen ist es notwendig, ein Lamm zu opfern, um das Wohl der Herde nicht zu gefährden. Diesem Jungen war von jeher eine unverkennbare Bosheit zu eigen, die ich zu meinem Bedauern nicht mildern konnte.

Die Mutter des Jungen, Una Macrae, war eine frivole und heuchlerische Frau. Sie besuchte zwar regelmäßig den Gottesdienst, aber ich fürchte, sie verwechselte das Haus des Herrn mit einem Ort geselligen Beisammenseins. Ich hörte sie oft auf dem Weg zur Kirche singen, und nach dem Gottesdienst traf sie sich auf dem geweihten Grund mit anderen Frauen zu nichtigem Geschwätz und Gelächter. Mehr als einmal musste ich sie ermahnen.

Für Roderick Macraes Vater hingegen muss ich ein gutes Wort einlegen. John Macrae ist einer der ergebensten Anhänger der Heiligen Schrift in dieser Gemeinde. Er verfügt über beachtliche Kenntnisse der Bibel und ist bemüht, ihre Gebote zu befolgen. Doch wie die meisten Einwohner dieser Gegend kann er zwar Gottes Worte aufsagen, aber ob er sie versteht, erscheint mir zweifelhaft. Ich habe die Familie oft besucht, um Beistand und Gebet anzubieten. Dabei fiel mir auf, dass sich in dem Haus allerlei Dinge befanden, die auf Aberglauben schließen ließen und im Haus eines wahren Christen nichts zu suchen hatten. Doch auch wenn niemand unter uns ohne Sünde ist, halte ich John Macrae für einen guten und ergebenen Mann, der es nicht verdient hat, mit einer so schändlichen Nachkommenschaft bestraft zu werden.

Aussage von Mr. William Gillies, Schulmeister von Camusterrach, 13. August 1869

Roderick Macrae war einer der begabtesten Schüler, die ich seit meiner Ankunft in dieser Gemeinde unterrichtet habe. Er übertraf seine Mitschüler mit Leichtigkeit beim Lernen und Verstehen von Naturwissenschaften, Mathematik und Sprachen, und das ohne sichtliche Mühe oder auch nur großes Interesse. Was seinen Charakter angeht, kann ich nur wenig sagen. Er war gewiss nicht von geselligem Wesen und blieb eher auf Distanz zu seinen Mitschülern, die ihn ihrerseits mit einem gewissen Misstrauen betrachteten. Roderick begegnete ihnen meist mit Herablassung, die gelegentlich fast in Verachtung ausartete. Würde man mich nach dem Grund dafür fragen, so würde ich diesen in seiner akademischen

Überlegenheit vermuten. Dennoch empfand ich ihn stets als höflichen und respektvollen Schüler, der nicht zu unbotmäßigem Verhalten neigte. Als Zeichen meiner Anerkennung seiner akademischen Gaben suchte ich, als er sechzehn war, seinen Vater auf, um diesem vorzuschlagen, dass Roderick seine schulische Laufbahn weiterführen solle, denn so wäre er eines Tages vielleicht in der Lage, einen Beruf auszuüben, der seinen Fähigkeiten mehr entsprach, als das Land zu beackern. Zu meinem Bedauern muss ich jedoch sagen, dass mein Vorschlag von Rodericks Vater, der mir wortkarg und beschränkt erschien, grob abgewiesen wurde.

Seither habe ich Roderick nicht wiedergesehen. Ich hörte ein paar verstörende Gerüchte, dass er einen Schafbock, für dessen Aufsicht er zuständig war, misshandelt haben soll, aber ich weiß nicht, ob sie der Wahrheit entsprechen. Ich kann nur sagen, dass Roderick in meinen Augen ein sanfter Junge war, ohne jenen Hang zur Grausamkeit, der bei Jungen in dem Alter bisweilen vorkommt. Deshalb fällt es mir auch schwer, zu glauben, dass er die Verbrechen begangen haben soll, die ihm zur Last gelegt werden.

Aussage von Peter Mackenzie, Vetter von Lachlan Mackenzie [Lachlan Broad], Einwohner von Culduie, 12. August 1869

Roderick Macrae ist der übelste Bursche, der mir je begegnet ist. Schon als kleiner Junge hatte er etwas Böses an sich, wie man es bei einem Kind nicht erwarten würde. Viele Jahre lang hielt man ihn für stumm, und er schien sich nur auf eine geradezu unheimliche Weise mit seiner Schwester verständigen zu können, die ihrerseits halb in der Geisterwelt lebt. In der Gemeinde galt er allgemein als zurückgeblieben, aber meiner Ansicht nach war er schon damals von Bosheit besessen, was seine jetzigen Taten ja bestätigen. Von klein auf hatte er die Neigung, Tiere und Vögel zu misshandeln und allerlei Dinge im Dorf zu zerstören. Er war ein richtiger kleiner Teufel. Einmal, als er ungefähr zwölf Jahre alt war, brach im Schuppen meines Vetters Aeneas Mackenzie ein Feuer aus, bei dem etliche wertvolle Werkzeuge und ein Teil seiner Getreidevorräte verbrannten. Der Junge war in der Nähe des Schuppens gesehen worden, aber er behauptete, er sei unschuldig, und sein Vater, John Macrae, schwor, dass sein Sohn zur fraglichen Zeit stets in seiner Sichtweite gewesen war. Somit entkam der Junge der Strafe, aber wie bei vielen anderen Vorfällen gab es keinen Zweifel, dass er schuld daran war. Sein Vater ist ebenso geistesschwach wie er, verbirgt seine Dummheit aber hinter fanatischer Bibeltreue und stiefelleckerischer Ergebenheit gegenüber dem Pfarrer.

Ich war am Tag der Morde nicht in Culduie und erfuhr erst bei meiner Rückkehr am Abend davon.

Karte von Culduie und Umgebung
nach der staatlichen Karte von Captain Macpherson aus dem Jahr 1875, gedruckt 1878

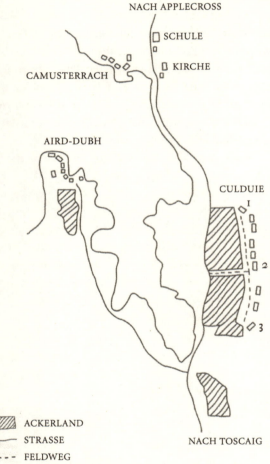

DIE AUFZEICHNUNGEN VON RODERICK MACRAE

Ich schreibe dies auf Anraten meines Rechtsbeistands, Mr. Andrew Sinclair, der mir seit meiner Inhaftierung hier in Inverness mit einer Freundlichkeit begegnet, die ich gewiss nicht verdiene. Mein Leben war kurz und ohne große Bedeutung, und ich habe keineswegs die Absicht, mich der Verantwortung für die Taten, die ich begangen habe, zu entziehen. Dass ich diese Worte zu Papier bringe, entspringt also lediglich dem Wunsch, mich für die Freundlichkeit meines Rechtsbeistands erkenntlich zu zeigen.

Mr. Sinclair hat mich angewiesen, so klar wie nur möglich die Umstände zu schildern, die zu dem Mord an Lachlan Mackenzie und den anderen geführt haben, und das werde ich nach bestem Vermögen tun, wobei ich mich bereits im Vorhinein für die Begrenztheit meines Wortschatzes und die Ungeschliffenheit meines Stils entschuldige.

Als Erstes möchte ich sagen, dass ich diese Taten aus dem einzigen Grund begangen habe, meinen Vater von den Widrigkeiten zu erlösen, die er in letzter Zeit erdulden musste. Der Auslöser dieser Widrigkeiten war unser Nachbar Lachlan Mackenzie, und ich habe ihn aus dieser Welt entfernt, um das Schicksal meiner Familie zum Besseren zu wenden. Außerdem sollte ich hinzufügen, dass ich meinem Vater vom Tag meiner Geburt an eine Last war, und es kann nur zu seinem Wohle sein, wenn ich diesen Haushalt verlasse.

Mein Name ist Roderick John Macrae. Ich bin 1852 geboren und habe mein ganzes Leben im Dorf Culduie in Ross-shire verbracht. Mein Vater, John Macrae, ist ein Crofter von unbescholtenem Ruf in der Gemeinde, der es nicht verdient hat, den Makel der schrecklichen Taten zu tragen, für die ich allein verantwortlich bin. Meine Mutter Una wurde 1832 in Toscaig geboren, einer kleinen Stadt, die etwa zwei Meilen südlich von Culduie liegt. Sie starb 1868 bei der Geburt meines Bruders Iain, und aus meiner Sicht war dies der Beginn unserer Schwierigkeiten.

Culduie ist eine Ortschaft mit neun Häusern in der Gemeinde Applecross. Sie liegt etwa eine halbe Meile südlich von Camusterrach, wo sich die Kirche und die Schule, in der ich meine Ausbildung erhalten habe, befinden. Da es in Applecross ein Gasthaus und einen Markt gibt, kommen nur selten Reisende bis nach Culduie. An der Spitze der Applecross Bay liegt das Gutshaus, wo Lord Middleton wohnt und während der Jagdsaison seine Gäste empfängt. In Culduie gibt es keine Sehenswürdigkeiten oder Amüsements, die Besucher anlocken könnten. Die Straße, die unser Dorf passiert, führt nur nach Toscaig, sonst nirgendwohin, und so haben wir wenig Kontakt mit der Außenwelt.

Culduie liegt etwa dreihundert Meter vom Meer entfernt am Fuß des Càrn nan Uaighean[6]. Zwischen dem Dorf und der Straße

---

6 Bedeutet so viel wie »Grabsteinhaufen«.

liegt ein Streifen fruchtbaren Bodens, der von den Einwohnern bestellt wird. Weiter oben in den Bergen befinden sich die Sommerweiden und die Moore, wo wir unseren Torf stechen. Culduie ist durch die Halbinsel von Aird-Dubh, die ins Meer hinausragt und einen natürlichen Hafen bildet, vor den schlimmsten Unwettern geschützt. Das Dorf Aird-Dubh hat nur wenig fruchtbares Land, und die Menschen dort verdienen ihren Lebensunterhalt hauptsächlich mit der Fischerei. Es gibt einen gewissen Austausch von Arbeitskraft und Gütern zwischen den beiden Orten, aber abgesehen von solchen Notwendigkeiten, halten wir uns voneinander fern. Laut meinem Vater sind die Leute aus Aird-Dubh schlampig in ihren Gewohnheiten und von fragwürdiger Moral. Daher vermeidet er jeden Kontakt mit ihnen, sofern es nicht unumgänglich ist. Wie es bei allen Angehörigen des Fischereiberufs üblich ist, geben die Männer sich dem hemmungslosen Genuss von Whisky hin, und ihre Frauen sind berüchtigt für ihre Liederlichkeit. Da ich mit Kindern aus diesem Dorf zur Schule gegangen bin, kann ich bestätigen, dass sie sich zwar äußerlich kaum von unsereins unterscheiden, aber von hinterhältigem Wesen und keineswegs vertrauenswürdig sind.

An der Kreuzung des Feldwegs, der Culduie mit der Straße verbindet, liegt das Haus von Kenny Smoke, das als einziges ein Schieferdach hat und das schönste im Dorf ist. Die anderen acht sind aus Feldsteinen und Grassoden gebaut und haben Strohdächer. Jedes Haus hat ein oder zwei Glasfenster. Das Haus meiner Familie ist das nördlichste und liegt etwas versetzt, sodass wir auf das Dorf schauen, während die anderen Häuser zum Meer hinausgehen. Das Haus von Lachlan Broad liegt am anderen Ende des Wegs und ist nach dem von Kenny Smoke das zweitgrößte im Ort. In den übrigen Häusern wohnen zwei weitere Familien des Mackenzie-Clans, dann die MacBeaths, Mr. und Mrs. Gillanders, deren Kinder alle fortgezogen sind, unser Nachbar Mr. Gregor mit seiner

Familie und Mrs. Finlayson, eine Witwe. Außer den neun Häusern gibt es noch verschiedene Nebengebäude, die meisten davon kaum mehr als Bretterverschläge, in denen Vieh, Werkzeug und dergleichen untergebracht ist. Das ist unsere gesamte Ortschaft.

Unser Haus besteht aus zwei Räumen. Im größeren befindet sich der Stall und, rechts von der Tür, unser Wohnraum. Der Boden fällt zum Meer hin leicht ab, damit der Mist der Tiere nicht in unseren Bereich läuft. Der Stall ist mit einer halbhohen Wand aus Holzstücken abgetrennt, die wir am Ufer aufgesammelt haben. In der Mitte des Wohnraums ist die Feuerstelle und dahinter der Tisch, an dem wir unsere Mahlzeiten einnehmen. Abgesehen von dem Tisch, besteht unser Mobiliar noch aus zwei robusten Bänken, dem Lehnstuhl meines Vaters und einer großen hölzernen Anrichte, die meine Mutter mit in die Ehe gebracht hat. Ich schlafe zusammen mit meinem kleinen Bruder und meiner kleinen Schwester in einem Bett an der Rückwand. In dem zweiten Raum im hinteren Teil des Hauses schlafen mein Vater und meine ältere Schwester Jetta in einem Schrankbett, das mein Vater extra für sie gezimmert hat. Ich beneide meine Schwester um ihr Bett und habe oft davon geträumt, dort neben ihr zu schlafen, aber im Wohnraum ist es wärmer, und während der dunklen Monate, wenn die Tiere drinnen sind, genieße ich die gedämpften Laute, die sie von sich geben. Wir halten zwei Milchkühe und sechs Schafe, wie es uns gemäß der Einteilung des gemeinsamen Weidelands zusteht.

Ich sollte von Anfang an erwähnen, dass es bereits lange vor meiner Geburt böses Blut zwischen meinem Vater und Lachlan Mackenzie gab. Allerdings weiß ich nicht, was der Ursprung dieser Feindseligkeit war, da mein Vater nie darüber gesprochen hat. Ebenso wenig kann ich sagen, wer die Schuld daran trägt und ob der Bruch zu ihren Lebzeiten geschah oder ob er irgendeiner fernen Vergangenheit entspringt. In dieser Gegend kommt es häufiger vor, dass Groll über lange Zeiten gehegt wird, selbst wenn niemand mehr weiß, wodurch er ausgelöst wurde. Ich muss meinem Vater allerdings zugutehalten, dass er nie versucht hat, diese Fehde fortzuführen, indem er mich oder meine Geschwister gegen die Mackenzies aufstachelte. Deshalb glaube ich, dass es sein Wunsch war, die Feindschaft zwischen unseren beiden Familien zu beenden.

Als kleiner Junge hatte ich Angst vor Lachlan Broad und vermied es, über die Wegkreuzung zum anderen Ende des Dorfes zu gehen, wo die ganzen Angehörigen des Mackenzie-Clans wohnen. Außer der Familie von Lachlan Broad leben dort noch die seines Bruders Aeneas und die seines Vetters Peter. Die drei sind berüchtigt für ihr Gezeche und ihre Raufereien im Gasthaus von Applecross. Sie sind alle große, kräftige Kerle, denen es gefällt, wenn die Leute vor ihnen ausweichen, um ihnen Platz zu machen. Einmal, als ich fünf oder sechs Jahre alt war, ließ ich einen Drachen steigen, den mein Vater mir aus ein paar Stücken Sackleinen gebastelt hatte. Der Drachen stürzte auf eines der Felder, und ich lief ohne nachzudenken los, um ihn aufzuheben. Als ich auf der Erde hockte und versuchte, die Schnur zu befreien, die sich im Getreide verfangen hatte, packte mich eine große Hand an der Schulter und zerrte mich grob nach oben. Ich hatte den Drachen in der Hand, und Lachlan Broad entriss ihn mir und schleuderte ihn zu Boden. Dann verpasste er mir eine so heftige Ohrfeige, dass ich hinfiel. Vor lauter Angst verlor ich die Kontrolle über meine Blase, was unseren Nachbarn sehr erheiterte. Dann packte er mich erneut, zerrte mich quer durchs Dorf zu unserem Haus und beschimpfte meinen Vater, weil ich sein Feld beschädigt hatte. Der Lärm lockte meine Mutter an die Tür, und da ließ Broad mich los. Ich floh ins Haus wie ein verängstigter Hund und kauerte mich auf dem Bett zusammen. Am Abend kam Lachlan Broad noch einmal zu unserem Haus und verlangte fünf Shilling als Entschädigung für das Getreide, das ich niedergetrampelt hatte. Ich versteckte mich im hinteren

Raum und lauschte an der Tür. Meine Mutter weigerte sich und sagte, wenn sein Getreide niedergetrampelt war, dann weil er mich durch sein Feld geschleift hatte. Daraufhin beschwerte Broad sich beim Constable, der den Vorfall als unwichtig abtat. Ein paar Tage später stellte mein Vater morgens fest, dass ein großer Teil unseres Feldes über Nacht zertrampelt worden war. Es wurde nie geklärt, wer das getan hatte, aber niemand zweifelte daran, dass es Lachlan Broad und seine Leute gewesen waren.

Auch später, als ich älter war, überfiel mich jedes Mal, wenn ich den unteren Teil des Dorfes betrat, eine ungute Vorahnung, und das ist bis heute so geblieben.

Mein Vater kam in Culduie zur Welt und lebte schon als Junge in dem Haus, in dem wir jetzt wohnen. Ich weiß wenig von seiner Kindheit, nur dass er selten zur Schule ging und dass es Entbehrungen gab, wie meine Generation sie nie kennengelernt hat. Ich habe meinen Vater nie mehr als seinen Namen schreiben sehen, und obwohl er behauptet, dass er schreiben kann, hält er den Stift recht ungelenk in der Hand. Aber er hat auch wenig Bedarf zu schreiben. Es gibt nichts, das er zu Papier bringen müsste. Dafür erinnert er uns häufig daran, wie glücklich wir uns schätzen können, dass wir in der heutigen Zeit aufwachsen und den Luxus von Tee, Zucker und anderen Dingen genießen, die man im Laden kaufen kann.

Der Vater meiner Mutter war Tischler. Er fertigte Möbel für Händler in Kyle of Lochalsh und auf Skye an und lieferte seine Waren mit dem Boot aus. Ein paar Jahre lang besaß mein Vater einen Anteil an einem Fischerboot, das in Toscaig lag. Die beiden anderen Eigentümer waren sein Bruder Iain und der Bruder meiner Mutter, der ebenfalls Iain hieß. Das Boot trug eigentlich den

Namen *Tölpel,* wurde aber nur *Die zwei Iains* genannt, was meinen Vater ärgerte, da er der älteste der drei war und sich deshalb als Chef des Unternehmens sah. Als junges Mädchen ging meine Mutter oft zum Anleger, wenn das Boot wieder einlief. Alle nahmen an, dass sie ihren Bruder begrüßen wollte, doch in Wirklichkeit kam sie, um zuzusehen, wie mein Vater an Land ging, wie sein Fuß über dem Wasser schwebte, während er darauf wartete, dass die nächste Welle das Boot zum Anleger trug. Dann schlang er das Tau um einen Poller und zog das Boot zur Mauer. Dabei tat er so, als wüsste er nicht, dass er beobachtet wurde. Mein Vater war kein gut aussehender Mann, aber mit seiner ruhigen Art, das Boot festzumachen, weckte er schnell die Bewunderung meiner Mutter. In seinen funkelnden dunklen Augen lag etwas, so erzählte sie uns gern, das ihr Herz zum Flattern brachte. Wenn mein Vater das hörte, ermahnte er meine Mutter, nicht so einen Unsinn zu schwatzen, aber sein Tonfall verriet, dass er sich geschmeichelt fühlte.

Unsere Mutter war das schönste Mädchen der Gemeinde und hätte jeden der jungen Männer haben können. Deshalb war mein Vater auch viel zu schüchtern, um sie anzusprechen. Eines Abends, gegen Ende der Heringssaison 1850, brach ein Unwetter aus, und das kleine Boot wurde einige Meilen südlich des Hafens gegen die Felsen geschleudert. Mein Vater konnte noch an Land schwimmen, aber die beiden Iains ertranken. Vater sprach nie von dem Unglück und setzte seitdem nie wieder einen Fuß auf ein Boot. Auch seinen Kindern verbot er es. All jenen, die nichts von dieser Geschichte wussten, musste seine Angst vor dem Meer vollkommen unverständlich erscheinen. Seit diesem Vorfall gilt es hierzulande als unheilträchtig, sich mit jemandem, der den gleichen Vornamen hat, geschäftlich zusammenzutun. Selbst mein Vater, der Aberglauben verabscheut, vermeidet es, mit jemandem Geschäfte zu treiben, der genauso heißt wie er.

Bei der Zusammenkunft nach der Beerdigung meines Onkels ging mein Vater auf meine Mutter zu, um ihr sein Beileid auszudrücken. Sie sah so kummervoll aus, dass er sagte, wenn er könnte, würde er mit Freuden den Platz ihres Bruders im Sarg einnehmen. Das waren die ersten Worte, die er je zu ihr gesagt hatte. Meine Mutter erwiderte, sie sei froh, dass er derjenige sei, der überlebt habe, und sie habe schon um Vergebung für ihre sündhaften Gedanken gebetet. Drei Monate später heirateten sie.

Meine Schwester Jetta wurde ein Jahr nach der Hochzeit meiner Eltern geboren, und ich folgte ihr im Bauch meiner Mutter, so schnell es die Natur erlaubte. Dieser geringe Abstand schuf eine Nähe zwischen meiner Schwester und mir, wie sie kaum hätte größer sein können, wären wir tatsächlich Zwillinge gewesen. Was unser Äußeres betraf, hätten wir jedoch kaum unterschiedlicher sein können. Jetta hatte das schmale, lange Gesicht und den breiten Mund meiner Mutter. Ihre Augen waren ebenfalls groß und blau und ihr Haar so hell wie Sand. Als meine Schwester zur Frau heranwuchs, sagten die Leute oft, meine Mutter müsse das Gefühl haben, in den Spiegel zu schauen, wenn sie Jetta ansehe. Ich hingegen habe die tiefe Stirn, das dichte schwarze Haar und die kleinen dunklen Augen meines Vaters geerbt. Auch im Körperbau ähneln wir uns, beide kleiner als die meisten anderen, aber mit kräftiger Brust und breiten Schultern.

Auch vom Wesen her entsprachen wir unseren Eltern: Während Jetta überwiegend heiter und fröhlich war, galt ich als schweigsamer, schwermütiger Junge. Neben ihrer Ähnlichkeit in Aussehen und Charakter teilten Jetta und meine Mutter auch ihre Verbindung zur Anderen Welt. Ob Jetta bereits mit dieser Gabe geboren wurde oder es von meiner Mutter gelernt hatte, weiß ich nicht, aber beide hatten häufig Visionen und maßen Vorzeichen und Glücksbringern große Bedeutung zu. Am Morgen des Tages, an dem ihr Bruder starb, sah meine Mutter einen leeren Platz auf der Bank, wo er hätte sitzen und sein Frühstück essen sollen. Da sie fürchtete, sein Haferbrei würde kalt werden, ging sie hinaus und rief nach ihm. Als er nicht antwortete, kehrte sie ins Haus zurück, und da sah sie ihn auf seinem Platz am Tisch, in ein graues Leichentuch gehüllt. Sie fragte, wo er gewesen sei, und er sagte, er habe die ganze Zeit dort gesessen. Sie flehte ihn an, an dem Tag nicht hinauszufahren, aber er lachte nur. Da sie wusste, dass sich mit dem Schicksal nicht verhandeln lässt, sagte sie nichts weiter dazu. Mutter hat uns diese Geschichte oft erzählt, allerdings nur wenn mein Vater nicht in Hörweite war, denn er glaubte nicht an solche übersinnlichen Dinge, und er mochte es nicht, wenn sie darüber sprach.

Der Alltag meiner Mutter war beherrscht von Ritualen und Talismanen, die das Unglück und böse Geister abwehren sollten. Die Türen und Fenster unseres Hauses waren mit Zweigen von Wacholder und Vogelbeere geschmückt, und versteckt in ihrem Haar – sodass mein Vater es nicht sehen konnte –, trug sie einen geflochtenen Zopf mit bunten Garnen.

Ab dem Alter von etwa acht Jahren besuchte ich während der dunklen Monate die Schule in Camusterrach. Jeden Morgen ging ich Hand in Hand mit Jetta dorthin. Unsere erste Lehrerin war Miss Galbraith, die Tochter des Pfarrers. Sie war jung und schlank und trug lange Röcke und eine weiße Bluse mit einer Halskrause und einer Brosche, auf der das Profil einer Frau zu sehen war. Um die Taille hatte sie eine Schürze gebunden, an der sie sich die Hände abwischte, nachdem sie etwas mit Kreide an die Tafel geschrieben hatte. Ihr Hals war sehr lang, und wenn sie nachdachte, blickte sie nach oben und neigte den Kopf zur Seite, sodass er aussah wie der Griff eines Pflugspatens. Das Haar trug sie mit Nadeln hochgesteckt. Während des Unterrichts löste sie ihr Haar und schob sich die Nadeln zwischen die Lippen, während sie es erneut hochsteckte. Das tat sie drei- oder viermal am Tag, und ich genoss es, sie heimlich dabei zu beobachten. Miss Galbraith war freundlich und sprach mit sanfter Stimme. Wenn die älteren Jungen sich nicht benahmen, hatte sie große Mühe, wieder für Ruhe zu sorgen, und es gelang ihr nur, wenn sie damit drohte, ihren Vater herbeizuholen.

Jetta und ich waren nahezu unzertrennlich. Miss Galbraith sagte oft, wenn ich könnte, würde ich in die Schürzentasche meiner Schwester klettern. In den ersten Jahren machte ich kaum den Mund auf. Wenn Miss Galbraith oder einer von meinen Mitschülern mich ansprach, antwortete Jetta an meiner Stelle. Das Bemerkenswerte dabei war, wie zutreffend sie meine Gedanken zum Ausdruck brachte. Miss Galbraith ließ uns meist gewähren und fragte Jetta dann: »Weiß Roddy die Antwort?« Diese Nähe zwischen uns Geschwistern isolierte uns von den anderen Schülern. Ich weiß nicht, wie es Jetta ging, aber ich verspürte keinerlei Verlangen, mich mit einem der anderen Kinder anzufreunden, und das beruhte offenbar auf Gegenseitigkeit.

Manchmal bildeten unsere Mitschüler in der Pause einen Kreis um uns und skandierten:

Da stehn die Black Macraes, die schmutzigen Black Macraes.
Da stehn die Black Macraes, die dreckigen Black Macraes.

»Die Schwarzen Macraes« war der Spitzname der Familie meines Vaters. Seiner Aussage nach rührte er von den dunklen Haaren und Augen der Familienmitglieder her. Vater mochte diesen Spitznamen ganz und gar nicht, und er weigerte sich, zu antworten, wenn jemand ihn damit ansprach. Dennoch war er für jedermann John Black oder der Black Macrae, und das ganze Dorf amüsierte sich darüber, dass meine Mutter trotz ihres flachsblonden Haars Una Black genannt wurde.

Ich mochte den Namen ebenfalls nicht und empfand es als besondere Ungerechtigkeit, dass meine Schwester so genannt wurde.

Wenn unsere Klassenkameraden nicht durch das Pausenende unterbrochen wurden, ging ich auf jeden los, der vor mir stand, was die Schadenfreude unserer Peiniger nur noch vergrößerte. Die anderen Jungen stießen mich zu Boden und traten und schlugen auf mich ein, aber ich war froh, dass ich ihre Aufmerksamkeit von Jetta ablenken konnte.

Roddy Black, dummer Tropf, jetzt liegt er auf der Nase!

Seltsamerweise gefiel es mir, so im Zentrum der Aufmerksamkeit zu stehen. Ich verstand, dass ich anders war als meine Mitschüler, und ich pflegte genau die Eigenschaften, die mich von ihnen unterschieden. Während der Pausen hielt ich mich von Jetta fern, um sie vor den Hänseleien zu schützen, und stellte oder hockte mich in eine Ecke des Schulhofs. Ich beobachtete die anderen Jungen, die wie Fliegen umherschwirrten, Bällen hinterherrannten oder miteinander rangen. Auch die Mädchen taten sich zu Spielen zusammen, aber diese wirkten weniger brutal und dumm als die der Jungen. Außerdem waren die Mädchen nicht so verrückt danach, sofort mit dem Spielen zu beginnen, sobald sie auf dem Schulhof ankamen, oder damit weiterzumachen, obwohl Miss Galbraith bereits zum Pausenende geläutet hatte. Bisweilen standen die Mädchen ganz ruhig in einer Ecke zusammen und schienen nichts weiter zu tun, als sich mit gedämpfter Stimme zu unterhalten. Ich versuchte ein paarmal, mich ihnen anzuschließen, wurde jedoch stets abgewiesen. Im Klassenzimmer spottete ich innerlich über die anderen, die eifrig die Hand hoben, um der Lehrerin die einfachsten Fragen zu beantworten, oder sich abmühten, um vollkommen simple Sätze vorzulesen. Mit den Jahren überflügelte mein Wissen zusehends das meiner Schwester. Eines Tages fragte Miss Galbraith im Erdkundeunterricht, ob ihr jemand sagen könne, wie die beiden Erdhälften genannt werden. Als sich niemand meldete, wandte sie sich an Jetta. »Vielleicht weiß Roddy die Antwort?« Jetta sah kurz zu mir und erwiderte: »Tut mir leid. Roddy weiß es nicht, und ich auch nicht.« Miss Galbraith wirkte enttäuscht und drehte sich zur Tafel, um das Wort anzuschreiben. Da sprang ich ohne nachzudenken auf und rief: »Hemisphären!«, was bei meinen Mitschülern großes Gelächter auslöste. Miss Galbraith wandte sich um, und ich wiederholte das Wort und setzte mich wieder auf meinen Platz. Sie nickte und lobte mich für die Antwort. Von dem Tag an hörte Jetta auf, für mich zu sprechen, und da es mir widerstrebte, dies selbst zu tun, geriet ich zusehends ins Abseits.

Miss Galbraith heiratete einen Mann, der zur Jagd auf Lord Middletons Gut gekommen war, und verließ Camusterrach, um in Edinburgh zu leben. Ich mochte Miss Galbraith sehr und bedauerte es, als sie fortging. Danach kam Mr. Gillies. Er war ein junger Mann, groß und dünn, mit feinem blondem Haar – ganz anders als die Männer aus dieser Gegend, die fast alle klein und kräftig sind, mit dichtem, schwarzem Haar. Er war glatt rasiert und trug eine Brille mit ovalen Gläsern. Mr. Gillies hatte in Glasgow studiert und war ein sehr gelehrter Mann. Er unterrichtete uns nicht nur im Lesen, Schreiben und Rechnen, sondern auch in Geschichte und Naturwissenschaften, und nachmittags erzählte er uns manchmal Geschichten von den Göttern und Ungeheuern der griechischen Mythologie. Jeder der Götter hatte einen Namen, und manche von ihnen waren verheiratet und hatten Kinder, die auch Götter waren. Eines Tages fragte ich Mr. Gillies, wie es sein konnte, dass es mehr als einen Gott gab, und er sagte, die griechischen Göttern seien nicht wie unser Gott, sondern einfach nur unsterbliche Wesen. Das Wort Mythologie besagte, dass das alles nicht der Wahrheit entsprach; es waren einfach nur spannende Geschichten.

Mein Vater mochte Mr. Gillies nicht. Er fand ihn neunmalklug, und Kinder zu unterrichten war keine anständige Arbeit für einen

Mann. In der Tat konnte ich mir Mr. Gillies nicht beim Torfstechen oder Umgraben vorstellen, aber wir mochten uns und hatten eine Art stille Vereinbarung. Er rief mich nur dann auf, wenn niemand von meinen Mitschülern ihm die richtige Antwort geben konnte, denn ihm war klar, dass ich mich nicht deshalb zurückhielt, weil ich es nicht wusste, sondern weil ich nicht klüger als die anderen erscheinen wollte. Mr. Gillies gab mir oft andere Aufgaben als den übrigen Schülern, und zum Dank bemühte ich mich besonders, diese zu erfüllen. Eines Nachmittags bat er mich nach Schulschluss, noch einen Moment dazubleiben. Ich blieb auf meinem Platz in der letzten Reihe sitzen, während die anderen lärmend hinausstürmten. Dann winkte er mich zu seinem Pult. Mir fiel nichts ein, was ich angestellt haben könnte, aber es gab keinen anderen Grund, auf diese Weise nach vorn zitiert zu werden. Vielleicht ging es um etwas, das ich unterlassen hatte. Ich beschloss, nichts zu leugnen und jede Strafe anzunehmen, die mir auferlegt würde.

Mr. Gillies legte seinen Stift beiseite und fragte mich, was meine Pläne wären. Das war eine Frage, die niemand hier in der Gegend stellen würde. Pläne zu machen hieß, das Schicksal herauszufordern. Ich antwortete nicht. Mr. Gillies nahm seine kleine Brille ab.

»Was ich meine«, sagte er, »ist: Was hast du vor, wenn du mit der Schule fertig bist?«

»Das, was für mich bestimmt ist«, erwiderte ich.

Mr. Gillies runzelte die Stirn. »Und was meinst du, was das ist?«

»Das weiß ich nicht.«

»Roddy, auch wenn du dir noch so viel Mühe gibst, sie zu verbergen, Gott hat dir ein paar außergewöhnliche Gaben geschenkt. Es wäre eine Sünde, sie nicht zu nutzen.«

Ich war überrascht, dass Mr. Gillies sein Anliegen in solche Worte fasste, denn gewöhnlich verwendete er keine religiösen Formulierungen. Als ich darauf nichts erwiderte, wurde er direkter.

»Hast du schon mal darüber nachgedacht, deine Ausbildung fortzuführen? Ich bin überzeugt, dass du die nötigen Fähigkeiten besitzt, um Lehrer oder Pfarrer zu werden, oder was immer du möchtest.«

Natürlich hatte ich nicht über so etwas nachgedacht, und das sagte ich ihm auch.

»Vielleicht solltest du mal mit deinen Eltern darüber sprechen«, meinte er. »Du kannst ihnen gerne sagen, dass ich glaube, du hast die Voraussetzungen dafür.«

»Aber ich muss auf dem Feld arbeiten«, wandte ich ein.

Mr. Gillies stieß einen tiefen Seufzer aus. Es sah so aus, als wolle er noch etwas sagen, doch dann entschloss er sich offenbar dagegen, und ich hatte das Gefühl, ihn enttäuscht zu haben. Auf dem Heimweg dachte ich über seine Worte nach. Ich kann nicht leugnen, dass es mich freute, wie der Lehrer mit mir gesprochen hatte, und während des Fußwegs von Camusterrach nach Culduie malte ich mir aus, wie ich in Edinburgh oder Glasgow in einem prächtigen Salon saß, gekleidet wie ein feiner Herr, und Gespräche über gewichtige Dinge führte. Doch Mr. Gillies irrte sich, wenn er glaubte, dass so etwas für einen Sprössling aus Culduie möglich war.

Mr. Sinclair hat mich gebeten, die »Kette der Ereignisse« (so hat er es genannt) zu schildern, die zu der Ermordung von Lachlan Broad geführt hat. Ich habe sorgfältig darüber nachgedacht, was das erste Glied in dieser Kette gewesen sein mag. Natürlich könnte man sagen, dass alles mit meiner Geburt begonnen hat, oder mit der Zeit, als meine Eltern sich begegnet sind und geheiratet haben, oder mit dem Untergang des Bootes, der sie überhaupt erst zusammengebracht hat. Doch selbst wenn es stimmt, dass Lachlan

Broad, sofern sich diese Dinge nicht ereignet hätten, heute noch leben würde – oder zumindest nicht durch meine Hand gestorben wäre –, ist es trotzdem möglich, dass die Dinge sich anders entwickelt hätten. Wäre ich zum Beispiel Mr. Gillies' Rat gefolgt, hätte ich Culduie vielleicht verlassen, bevor all das, was hier geschildert werden soll, geschah. Deshalb habe ich versucht, den Punkt auszumachen, an dem Lachlan Broads Tod unausweichlich erschien; oder anders gesagt, den Punkt, an dem ich mir keinen anderen Ausgang mehr vorstellen konnte. Dieser Augenblick kam meines Erachtens mit dem Tod meiner Mutter vor anderthalb Jahren. Das war die Quelle, aus der alles andere entsprang. Deshalb geschieht es nicht aus dem Wunsch heraus, Mitleid beim Leser zu wecken, wenn ich dieses Ereignis nun hier beschreibe. Ich wünsche und brauche niemandes Mitleid.

Meine Mutter war eine lebensfrohe und liebenswürdige Frau, die ihr Bestes tat, um in unserem Haus eine fröhliche Atmosphäre zu schaffen. Ihre täglichen Arbeiten waren von Gesang begleitet, und wenn eines von uns Kindern krank wurde oder sich verletzte, bemühte sie sich, uns zu trösten, damit wir schnell darüber hinwegkamen. Wenn jemand uns besuchte, was häufig vorkam, wurde er stets mit Tee willkommen geheißen. Wenn unsere Nachbarn um den Tisch saßen, war mein Vater durchaus gastfreundlich, aber er gesellte sich nur selten zu ihnen. Meist blieb er stehen und verkündete, er habe zu arbeiten, auch wenn das auf sie offenbar nicht zuträfe, was unweigerlich zur baldigen Auflösung des Beisammenseins führte. Es ist schwer zu verstehen, warum meine Mutter ausgerechnet einen so mürrischen Mann geheiratet hat, wo sie doch die freie Wahl hatte. Dennoch müssen wir dank ihrer Bemühungen zu jener Zeit wie eine halbwegs glückliche Familie gewirkt haben.

Mein Vater war ziemlich überrascht, als meine Mutter zum vierten Mal schwanger wurde. Sie war zu dem Zeitpunkt fünfunddreißig, und seit der Geburt der Zwillinge waren zwei Jahre vergangen. Ich erinnere mich noch ganz deutlich an den Abend, als die Wehen einsetzten. Draußen tobte ein Sturm, und als meine Mutter nach dem Essen den Tisch abräumte, erschien auf einmal eine Pfütze zwischen ihren Füßen, und sie gab meinem Vater zu verstehen, dass ihre Zeit gekommen war. Die Hebamme, die in Applecross wohnte, wurde geholt, und die Zwillinge und ich wurden zu Kenny Smoke geschickt. Jetta blieb da, um bei der Geburt zu helfen. Bevor ich das Haus verließ, rief sie mich ins Hinterzimmer, damit ich meiner Mutter einen Kuss gab. Mutter packte meine Hand und sagte, ich solle ein guter Junge sein und auf meine Geschwister aufpassen. Jettas Gesicht war bleich, und ihre Augen waren von Angst verschleiert. Heute glaube ich, damals ahnten die beiden bereits, dass der Tod uns in jener Nacht besuchen würde, doch ich habe nie mit Jetta darüber gesprochen.

In der Nacht schlief ich überhaupt nicht, obwohl ich mit geschlossenen Augen auf der Matratze lag, die man mir hergerichtet hatte. Am Morgen teilte Carmina Smoke mir unter Tränen mit, dass meine Mutter in der Nacht von uns gegangen sei, weil es bei der Geburt Komplikationen gegeben hatte. Das Kind hatte überlebt und wurde zur Familie meiner Mutter nach Toscaig gebracht, wo ihre Schwester sich seiner annehmen würde. Ich habe meinen jüngsten Bruder nie gesehen und habe auch nicht den Wunsch danach. Unser ganzes Dorf stand unter dem Zeichen der Trauer, denn die Anwesenheit meiner Mutter war wie das Sonnenlicht gewesen, das die Pflanzen nährt.

Dieses Ereignis zog eine Menge Veränderungen für unsere Familie nach sich. Die bedeutsamste davon war die Trübsal, die sich über unseren Haushalt legte und dort hängen blieb wie eine dunkle Wolke. Bei meinem Vater war diese Veränderung am wenigsten spürbar, da er noch nie ein fröhlicher Mensch gewesen war. Wenn es früher einmal einen Moment gemeinsamer Heiterkeit gegeben hatte, war sein Lachen stets das erste gewesen, das verstummte, und er senkte den Blick, als schäme er sich für diesen Augenblick der Freude. Nun jedoch nahm sein Gesicht eine unverrückbare Düsterkeit an, als hätte ihn der böse Blick getroffen. Ich möchte meinen Vater nicht als stumpf oder gefühllos darstellen, und ich zweifle auch nicht daran, dass der Tod seiner Frau ihm großen Schmerz bereitete. Ich glaube nur, dass das Unglücklichsein eher seiner Natur entsprach und dass er es als Erleichterung empfand, nicht länger Fröhlichkeit vortäuschen zu müssen.

In den Wochen und Monaten nach der Beerdigung war Reverend Galbraith ein häufiger Gast in unserem Haus. Der Pfarrer ist von beeindruckender Erscheinung; er trägt stets einen schwarzen Gehrock und ein weißes Hemd mit gestärktem Kragen, aber ohne Halstuch oder Krawatte. Sein weißes Haar ist kurz geschnitten, und er hat einen dichten, aber ebenfalls kurz gehaltenen Backenbart. Er hat kleine, dunkle Augen, von denen viele Leute sagen, dass sie einem bis in die Seele schauen können. Ich für meinen Teil wich seinem Blick meist aus, aber ich zweifle nicht daran, dass er die gottlosen Gedanken, die ich oft hegte, hätte lesen können. Er sprach mit sonorer, wohlgesetzter Stimme, und obwohl seine Predigten meinen Verstand oft überstiegen, war es nicht unangenehm, ihnen zuzuhören.

Bei dem Gottesdienst anlässlich der Beerdigung meiner Mutter sprach er lang und ausführlich über das Thema der Marter. Der Mensch, so sagte er, habe sich nicht nur der Sünde schuldig gemacht, sondern er sei ein Sklave der Sünde. Wir hätten uns dem Teufel überschrieben und trügen die Ketten der Sünde um den Hals. Dann forderte Mr. Galbraith uns auf, uns die Welt anzuschauen und das unendliche Elend darin. »Was bedeutet all die Krankheit und Unzufriedenheit, die Armut und die Todesqual, deren Zeuge wir jeden Tag sind?«, fragte er, und er gab selbst sogleich die Antwort darauf: Diese Martern seien die Früchte unserer Sünden. Der Mensch allein sei nicht in der Lage, das Joch der Sünde abzuwerfen. Deshalb bräuchten wir einen Erlöser, denn ohne ihn wären wir alle dem Untergang geweiht.

Nachdem meine Mutter der Erde übergeben worden war, gingen wir in einer feierlichen Prozession über das Moor. Der Tag war, wie so oft in unserer Gegend, vollkommen grau. Der Himmel, die Berge von Raasay und das Wasser des Sunds boten nur blasse Schattierungen dieses Tons. Mein Vater vergoss keine Tränen, weder bei der Grabrede noch danach. Sein Gesicht nahm jenen verhärteten Ausdruck an, der von da an kaum noch weichen sollte. Ich bin sicher, er nahm sich Mr. Galbraiths Worte sehr zu Herzen. Ich hingegen war überzeugt, dass uns unsere Mutter nicht wegen der Sünden meines Vaters genommen worden war, sondern wegen meiner. Ich dachte über Mr. Galbraiths Predigt nach und beschloss noch dort, mit der grauen Erde unter meinen Füßen, dass ich der Erlöser meines Vaters werden und ihn von dem Elend befreien würde, das meine Sündhaftigkeit über ihn gebracht hatte.

Ein paar Monate darauf nahm Mr. Galbraith meinen Vater in den Ältestenrat der Kirche auf, in Anerkennung der willigen Akzeptanz meines Vaters, sein Leid als Strafe für sein sündhaftes Leben anzunehmen. Das Leid meines Vaters sei lehrreich für die Gemeinde, und es würde für die Dorfmitglieder von Nutzen sein, ihn an hervorgehobener Stelle in der Kirche zu sehen. Ich vermute, Mr. Galbraith war ganz froh über den Tod meiner Mutter, da dieser die Richtigkeit seiner Lehren bewies.

Die Zwillinge schrien unablässig nach ihrer Mutter, und wenn ich an diese Zeit zurückdenke, ist sie stets von ihrem klagenden Gewimmer untermalt. Aufgrund des Altersunterschieds hatte ich für meine jüngeren Geschwister nie etwas anderes als Gleichgültigkeit empfunden, doch nun erweckten sie regelrechte Feindseligkeit in mir. Wenn einer von ihnen einen Moment still war, begann der andere zu weinen, was wiederum den ersten erneut anstiftete.

Mein Vater duldete das Geschrei der Kleinen nicht und versuchte, die beiden mit Schlägen zum Schweigen zu bringen, was jedoch ihr Weinen nur verstärkte. Ich erinnere mich gut daran, wie sie sich auf ihrer Matratze mit angstvoller Miene aneinanderklammerten, als mein Vater auf sie zuging, um ihnen einen Tracht Prügel zu verpassen. Ich überließ es Jetta, dazwischenzugehen, und wäre sie nicht dagewesen, hätte mein Vater die armen Bälger womöglich totgeschlagen. Jemand schlug vor, auch die Zwillinge nach Toscaig zu schicken, doch mein Vater wollte davon nichts wissen, da Jetta alt genug sei, um ihnen die Mutter zu ersetzen.

Meine liebe Schwester Jetta hatte sich so sehr verändert, als hätte über Nacht eine Doppelgängerin ihren Platz eingenommen. An die Stelle des fröhlichen, bezaubernden Mädchens war eine trübsinnige, verdrießliche Gestalt getreten, die gebeugt ging und auf Drängen meines Vaters nur noch das Schwarz einer Witwe trug. Jetta war gezwungen, die Rolle einer Ehefrau und Mutter einzunehmen, das Essen zuzubereiten und meinem Vater zu dienen, wie meine Mutter es zuvor getan hatte. Zu dieser Zeit verkündete Vater auch, Jetta solle von nun an zusammen mit ihm im Hinterzimmer schlafen, da sie jetzt eine Frau sei und ein wenig Ruhe und Abstand von ihren Geschwistern verdiene. Im Allgemeinen jedoch behandelte Vater sie meist wie Luft, als schmerze ihn der Anblick, weil sie seiner Frau so sehr ähnelte.

Da Jetta die Fröhlichste von uns war, muss sie mehr als wir alle unter dem Trübsinn gelitten haben, der sich über unsere ganze Familie gelegt hatte. Ich weiß nicht, ob sie den Tod meiner Mutter vorausgeahnt hat, denn sie hat mit mir nie darüber gesprochen, doch anstatt die Rituale und all das abergläubische Brimborium aufzugeben, das ja nicht geholfen hatte, das Unglück abzuwenden, klammerte sie sich nur umso mehr daran. Ich sah darin keinen Nutzen, aber ich wusste, dass Jetta Botschaften aus der Anderen Welt empfing, die ich nicht wahrnehmen konnte. Auf eine ganz ähnliche Weise wandte sich mein Vater noch inbrünstiger der Lektüre der Bibel zu und versagte sich die wenigen bescheidenen Freuden, die er sich zuvor gegönnt hatte, als glaube er, dass Gott ihn für den Schluck Whisky strafen wolle, den er gelegentlich getrunken hatte. Doch für mich zeigte der Tod meiner Mutter nur umso deutlicher, wie absurd ihre jeweiligen Überzeugungen waren.

Die Wochen gingen vorüber, ohne dass einer von uns versucht hätte, die Atmosphäre durch einen kleinen Scherz oder ein paar Liedzeilen aufzulockern, und je mehr Zeit verging, desto mehr richteten wir uns in unserem Trübsinn ein.

Meine Mutter starb im April, und einige Wochen später war ich allein oben auf der Weide, wo ich auf die Kühe und Schafe aufpassen sollte, die dort grasten. Der Nachmittag war sehr warm. Der Himmel war klar, und die Hügel jenseits des Sunds schimmerten in verschiedenen Purpurtönen. Es war so windstill, dass ich das Klatschen der Wellen hören konnte und die Rufe der Kinder, die weit unter mir im Dorf spielten. Die Tiere, die ich hüten sollte, waren träge von der Hitze und bewegten sich kaum von der Stelle. Die Kälber schlugen müde mit ihrem Schwanz, um die Fliegen zu vertreiben.

Ich lag auf der Heide und sah den Wolken zu, die langsam über den Himmel zogen. Ich war froh, dass ich weit weg von unserem Feld und meinem Vater war, der auf den Griff seines Pflugspatens gestützt dagestanden und seine Pfeife geraucht hatte, als ich losgezogen war. Ich stellte mir vor, wie meine Mutter sich neben ihm zum Boden hinunterbeugte, um Unkraut zu zupfen, ein Lied auf den Lippen und eine Haarsträhne im Gesicht. Es dauerte eine Weile, bis ich begriff, dass sie nicht dort war, sondern unter der Erde, auf dem Friedhof von Camusterrach. Ich hatte schon oft tote Tiere gesehen und fragte mich, ob der Prozess der Verwesung wohl auch schon ihren Körper ergriffen hatte. Da spürte ich mit schmerzender Deutlichkeit, dass ich sie niemals wiedersehen würde, und schloss die Augen, um nicht weinen zu müssen. Ich versuchte, mich auf das Rascheln des Grases und das Blöken der Schafe zu konzentrieren, aber es gelang mir nicht, das Bild vom verwesenden Leichnam meiner Mutter zu verscheuchen. Ein Insekt landete auf meinem Gesicht, und das lenkte mich von meinen Gedanken ab. Ich verscheuchte es mit der Hand, stützte mich auf meinen Unterarm und blinzelte ins Sonnenlicht. Dann landete das Insekt – es war eine Hornisse – auf meinem Unterarm. Ich zog den Arm nicht weg, sondern hob ihn langsam auf die Höhe meiner Augen, sodass dieses kleine Wesen größer wirkte als das Vieh in der Ferne. Mr. Gillies hatte uns einmal mithilfe eines Diagramms, das er an die Tafel malte, die Namen für die einzelnen Körperteile eines Insekts beigebracht, und diese wohlklingenden Wörter sagte ich nun auf: Thorax, Trachee, Funiculus, Ovipositor, Mandibel. Die Hornisse kletterte über die dunklen Haare auf meinem Arm, als sei sie sich nicht sicher, auf welchem Terrain sie da gelandet war. Und mit dem sachlichen Interesse eines Wissenschaftlers sah ich zu, wie sie stehen blieb und ihren Hinterleib auf meine Haut senkte. Dann schlug ich instinktiv mit der Hand darauf und wischte den toten kleinen Körper von meinem Arm. Das Insekt hatte einen winzigen Stachel in meiner Haut zurückgelassen, und die Stelle schwoll rasch zu einer rötlichen Beule an.

Ich beschloss, zu dem Wasserfall weiter oben auf dem Càrn zu klettern, um den Stich darin zu kühlen. Dabei warf ich immer wieder einen Blick über die Schulter, um nach dem Vieh zu sehen. Der Wasserfall befand sich inmitten eines Birkenhains, und an seinem Fuß hatte sich ein kleiner Teich gebildet. Zwischen den Bäumen war es angenehm kühl. Die Felsen waren vom jahrhundertelangen Lauf des Wassers glatt gewaschen. Ich tauchte meine Hände in den

Teich, um einen Schluck zu trinken, dann spritzte ich mir Wasser ins Gesicht und auf den Kopf. Schließlich zog ich meine Kleider aus und stieg in den Teich. Ich schloss die Augen und ließ mich auf dem Rücken treiben. Licht fiel in rötlich gelben Punkten auf meine Augen. Ich lauschte auf das Prasseln des Wassers und hatte das Gefühl, wenn ich wieder hinausstieg, wären Culduie, Aird-Dubh und alles andere verschwunden, und ich wäre ganz allein auf der Welt. Ich wünschte mir nur, Jetta würde auf einem der Felsen stehen, ihre Kleider ablegen und zu mir in den Teich kommen. Ich öffnete die Augen und sah die Tropfen in die Luft springen wie Funken von einem Feuer. Ich wäre mit Freuden den ganzen Nachmittag dort geblieben, aber ich musste mich ja um das Vieh kümmern. Ich wartete, bis die Sonne meine Haut getrocknet hatte, dann zog ich mich an und ging wieder hinunter zur Weide.

Als das Prasseln des Wassers leiser wurde, hörte ich das Blöken eines Schafs. Schafe unterhalten sich häufig miteinander, doch dies war der gequälte Ruf eines einzelnen Tieres, nicht unähnlich dem eines Mutterschafs, das sein Lamm verloren hat. Ich stellte mich auf einen Hügel und suchte die Umgebung ab, konnte das Tier jedoch nicht entdecken. Etwa hundert Meter weiter oben, nach einem steilen Hang, ging das Weideland in eine sumpfige Hochebene über, die von unten nicht zu sehen war. Dort stechen wir unseren Torf. Ich lief hinauf, und das Blöken wurde immer lauter. Als ich auf der Ebene angelangt war, sah ich einen Schafbock, der auf der Seite lag, halb im Morast versunken. Selbst im Sommer blieb der Sumpf feucht und tückisch. Die älteren Leute im Dorf warnten die Kinder oft, wenn sie sich in den Sumpf hinaufwagten, würden sie in die Eingeweide der Erde gesogen und dort von Trollen verschlungen. Als kleiner Junge hatte ich diese Warnung ernst genommen, und obwohl ich nicht mehr an Trolle glaubte, hielt ich mich nach Möglichkeit von dem Sumpf fern. Das Tier zappelte verängstigt mit seinen freien Beinen, was nur dazu führte, dass es immer tiefer im Schlamm versank. Ich näherte mich vorsichtig, wobei ich mich an die mit Heide bewachsenen Bereiche hielt, die einen sicheren Stand boten, und gab beruhigende Laute von mir. Der Schafbock blickte gequält in meine Richtung, wie eine kranke, alte Frau, die zu schwach ist, den Kopf vom Kissen zu heben. Ich verspürte kein Mitleid mit dem Tier, nur eine Art Ärger ob seiner Dummheit. Eine große Krähe landete auf einem nahe gelegenen Hügel und beobachtete uns interessiert. Ich überlegte, welche Möglichkeiten ich hatte. Mein erster Gedanke war, ins Dorf zurückzulaufen und ein Seil zu holen sowie jemanden, der mir helfen konnte, das Tier aus dem Morast zu ziehen. Doch ich verwarf dies gleich wieder, denn selbst wenn der Schafbock noch nicht ertrunken gewesen wäre, wenn wir zurückkämen, hätten sich gewiss schon die Krähe und ihre Genossinnen über ihn hergemacht. Darüber hinaus würde ich dann eingestehen müssen, dass das Tier in den Sumpf gelaufen war, während ich die Aufsicht hatte, und das erschien mir wenig erstrebenswert. Also blieb mir nichts anderes übrig, als das Tier ohne Hilfe zu retten.

Somit kniete ich mich an den Rand des Morasts, beugte mich so weit wie möglich nach vorne und versuchte, ein Bein des Schafbocks zu greifen. Der Schlamm roch säuerlich. Ein Schwarm Fliegen erhob sich von dem brackigen Wasser an der Oberfläche. Es gelang mir, den Huf des Bocks zu packen, jedoch nicht fest genug, um richtig daran ziehen zu können. Ich prüfte die Festigkeit des Bodens zwischen uns und ließ mich dann vorsichtig auf meinem Hinterteil nieder, wobei mir der Schlamm in die Hose lief. Die Krähe beobachtete interessiert meine Fortschritte. Nun konnte ich das gekrümmte Horn am Kopf des Tieres ergreifen. Ich lehnte mich nach hinten und zog, bis die Muskeln an der Rückseite meiner Beine spannten. Der Schafbock zappelte mit neuer Kraft und stieß ein ängstliches Blöken aus. Dann gab der Sumpf mit einem Schmatzen sein Opfer frei. Ich fiel rücklings auf die Heide, von oben bis unten mit schwarzem Schlamm bespritzt. Vor Erleichterung lachte ich laut auf. Das befreite Tier versuchte vergeblich, aufzustehen, und da sah ich, dass das Hinterbein, das im Sumpf gelegen hatte, ausgekugelt war und in gänzlich unnatürlichem Winkel vom Körper abstand. Das Tier fiel erneut auf die Seite, zappelte mit seinen gesunden Beinen in der Luft und blökte unablässig. Die Krähe stieß ein lautes Krächzen aus, als wollte sie sich über meine Bemühungen lustig machen. Ich formte eine Handvoll Schlamm zu einer Kugel und warf damit nach dem boshaften Vogel, doch der sah nur ungerührt zu, wie die Kugel mit einem Platschen im Sumpf landete, und musterte mich dann erneut mit einem hochmütigen Blick. Ich hatte keine andere Wahl, als den Schafbock so schnell wie möglich von seiner Qual zu erlösen. Es mag ja für einen feinen Herrn eine Kleinigkeit sein, einen Hirsch oder ein Moorhuhn mit einem Druck auf den Abzug seines Gewehrs zu erlegen, doch ein Tier mit seinen eigenen Händen oder irgendeinem Werkzeug zu töten, wie gut es auch für diesen Zweck geschaffen sein mag, ist etwas ganz anderes. Ich habe mich seit jeher davor gescheut, auch nur ein Huhn zu töten, und ich begreife nicht, wieso gebildete Männer es als einen Sport ansehen, Lebewesen zu erschießen. Dennoch war es unter den gegebenen Umständen meine Pflicht, das Leiden des Tieres zu beenden. Ich erwog, mich rittlings darüberzustellen, es an den Hörnern zu packen und den Kopf mit einem Ruck nach hinten zu drehen, um ihm das Genick zu brechen, aber ich wusste nicht, ob meine Kraft dafür ausreichen würde. Da erblickte ich einen Torfspaten, der ein Stück weiter in der Erde steckte. Ich holte ihn mir und nutzte ihn auf dem Rückweg dazu, die Krähe zu verscheuchen, die jedoch nur kurz in die Luft flatterte und dann wieder auf ihren vorigen Ausguck hüpfte.

»Ist es gemütlich da?«, fragte ich.

Die Krähe erwiderte keckernd, ich solle mich beeilen, meine Aufgabe auszuführen, da sie ungeduldig auf ihre Mahlzeit warte.

Der Kopf des Spatens hatte ein gutes Gewicht. Der Schafbock sah mich an. Ich blickte mich um, doch es war niemand zu sehen. Ohne zu zögern, hob ich den Spaten über meinen Kopf und schlug damit zu, so fest ich konnte. Doch entweder hatte das Tier sich bewegt, oder ich hatte nicht gut genug gezielt, denn mein Schlag traf nur die Schnauze und zertrümmerte den Knochen. Das Tier schnaubte, verschluckte sich an Blut und Splittern und machte erneut einen mitleiderregenden Versuch, auf die Beine zu kommen. Ich holte ein zweites Mal aus und schlug mit solcher Wucht auf den Kopf des Tieres, dass meine Füße vom Boden abhoben. Blut spritzte in die Luft und traf mein Gesicht. Der Spaten steckte tief im Schädel des Schafbocks, und es kostete mich einige Mühe, ihn wieder herauszuziehen. Danach drehte ich mich um und übergab mich, auf den Stiel des Spatens gestützt. Als ich mich davon erholt hatte, saß die Krähe auf dem Schädel des toten Tieres und machte sich über die Augen her. Zwei von ihren Gefährtinnen hatten sich zu ihr gesellt, stolzierten um den Kadaver herum und inspizierten ihn eingehend.

Die Markierung auf dem Fell verriet, wem der Schafbock gehörte, und ich machte mich mit einem sehr flauen Gefühl im Magen auf den Weg zurück ins Dorf.

Noch am selben Abend wurde im Haus von Kenneth Murchison eine Versammlung abgehalten. Mr. Murchison wurde von allen nur Kenny Smoke genannt, weil man ihn nie ohne eine Pfeife im Mund zu sehen bekam. Er war ein stämmiger Mann, der sich bücken musste, wenn er durch eine Tür ging. Er hatte ein breites, einnehmendes Gesicht mit einem schwarzen Schnurrbart, so üppig und dicht wie ein Besen, und eine laute Stimme, mit der er die Frauen ebenso unbefangen und fröhlich ansprach wie die Männer. Ich habe meine Mutter nie so munter gesehen, wie wenn Kenny Smoke zu Besuch kam. Er konnte wunderbar Geschichten erzählen und lange Gedichte aus dem Gedächtnis aufsagen, und während der dunklen Monate versammelten sich die Leute stets bei ihm zum Ceilidh[7]. Als Junge war ich gebannt von seinen Geschichten über Geister und übernatürliche Wesen. Mein Vater misstraute Kenny Smoke, wie er allen Menschen misstraute, deren Gedanken um weltliche Dinge kreisten, wie er sich ausdrückte.

Seine Frau Carmina war eine wahre Schönheit, mit fein geschnittenem Gesicht, großen dunklen Augen und von schlankem Wuchs. Ihr Vater war ein Kaufmann in Kyle of Lochalsh, und Kenny Smoke hatte sie dort auf einem Markt kennengelernt. Noch nie hatte eine solche Frau in ein Dorf wie Culduie eingeheiratet, und es wurde oft gesagt (obwohl ich nicht verstand, was damit gemeint war), dass Kenny Smoke wohl mit einer besonderen Gabe ausgestattet sein musste, wenn er sie aus so einer großen Stadt weglocken konnte.

Die Murchisons hatten sechs Töchter, was als großes Unglück angesehen wurde. Mehrere alte Kräuterweiblein der Gemeinde hatten ihnen Heilmittel gegen dieses Gebrechen angeboten, doch Kenny Smoke hatte sie alle abgewiesen und verkündet, jede einzelne seiner Töchter sei mehr wert als zehn Söhne eines anderen Mannes. Das Haus der Familie war groß und geräumig. An der Stirnseite befand sich ein Schornstein, und Kenny Smoke hatte einen großen Kamin gebaut, um den mehrere gepolsterte Stühle aufgestellt waren. In einer Anrichte, die von einem Tischler in Kyle angefertigt und mit dem Boot nach Culduie gebracht worden war, stand feines Geschirr. Kenny und seine Frau schliefen in einem Raum an der Rückseite des Hauses, und auch die Töchter hatten ein eigenes Zimmer. Nach seiner Heirat hatte Kenny Smoke zusätzliches Land gepachtet und dort einen Stall gebaut, weil er nicht wollte, dass eines seiner Mädchen unter demselben Dach leben

---

7 Geselliges Beisammensein, bei dem Lieder, Geschichten und Gedichte vorgetragen werden.

musste wie sein Vieh. Auch seine Frau bezeichnete er stets als eines von seinen Mädchen, und an Sommerabenden gingen sie oft Hand in Hand zur Spitze von Aird-Dubh. Wenn mein Vater das sah, brummelte er: »Sie muss seine Hand halten, damit er kein Teufelswerk tut.«

In der Mitte des Wohnraums stand ein langer Tisch, an dem die Murchisons ihre Mahlzeiten einnahmen. Um diesen Tisch saßen nun ich und mein Vater, Lachlan Broad, dem der Schafbock gehörte, den ich getötet hatte, und sein Bruder Aeneas. Kenny Smoke selbst saß am Kopfende des Tisches. Diesmal war nichts von der heiteren Atmosphäre zu spüren, die die Zusammenkünfte im Haus der Murchisons sonst begleitete. Lachlan Broad hatte den von Kenny Smoke angebotenen Whisky ausgeschlagen und saß sehr aufrecht da, die Hände vor sich auf dem Tisch, wobei seine Rechte die zur Faust geballte Linke umfasste und losließ, immer im Wechsel, als wären seine Hände ein schlagendes Herz. Den Blick hielt er auf die Anrichte gerichtet, die hinter meinem Vater und mir stand. Dazu muss man sagen, dass Lachlan Broad wahrlich ein beeindruckendes Exemplar der menschlichen Rasse war. Er maß einen Meter achtzig und hatte breite Schultern und große, fleischige Hände. Es hieß, er habe einen erlegten Hirsch, den zwei Männer kaum anheben konnten, allein durchs ganze Dorf getragen. Seine schmalen Augen waren von blassem Blau, und auf dem massigen Kopf hatte er dichtes blondes Haar, das ihm bis zu den Schultern reichte. Beides kam, wie man sich erzählte, von dem norwegischen Blut in der Familie seiner Mutter. Er schien nie die Kälte zu spüren und trug selbst in den dunklen Monaten nur ein offenes Hemd. Als wäre er nicht schon auffällig genug, knotete er sich stets ein gelbes Tuch um den Hals. Sein Bruder war von kleinerer Statur, dicklich, mit rotem Gesicht und kleinen Vogelaugen. Obwohl er selbst wenig zu sagen hatte, stieß er bei allem, was seine Leute von sich gaben, ein wieherndes Lachen aus. Aeneas saß neben seinem Bruder, den linken Fußknöchel auf dem rechten Knie, und kratzte mit einem Taschenmesser den Dreck von seinem Stiefel.

Kenny Smoke paffte schweigend vor sich hin und strich immer wieder mit Daumen und Mittelfinger die Spitzen seines mächtigen Schnurrbarts glatt. Mein Vater, der seine Pfeife in der Tasche gelassen hatte, hielt mit beiden Händen die Mütze auf seinem Schoß umfasst und starrte auf den Tisch vor ihm. Wir warteten auf die Ankunft von Calum Finlayson, einem Bootsmann aus Camusterrach, der zu jener Zeit den Posten des Constables[8] der Gemeinde innehatte. Draußen schien noch immer strahlend die Sonne, was die düstere Stimmung im Haus nur noch mehr betonte. Bald darauf trat Mr. Finlayson ein und begrüßte gut gelaunt die Versammelten. Kenny Smoke stand auf, schüttelte ihm herzlich die Hand und erkundigte sich nach dem Befinden seiner Familie. Der Constable nahm dankend das Angebot einer Tasse Tee an, und so wurde Carmina Smoke herbeigerufen. Sie machte sich daran, den Tee zuzubereiten, und stellte jedem von uns eine Tasse mit Untertasse hin, obwohl nur Mr. Finlayson welchen wollte. Lachlan Broad beobachtete sie eingehend, als begutachte er ein Stück Vieh auf dem Markt.

Als der Tee eingeschenkt war und Carmina Smoke sich in das hintere Zimmer zurückgezogen hatte, eröffnete Calum Finlayson die Versammlung.

»Schauen wir, ob wir diese Angelegenheit nicht freundschaftlich regeln können, meine Herren«, sagte er.

---

8 Der Constable eines Dorfes oder einer Gemeinde wurde von den Einwohnern gewählt und diente als Vermittler zwischen den Leuten und dem Gutsverwalter. Zu seinen Aufgaben gehörte es, dafür zu sorgen, dass die Crofter die Pachtbedingungen einhielten, und Streitereien beizulegen. Der Gutsverwalter wiederum sorgte dafür, dass auf dem Gut alles so geschah, wie es den Wünschen des Lords entsprach. Im Allgemeinen war der Gutsverwalter ein unbeliebter und gefürchteter Mann.

Kenny Smoke nickte ernst und sagte: »Ganz meine Meinung.«

Lachlan Broad schnaubte geräuschvoll, und sein Bruder stieß sein wieherndes Lachen aus. Calum Finlayson ignorierte diese unhöflichen Geräusche und forderte mich freundlich auf, so genau wie möglich zu berichten, was an dem Nachmittag geschehen war. Obwohl ich angesichts all dieser Männer ziemlich nervös war, erzählte ich die Geschichte, so gut ich konnte, wobei ich allerdings den Ausflug zum Wasserfall wegließ, da dieser mit Recht als Vernachlässigung meiner Pflicht angesehen werden konnte, auf das Vieh aufzupassen. Den Hornissenstich erwähnte ich jedoch, weil er vielleicht als Grund dafür gelten konnte, dass ich abgelenkt gewesen war, als der Schafbock verschwand. Außerdem behauptete ich, die Krähen hätten dem Bock bereits die Augen ausgehackt, als ich ihn fand, um das Leid des Tieres zu betonen und meine Entscheidung zu rechtfertigen.

Als ich geendet hatte, dankte Mr. Finlayson mir für meinen Bericht. Ich hatte die ganze Zeit auf die Tischplatte vor mir gestarrt, doch nun hob ich den Blick, in der Hoffnung, das Schlimmste wäre vorüber. Lachlan Broad setzte sich anders hin und stieß erneut ein herablassendes Schnauben aus. Er beugte sich vor, als wollte er etwas sagen, doch Mr. Finlayson bremste ihn mit erhobenem Zeigefinger.

»War es nicht deine Pflicht, Roddy«, fragte er, »den ganzen Nachmittag auf das Vieh aufzupassen?«

»Doch«, sagte ich.

»Und hast du aufgepasst?«

»Ja, das habe ich, Mr. Finlayson.« Auf einmal bekam ich Angst, dass jemand mich gesehen hatte während ich zum Wasserfall lief – jemand, der nun meine Geschichte als Lüge entlarven würde.

»Wie kann es dann sein«, sagte Mr. Finlayson, immer noch in freundlichem Tonfall, »dass der Schafbock in den Sumpf laufen konnte?«

»Das weiß ich nicht«, erwiderte ich.

»Vielleicht warst du einen Moment abgelenkt?«

»Wenn der Bock davongelaufen ist, während ich aufpassen sollte, muss ich wohl abgelenkt gewesen sein«, sagte ich, erleichtert, dass es offenbar keinen Zeugen gab, der gegen mich aussagen konnte. »Ich bedaure sehr, dass das Tier leiden musste, und ich bin bereit, alles zu tun, was nötig ist, um Mr. Mackenzie für seinen Verlust zu entschädigen.«

Mr. Finlayson nickte, als gefielen ihm meine Worte. Kenny Smoke nahm die Pfeife aus dem Mund und sagte: »Wir wissen alle, dass es nicht möglich ist, fünfzig Schafe dort oben auf der Weide im Blick zu behalten. Der Junge hat gesagt, dass es ihm leid tut, können wir es nicht dabei belassen?«

Lachlan Broad sah ihn an. »Darf ich anmerken, dass es nicht Ihr Schafbock war, dem der Schädel eingeschlagen wurde, Mr. Murchison? Und auch wenn wir Ihre Gastfreundschaft schätzen, wüsste ich nicht, inwiefern Ihre Meinung in dieser Sache von Bedeutung wäre.« Sein Bruder lachte leise und rutschte auf seinem Sitz herum.

Mr. Finlayson hob die Hand, um weitere Diskussionen zu unterbinden, und wandte sich an Lachlan Broad. »Dennoch hat Mr. Murchison recht mit seinem Einwand, dass es nicht leicht ist, so viele Tiere im Blick zu behalten, und auch wenn der Junge einen Fehler gemacht hat, so geschah dies nicht aus bösem Willen.«

»Dieser Junge besteht aus nichts anderem als aus bösem Willen«, sagte Broad und zeigte mit seinem dicken Finger auf mich.

Mr. Finlayson bemerkte, wir wären nicht hier, um einander zu beleidigen, aber wenn Mr. Mackenzie mir nun einige Fragen stellen wolle, könne er dies gerne tun.

Broad beschränkte sich darauf, zu brummen, dass man aus mir ohnehin kein ehrliches Wort herausbekäme.

Mr. Finlayson wartete eine Weile schweigend ab und verkündete dann, er würde jetzt eine Entscheidung treffen, wenn sonst niemand mehr etwas zu der Sache zu sagen habe. »Ich schlage vor«, sagte er, »dass John Macrae für den Verlust des Schafbocks fünfunddreißig Shilling an Lachlan Mackenzie zahlt, da dies dem Marktpreis für ein solches Tier entspricht.«

»Und was ist mit dem Winterfutter und der Arbeit, die ich mit der Aufzucht des Tieres hatte?«, fragte Broad.

Calum Finlayson schien über diesen Einwand nachzudenken. »Hätten Sie das Tier auf dem Markt verkauft, wären Ihnen diese Kosten auch nicht erstattet worden. Außerdem bleiben Ihnen außer den fünfunddreißig Shilling noch das Fell und das Fleisch des Tieres.«

»Aye, was davon noch übrig ist, nachdem die Krähen sich darüber hergemacht haben«, erwiderte Broad.

Mr. Finlayson ging darauf nicht ein, sondern fragte meinen Vater, ob diese Entscheidung für ihn akzeptabel sei. Mein Vater bejahte mit einem kurzen Nicken.

»Ich finde, Sie lassen den Jungen zu leicht davonkommen«, beharrte Lachlan Broad. »Er muss doch wohl eine Strafe kriegen.«

»Was schwebt Ihnen denn vor?«, fragte der Constable. »Eine öffentliche Auspeitschung?«

Ich hatte bereits in Anwesenheit meiner Geschwister eine ordentliche Tracht Prügel von meinem Vater bekommen, aber ich fand, es war nicht an mir, das anzuführen. Auch mein Vater machte keine Anstalten, es zu erwähnen.

»Gar keine schlechte Idee«, sagte Broad und fixierte mich. »Vielleicht sollten wir einfach die Wahrheit aus dem Kerl rausprügeln.«

»Aye, die Wahrheit aus dem Kerl rausprügeln«, wiederholte Aeneas Mackenzie.

Calum Finlayson stand auf und beugte sich über den Tisch zu den beiden Männern. »Ich bin nicht hierhergekommen, um mir

Schimpfworte und Beleidigungen anzuhören«, sagte er. »Der Junge hat den Vorfall von sich aus gestanden, was mir lobenswert erscheint. Ich habe eine Regelung zu Ihren Gunsten angeboten. Wenn sie Ihnen nicht zusagt, schlage ich vor, dass Sie mit der Angelegenheit zur Polizei gehen.«

Lachlan Broad sah ihn finster an. Der Vorschlag war schwer umzusetzen, denn dafür müsste er eine Reise von siebzig Meilen nach Dingwall antreten. Darüber hinaus würde die Tatsache, dass er die Regelung des Constables nicht akzeptiert hatte, in der Gemeinde nicht gut aufgenommen werden. »Vielleicht wäre der Gutsverwalter interessiert zu erfahren, was hier vorgefallen ist.«

»Ich kann Ihnen versichern«, sagte Finlayson, »dass der Gutsverwalter wichtigere Dinge zu tun hat, als sich um den Verlust eines Schafbocks zu kümmern. Da Mr. Macrae meinem Vorschlag zugestimmt hat, lege ich Ihnen nahe, dasselbe zu tun.«

Mit einer wegwerfenden Handbewegung gab Lachlan Broad zu verstehen, dass er die Regelung akzeptierte. Da hob mein Vater, der die ganze Zeit über den Mund nicht aufgemacht hatte, seinen knochigen Zeigefinger. Der Constable fragte ihn, ob er etwas zu sagen wünsche.

»Wegen der Bezahlung ...«, sagte mein Vater.

»Ja?«, fragte Mr. Finlayson.

Mit einiger Mühe erklärte mein Vater, dass er zwar mit der Regelung einverstanden sei, aber zurzeit keine fünfunddreißig Shilling habe, oder auch nur den einen Teil dieser Summe.

Das schien Lachlan Broad und seinen Bruder sehr zu erheitern. »Tut mir leid, das zu hören, John Black«, sagte Broad. »Vielleicht kann ich ja stattdessen Ihre trübsinnige Tochter nehmen. Ich schaffe es bestimmt, ein Lächeln auf ihr Gesicht zu zaubern.«

»Wir könnten beide ein Lächeln auf ihr trübsinniges Gesicht zaubern«, ergänzte Aeneas Mackenzie mit einem albernen Kichern.

Kenny Smoke stand auf und beugte sich über den Tisch. »In meinem Haus will ich solches Gerede nicht hören, Lachlan Broad.«

»Vielleicht wär's Ihnen ja lieber, wenn ich mir eine von Ihren Töchtern nehme ...«, sagte Broad. »Die älteste ist schön reif und saftig.«

Kenny Smoke bekam ein ganz rotes Gesicht, und es sah so aus, als wollte er sich gleich auf ihn stürzen, doch Calum Finlayson konnte ihn gerade noch zurückhalten.

Lachlan Broad fing an zu lachen, die Arme vor der Brust verschränkt. Kenny Smoke blieb noch einen Moment stehen und funkelte Broad an, der spöttisch zurückgrinste. Mein Vater starrte auf den Tisch. Darunter sah ich, wie er seine Finger in den groben Stoff seiner Hose gekrallt hatte.

Schließlich setzte sich Kenny Smoke wieder, und Mr. Finlayson, dem zweifellos daran gelegen war, die Angelegenheit zu einem Ende zu bringen, sagte: »In Anbetracht von Mr. Macraes Verhältnissen schlage ich vor, dass die vereinbarte Summe in Raten zu einem Shilling pro Woche gezahlt wird.«

Lachlan Broad zuckte die Achseln. »Meinetwegen«, sagte er und fügte in spöttischem Tonfall hinzu: »Ich will ja nicht der Grund dafür sein, dass mein armer Nachbar in Schwierigkeiten gerät.«

Und so wurde die Diskussion beendet. Lachlan Broad schob seinen Stuhl zurück und schlug seinem Bruder zweimal auf den Schenkel, als Zeichen für den Aufbruch. Als sie gegangen waren, atmete Kenny Smoke hörbar aus und murmelte einen Fluch, der hier nicht wiedergegeben werden soll. Mr. Finlayson sagte zu mir, dass ich mich wohl verhalten hätte. Kenny Smoke ging zur Anrichte und nahm eine Flasche Whisky und vier Gläser heraus, die er zwischen uns auf den Tisch stellte. Ich freute mich, dass er auch für mich ein Glas geholt hatte, doch bevor der Whisky eingeschenkt werden konnte, stand mein Vater auf und dankte Mr. Finlayson für die gerechte Regelung, obwohl ich mich des Gedankens nicht erwehren konnte, dass er sich nur zu gerne dem Vorschlag von Lachlan Broad angeschlossen hätte, mich öffentlich auspeitschen zu lassen. Kenny Smoke bat ihn, doch noch ein Glas mit ihm zu trinken, aber er lehnte ab. Dann stieß Vater mich an, und wir gingen. Ich hatte Angst, er würde mich ein zweites Mal verprügeln, sobald wir zu Hause ankamen, doch mir wurde lediglich das Abendessen verwehrt. Ich lag auf dem Bett und stellte mir vor, wie Kenny Smoke und Calum Finlayson Whisky tranken und über den Vorfall lachten, während mein Vater in der wachsenden Dunkelheit an seiner Pfeife zog.

Meine Zelle hier in Inverness misst fünf Schritte in der Länge und zwei in der Breite. Zwei Bretter, die an der Wand befestigt und mit Stroh bedeckt sind, dienen mir als Bett. In der Ecke stehen zwei Eimer, einer mit Wasser zum Waschen und einer für meine Ausscheidungen. Hoch oben in der Wand gegenüber der Tür ist ein unverglastes, handtellergroßes Fenster. Die Mauern sind dick, und nur wenn ich mich mit dem Rücken an die Tür stelle, kann ich ein kleines Stück Himmel sehen. Ich vermute allerdings, das Fenster dient weniger dazu, dem Insassen einen Ausblick zu bieten, sondern vielmehr dazu, ein wenig Luftaustausch zu ermöglichen. Doch in Ermangelung anderer Ablenkungen erweist es sich als überraschend abwechslungsreich, die langsamen Veränderungen eines kleinen Himmelsstücks zu beobachten.

Mein Wärter ist ein Schrank von einem Kerl, so breit, dass er sich seitwärts drehen muss, um meine Zelle zu betreten. Er trägt eine lederne Weste, ein schmutziges Hemd, das über der Hose hängt, und schwere Stiefel, die laut poltern, wenn er über die Steinfliesen draußen im Gang geht. Die Hosenbeine hat er über dem Knöchel mit einer Schnur zusammengebunden. Das verstehe ich nicht, da ich hier weder Mäuse noch anderes Ungeziefer gesehen habe, aber ich habe ihn nicht nach dem Grund dafür gefragt. Und ebenso wenig nach seinem Namen.

Der Wärter behandelt mich weder mit Freundlichkeit noch mit Verachtung. Morgens bringt er mir ein Stück Brot und etwas Wasser, und wenn mein Eimer voll ist, leert er ihn. In den ersten Tagen unternahm ich ein paar Versuche, mich mit ihm zu unterhalten, doch er reagierte nicht darauf. Als mir der Tisch und der Stuhl gebracht wurden, an denen ich diesen Bericht schreibe, sagte er nichts dazu. Stumm ist er jedoch nicht, denn ich habe ihn schon ein paarmal draußen im Gang sprechen hören. Ich vermute, ich bin ihm gleichgültig und unterscheide mich nicht von den Insassen in den anderen Zellen entlang des Gangs. Ohnehin gibt es hier wenig, worüber man reden könnte. Nachdem er gegangen ist, höre ich, wie er in den übrigen Zellen denselben Dienst verrichtet. Ich habe keinen der anderen Insassen je zu Gesicht bekommen und hege auch nicht den Wunsch danach, da ich mich nicht mit Verbrechern gemein machen will. Nachts brüllen die Männer bisweilen übelste Flüche oder hämmern mit den Fäusten gegen ihre Zellentüren, was nur dazu führt, dass die anderen um Ruhe schreien. Dieser Aufruhr hält eine Weile an und verstummt dann plötzlich wieder, sodass nur noch die leisen Geräusche der Nacht draußen zu hören sind.

Jeden zweiten Tag holt man mich aus der Zelle, und ich darf mir in einem gepflasterten Innenhof die Beine vertreten. Beim ersten Mal wusste ich nicht recht, was ich dort tun sollte. Da die Mauern sehr hoch sind, gelangt keine Sonne hinein, und die Pflastersteine sind schmierig und mit Moos bewachsen. Dann bemerkte ich, dass am Rand des Innenhofs ein Pfad frei getreten war, und so begann ich, im Kreis zu gehen. Der Wärter bleibt die ganze Zeit über am Eingang stehen, aber ich habe nicht den Eindruck, dass er mich beobachtet. In gewisser Weise tut er mir leid. Sein Leben erscheint mir kaum angenehmer als meines, und er wird noch hier sein, lange nachdem ich diesen Ort verlassen habe. Eine Runde im Innenhof ist achtundzwanzig Schritt lang, und in der Regel vollende ich in der Zeit, die mir gewährt wird, sechzig Runden. Das entspricht ungefähr der Strecke zwischen Culduie und Camusterrach, und ich versuche, mir vorzustellen, dass ich dort entlanggehe.

Später am Tag bringt man mir einen Teller Suppe und ein Stück Brot oder ein Bannock[9]. Den größten Teil der Zeit verbringe ich mit dem Verfassen dieser Niederschrift. Ich glaube zwar nicht, dass das, was ich hier schreibe, für irgendjemanden von Interesse sein wird, aber ich bin froh, dass ich etwas habe, womit ich mich beschäftigen kann.

Während der ersten Tage meiner Haft hatte ich kaum Zeit, mich an meine neue Umgebung zu gewöhnen, so sehr wurde ich von den Besuchen diverser Gesetzesvertreter überschwemmt. Immer wieder wurde ich in einen Raum in einem anderen Teil des Gefängnisses gebracht, um mich zu verhören. Mir wurden so oft dieselben Fragen gestellt, dass ich über die Antworten gar nicht mehr nachzudenken brauchte. Des Öfteren hatte ich den Eindruck, dass es meine Gesprächspartner gefreut hätte, wenn ich ihnen eine andere Version der Geschehnisse präsentiert oder in irgendeiner Weise versucht hätte, mich der Verantwortung für das, was ich getan habe, zu entziehen, aber das tat ich nicht. Ich bin von allen höflich behandelt worden und hätte ihnen gerne eine Freude bereitet, aber ich sah keinen Sinn darin, zu lügen. Wenn ich meine Geschichte zum dritten oder vierten Mal wiederholt hatte, wechselten die Anwesenden oft einen Blick, als hätte ich sie in irgendeiner Weise erheitert oder als wäre ich ihnen ein

---

9 Fladenbrot aus Hafermehl.

Rätsel. Doch nachdem ich darüber nachgedacht habe, vermute ich, dass diese Herren eher daran gewöhnt sind, mit Verbrechern zu tun zu haben, die wenig geneigt sind, ihre Schuld zuzugeben. Schließlich erzählte ich meine Geschichte noch einmal in Anwesenheit eines Schreibers, und nach mehrfachen Belehrungen, dass ich dies nicht zu tun bräuchte, setzte ich meinen Namen unter die schriftliche Aussage.

Jetzt habe ich, abgesehen von meinem Rechtsbeistand, Mr. Sinclair, nur noch wenig menschlichen Kontakt. Heute Morgen jedoch wurde ich durch einen Besuch des Gefängnisarztes in meiner Arbeit unterbrochen. Er war ein leutseliger Mann mit roten Wangen und einem struppigen Backenbart, der sich als Dr. Munro vorstellte und mir mitteilte, er müsse meinen Gesundheitszustand überprüfen. Ich sagte ihm, es ginge mir gut, aber er bat mich dennoch, mein Hemd auszuziehen, und untersuchte mich gründlich. Während er seiner Aufgabe nachging, stieg mir sein Atem in die Nase, der nach fauligem Dung roch, und ich war erleichtert, als er mit seiner Untersuchung fertig war und von mir zurücktrat. Dann stellte er mir eine Reihe von Fragen bezüglich meiner Verbrechen, und ich gab die üblichen Antworten. Ab und an nahm er eine Zinnflasche aus der Innentasche seines Gehrocks und trank einen Schluck daraus. Er notierte meine Antworten in einem kleinen Büchlein und wirkte kein bisschen beunruhigt von dem, was ich ihm erzählte. Als er seine Fragen beendet hatte, verschränkte er die Arme vor der Brust und musterte mich mit einer gewissen Neugier. Er fragte mich, ob ich bedauerte, was ich getan hatte. Ich erwiderte, das sei nicht der Fall, und im Übrigen sei es auch unerheblich, ob ich es bedaure oder nicht, da das Geschehene nicht rückgängig zu machen war.

»Das ist allerdings richtig«, sagte er. Nach kurzem Schweigen fügte er hinzu: »Sie sind ein kurioser Geselle, Roderick Macrae.«

Ich erwiderte, ich selbst fände mich keineswegs kurios, und er sei für mich ebenso kurios wie ich für ihn. Daraufhin lachte er gutmütig, und nicht zum ersten Mal war ich überrascht über die Freundlichkeit, mit der ich behandelt wurde, ganz so als hätte ich nichts Schlimmeres getan, als ein Stück Butter zu stehlen.

Gegen Ende der hellen Monate suchte Mr. Gillies meinen Vater auf. Es war früh am Abend, und Jetta räumte gerade den Tisch ab. Mein Vater war überrascht, als der Schulmeister in unserer Tür stand, die Zügel seines Ponys noch in der Hand. Ich ging hinaus, um das Pony anzubinden, und nachdem ich das getan hatte, blieb ich noch ein paar Minuten bei dem Tier, streichelte seinen Hals und sprach leise mit ihm. Als ich wieder hineinging, saß Mr. Gillies auf der Bank an unserem Tisch, und Jetta bereitete ihm eine Tasse Tee. Jemand hatte ihm einen Teller mit Bannock hingestellt. Mein Vater stand unbeholfen in der Mitte des Raums und fingerte an seiner Pfeife herum, da er in Gegenwart eines Höhergestellten nicht sitzen bleiben mochte. Mr. Gillies fragte Jetta allerlei Dinge und sagte meinem Vater, was für eine Freude es gewesen sei, sie zu unterrichten. Als er mich hereinkommen sah, rief er freundlich: »Da ist ja der Junge!«

Dann fragte er meinen Vater, ob er sich nicht setzen wolle, und so nahm mein Vater seinen Platz am Kopfende des Tisches ein.

»Mir ist aufgefallen, dass Roddy seit dem Beginn des neuen Schuljahrs nicht wieder zum Unterricht gekommen ist.«

Mein Vater zog wiederholt an seiner Pfeife. »Er ist kein Kind mehr.«

»Das ist wohl richtig, und er muss die Schule auch nicht länger besuchen«, sagte Mr. Gillies. »Aber vielleicht hat Roddy Ihnen von dem Gespräch erzählt, das er und ich am Ende des letzten Schuljahrs hatten?«

Mein Vater erwiderte, ich hätte ihm von keinem Gespräch erzählt. Da blickte mich Mr. Gillies an und bedeutete mir, mich zu ihnen an den Tisch zu setzen.

Als ich saß, fuhr er fort. »Bei unserem Gespräch ging es um die Zukunft Ihres Sohnes, ich meine, in Bezug auf seine Ausbildung. Hat er Ihnen gegenüber nichts davon erwähnt?«

»Nein, hat er nicht«, sagte mein Vater.

Mr. Gillies sah mich an und runzelte die Stirn. »Nun«, sagte er in munterem Tonfall, »Ihr Sohn hat in der Schule bemerkenswertes Talent gezeigt, und nach meiner Ansicht wäre es ein Jammer, dieses Talent zu vergeuden.«

Mein Vater starrte mich finster an, als hätte ich irgendetwas angestellt oder mich hinter seinem Rücken mit dem Lehrer verschworen.

»Vergeuden?«, wiederholte er, als sei ihm dieses Wort gänzlich unbekannt.

»Ich will damit nur sagen, falls er seine Ausbildung fortführen würde, könnten ihm künftig vielleicht viel mehr Wege offenstehen.«

»Was für Wege?« Mein Vater wusste sehr genau, was für Wege Mr. Gillies meinte. Ich bin mir sicher, dass er von meinen Leistungen im Klassenzimmer wusste, aber er hatte nie auch nur das geringste Interesse daran gezeigt oder mich dafür gelobt.

»Nun, meiner Ansicht nach könnte Roddy alles Mögliche werden, zum Beispiel …«, er hob den Blick zur Decke, als denke er gerade zum ersten Mal über diese Dinge nach, »Pfarrer oder Lehrer. Oder was immer er möchte.«

»Sie meinen, so jemand wie Sie?«, erwiderte mein Vater grob.

»Ich will damit einfach nur sagen, Mr. Macrae, dass ihm verschiedene Möglichkeiten offenstünden.«

Mein Vater lehnte sich zurück. »Sie meinen, er könnte etwas Besseres werden als ein Crofter.«

»Ich würde nicht sagen, etwas Besseres, Mr. Macrae, aber etwas anderes. Ich bin lediglich hierhergekommen, um sicherzugehen, dass Sie wissen, welche Chancen sich Ihrem Sohn bieten.«

»Wir brauchen hier keine Chancen«, sagte mein Vater. »Der Junge soll auf dem Feld arbeiten und damit Geld für seine Familie verdienen.«

Mr. Gillies entgegnete, es wäre vielleicht angebracht zu fragen, was ich denn gerne tun würde. Da stand mein Vater auf.

»So weit kommt's noch!«, sagte er.

Mr. Gillies blieb sitzen. »Wenn es eine Frage des Geldes ist, so ließe sich das regeln.«

»Wir brauchen Ihre Wohltätigkeit nicht, Mr. Gillies.«

Mr. Gillies öffnete den Mund, um etwas zu erwidern, ließ es dann aber doch bleiben. Er nickte, als akzeptiere er, dass die Sache erledigt war, und stand auf. Er trat zu meinem Vater und reichte ihm die Hand, doch dieser erwiderte seinen Gruß nicht.

»Es war nicht meine Absicht, Sie zu verärgern, Mr. Macrae.«

Mein Vater sagte nichts darauf, und nachdem Mr. Gillies mir und Jetta, die während des Gesprächs mit dem Abwasch beschäftigt gewesen war, einen guten Abend gewünscht hatte, verließ er das Haus.

Ich folgte ihm unter dem Vorwand, ihm mit seinem Pony zu helfen. Ich wollte ihn wissen lassen, dass ich dankbar für seinen Besuch war, aber wenn ich gefragt worden wäre, hätte ich meinem Vater zugestimmt – ich musste nun für die Familie arbeiten, und solche Dinge waren nichts für Leute wie uns. Außerdem ging in unserer Gemeinde keiner von den anderen Jungen meines Alters noch zur Schule, und ich wäre mir dumm vorgekommen, wenn ich dort zwischen den Kindern gesessen hätte. Und ich hatte auch nicht den Wunsch, ein Mann wie Mr. Gillies zu werden, mit seinen schwachen Gesichtszügen und den weichen, rosigen Händen. Er bedankte sich dafür, dass ich sein Pony losgemacht hatte, und sagte, falls ich meine Meinung ändern sollte, sei ich in der Schule jederzeit herzlich willkommen, und wegen der Gebühren ließe sich auch etwas arrangieren. Ich bin sicher, er rechnete nicht damit, mich wiederzusehen, und so war es dann auch. Ich sah zu, wie er in den Sattel stieg und langsam aus dem Dorf ritt. Seine Beine reichten fast bis zum Boden, was recht komisch aussah. Das Pony trottete in der typischen Haltung des schottischen Garron[10] dahin, den Kopf gesenkt, als rechne es damit, sich jeden Moment an einem niedrigen Balken zu stoßen.

Doch die Pläne meines Vaters, mich zum Familieneinkommen beitragen zu lassen, erwiesen sich als wenig erfolgreich. Kurz nach dem Gespräch mit Mr. Gillies gelang es ihm, mir für die Dauer der Jagdsaison eine Stellung zu besorgen. Bei Tagesanbruch sollte ich im Haus des Jagdaufsehers vorsprechen, und das tat ich auch. Der Jagdaufseher war ein hoch gewachsener Mann mit schmalen Augen und einem dichten, drahtigen Bart, der grau gesprenkelt war. Er trug eine Kniebundhose aus Tweed mit dicken Wollstrümpfen und festen Schnürschuhen. Seine Weste war nicht zugeknöpft, und in der Linken hielt er eine Pfeife mit geschwungenem Stiel. Er fragte mich nach meinem Namen, und ich sagte, ich sei Roderick Macrae aus Culduie. Er musterte mich von oben bis unten und befahl mir, auf dem Hof an der Rückseite des Gutshauses zu warten.

Als ich durch das Anwesen ging, kam ich mir trotz der Erlaubnis des Jagdaufsehers wie ein Eindringling vor, doch niemand fragte mich, was ich hier zu suchen hatte. Um in den Hof zu gelangen, musste ich durch einen steinernen Rundbogen rechts vom Haupteingang gehen. Dann stand ich auf einem gepflasterten Innenhof mit Ställen zur einen Seite und einer Reihe Fenster, hinter der sich die Küche des Gutshauses befand, zur anderen. Ich moch-

---

10 Kleines, kräftiges Pony, das im schottischen Hochland vor allem zur Arbeit eingesetzt wurde.

te nicht die Nase an die Scheibe drücken, aber drinnen schien es eine Menge Arbeit zu geben. Ich lehnte mich an die Mauer neben der Küchentür und bemühte mich, so auszusehen, als ob ich hierhergehörte. Ich konnte die Pferde in ihren Boxen rascheln und wiehern hören. Ich nahm an, dass es prächtige Vollblüter waren, und sehnte mich danach, in den Stall zu gehen und sie mir anzusehen, tat es jedoch nicht, um mir keinen Ärger einzuhandeln. Kurz darauf kam ein anderer Junge herbei, der ein wenig älter war als ich. Er sagte nichts, sondern starrte mich nur unverhohlen an. Er lehnte sich an die Stallmauer und stützte seinen rechten Fuß daran ab, sodass sein Bein ein Dreieck bildete. Mit dieser Haltung wirkte er so, als fühle er sich in dieser Umgebung ganz zu Hause, und so ahmte ich sie nach. Nach ein paar Minuten nahm der Junge eine kleine Pfeife aus seiner Jackentasche. Er untersuchte sie zunächst eingehend, dann schob er den Stiel in den Mund und kaute geräuschvoll darauf herum. Offenbar war kein Tabak im Pfeifenkopf, und falls doch, hatte er ihn nicht angezündet. Dennoch nahm ich diese Geste als Zeichen seiner Weltgewandtheit und war entsprechend beeindruckt. Später, als der Marsch durch das Tal unsere Zungen lockerte, erklärte er mir, dass es nicht nötig sei, eine Pfeife anzuzünden, um die Wirkung des Tabaks zu genießen. Sofern die Pfeife bereits in Benutzung gewesen sei, genüge es, kräftig daran zu ziehen.

Einige Zeit später kamen zwei Männer und verschwanden im Stall, wo sie, wie ich hören konnte, die Pferde fertig machten. Als sie hinausgeführt wurden, stellte ich enttäuscht fest, dass es keine prächtigen Hengste waren, sondern dieselben untersetzten Ponys mit den schweren, hängenden Köpfen, die im Dorf gehalten wurden. Im selben Moment wurden allerlei Vorräte und Gerätschaften aus der Küche gebracht und auf dem Pflaster abgestellt. Der Junge mit der Pfeife und ich wurden angewiesen, das erste Pony zu beladen. Das zweite blieb ohne Last, damit es das geschossene Wild vom Berg tragen konnte. Als alles bereit war, kam eine rundliche Frau mit Haube und Schürze heraus und brachte uns ein Tablett mit vier Tassen Tee. Das war Mimi, die Frau von Lachlan Broad, die während der hellen Monate für Lord Middleton arbeitete. Sie begrüßte mich auf eine Weise, die erkennen ließ, dass sie nicht überrascht war, mich hier zu sehen. Für gewöhnlich trank ich keinen Tee, weil mein Vater fand, das sei ein Frauengetränk, aber da ich mich nicht von den anderen absetzen wollte, nahm ich die angebotene Tasse. Und in der Tat schien das gemeinsame Trinken eine Art Kameradschaft zwischen uns vieren zu begründen. Der Tee war mit Zucker gesüßt und weniger unangenehm, als ich erwartet hatte. Während wir tranken, sprach mich einer der beiden Männer zum ersten Mal an.

»Du bist also der Junge vom Black Macrae?«

Ich erwiderte, dass ich der Sohn von John Macrae aus Culduie sei, woraufhin die beiden Männer einen Blick wechselten, dessen Bedeutung mir rätselhaft war. Ich war überrascht, dass diese beiden Fremden den Namen meines Vaters kannten und mich allem Anschein nach wegen einer Vorstellung, die sie von ihm hatten, verurteilten.

Mimi Broad kam erneut heraus, um unsere Tassen einzusammeln, und fragte mich, ob ich etwas zu essen dabeihätte, da wir den ganzen Tag in den Bergen sein würden. Jetta hatte mir zwei Kartoffeln gegeben, und Mimi nickte, als wäre sie zufrieden mit meinen Vorbereitungen. Die Ponys wurden über das Pflaster zum Eingang des Gutshauses gebracht, wo wir auf die Jagdgesellschaft warteten. Einer der beiden Männer deutete auf eine große Holzkiste, die ich tragen sollte. Sie war drei Fuß breit und zwei Fuß tief, und an zwei diagonal gegenüberliegenden Ecken war ein fester, handbreiter Lederriemen angebracht. Die Kiste hatte ein gutes Gewicht, und einer der Jagdgehilfen musste sie hochheben und mir den Riemen über die Schulter legen. Dann wies er mich an, die

Kiste keinesfalls anzustoßen oder schräg zu halten, da der Inhalt zerbrechlich sei. Ich fragte nicht, was darin war, aber ich hatte das Gefühl, mit einer Aufgabe von großer Wichtigkeit betraut worden zu sein, und nahm mir vor, sie so gut wie möglich zu erledigen. Als der Jagdaufseher schließlich zu uns stieß, drückte der Riemen bereits unangenehm auf meine Schulter, aber ich bemühte mich, mir nichts anmerken zu lassen. Der Jagdaufseher inspizierte kurz die Ponys und gab den beiden Gehilfen ein paar Anweisungen. In seiner Armbeuge lag ein Gewehr. Ein paar Minuten später traten vier Herren aus der Haustür, alle mit Tweedanzügen bekleidet und einem Gewehr im Arm, genau wie der Jagdaufseher. Diese Männer sahen ganz anders aus als die Menschen aus unserer Gegend. Sie waren groß und aufrecht, mit blondem Haar und rosigem Gesicht, wie mein einstiger Lehrer. Der Jagdaufseher gab dem Ältesten die Hand, und ich nahm an, dass dies Lord Middleton war. Dann begrüßte er auch die anderen Männer und sagte, es sei ein schöner Morgen, und er sei zuversichtlich, dass sie mit einem Hirschbullen vom Berg zurückkehren würden. Dann erklärte er ihnen, wie der Tag ablaufen würde, und gab ihnen ein paar Anweisungen, was sie bei ihrem Gewehr beachten und wie sie sich auf dem Berg verhalten sollten. Die Herren lauschten aufmerksam, und ich war höchst beeindruckt, denn trotz seiner feinen Kleider war der Jagdaufseher ein Mann aus dem Hochland, aber er sprach ohne jede Ehrerbietung zu den Höhergestellten. Als er seine kleine Ansprache beendet hatte, klopfte Lord Middleton ihm auf die Schulter und sagte, zu seinen Gästen gewandt: »Keine Angst, er bellt zwar, aber er beißt nicht.« Das löste bei allen große Heiterkeit aus, nur nicht bei dem Jagdaufseher, der eine silberne Uhr aus seiner Westentasche zog und verkündete, es sei Zeit aufzubrechen. So machten wir uns auf den Weg zum Glen[11], der Jagdaufseher und Lord Middleton

---

11 Enges, oft gewundenes Tal zwischen zwei Bergen oder Hügeln.

vorneweg, gefolgt von den drei Herren, dahinter die beiden Gehilfen mit den Ponys und wir Jungen hintendran. Der Morgen war warm, aber bewölkt. Es dauerte nicht lange, da schlug mir die Kiste schmerzhaft in die Kniekehlen. Mein Gefährte, der eine ähnliche, aber offensichtlich leichtere Kiste trug, zeigte mir, wie ich die Schultern nach hinten drücken und die Hände in die Seiten stemmen sollte, um das Anschlagen zu verhindern. Dieser Wortwechsel brach das Eis zwischen uns, und er erzählte mir, dass er Archibald Ross hieß und der Älteste von sechs Geschwistern war. Ich wiederum erzählte ihm, dass meine Mutter vor Kurzem bei der Geburt meines jüngsten Bruders gestorben war und dass das für unsere Familie ein hartes Los bedeutete. Archibald Ross erwiderte darauf, für unsereins gebe es kein anderes Los als das harte. Ich war mächtig beeindruckt von seiner Antwort und fand, dass mein neuer Freund der klügste Mensch war, der mir je begegnet war.

Als wir den Pfad verließen, der durch den Glen führte, und bergaufgingen, gelang es mir nicht mehr, die Kiste ruhig zu halten, und so fand ich mich schon einmal in Gedanken damit ab, dass der Inhalt der Kiste Schaden nehmen und ich den Zorn des Jagdaufsehers erregen würde. Archibald Ross redete unablässig und erzählte auf unterhaltsame Weise von seinen Geschwistern und Nachbarn in Applecross. Er sagte mir recht unverblümt, dass sein Vater die Leute von der Landspitze für faul und minderwertig hielt, ganz besonders diejenigen aus Aird-Dubh, die seiner Ansicht nach schmutzig und verlogen seien. Er gab sich Mühe zu betonen, dass er die Ansichten seines Vaters nicht teilte, aber ich erinnerte ihn dennoch daran, dass ich aus Culduie stammte und nicht aus Aird-Dubh.

Sobald er alt genug war und genug Geld für die Überfahrt gespart hatte, wollte Archibald nach Kanada auswandern. Dort, so sagte er mir, könnten junge Männer wie wir es weit bringen. Große Gebiete fruchtbaren Landes warteten nur auf uns, und innerhalb eines Jahres könne man mehr Geld verdienen, als unsere Väter in ihrem ganzen Leben auf dem kargen Boden hier erschufteten. Ein Vetter von ihm, der mit nichts weiter aufgebrochen war als einem Beutel Hafergrütze, lebe jetzt in einem Haus, das doppelt so groß sei wie das von Lord Middleton. Er schlug vor, wir sollten zusammen losziehen, um ein Vermögen zu machen, und die Vorstellung fand ich höchst aufregend. Dann sagte Archibald in verschwörerischem Tonfall, wenn ich mich bei den Herren besonders nützlich machte, würden sie mir am Ende des Tages vielleicht einen Penny oder sogar einen Shilling zustecken. Die Aussicht auf einen solchen Verdienst verstärkte meinen Entschluss noch, den Schmerz, den die Kiste mir bereitete, zu ignorieren.

Nach etwa zwei Stunden kamen wir zu einer Ebene mit Blick über das Tal, und dort machten wir Rast. Ich hatte noch nie Anlass gehabt, so weit in die Berge zu wandern, und bestaunte den großartigen Ausblick über die Bucht von Applecross zu den Bergen von Raasay und Skye. Die beiden Jagdgehilfen nahmen zwei große Teppiche vom Rücken des ersten Ponys und breiteten sie auf dem Boden aus. Meine Kiste wurde mir abgenommen, und Geschirr, Gläser und Weinflaschen wurden herausgeholt. Eine Auswahl von kaltem Braten, Gemüse, Gewürzen und Brot wurde auf großen Platten angerichtet. Die Herren erklärten sich beeindruckt von dem Angebot und begannen zu essen, ohne ein Tischgebet zu sprechen. Nachdem die beiden Gehilfen alles für die Mahlzeit vorbereitet hatten, gesellten sie sich zu den Ponys. Ich setzte mich auf eine kleine Anhöhe und aß langsam die erste von meinen Kartoffeln. Die Versuchung war groß, auch die zweite zu essen, aber da ich wusste, dass wir noch lange auf dem Berg unterwegs sein würden, beschloss ich, sie für später aufzuheben. Archibald saß nicht weit von mir und kaute an einem Bannock, das er aus seiner Tasche gezogen hatte. Er bot mir ein Stück davon an, doch ich lehnte ab, weil ich meine Kartoffel nicht teilen wollte. Der Jagdaufseher aß zusammen mit den Herren, beteiligte sich jedoch nicht an ihrem Gespräch. Auch das angebotene Glas Wein lehnte er ab. Die Herren zechten munter drauflos und überboten sich gegenseitig mit immer ausgefalleneren Beschreibungen der Landschaft vor ihren Augen. Einer der Herren rieb sich die Schläfen und bemerkte scherzend, dass er wohl am Abend zuvor Lord Middletons Gastfreundschaft zu sehr genossen habe. Darauf hob einer seiner Gefährten sein Glas und verkündete: »Da hilft nur eins: den Kater ertränken!« – ein Satz, den ich nicht verstand. Lord Middleton trank nur ein kleines Glas von dem Wein und sagte leise etwas zu dem Jagdaufseher. Der bemerkte daraufhin, die Herren würden wohl nicht viele Hirsche erlegen, wenn sie weiter so zechten, und obwohl er es in scherzendem Tonfall sagte, verstand ich, dass er es durchaus ernst meinte und dass ihm das Benehmen der Herren missfiel. Doch die Herren schienen die Missbilligung des Jagdaufsehers nicht zu bemerken und leerten zusammen drei Flaschen.

Als die Herren verkündeten, dass sie gesättigt seien, wurden die Reste der Mahlzeit und das Geschirr wieder eingepackt, und zu meiner Erleichterung wurde mir mitgeteilt, ich bräuchte die Kiste nicht weiterzutragen, da ich sie ja auf dem Rückweg mitnehmen könne. So war ich guter Dinge, als wir unsere Wanderung wieder aufnahmen, und das steigerte sich noch, als einer der Jagdgehilfen mich bat, sein Pony zu führen, da er sich eine Pfeife anstecken wollte. Ich war sehr stolz auf diese Erweiterung meiner Pflichten und nahm sie als Zeichen, dass ich nun von den Männern akzeptiert war. Wir wandten uns nach Süden und folgten einem Weg, der sich durch ein Tal zwischen zwei Berggipfeln schlängelte. Ich stellte mir vor, wir wären ein Forschertrupp, der ein unbekanntes Land erkundete. Lord Middletons Gäste waren bester Laune und unterhielten sich lautstark, sodass der Jagdaufseher sie ermahnen musste, leise zu sein, da sie sonst das Wild verscheuchten. Ich war überrascht, dass der Jagdaufseher in so harschem Ton mit den Herren sprach, doch Lord Middleton schien sich daran keineswegs zu stören. Die Herren setzten eine beschämte Miene auf und gingen schweigend weiter. Nun übernahm der Jagdaufseher die Führung, und alle paar Hundert Schritt bedeutete er uns mit seitwärts ausgestreckter Hand stehen zu bleiben. Wir verharrten regungslos und wagten es kaum, zu atmen, während er mit seinen Blicken den Berghang absuchte und die Luft zu schnuppern schien. Dann wies er uns wortlos mit einer erneuten Handbewegung den Weg. Nach etwa einer Stunde kamen wir zu einem Bergrücken, und der Jagdaufseher bedeutete uns, in Deckung zu gehen. Ich legte mich bäuchlings in die Heide. Die Stimmung in der Gruppe war nun recht ernst. Unterhalb von uns graste eine Herde von dreißig oder vierzig Hirschen. Sie kehrten uns alle das Hinterteil zu und bewegten sich, den Kopf zu Boden gesenkt, langsam vorwärts, wie eine Gruppe Frauen beim Ausbringen der Saat. Wir waren nah genug, um das langsame Malmen ihrer Kiefer zu sehen. In vorderster Reihe der Herde war ein Hirschbulle mit einem Geweih, das sich wie ein Paar knorrige Hände gen Himmel reckte. Die Tiere schienen unsere Anwesenheit nicht bemerkt zu haben.

Der Jagdaufseher gab einem der Herren ein Zeichen, nach vorn zu kommen. Dieser lud leise und erfahren sein Gewehr und zielte auf den Hirschbullen, die Wange am Kolben. Es war ein Moment von großer Spannung. Ich war nah genug, um zu sehen, wie der Finger des Jägers sich dem Abzug näherte. Ich sah wieder zu dem Hirschbullen und fand es beklagenswert, dass er sterben sollte, nur damit dieser Mann seinen Kopf an der Wand seines Wohnzimmers aufhängen konnte. Der Finger legte sich um den Abzug. Ohne nachzudenken, sprang ich plötzlich auf, lief wild mit den Armen fuchtelnd über den Bergrücken und krähte dabei wie ein Hahn. Die Herde unter uns ergriff die Flucht, und der Schuss des

Jägers ging ins Leere. Der Jagdaufseher stürzte vor, packte mich am Arm und stieß mich grob zu Boden. In dem Augenblick war ich ebenso erschrocken über meine Tat wie er, und ich bedauerte sie sofort. Der Aufseher stieß ein paar derbe Flüche aus, und aus Angst, dass er mit dem Kolben seines Gewehrs auf mich einschlagen würde, legte ich schützend die Arme über meinen Kopf. Das tat er jedoch nicht, und so lag ich bäuchlings in der Heide und kam mir schrecklich töricht vor. Die beiden Gehilfen lachten lauthals, verstummten jedoch, als der Aufseher ihnen einen strengen Blick zuwarf. Lord Middletons Gesicht war rot angelaufen, ob durch die Bergluft oder vor Zorn, hätte ich nicht sagen können. Die drei anderen Herren starrten mich verdutzt an. Ich dachte, der Aufseher würde mich womöglich ins Tal hinunterlaufen lassen, damit die Gäste als Entschädigung für den entgangenen Hirschbullen auf mich schießen können. Doch nichts dergleichen geschah. Lord Middleton trat vor und fragte den Aufseher nach meinem Namen.

»Das ist Roderick Macrae, Sohn von John Macrae aus Culduie«, erwiderte dieser.

Lord Middleton nickte und sagte: »Sorgen Sie dafür, dass er nicht wieder auf dem Gut angestellt wird.«

Dann wandte er sich um und entschuldigte sich bei seinen Gästen. Hätte ich die Gelegenheit dazu bekommen, hätte ich dasselbe getan, doch ich wurde zurückgeschickt, nicht ohne mich daran zu erinnern, meine Kiste wieder mitzunehmen und sie in der Gutsküche abzugeben. Als ich die Gruppe verließ, wandte Archibald Ross den Blick ab, um nicht mit einem solchen Dummkopf in Verbindung gebracht zu werden.

Als ich an dem Abend zu Hause ankam, erwähnte ich den Zwischenfall auf dem Berg nicht. Am nächsten Morgen zog ich mit meinen beiden Kartoffeln in der Tasche los, als wäre nichts geschehen, und vertrödelte den Tag an den Seen rund um den Càrn. Als ich am Abend heimkehrte, hatte mein Vater bereits von meiner Missetat erfahren, und ich bekam eine verdiente und ordentliche Tracht Prügel.

Einige Zeit nach dem Zwischenfall mit dem Schafbock kursierte das Gerücht, Lachlan Broad habe dem Gutsverwalter einen Besuch abgestattet. Wer das Gerücht in die Welt gesetzt hatte, war nicht klar. Einige Einwohner von Applecross hatten gesehen, wie Broad in die Richtung des Hauses vom Gutsverwalter ging, aber das allein war schließlich kein Beweis. Es war noch nie vorgekommen, dass jemand aus freien Stücken den Gutsverwalter aufsuchte, aber wäre er dorthin bestellt worden, hätte der Constable die Nachricht überbracht, und Calum Finlayson hatte nichts dergleichen getan. Mein Vater brummte verdrießlich, wahrscheinlich hätte Lachlan Broad das Gerücht selbst in Umlauf gebracht. Auf jeden Fall wurde die Geschichte oft genug wiederholt, sodass sie irgendwann als Tatsache galt.

Sicher ist hingegen, dass kurz nach diesem angeblichen Besuch Calum Finlayson selbst zum Gutsverwalter bestellt wurde. Mr. Finlaysons Amtszeit als Constable würde in ein paar Monaten enden, und erstaunlicherweise war es ihm gelungen, diese ungeliebte Rolle auszufüllen, ohne sich mit seinen Nachbarn zu überwerfen. Als rechte Hand des Gutsverwalters ist der Constable in einer wenig beneidenswerten Position. Wenn er nicht dafür Sorge trägt, dass die Pachtbedingungen eingehalten werden, lenkt er den Zorn des Gutsverwalters auf sich, und wenn er zu energisch auf ihre Umsetzung drängt, verscherzt er es sich mit den Mitgliedern der Gemeinde. Mr. Finlayson hatte es geschafft, Letzteres zu vermeiden, indem er Verstöße freundschaftlich bei einer Tasse Tee zur Sprache brachte, anstatt bei der erstbesten Gelegenheit zum Gutsverwalter zu laufen. Ebenso hatte er, wenn möglich, die Pächter dazu ermuntert, ihre Unstimmigkeiten untereinander zu klären, und wenn seine Vermittlung nötig gewesen war, hatte er nach allgemeiner Ansicht stets eine gerechte Lösung gefunden. Die überwiegende Mehrheit der Gemeinde hätte es gerne gesehen, wenn er weiter im Amt geblieben wäre, akzeptierte es jedoch als Zeichen seines guten Charakters, dass er das nicht wollte.

Nach seiner Audienz beim Gutsverwalter ließ Calum Finlayson die Leute wissen, dass man ihm mitgeteilt hatte, er würde seine Aufgabe nicht mit hinreichendem Nachdruck erfüllen. Ob dies dem Gutsverwalter durch Lachlan Broad nahegebracht worden war, ließ sich nur vermuten, aber es führte dazu, dass Mr. Finlayson während seiner restlichen Amtszeit gezwungen war, strenger für die Einhaltung der Vorschriften zu sorgen. Um sicherzugehen, dass er dies befolgte, hatte der Gutsverwalter ihm befohlen, bis zum Ende seiner Amtszeit eine bestimmte Summe an Strafgeldern einzutreiben. Falls ihm das nicht gelingen sollte, müsse der Constable den fehlenden Betrag aus eigener Tasche bezahlen. Diese Situation lag Mr. Finlayson schwer auf der Seele.

So wurde im Haus von Kenny Smoke eine Versammlung abgehalten, an der ein Großteil unserer Gemeindemitglieder teilnahm. Um Mr. Finlayson von der Pflicht zu befreien, seine Nachbarn mit Strafgeldern zu belegen, wurde beschlossen, dass alle die Vorschriften so genau wie nur möglich befolgen sollten. Des Weiteren wurde beschlossen zu sammeln, um die Summe aufzubringen, die der Gutsverwalter gefordert hatte. Die Familien, die es sich leisten konnten, gaben fünf Shilling; diejenigen, die weniger besaßen, gaben, so viel sie erübrigen konnten. Obwohl es allen arg widerstrebte, dem Gutsverwalter die Taschen zu füllen, wie Kenny Smoke es ausdrückte, waren die Leute nach der Versammlung bester Laune, und es wurde getanzt und reichlich Whisky getrunken.

Lachlan Broad und seine Verwandten waren bei der Versammlung nicht zugegen und weigerten sich später auch, in die Kasse einzuzahlen. Mein Vater hielt nichts von dem Plan, weil dadurch die Obrigkeiten hintergangen und herausgefordert würden, aber er gab dennoch einen Shilling als Zeichen seiner Wertschätzung für Calum Finlayson. Da niemand einen schwarzen Strich bei seinem Namen haben wollte, weil er gegen die Vorschriften verstoßen hatte, einigte man sich, dass die Strafgelder gleichmäßig gegen alle Familien der Gemeinde erhoben werden sollten. So lief keine Familie oder Einzelperson Gefahr, weitere Sanktionen auf sich zu ziehen. Obgleich die unnötige Ausgabe viele hart traf, wurde der Plan im Laufe des Sommers zur Quelle mancher Heiterkeit. Für immer absurdere Verstöße wurden Strafgelder erhoben. Der Beitrag meines Vaters wurde unter dem Anlass verbucht, dass er seinem Hahn erlaubt hatte, während der Dunkelheit zu krähen. Kenny Smoke musste sein Strafgeld zahlen, weil er es versäumt hatte, sich nach der Gesundheit des Gutsverwalters zu erkundigen, und Maggie Blind, eine Witwe aus Camusterrach, weil sie auf dem Weg zur Kirche mit dem linken Fuß zuerst aus dem Haus getreten war. Als der Tag kam, an dem Mr. Finlayson die Summe übergeben sollte, muss der Gutsverwalter geahnt haben, dass nicht alles mit rechten Dingen zugegangen war, aber er konnte seinem Constable kaum vorwerfen, seinen Pflicht nicht mit genügend Eifer nachgekommen zu sein. Die meisten aus unserer Gemeinde freuten sich sehr über den Erfolg des Plans, weil sie darin einen kleinen Sieg über die Obrigkeiten sahen. Mein Vater jedoch vertrat die Ansicht, es sei kein Anlass zur Freude, dass die Leute dem Gutsverwalter ihr Geld gegeben hatten, und ich teilte seine Meinung.

Gegen Ende des Sommers gab Lachlan Broad bekannt, dass er beabsichtigte, sich um das bald frei werdende Amt des Constables zu bewerben. Bis dahin hatte sich noch nie jemand freiwillig für diese undankbare Stellung gemeldet. Selbst diejenigen, denen die

Autorität gefallen hätte, die mit dem Amt einherging, waren nicht so dumm, dies zuzugeben. Viele waren der Ansicht, dass Lachlan Broad es weidlich genießen würde, Macht über seine Nachbarn zu haben, und deshalb wurde unter der Hand nach einem Gegenkandidaten gesucht. Mein Vater war in der Gemeinde zwar nicht beliebt, aber geachtet, und eines Abends kam eine Gruppe von Männern, darunter auch Kenny Smoke, zu unserem Haus, um ihn dazu zu überreden, sich aufstellen zu lassen. Mein Vater fragte alle Männer der Reihe nach, warum sie es denn nicht selbst täten, wenn es ihnen so wichtig erschien, Lachlan Broad entgegenzutreten. Jeder der Männer hatte seine Gründe, warum er sich nicht aufstellen lassen wollte, und als der letzte von ihnen gesprochen hatte, brauchte mein Vater seine Weigerung nicht mehr zu artikulieren. Es war einfach so, dass seit dem Besuch von Lachlan Broad beim Gutsverwalter, ob dieser nun tatsächlich stattgefunden hatte oder nicht, der Eindruck herrschte, dass er sich bei diesem eingeschmeichelt hatte, und schon aus diesem Grund war niemand bereit, sich als Gegenkandidat aufstellen zu lassen. Der Einzige, der sich letzten Endes überreden ließ, war Murdo Cock, ein Trottel, der in einer Hütte in Aird-Dubh wohnte und sich Gerüchten zufolge nur von Hafergrütze und Napfschnecken ernährte.

Die Abstimmung wurde im Pfarrhaus in Camusterrach abgehalten. Am festgesetzten Abend kamen die Männer der drei Dörfer einer nach dem anderen herein, die Mütze entweder in die Jackentasche gestopft oder vor sich in den Händen haltend. Reverend Galbraith begrüßte jeden Einzelnen, fragte nach seiner Familie und merkte an, wenn jemand in letzter Zeit in der Kirche gefehlt hatte. Die Stimmung war gedämpft. Der Gutsverwalter stand vorne, zwischen den beiden Kandidaten, und begrüßte die versammelten Anwesenden knapp. Er dankte ihnen für ihr Kommen und erinnerte sie daran, wie wichtig das Amt des Constables für eine reibungslose Verwaltung des Gutes war. Er empfahl keinen der beiden Kandidaten, lobte nur ihren Gemeinsinn, der sich darin zeigte, dass sie sich zur Wahl stellten, und gab seinem Vertrauen Ausdruck, dass die Männer den fähigsten Kandidaten wählen würden. Dann nutzte Reverend Galbraith die Gelegenheit, mit den Anwesenden ein Gebet zu sprechen. Als es zur Abstimmung kam, hob kein einziger Mann die Hand gegen Lachlan Broad.

Broad wartete nicht lange mit der Ausübung seiner neuen Macht. Eines Abends, kurz nach seiner Ernennung, stattete er uns einen Besuch ab. Jetta hatte gerade das Geschirr von unserem Abendessen weggeräumt und nach ihrem Strickzeug gegriffen. Vater saß in seinem Lehnstuhl am Fenster. Ich war am Tisch sitzen geblieben. Es war noch hell, und ich hatte eine Weile zur offenen Tür hinausgeschaut. Ich sah Lachlan Broad und seinen Bruder näher kommen, aber erst als sie am Haus unseres Nachbarn vorbeigingen, begriff ich, dass sie zu uns wollten, doch da war es zu spät, um meinem Vater Bescheid zu geben. Broads mächtiger Körper füllte den Türrahmen aus. Er grüßte nicht, und ich glaube, es war die Veränderung des Lichts, die meinen Vater veranlasste, von seinem Buch aufzusehen. Da erst wünschte uns der neue Constable einen guten Abend. Mein Vater erhob sich, machte jedoch keine Anstalten, ihn willkommen zu heißen. Aeneas Mackenzie blieb draußen, die Arme vor der Brust verschränkt, als wolle er etwaige Eindringlinge abwehren. Lachlan Broad trat ein, zwei Schritte ins Haus und verkündete, er statte in seiner neuen Funktion allen Haushalten unter seiner Gerichtsbarkeit einen Besuch ab.

Mein Vater sagte in spöttischem Tonfall: »So, wir unterstehen jetzt also Ihrer Gerichtsbarkeit?«

Lachlan Broad erwiderte: »Sie stehen unter der Gerichtsbarkeit des Lords, und da sein Gutsverwalter mit der Verwaltung des Gutes betraut ist und ich jetzt der Vertreter des Gutsverwalters in dieser Gemeinde bin, unterstehen Sie in der Tat meiner Gerichtsbarkeit.«

Dann deutete er mit seiner Rechten auf den Tisch und sagte: »Werde ich in Ihrem Haus nicht willkommen geheißen?«

Mein Vater bedeutete ihm, Platz zu nehmen, und wies Jetta an, sich mit ihrem Strickzeug zurückzuziehen, aber er bot Broad nichts zu trinken an, wie er es bei jedem anderen Besucher getan hätte. Lachlan Broad sah Jetta nach, bis sie im hinteren Zimmer verschwunden war; dann erst setzte er sich auf die Bank und begrüßte mich. Ich erwiderte den Gruß so höflich, wie es mir möglich war, denn hätte ich gesagt, was ich wirklich dachte, hätte er sicher ein Strafgeld gegen uns erhoben. Als mein Vater seinen Platz am Kopfende des Tisches eingenommen hatte, begann Lachlan Broad damit, wie dankbar er für die Unterstützung der Gemeinde bei seiner Wahl zum Constable sei. Dann sprach er recht ausführlich über die Verantwortung jedes Einzelnen, die Bedingungen seines Pachtvertrags zu erfüllen. Die Vorschriften, sagte er, existierten nicht zur Belustigung oder Bereicherung des Lords, sondern zum Nutzen jedes Einzelnen in der Gemeinde. »Und wenn es keine Vorschriften gäbe, würden wir ja im Zustand der Anarchie leben, nicht wahr?«

Während er sprach, trommelte er mit den mittleren drei Fingern seiner rechten Hand auf den Tisch, sodass es klang wie ein galoppierendes Pony in der Ferne. Seine Finger waren dick und rau, die Nägel eingerissen und voller Schmutz. Die ganze Zeit über blickte er starr auf einen Punkt zwischen dem oberen Rand der Anrichte und den Deckenbalken, als spräche er vor einer Gemeindeversammlung. Nach dem letzten Satz hielt er einen Moment inne, als wolle er meinem Vater die Gelegenheit zu einer Antwort geben, doch als nichts kam, fuhr er fort.

Er sei der Ansicht, dass unsere Gemeinde in letzter Zeit Schande über sich gebracht habe, sowohl durch die mangelnde Einhaltung der Vorschriften als auch durch die Nachlässigkeit, mit der diese kontrolliert worden waren. Wir hätten uns benommen wie

Schulkinder, denen der Lehrer den Rücken zugekehrt hat, und wären dabei noch unterstützt worden durch einen Amtsinhaber, dem allzu sehr an seiner Beliebtheit gelegen war, womit er der Gemeinde keinen Gefallen getan hätte. Doch er nehme seine Wahl zum Constable als Zeichen, dass die Leute den Wunsch hegten, auf den rechten Weg zurückzukehren. Deshalb nutze er die Gelegenheit, alle Pächter an die Verantwortung zu erinnern, die sich aus ihrem Pachtvertrag ergab. Wenn die Dinge sich nicht besserten, würde man Maßnahmen ergreifen müssen. Er schwieg einen Moment, dann fügte er hinzu, als sei es ihm eben erst in den Sinn gekommen, dass er mit der vollen Unterstützung des Gutsverwalters sprach.

Mein Vater hatte Broads Rede zugehört, ohne eine Miene zu verziehen. Doch nun nahm er die Pfeife aus dem Mund und füllte sie mit Tabak aus seinem Beutel. Dann zündete er sie an und zog bedächtig ein paarmal daran.

»Sie haben keinen Grund, mich an meine Verantwortung zu erinnern, Lachlan Mackenzie. Ich habe nie gegen irgendwelche Vorschriften verstoßen, und ich habe nie einen schwarzen Strich an meinem Namen gehabt.«

»Bedauerlicherweise muss ich sagen, Mr. Macrae, dass Ihre Antwort nur bestätigt, in welchen Zustand der Anarchie wir in letzter Zeit verfallen sind, denn offensichtlich haben wir die Vorschriften so gründlich ignoriert, dass wir gar nicht mehr wissen, wann wir gegen sie verstoßen.« Dann fügte er hinzu: »Im Übrigen ist es weder an Ihnen noch an irgendjemand sonst zu wissen, wessen Name mit einem schwarzen Strich versehen ist.«

Mein Vater zog ruhig an seiner Pfeife. Man konnte fast nie erahnen, was er gerade dachte, aber in dem Augenblick verriet mir eine gewisse Härte in seinem Blick, dass er verärgert war. Lachlan Broad hörte mit dem Fingergetrommel auf und legte seine linke Hand, die bis dahin in seinem Schoß geruht hatte, flach auf den

Tisch. Das nahm ich als Zeichen, dass er vorhatte, aufzustehen und zu gehen, doch das tat er nicht. Da schwante mir, dass seine bisherigen Bemerkungen lediglich die Einleitung zum eigentlichen Grund seines Besuches gewesen waren.

»Abgesehen von diesen allgemeinen Dingen«, sagte er, »gibt es noch eine Angelegenheit, die vor allem Ihren Haushalt betrifft.«

Seine Finger begannen erneut zu trommeln. Ich nahm an, er würde wieder von dem toten Schafbock anfangen und seine neu erworbene Macht dazu benutzen, die Entschädigungssumme, die mein Vater zahlen musste, anzuheben oder zumindest ihre sofortige Begleichung zu verlangen. Doch da irrte ich mich.

»Es wurde beschlossen«, fuhr er fort, »dass die Größe Ihres Pachtgrundes verkleinert werden soll.«

Das Gesicht meines Vaters zeigte keine Regung.

»Seit dem Tod Ihrer Frau ist Ihr Haushalt kleiner geworden, und da ich annehme, dass Sie nicht vorhaben, erneut zu heiraten, wird er sich auch nicht wieder vergrößern. Deshalb wird das Ihnen zugeteilte Land um ein Fünftel reduziert. Es gibt hier größere Familien, deren Pachtgrund kleiner ist als der Ihre, und das Land wird einer von ihnen zugeteilt werden.«

»Sie meinen, Ihnen selbst«, sagte mein Vater.

Lachlan Broad schnalzte mit der Zunge und schüttelte den Kopf, als wäre er ganz entgeistert von der Annahme. »Aber nicht doch, Mr. Macrae. Das wäre Amtsmissbrauch. Das Land wird an eine geeignete Familie übergehen.«

»Keiner von meinen Nachbarn wird es annehmen«, erwiderte mein Vater.

Lachlan Broad schürzte die Lippen. »Wir werden sehen. Schließlich wäre es in niemandes Interesse, wenn das Land brachläge.«

»Schon mein Vater und mein Großvater haben dieses Land bestellt.«

»Ja«, sagte Broad. »Aber es gehörte ihnen nicht, so wie es auch Ihnen nicht gehört. Es gehört dem Lord, und Sie haben nur dank seines Gutdünkens das Privileg, es zu bestellen.«

»Und was ist mit der Pacht?«

Innerlich verfluchte ich meinen Vater, denn die Frage machte deutlich, dass er bereit war, die Verkleinerung des Pachtgrundes hinzunehmen. Wäre meine Mutter noch am Leben gewesen, hätte sie Lachlan Broad lauthals beschimpft und aus dem Haus geworfen, aber mein Vater war nicht aus solchem Holz geschnitzt.

»Was ist damit?«, fragte Broad.

»Wenn der Pachtgrund verkleinert wird, dann sollte doch auch die Pacht verringert werden.«

Der Constable stieß ein leises Schnauben aus, als sei dieses Ansinnen vollkommen absurd.

»Soweit ich weiß, stehen Sie mit Ihrer Pacht mehrere Jahre im Rückstand«, sagte er. »Wenn ich Ihnen einen Rat geben darf, so sollten Sie die Obrigkeiten nicht provozieren, indem Sie um eine Senkung bitten.«

Mein Vater stand auf, stützte sich mit der geballten Faust auf den Tisch und beugte sich zu Lachlan Broad.

»Ich werde beim Gutsverwalter vorsprechen, um diese Sache zu klären.«

Broad blieb sitzen und breitete beide Hände auf der Tischplatte aus. »Das können Sie selbstverständlich tun«, sagte er. »Aber ich versichere Ihnen, ich spreche im Namen des Verwalters. Und Sie wollen doch sicher nicht in den Ruf geraten, sich der reibungslosen Führung des Guts in den Weg zu stellen, die, wie ich Sie erinnern möchte, dem Nutzen der Gemeinde dient und nicht dem eines Einzelnen. Und wie Sie selbst angemerkt haben, möchten Sie nicht noch mehr schwarze Striche an Ihrem Namen.«

Dann erhob sich Lachlan Broad und sagte in nüchternem Tonfall: »Die Neueinteilung des Pachtgrundes wird im kommenden

Frühling vorgenommen, damit Sie Gelegenheit haben, die diesjährige Ernte einzubringen. Sie können selbst entscheiden, welchen Teil des Landes Sie abgeben wollen, und es mir dann zu gegebener Zeit mitteilen.«

Abschließend ließ er uns wissen, dass wir ihn künftig als Constable Mackenzie oder einfach als Constable anreden sollten, damit wir nicht vergäßen, dass er in offizieller Funktion handelte.

Mein Vater sprach nicht beim Gutsverwalter vor, und im Frühjahr wurde der Teil des Pachtgrundes, der am weitesten von unserem Haus entfernt lag, unserem Nachbarn Duncan Gregor zugeteilt, der mit seiner alten Mutter, seiner Frau und vier Kindern in dem Haus neben uns lebte. Mr. Gregor kam zu meinem Vater, um ihm zu versichern, dass er nie versucht habe, dieses Stück Land zu bekommen, und dass er nicht vom Unglück meines Vaters profitieren wolle. Er schlug vor, unsere Familien könnten das Land gemeinsam bestellen und die Ernte teilen. Doch mein Vater lehnte sein großzügiges Angebot mit dem Einwand ab, er wolle kein Land bestellen, das ihm nicht zustehe, und außerdem brauche Mr. Gregors Familie mehr als die seine. Mr. Gregor versuchte noch eine Weile, meinen Vater mit allerlei Argumenten umzustimmen, doch der blieb stur bei seinem Entschluss. Und er wollte auch keine andere Entschädigung für seinen Verlust annehmen.

Das Wesen von Lachlan Broads Herrschaft wurde nur allzu bald klar. Seine Vorgänger hatten das Amt des Constables nur widerstrebend angenommen und waren ihren Pflichten nur dann nachgekommen, wenn es sich nicht vermeiden ließ. Lachlan Broad hingegen stürzte sich mit demselben Eifer in sein Amt wie ein Fuchs in den Hühnerstall. Er stolzierte mit einem Notizbuch in der Hand und einem Stift hinter dem Ohr durch das Dorf, das seiner Gerichtsbarkeit unterlag, meist in Begleitung von seinem Bruder oder seinem Vetter oder beiden. Alles wurde eingehend inspiziert, sowohl der Zustand der Felder als auch der der Straßen, Gräben und Wege. Und er beschränkte seine Inspektionen nicht auf den Außenbereich. Er dachte sich nichts dabei, unangekündigt in die Häuser seiner Nachbarn zu spazieren und Dinge in sein Büchlein zu kritzeln, dessen Inhalt er niemandem verriet. Diese Vermerke führten nicht umgehend zu Strafgeldern. Die Leute wussten nur, der Constable hatte etwas bemerkt, das eines Tages gegen sie verwendet werden könnte. Deshalb willigten sie meist ein, wenn er sie bat, auf seinem Land zu arbeiten oder andere Dinge für ihn zu erledigen, von denen ihn seine selbst auferlegten Pflichten abhielten.

Lachlan Broad verkündete, die Straßen und Wege, die unsere Häuser und Dörfer miteinander verbanden, befänden sich aufgrund von Nachlässigkeit in einem bestürzenden Zustand. Eine Liste durchzuführender Arbeiten wurde aufgestellt, und alle gesunden und unversehrten Männer der Gemeinde hatten sich zehn Tage daran zu beteiligen, und zwar zu Zeiten, die der Constable bestimmte. Diejenigen, die kühn genug waren, die Pflicht, unentgeltlich zu arbeiten, infrage zu stellen, bekamen gesagt, es gehöre zu den Bedingungen ihres Pachtvertrags, die gemeinsamen Straßen und Wege zu entwässern und in gutem Zustand zu halten. Somit könnten sie sich noch glücklich schätzen, dass sie lediglich aufgefordert wurden, ihren Verpflichtungen nachzukommen, die sie zuvor vernachlässigt hatten, und nicht obendrein noch Strafgeld zahlen mussten. Obwohl viele über die anmaßende Art von Lachlan Broads Vorgehen murrten, wurde doch allgemein akzeptiert, dass die Verbesserungen, die er in Gang brachte, zum Nutzen aller waren.

Bei der Wahrung seines guten Namens wurde der Constable von der großen Anzahl seiner Verwandten unterstützt, die in den

Dörfern unter seiner Herrschaft lebten. Wie in allen Clans waren die Mackenzies schnell bereit, einen der Ihren zu verteidigen, und so bestand stets die Gefahr – oder zumindest glaubte man dies –, dass abfällige Bemerkungen über Broad an ihn weitergetragen wurden. Deshalb zogen die Leute es vor, ihre wahren Gedanken über den Constable für sich zu behalten.

Eines Abends saß mein Vater draußen auf der Bank neben unserem Haus. Kenny Smoke gesellte sich zu ihm, und die beiden Männer saßen eine Weile schweigend da und zogen an ihren Pfeifen. Ein Stück weiter ging Lachlan Broad den Weg entlang, der von der Straße zu unserem Dorf führte, und musterte eingehend die Gräben. Kenny Smoke nahm die Pfeife aus dem Mund, beugte sich zu meinem Vater und murmelte: »Lachlan Broad ist ein Drecksatz, aber man kann nicht leugnen, dass der Zustand des Dorfes sich verbessert hat.«

Mein Vater antwortete nicht. Er missbilligte eine solche Ausdrucksweise.

Lachlan Broads Einfluss erstreckte sich auf jeden Aspekt des Dorflebens. In dieser Gegend wird das Ende der dunklen Monate durch das Stechen und Trocknen des Torfs markiert, mit dem begonnen wird, sobald das Wetter es zulässt. Diese Aufgabe wird vom gesamten Dorf gemeinsam durchgeführt, da es unsinnig wäre, wenn jede Familie nur für sich selbst Torf stechen würde. Es ist eine schwere Arbeit, aber meist wird sie begleitet von guter Laune, Gesang und gemeinsamen Erfrischungen. Obwohl das Torfstechen seit undenklichen Zeiten erfolgreich durchgeführt worden war, beschloss der Constable in diesem Jahr, das Ganze zu überwachen. Es wurden Arbeitspläne aufgestellt und Vertreter bestimmt (ausnahmslos Broads eigene Leute), die in jedem der Dörfer unter seiner Gerichtsbarkeit die Arbeit beaufsichtigen sollten. Diese Vertreter arbeiteten selbst nicht, sondern spazierten den ganzen Tag durch die Sümpfe, riefen den Stechern Befehle zu und bestimmten, zu welcher Zeit die Erfrischungen eingenommen werden sollten. Das sorgte für eine Menge Groll, denn die Arbeit, die zuvor aus freien Stücken durchgeführt worden war, unterlag nun dem Geheiß der Obrigkeiten. Somit war nichts von der guten Laune zu spüren, die sonst bei diesem Anlass herrschte. Ich wurde besonders aufmerksam beobachtet, da es seit dem Zwischenfall mit dem Schafbock hieß, man könne mir nicht trauen, wenn ich einen Torfspaten in der Hand hielt. Deshalb musste ich in einigem Abstand zu den anderen arbeiten, und wenn ich auch nur einen Moment innehielt, um mir den Schweiß von der Stirn zu wischen, brüllte Aeneas Mackenzie mich an, ich solle gefälligst nicht faulenzen. Ich gestehe, ich hätte ihm nur zu gerne meinen Spaten über den Kopf gezogen, aber da ich meinem Vater nicht noch mehr Ärger bereiten wollte, arbeitete ich, so hart ich konnte, und wenn ich abends vom Berg herunterkam, schmerzten meine Arme und Beine von der Anstrengung.

Eines Morgens, nachdem wir bereits mehrere Tage Torf gestochen hatten, merkte ich, dass ich die Bannocks vergessen hatte, die Jetta mir hingelegt hatte. Ohne ein Wort zu meinen Gefährten, die sich am Rande des Sumpfes ausruhten, machte ich mich auf den Weg nach unten. Es war ein warmer, sonniger Tag, und die morgendliche Arbeit hatte mir den Schweiß auf den Rücken getrieben. Während ich den Abhang hinunterging, dachte ich bei mir, dass ich mich mit einem Becher Milch kurz auf die Bank vor unserem Haus setzen könnte. Im Dorf war alles ruhig. Die meisten Männer waren oben auf dem Berg, und die Frauen kümmerten sich wahrscheinlich um die Hausarbeit. Mein Vater, der nicht mehr genug Kraft für einen ganzen Tag im Sumpf besaß, mühte sich am hinteren Ende unseres Feldes mit dem Pflugspaten ab, und als ich sah, wie schwer es ihm fiel, dachte ich bei mir, dass es nach dem Torfstechen wohl auch meine Aufgabe sein würde, den Boden des uns verbliebenen Landes umzugraben.

An der Schwelle unseres Hauses hielt ich einen Moment inne. Nach dem hellen Sonnenschein brauchten meine Augen eine Weile, um sich an die Dunkelheit zu gewöhnen. Die Glut des Feuers glomm schwach, und durch das Fenster schien ein schmaler Lichtstrahl herein. Zu meiner Überraschung sah ich einen Mann, der mit dem Rücken zur Tür am Ende unseres Tisches stand. Noch überraschter war ich, als ich anhand der Gestalt und des gelben Halstuchs erkannte, dass es Lachlan Broad war. Es sah aus, als mühte er sich, den Tisch zu verrücken; seine Hände umklammerten den Rand, und sein ganzer Körper presste sich dagegen. Das verwirrte mich, da ich keinen Grund sah, weshalb der Constable versuchen sollte, unsere Möbel zu verstellen. Davon abgesehen, ist unser Tisch nicht so schwer, als dass ein Mann von Lachlan Broads Statur Mühe gehabt hätte, ihn anzuheben. Gerade als ich meine Anwesenheit zu erkennen geben wollte, bemerkte ich zwei Beine, die rechts und links von Lachlan Broads Hüften in die Luft ragten, ein wenig in den Knien abgeknickt und annähernd parallel zum Lehmboden des Hauses. An den schwarzen Stiefeln erkannte ich, dass die Beine meiner Schwester gehörten. Dann sah ich, etwa in der Mitte des Tisches, zwei weitere Hände, die die Tischplatte umklammerten. Lautlos blieb ich an der Tür stehen und sah eine Weile zu, wie Lachlan Broad sich mit wachsender Anstrengung abmühte. Er stieß ein paar tierähnliche Laute aus, und dann ließ er plötzlich los, ohne das Möbelstück mehr als eine Handbreit verschoben zu haben. Er trat vom Tisch zurück und drehte sich zum Fenster. Ich sah, dass sein Glied aus der Hose ragte, mächtig angeschwollen und hart wie ein Besenstiel. Er packte es mit der Hand und schob es in die Hose. Er atmete schwer, und seine Stirn glänzte vor Schweiß. Ich hatte keinen Laut von mir gegeben, aber er wandte mir den Kopf zu, als hätte er die ganze Zeit über gewusst, dass ich da war. Er wünschte mir einen guten Morgen, als wäre nichts Ungewöhnliches daran, dass er sich in unserem Haus aufhielt. Dann nahm er das Halstuch ab, wischte sich damit den Schweiß von Stirn und Nacken und strich sich in aller Ruhe das Haar aus dem Gesicht. Er warf einen Blick auf Jetta, deren Hände jetzt die Tischplatte losgelassen hatten, und kam auf mich zu. Ich trat zur Seite, um ihn vorbeigehen zu lassen.

Im Türrahmen blieb er stehen und sagte: »Solltest du nicht beim Torfstechen sein, Junge?«

Ich konnte es noch nie leiden, »Junge« genannt zu werden, weil mein Vater stets diese Anrede wählt, wenn er verärgert ist, und so stieß ich aus: »Ich bin nicht Ihr Junge, Mr. Mackenzie.«

Was ich sofort bedauerte, da ich annahm, er würde meinem Vater mitteilen, dass ich mich ihm gegenüber respektlos verhalten hatte, und er uns daher einen Shilling Strafgeld auferlegen würde. Doch stattdessen packte er mich am Hinterkopf, zog mein Gesicht ganz dicht zu sich heran und sagte: »Wenn du älter bist, wirst du begreifen, dass ein Mann irgendwo seine Bedürfnisse befriedigen muss. Vor allem jetzt, wo deine Mutter nicht mehr unter uns ist.« Dann lachte er derb und ging. Ich sah ihm nach, wie er an den Häusern vorbeischlenderte und dabei mit seinem gelben Halstuch spielte, und hasste ihn aus tiefster Seele.

Jetta lag noch immer schwer atmend auf dem Tisch, und mein Blick wanderte unwillkürlich zu der dunklen Stelle zwischen ihren gespreizten Schenkeln. Im Liegen schob sie ihre Röcke, die sich um ihre Taille bauschten, nach unten. Dann richtete sie sich langsam auf und blieb eine Weile mit baumelnden Beinen dort sitzen. Ihr Gesicht war gerötet, und auf ihrer Stirn glänzten Schweißperlen. Da ich nicht wusste, was ich sagen sollte, schwieg ich. Schließlich rutschte sie vom Tisch und strich ihre Kleider glatt. Dann fragte sie mich, was ich hier wolle, und ich sagte, dass ich meine Bannocks vergessen hätte. Sie holte sie aus dem Küchenschrank und brachte sie mir zur Tür, wo ich immer noch stand. Ihre Wangen glühten, als wäre sie gelaufen oder hätte getanzt. Sie bat mich, Vater nichts von dem zu erzählen, was ich gesehen hatte. Ich nickte und fragte, ob sie mir einen Becher Milch geben könne.

Ich nahm meine Bannocks und setzte mich auf die Bank vor dem Haus. Jetta brachte mir die Milch und ging wieder hinein, ohne ein Wort zu sagen. Mein Vater stand mit dem Rücken zum Haus und blickte nicht auf. Ich sah zu, wie er sich mit dem Umgraben abmühte. Er stieß den Pflugspaten gleichmäßig, aber ohne große Wirkung in den Boden, und sein Fuß rutschte immer wieder von der Halterung ab. Ich weiß nicht, ob er gesehen hatte, wie Lachlan Broad das Haus betrat oder verließ. Aber während der kurzen Zeit, als ich dort saß, blickte er kein einziges Mal von seiner Arbeit auf.

Als ich zum Torfmoor zurückkam, rief Aeneas Mackenzie mich zu sich und sagte mir, er werde meine Abwesenheit seinem Bruder melden. Ich erwiderte, das sei nicht nötig, da ich ihn eben gesehen hätte, und ich hörte nie wieder etwas von der Sache.

Ungefähr zu dieser Zeit lernte ich Flora Mackenzie kennen, die älteste Tochter von Lachlan Broad. Wir waren zwar zusammen zur Schule gegangen, aber da ich mich dort auf Distanz zu den anderen gehalten hatte, konnte man durchaus sagen, dass wir uns jetzt zum ersten Mal begegneten. Sie war ungefähr ein Jahr jünger als ich, und aus diesem Grund – und wegen des bösen Blutes zwischen unseren Familien – hatten wir bisher kaum Kontakt gehabt. In der Schule hatte Flora in der ersten Reihe gesessen, und obgleich ich ihr Gesicht damals nicht sehen konnte, vermute ich, dass es einen Ausdruck eifriger Aufmerksamkeit getragen hat. Sie meldete sich stets als Erste, wenn es darum ging, die Tafel für Mr. Gillies zu wischen, und war übertrieben stolz auf sich, wenn er ihr dieses Privileg gewährte. Wenn ich sie zu jener Zeit überhaupt wahrgenommen hatte, dann als albernes Mädchen, das allzu sehr bemüht war, den Obrigkeiten zu gefallen.

Eines Nachmittags hatte ich die Anweisung bekommen, auf Lachlan Broads Pachtgrund den Boden umzugraben. Flora fegte rund um das Haus und passte auf ihren jüngsten Bruder Donald auf, der noch ganz klein war. Obwohl ich ihr den Rücken zukehrte, merkte ich, dass sie zu mir herübersah. Ich arbeitete eine Weile weiter, wobei ich die ganze Zeit ihren Blick auf mir spürte. Dann hielt ich inne und drehte mich zu ihr um. Sie stand da, auf ihren Besenstiel gestützt, und versuchte gar nicht erst, zu verbergen, dass sie mich beobachtet hatte. Ich stützte mich meinerseits auf den Stiel meines Spatens, ahmte ihre Haltung nach, und starrte zurück. So blieben wir eine Weile stehen, als wäre es ein Spiel. Dann zuckte sie die Achseln und verschwand im Haus, als wäre ihr plötzlich eingefallen, dass sie noch etwas Dringendes zu erledigen hatte. Einige Zeit später kam sie wieder heraus und brachte mir einen Becher Milch.

»Hier. Ich dachte mir, du hast vielleicht Durst«, sagte sie.

Ich nahm ihn und leerte ihn in einem Zug.

»Danke«, sagte ich und wischte mir mit dem Handrücken den Mund ab. Sie nahm mir den Becher wieder ab und ging zum Haus zurück. Ihre Hüften wiegten sich, als sie über die Furchen stieg.

Ein paar Tage darauf kam ich abends aus dem Schuppen hinter unserem Haus. Ich hatte die Holztür gerade zugezogen und wollte das Seil um den halb verrotteten Pfosten schlingen, als ich spürte, dass ich nicht alleine war. Ich befestigte das Türseil, als hätte ich nichts bemerkt. Ich kann nicht sagen, warum ich dieses kleine Schauspiel aufführte, außer vielleicht aus dem Wunsch heraus, nicht den Eindruck zu erwecken, ich hätte irgendetwas Heimliches getan. Wahrscheinlich nahm ich an, es sei Jetta, obwohl es für sie keinen Grund gab, mich zu beobachten. Mein Vater konnte es nicht sein, denn der hatte sich nach dem Abendessen in seinen

Lehnstuhl am Fenster gesetzt, und wenn er erst einmal dort saß, rührte er sich meist nicht mehr von der Stelle, bis er zu Bett ging. Auf jeden Fall hatte ich nicht damit gerechnet, Flora Broad an der Ecke vom Haus der Gregors zu erblicken. Offenbar stand mir die Überraschung ins Gesicht geschrieben, denn sie kicherte und hielt sich die Hand vor den Mund, als hätte sie von Anfang an vorgehabt, mich zu überraschen, und freute sich über den Erfolg ihres Plans.

Da ich nicht wusste, was ich sagen sollte, sah ich sie einfach nur an. Flora hatte sich seit unserer gemeinsamen Schulzeit merklich verändert. Ihr Gesicht sah weniger kindlich aus, und ihre Nase und ihr Mund wirkten etwas größer. Ihr Haar trug sie jetzt hochgesteckt wie die Frauen, nicht mehr zu kindlichen Zöpfen geflochten. Sie hatte eine weiblichere Figur bekommen, und ihr Busen füllte das Korsett ihres Kleides auf gefällige Weise. Ihr Rock endete ein paar Fingerbreit über den Knöcheln, und darunter lugte der Rüschensaum ihrer Unterröcke hervor. An den Füßen trug sie ein Paar hübsche schwarze Stiefel. Ich fragte mich, ob die von dem Geld gekauft worden waren, das wir als Entschädigung für den Schafbock an ihren Vater zahlen mussten. Sie musterte mich mit zur Seite geneigtem Kopf, als wäre ich eine Kuriosität in einem Wanderzirkus.

Flora wünschte mir einen guten Abend und fragte, was ich dort gemacht hätte. Ich erwiderte, dass sie das gar nichts anginge und dass ich sie dasselbe fragen könne. Darauf meinte sie, wenn ich ihr nicht sagen wolle, was ich in dem Schuppen gemacht hätte, sei es gewiss etwas Ungehöriges gewesen. Dann fügte sie hinzu, ihr Vater habe gesagt, ich sei ein übler Kerl und sie solle sich von mir fernhalten. Was mich dabei erstaunte, war nicht, dass Lachlan Broad eine so schlechte Meinung von mir hatte, sondern dass Flora mir das mitteilte. Doch dann begriff ich, dass sie es nicht gesagt hatte, um mich zu verletzen, sondern um mir zu verstehen zu geben, dass sie durch ihre Anwesenheit hier absichtlich gegen die Anordnung ihres Vaters verstieß.

»Und was würde dein Vater sagen, wenn er wüsste, dass du mit mir redest?«

Flora zuckte die Achseln und hob die Augenbrauen, als wäre ihr das vollkommen gleichgültig.

»Wenn ich dein Vater wäre, würde ich dir eine ordentliche Tracht Prügel verpassen«, sagte ich.

»Vielleicht würde er die Tracht Prügel dir verpassen«, erwiderte sie.

»Das würde ihm sicher großes Vergnügen bereiten.«

Flora kicherte, als fände sie die Vorstellung, wie ihr Vater mich verprügelte, amüsant. Dann wollte sie erneut wissen, was ich im Schuppen gemacht hätte. Da ich das Gefühl hatte, dass es nun zwischen uns eine Art Band gab, sagte ich ihr, ich hätte mich um einen jungen Vogel gekümmert, den ich ein paar Tage zuvor genau an der Stelle, wo sie jetzt stand, im Gras gefunden hatte. Ich deutete auf ein Nest im Giebel des Hauses über ihr, aus dem der kleine Vogel herausgefallen war.

»Warum hast du ihn nicht wieder ins Nest gesetzt?«, fragte sie.

Ich wusste nicht, was ich darauf erwidern sollte. Ich hatte das Vogeljunge retten wollen, und das wäre in der Tat der einfachste Weg gewesen. Tatsächlich pflegte ich oft verletzte Tiere oder Vögel, aber ich tat es stets heimlich, da mein Vater diese Beschäftigung als Zeitverschwendung angesehen hätte, oder gar als Auflehnung gegen Gottes Willen. Die meisten meiner Schützlinge starben ohnehin. Doch zwei Jahre zuvor hatte ich einen Jungvogel großgezogen, den ich auf dem Heimweg vom Torfsumpf gefunden hatte. Als er Federn bekam, erkannte ich, dass es eine junge Krähe war, und ich nannte ihn Blackie. Eines Abends, als ich in den Schuppen kam, um ihn zu füttern, war er verschwunden, und ich nahm an, dass er kräftig genug geworden war, um allein in der Welt zurechtzukommen. Ich weiß nicht, ob diese Vögel in der Nähe ihres Geburtsortes bleiben, aber immer wenn ich eine Krähe über die Stoppeln auf dem Feld spazieren oder auf dem Deich neben der Straße nach Toscaig sitzen sah, fragte ich mich, ob es Blackie war und ob seine dunkel glänzenden Augen mich wohl wiedererkannten.

In dieser Gegend sind Krähen nicht gerne gesehen, denn sie gelten als Zeichen drohenden Unglücks. Die Leute aus Aird-Dubh, die hauptsächlich vom Fischfang leben, hegen eine besondere Abneigung gegen diese Vögel, und der Anblick einer Krähe, die auf einem ihrer Boote sitzt, sorgt bei ihnen für große Bestürzung. Ich habe selbst gesehen, wie Fischer mit großen Steinen nach einem solchen Vogel warfen, ohne Rücksicht auf den Schaden, den sie damit womöglich ihrem Boot zufügten, als könnten sie mit dem Zeichen auch das drohende Unheil verscheuchen. Dennoch habe ich nie gehört, dass jemand aus Aird-Dubh – oder aus irgendeinem anderen Ort hier in der Gegend – seine Pläne geändert hätte, nachdem er auf diese Weise gewarnt worden war. Hierzulande ist man der Ansicht, dass man seinem Schicksal und damit auch dem Unglück nicht entkommen kann. Wenn die Männer sich tatsächlich entschließen würden, nicht hinauszufahren, könnte es sein, dass einer von ihnen stattdessen am selben Tag in seinem Haus von einem herabfallenden Dachbalken erschlagen wird. Da man nie wissen kann, auf welche Weise einen das Unglück ereilt, ist es sinnlos, etwas anderes zu tun als das, was man ursprünglich geplant hat. Was es jedoch umso unsinniger erscheinen lässt, mit Steinen nach den Unglücksboten zu werfen. Außerdem sind Krähen hier sehr zahlreich, und man kann einen Gutteil seines Tages mit dem Versuch zubringen, sie zu verscheuchen. Wenn hier jemand von Unheil getroffen wird und in seinem Gedächtnis forstet, wird er sich gewiss erinnern, dass an dem Morgen eine Krähe auf seinem Dach gesessen hat, aber das ist meiner Ansicht nach noch lange kein Beweis dafür, dass das eine etwas mit dem anderen zu tun hat.

Ich fragte Flora, ob sie sich den verletzten Vogel ansehen wolle, und sie bejahte. Ich blickte mich vorsichtig um, um ihr zu verstehen zu geben, dass wir nun etwas Geheimes taten, in das nur wir beide eingeweiht waren. Dann löste ich das Seil und ging mit Flora hinein. Ich zog die Tür hinter uns zu. Drinnen war es dämmrig; das einzige Licht kam durch die Ritzen zwischen den Brettern und durch ein kleines Fenster oben im Giebel. Ich verspürte den Impuls, Flora an die Hand zu nehmen und sie zu der Stelle zu führen, wo ich meinen Schützling versteckt hatte, doch ich tat es nicht. Stattdessen standen wir dicht beieinander und warteten, bis unsere Augen sich an das Dämmerlicht gewöhnt hatten. Dabei konnte ich das leise Geräusch ihres Atems hören. Ich führte sie in die Ecke des Schuppens und zog den Melkschemel heraus, auf den ich mich stellte, wenn ich meinen Schützling versorgte. Ich bedeutete Flora, dass sie sich daraufstellen sollte, um sich den kleinen Vogel anzusehen. Sie trat näher und gab mir ihre Hand, um sich abzustützen, als sie auf den Schemel stieg. Sie stellte sich auf die Zehenspitzen ihrer zierlichen Stiefel, die eng um ihre Knöchel geschnürt waren. Ihre Finger lagen einen Moment in meinen, dann hielt sie sich mit beiden Händen am Dachbalken fest. Ich hatte aus Zweigen und Gras ein kleines Nest gebaut und es mit Hühnerfedern gepolstert. Zusätzlich hatte ich den kleinen Vogel mit ein paar Stoffstreifen bedeckt, als Ersatz für die Wärme seiner Mutter. Flora stieß einen kleinen Seufzer aus, als sie den Kopf des Vogeljungen sah, der aus dem Stoffbündel herausschaute, und blieb eine ganze Weile dort oben stehen, obwohl der Vogel schlief und es nicht viel zu sehen gab.

»Womit fütterst du ihn?«, fragte sie flüsternd.

»Mit Insekten«, antwortete ich. »Und Würmern von unserem Feld.«

Sie streckte die Hand aus, damit ich sie festhielt, während sie vom Schemel stieg. Dann ging sie zurück zur Tür. Ich stellte den

Schemel in die gegenüberliegende Ecke des Schuppens, damit mein Vater ihn nicht dort stehen sah und sich fragte, warum er unter dem Dachbalken stand. Ich wäre gerne noch länger mit Flora im Schuppen geblieben, aber mir fiel kein passender Vorwand dafür ein. Also öffnete ich die Tür, streckte den Kopf hinaus, um mich zu vergewissern, dass niemand in der Nähe war, und ließ Flora hinaus.

»Danke, dass du ihn mir gezeigt hast«, sagte sie.

»Das habe ich gern gemacht«, erwiderte ich.

Sie trat einen Schritt von mir weg. »Ich sollte jetzt besser gehen. Vater fragt sich bestimmt schon, wo ich stecke.«

»Hoffentlich kriegst du keine Prügel.«

»Wenn ich ihm erzähle, wo ich war, kriegst du die Prügel«, sagte sie mit einem kleinen Lächeln.

Dann verschwand sie um die Hausecke. Ich schlang zum zweiten Mal das Seil um den Pfosten und begab mich zur Vorderseite unseres Hauses. Dort setzte ich mich auf die Bank und sah Flora nach, wie sie auf das andere Ende des Dorfes zusteuerte. Wenn sie ging, sah es aus, als würde ihr Körper ein Lied singen. Mittlerweile wurde es dunkel, und über dem Wasser hing eine Nebelschicht. Ein wenig später kam Jetta aus dem Haus und setzte sich mit ihrem Strickzeug neben mich. Ich lauschte auf das leise Klappern ihrer Nadeln in der abendlichen Stille und fragte sie, was sie da strickte. Sie ging jedoch nicht darauf ein, sondern fragte mich stattdessen, mit wem ich im Schuppen gesprochen hätte. Ich spürte, wie ich errötete, und sagte: »Mit niemandem.«

Sie ließ ihr Strickzeug sinken und sah mich mit ernster Miene an.

»Roddy«, sagte sie. »Du weißt ganz genau, dass du mit jemandem gesprochen hast, und du weißt, dass ich es weiß.«

»Dann weißt du ja sicher auch, mit wem ich gesprochen habe«, erwiderte ich.

»Aber ich möchte, dass du es mir sagst.«

Ich sah kurz zur Haustür, dann sagte ich leise: »Mit Flora Broad.«

»Flora Broad!«, rief Jetta aus, als wäre sie vollkommen überrascht. »Mit der hübschen kleinen Flora Broad!«

»Psst«, mahnte ich. »Sonst hört Vater dich noch.«

»Jetzt läufst du also hinter Flora Broad her. Ist Jetta nicht mehr gut genug für dich?«

»Ich laufe nicht hinter ihr her«, widersprach ich.

»Aber dir ist doch sicher aufgefallen, was für ein hübsches Ding sie ist und was für ansprechende Rundungen sie hat.«

»Nein, das ist mir nicht aufgefallen«, sagte ich und errötete erneut.

Jetta lachte. Das freute mich, denn in den vergangenen Monaten hatte sie nicht oft gelacht. Dann verdüsterte sich ihr Gesicht, wie es stets geschah, wenn sie ein drohendes Unheil vorhersah.

»Armer Roddy«, seufzte sie. »Ich weiß, du hast nichts Böses im Sinn, aber glaub mir, das wird kein gutes Ende nehmen. Halte dich fern von Flora Broad.«

Ich senkte den Blick, bestürzt, dass sie so abrupt die Stimmung zwischen uns verändert hatte. Ich zweifelte nicht daran, dass ihr Rat auf einem Hinweis aus der Anderen Welt beruhte, aber ich konnte nichts tun, um den Lauf der Dinge zu ändern, und zu dem Zeitpunkt wollte ich es auch nicht.

Ein paar Tage später standen mein Vater und ich zeitig auf, um das Niedrigwasser auszunutzen. Es war ein feuchter, windstiller Morgen. Der Rauch von den Häusern hing wie ein Schleier über der Erde, und auf dem umgegrabenen Feld lag eine dicke Schicht Tau. Wir wollten an dem Morgen Algen sammeln, die, zusammen mit dem Wintermist des Viehs, unseren Boden nähren würden. So machten wir uns auf den Weg hinunter zum Ufer, wobei wir immer wieder auf den glitschigen Felsen ausrutschten. Da mein Vater steif vom Rheuma war, fiel mir die Aufgabe zu, die Algen von den Felsen zu schneiden. Es war eine anstrengende Arbeit. Die Klinge meiner Feldhacke war stumpf, und jede Handvoll Algen, die ich von den Felsen löste, kostete mich beträchtliche Mühe. Mein Vater stützte sich auf seine Mistgabel, sah mir beim Arbeiten zu und gab mir immer wieder Ratschläge: Ich solle den Stiel anders greifen, den Rücken gerade halten und dergleichen mehr. Ich sagte nichts dazu. Als ich einen ordentlichen Haufen zusammenhatte, machte Vater sich daran, die Algen in den Bereich hinter der Flutlinie zu bringen. Bei jedem Gang verlor er die Hälfte, doch er scherte sich nicht darum. Mehr als einmal rutschte er aus und stürzte, sodass die ganze Ladung in die Luft flog und er als knochiger Haufen auf den Felsen landete. Obwohl unsere Arbeit damit beim Teufel war, konnte ich mir das Lachen nicht verkneifen. Mein Vater sah aus wie ein auf dem Rücken liegender Krebs, der hilflos mit Scheren und Beinen in der Luft zappelte, bis es ihm gelang, sich wieder umzudrehen.

Doch im Laufe des Vormittags fanden wir zu einer Art Rhythmus. Als die Flut kam, zog ich mich mit meiner Arbeit immer weiter ans Ufer zurück, sodass der Weg, den mein Vater zurücklegen musste, stetig kürzer wurde. Vater begann sogar leise vor sich hin zu singen. Es war ein sonderbarer Gesang, eher gesprochen als melodiös und für niemanden außer ihn selbst verständlich, aber es war ein Gesang, und ich freute mich, ihn zu hören. Bis zum Mittag hatten wir einen vier Fuß hohen Haufen geerntet, genug, um die Hälfte unseres Feldes damit zu bedecken. Von dort, wo wir ihn aufgeschichtet hatten, konnte er mit dem Handkarren zum Feld gebracht werden, das war nicht weiter schwierig. Vater setzte sich neben unserem Haufen auf einen Felsen, nahm seine Pfeife aus seiner Jackentasche und zündete sie an. Das war für mich das Zeichen, dass unser morgendlicher Einsatz beendet war. Wir saßen eine Weile schweigend da, verbunden durch ein Gefühl der Befriedigung über die gemeinsam vollbrachte Arbeit. Dann wies Vater mich an, zum Haus zu gehen und Milch und Bannocks zu holen.

Auf dem Rückweg von dort sah ich Lachlan Broad und seinen Bruder, die die Straße hinunterkamen und auf die Stelle zusteuerten, wo mein Vater saß. Sie blieben stehen und grüßten meinen Vater, doch er antwortete nicht, oder zumindest hörte ich nichts. Er kehrte mir den Rücken zu, und ich konnte die dünne Rauchfahne sehen, die von seiner Pfeife aufstieg. Da es vollkommen windstill war, hing der Pfeifenrauch um seine Mütze, wie der Ofenrauch am Morgen um die Häuser. Da ich fürchtete, Lachlan Broad wolle sich beschweren, weil ich mich seiner Tochter genähert hatte, lief ich eilig auf sie zu, als könnte ich ihn dadurch von seinem Vorhaben abbringen. Ich gab meinem Vater seinen Becher Milch.

»Wie ich sehe, sammeln Sie Algen«, sagte Lachlan Broad gerade.

Mein Vater schwieg.

»Zu welchem Zweck, wenn ich fragen darf?«

»Nun, zu welchem Zweck sollte ich wohl Algen sammeln?«, entgegnete mein Vater, den Blick stur auf die Bucht gerichtet. Ein Seehund hob den Kopf aus dem Wasser und musterte die Szene einen Moment, dann tauchte er lautlos wieder unter.

Lachlan Broad machte eine Geste mit seiner Hand, als wollte er sagen, dass es dafür alle möglichen Gründe geben könnte, und wartete.

»Wollen Sie meine Frage nicht beantworten?«, fragte er schließlich.

»Ich kenne nur einen Grund, warum man Algen sammelt«, sagte mein Vater. »Deshalb sehe ich keinen Sinn darin, Ihre Frage zu beantworten.«

Der Constable wandte sich mit ratloser Miene zu seinem Bruder, als könne er nicht verstehen, warum mein Vater sich so störrisch verhielt. Aeneas Mackenzie blökte wie ein Schaf.

»Da Sie mich zwingen zu raten«, fuhr Broad fort, »kann es sein, dass Sie die Algen sammeln, um Sie auf Ihrem Feld auszubringen?«

»Sie sind sehr scharfsinnig, Constable«, sagte mein Vater mit besonderer Betonung auf dem letzten Wort.

Lachlan Broad schürzte die Lippen und nickte langsam, als würde er diese Antwort mit Besorgnis vernehmen.

»Ihnen ist doch sicher bewusst, dass alles, was am Ufer wächst, einschließlich der Algen, dem Lord gehört?«

Mein Vater nahm die Pfeife aus dem Mund, sagte jedoch nichts.

»Ist Ihnen das bewusst, Mr. Macrae?«, fragte Lachlan Broad mit Nachdruck.

Mein Vater griff nach seinem Becher Milch und leerte ihn in einem Zug. Die Sahne hinterließ einen hellen Tausendfüßer auf seinem Bart, der bis zum Ende der Unterredung dort blieb.

»Und wozu sollte der Lord ein paar Handkarren voll Algen brauchen?«, fragte er dann, den Blick immer noch auf den Horizont gerichtet.

Lachlan Broad schüttelte den Kopf, als hätte mein Vater ihn missverstanden oder als wäre es sein eigener Fehler, weil er sich nicht klar genug ausgedrückt hatte.

»Es geht nicht darum, ob der Lord Verwendung für die Algen hat, sondern darum, dass sie sein Eigentum sind.« Er schwieg einen Moment. »Ich muss einem frommen Mann wie Ihnen doch gewiss nicht erklären, dass es nicht richtig ist, etwas zu nehmen, das einem anderen gehört.«

Vater wandte sich ruckartig zu ihm um.

»Wie Sie sehr genau wissen, Lachlan Broad, haben die Leute hier seit jeher Algen für ihre Felder geschnitten, auch Sie und Ihr Vater.«

»Das ist wohl richtig, aber das haben wir nur dank der Großzügigkeit des Lords getan. Es entspricht keineswegs Ihren Pachtbedingungen, sich an den Früchten des Landes oder des Ufers zu bedienen, ohne zuvor um Erlaubnis gefragt zu haben.«

Mein Vater erhob sich von dem Felsen, auf dem er gesessen hatte, und trat einen Schritt auf Broad zu.

»Kann ich davon ausgehen, dass keine solche Erlaubnis eingeholt wurde?«, fragte der Constable.

Obwohl mein Vater einen halben Kopf kleiner war als Broad, reckte er drohend das Kinn nach vorne, und seine Brust war nur noch eine knappe Handbreit von der des Constables entfernt. Aeneas Mackenzie stellte sich dicht neben seinen Bruder und stieß ein albernes Gackern aus. Ich zweifelte nicht daran, dass er meinen Vater mit Freuden auf die Felsen stoßen würde, falls dieser noch näher kommen sollte. Lachlan Broad schien die Drohhaltung meines Vaters nicht aus der Ruhe zu bringen.

»Mr. Macrae«, sagte er. »Als ich zum Constable dieser Gemeinde gewählt wurde, habe ich festgestellt, dass die Einhaltung der Vorschriften, die unsere Existenz regeln, schändlich vernachlässigt worden ist. Und da Sie, wenn ich mich recht entsinne, meiner Wahl nicht widersprochen haben, gehe ich davon aus, dass Sie diese Ansicht teilen.«

»Ich weiß nichts von diesen Vorschriften, auf die Sie so versessen sind«, sagte mein Vater.

Broad lachte leise. »Ich denke, wir wissen alle um die Vorschriften. Es steht Ihnen schlecht zu Gesicht, so zu tun, als würden Sie sie nicht kennen.«

Mein Vater atmete hörbar ein. Er hielt die Pfeife so fest umklammert, dass seine Knöchel weiß wurden.

»Ich bedaure, dass Sie einen ganzen Morgen umsonst gearbeitet haben«, sagte Broad, »aber ich muss Sie bitten, die Algen dorthin zurückzubringen, wo Sie sie hergeholt haben.«

»Das werde ich nicht tun«, entgegnete mein Vater.

Lachlan Broad seufzte leise und schnalzte mit der Zunge.

»Als Constable Ihrer Gemeinde rate ich Ihnen zu tun, was ich sage. Ich gebe Ihnen die Gelegenheit, diesen Verstoß rückgängig zu machen, ohne Ihnen ein Strafgeld aufzuerlegen, da ich weiß, wie schwer es Ihnen fallen würde, es zu bezahlen. Und es ist Ihnen doch sicher lieber, wenn wir diese Angelegenheit regeln, ohne den Gutsverwalter einzuschalten.«

Er trat einen Schritt von meinem Vater zurück, klopfte ihm auf die Schulter und sagte: »Ich überlasse es Ihnen. Ich zweifle nicht daran, dass Sie die richtige Entscheidung treffen werden.«

Dann gab er seinem Bruder ein Zeichen, und die beiden kehrten zurück ins Dorf. Mein Vater zerbrach seine Pfeife, warf die Stücke auf den Boden und zermalmte sie mit seinem Stiefelabsatz. Dann befahl er mir, die Algen zum Wassersaum zurückzubringen, und stapfte nach Hause.

Am selben Abend stattete Lachlan Broad uns einen Besuch ab. Mein Vater saß in seinem Lehnstuhl, das Gesicht zum Fenster gewandt, und musste ihn gesehen haben, doch als Broad eintrat, senkte er den Blick auf das Buch in seinem Schoß und tat so, als hätte er ihn nicht bemerkt. Jetta schaute von ihrer Hausarbeit auf, und als sie ihn erblickte, weiteten sich ihre Augen, und sie schnappte hörbar nach Luft. Lachlan Broad warf ihr einen eindringlichen Blick zu, grüßte sie jedoch nicht. Dann klopfte er gegen den Türrahmen, um meinen Vater auf sich aufmerksam zu machen, und fragte ihn, ob er kurz mit ihm sprechen könne. Mein Vater beugte sich wieder über sein Buch und gab vor, den Absatz zu Ende zu lesen. Dann erhob er sich und ging ein paar Schritte auf Broad zu.

»Sollte ich mich erdreisten, Ihnen den Zutritt zu meinem Haus zu verweigern«, sagte er, »würden Sie mir zweifellos erklären, dass dies gar nicht mein Haus ist, sondern das des Lords, und dass ich somit gar nicht das Recht habe, Sie am Eintreten zu hindern.«

Lachlan Broad lachte herzlich, als hätte mein Vater einen amüsanten Scherz gemacht. »Ich bin sicher, wir sind noch nicht an dem Punkt angekommen, wo wir einander die Gastfreundschaft verweigern.«

Dann klopfte er ihm auf die Schulter, als wären sie die besten Freunde, ließ die Hand dort und steuerte meinen Vater zum Tisch. »Ich hoffe doch sehr, dass unser mittägliches Gespräch nicht unsere gute Verbindung trübt.«

Darauf erwiderte mein Vater nichts, aber er wehrte sich auch nicht gegen Broads Führung. Die beiden Männer setzten sich an den Tisch – mein Vater an das Kopfende, Broad auf die Bank, den Rücken zur Tür, sodass sein Gesicht nur von der rötlichen Glut des Feuers erleuchtet war. Ihm schien sehr an einer freundschaftlichen Atmosphäre gelegen zu sein. Ich stand mit dem Rücken zur Anrichte. Er fragte mich nach meinem Befinden, und da ich nicht sein Missfallen erwecken wollte, erwiderte ich, es ginge mir gut. Dann fragte er, ob ich mich nicht zu ihnen setzen wolle. Ich sah zu meinem Vater, und da er nicht widersprach, folgte ich der Aufforderung. Broad deutete auf den Kessel über dem Feuer und sagte scherzend: »Jetta, bekommt ein müder Wanderer bei euch keinen Tee?«

Jetta blickte zu meinem Vater, doch er reagierte wieder nicht, und so machte sie sich daran, einen Tee zuzubereiten. Während sie damit beschäftigt war, stellte Broad ihr ein paar Fragen, alle in überaus liebenswürdigem Tonfall. Jetta antwortete höflich, aber mit sparsamen Worten und ohne ihn ein einziges Mal anzusehen. Allerdings fiel mir auf, dass ihre Wangen gerötet waren, als sie unserem Besucher die Tasse hinstellte. Dann zog sie sich auf ein Zeichen meines Vaters in das hintere Zimmer zurück. Broad trank einen Schluck von seinem Tee und stieß einen wohligen Seufzer aus, als wäre er tatsächlich weit gereist, um uns zu sehen.

»John«, begann er und beugte sich vor. »Ich habe den Eindruck, der Vorfall unten am Ufer hat Ihren Ärger geweckt. Deshalb möchte ich Ihnen meine Sicht der Situation darlegen, damit Sie verstehen, dass ich nicht anders handeln konnte.«

Da mein Vater darauf nichts erwiderte, fuhr er fort: »Ich bitte Sie nur darum, die Folgen zu bedenken, falls ich Ihnen gestatte, die Algen zu sammeln.«

»Die Familien hier haben seit undenklichen Zeiten Algen gesammelt«, sagte mein Vater, »und ich kann mich nicht erinnern, dass das irgendwelche Folgen gehabt hätte, wie Sie es nennen.«

»Das stimmt natürlich, aber vielleicht habe ich mich nicht klar genug ausgedrückt. Es geht mir nicht um das Algensammeln an sich, sondern um die Tatsache, dass es dafür keine offizielle Erlaubnis gibt. Hätte ich Ihnen gestattet, mit Ihrer Ernte fortzufahren, wäre das nicht von Leuten, die weniger gewissenhaft sind als Sie, als Zeichen genommen worden, dass es in Ordnung ist, wenn jeder Algen sammelt, wann immer und so viel es ihm beliebt? Ich hätte Ihnen ja schlecht erlauben können, weiter zu sammeln, und morgen Mr. Gregor bitten, es zu unterlassen. Dann würde er – und zwar mit Recht – einwenden, wenn ich es Ihnen gestattet habe, warum dann nicht auch ihm? Die Regeln müssen, da werden Sie mir sicher zustimmen, für alle gleichermaßen gelten.«

Hierbei breitete er seine massigen Hände vor sich aus, als wäre dies eine unwiderlegbare Tatsache.

»Ich verstehe natürlich, wie unangenehm es für Sie gewesen sein muss, die Algen wieder ins Wasser zurückzubringen, aber hätte ich nicht so gehandelt, wie ich es getan habe, hätte ich damit dem unerlaubten Algensammeln Tür und Tor geöffnet. Wie Sie ganz richtig angemerkt haben, hat dieses Sammeln lange Zeit unkontrolliert stattgefunden, aber auch wenn Sie meinen, dies hätte keinerlei Folgen gehabt, möchte ich einwenden, die Folge davon ist die allgemeine Nachlässigkeit in der Einhaltung der Vorschriften, derer wir uns alle schuldig gemacht haben. Da ich mit dem ausdrücklichen Ziel zum Constable gewählt wurde, die Ordnung wiederherzustellen, hätte ich mein Amt zur Posse gemacht, wäre ich nicht gegen diesen Regelverstoß eingeschritten.«

Er hielt inne, trank einen Schluck Tee und stellte die Tasse wieder vorsichtig auf den Unterteller. Der Blick meines Vaters folgte seiner Hand. Schweigen breitete sich aus, und es war offenkundig, dass mein Vater es nicht brechen würde. Lachlan Broad wandte sich zu mir und sagte: »Dein Vater ist ein Mann mit Prinzipien, Roddy. Ich fürchte, ich habe ihn nicht von meinen guten Absichten überzeugen können.«

Ich erwiderte nichts und starrte auf die Tischplatte, um ihn nicht ansehen zu müssen. Dann wandte er sich erneut an meinen Vater, diesmal mit leichter Gereiztheit in der Stimme.

»Vielleicht denken Sie, mein Beharren auf den Vorschriften sei fanatisch oder ich zöge Vergnügen aus der Ausübung meiner Macht. Ich versichere Ihnen, nichts liegt mir ferner. In der Tat ist das Sammeln von Algen keine Angelegenheit von großer Bedeutung, aber wenn es gestattet ist, Algen vom Ufer zu holen, würden die Leute dann nicht zu Recht annehmen, dass es ebenso gestattet ist, Fische aus den Flüssen zu angeln oder Hirsche zu schießen?«

»Das kann man doch nicht vergleichen«, sagte mein Vater.

»Oh doch, das kann man«, sagte Broad mit erhobenem Zeigefinger. »Ich würde mir nicht anmaßen, einen frommen Mann wie Sie in theologischen Dingen zu belehren, aber soweit ich weiß, unterscheidet das achte Gebot nicht zwischen dem Diebstahl einer kleinen Sache und einer großen.«

»Beschuldigen Sie mich etwa des Stehlens?«, fragte mein Vater leise.

»Ich beschuldige Sie keineswegs«, sagte Broad. »Aber ich wüsste nicht, wie man das Nehmen einer Sache, die einem nicht gehört, anders deuten sollte.«

Mein Vater dachte einen Moment darüber nach, dann bemerkte er, wenn dies alles gewesen sei, was Broad zu sagen gehabt habe, gebe es ja jetzt keinen Grund mehr, noch länger hier zu verweilen.

Der Constable machte keinerlei Anstalten aufzustehen. Er trank den Rest seines Tees und wischte sich mit dem Handrücken über den Mund. Seine Finger spielten noch eine Weile mit seinem Schnurrbart.

»Ich bin nicht hergekommen, um Sie zu beschuldigen, John«, sagte er. »Wenn ich mich ungeschickt ausgedrückt habe, dann bitte ich um Entschuldigung. Ich bin ganz im Gegenteil in einem Geist der Versöhnung gekommen. Unter normalen Umständen gäbe es für den Verstoß von heute Morgen ein Strafgeld in Höhe von zehn Shilling. Doch in Anbetracht der Tatsache, dass in unserer Gemeinde, wie Sie zu Recht einwenden, schon seit undenklichen Zeiten Algen gesammelt werden und Sie, nachdem ich Sie auf Ihren Irrtum hingewiesen habe, die Algen ins Wasser zurückgebracht haben, bin ich bereit, ausnahmsweise von einer Strafe abzusehen.«

Falls Lachlan Broad dachte, mein Vater würde ihm für diese großmütige Geste danken, hatte er sich geirrt.

»Ich zahle lieber die zehn Shilling, als in Ihrer Schuld zu stehen.«

Lachlan Broad nickte. »Das respektiere ich, aber da keine zehn Shilling zu zahlen sind, brauchen Sie dies nicht als Gefallen anzusehen, für den Sie sich revanchieren müssten.«

Er trommelte noch einmal kurz mit den Fingern auf den Tisch, als wäre die Angelegenheit damit auf befriedigende Weise gelöst. Dann begann er sich zu erheben, hielt jedoch noch einmal inne, als wäre ihm soeben ein Gedanke gekommen.

»Aber Sie brauchen natürlich trotzdem Algen für Ihr Feld«, sagte er.

»Ich möchte nichts nehmen, was mir nicht gehört«, erwiderte mein Vater.

»Wie ich eben versucht habe, Ihnen zu erklären, geht es nicht darum, etwas zu nehmen, das Ihnen nicht gehört, sondern lediglich darum, sich an die Vorschriften zu halten.«

»Ich habe in den letzten Monaten mehr als genug von diesen Vorschriften zu hören bekommen.«

»Das mag ja sein, aber sie existieren nun mal, und sie müssen befolgt werden. In diesem Fall brauchen Sie lediglich beim Gutsverwalter um die Erlaubnis zu bitten, zum Zwecke der Felddüngung am Ufer Algen zu sammeln. Und diese Erlaubnis kann auch durch seinen Vertreter erteilt werden.«

»Sie meinen, durch Sie«, sagte mein Vater.

Broad bejahte dies mit einem kurzen Nicken.

»In Anbetracht der Einigung, die wir heute Abend erzielt haben«, sagte er, »sehe ich keinen Grund, auf einem förmlichen Antrag zu bestehen, und ich versichere Ihnen, dass ich eine entsprechende Bitte von Ihrer Seite wohlwollend in Betracht ziehen werde.«

Die schmalen Lippen meines Vaters zuckten, aber er sagte nichts. Kurz darauf erschien eine wohlgenährte Henne im Eingang und streckte ruckartig den Kopf herein, als suche sie nach ihren Gefährtinnen. Ihr linkes Bein hing in der Luft, unter dem Bauch zusammengekrümmt wie eine Greisenhand. Da sie offenbar nicht fand, was sie suchte, machte sie kehrt und verschwand wieder. Lachlan Broad zuckte die Achseln und sagte: »Nun, wie es scheint, wollen Sie diese Erlaubnis nicht einholen.«

Dann stand er auf, wünschte uns in einem Tonfall, als hätten wir gerade ein herzliches Beisammensein genossen, einen guten Abend und ging. Er wirkte überaus zufrieden mit sich, und in dem Augenblick verspürte ich einen schrecklichen Hass auf ihn. Er war ein schlauer Kerl, und mein Vater mit seinem schlichten Gemüt war ihm nicht gewachsen.

Vater blieb am Tisch sitzen und starrte den Rest des Abends auf den leeren Stall. Da es zu dem Vorfall nichts zu sagen gab, ging ich nach draußen und setzte mich auf die Bank. Die Henne, die zuvor in der Tür erschienen war, pickte jetzt in der Erde zwischen den Häusern. Einige Minuten später kam Lachlan Broad aus Mr. Gregors Haus und steuerte, ohne einen Blick in meine Richtung zu werfen, auf das nächste Haus in der Reihe zu, das von Kenny Smoke.

Am nächsten Morgen bei Ebbe sammelten alle unten am Ufer Algen, und bis zum Abend waren sie auf allen Feldern verteilt, außer auf unserem. Mein Vater sagte nichts dazu und ging seiner Arbeit nach, als wäre nichts geschehen. Ein paar Tage später, als er mit Kenny Smoke auf der Bank vor unserem Haus saß und seine Pfeife rauchte, hörte ich, wie er zu ihm sagte, man könne ja gar nicht wissen, ob die Algen wirklich die Ernte steigerten, oder ob die Leute das nur taten, weil ihre Väter und Großväter es auch so gemacht hatten. Worauf Kenny Smoke erwiderte, dasselbe könne man über viele unserer Gewohnheiten sagen.

Mr. Sinclair besucht mich hier recht häufig, und mittlerweile freue ich mich auf seine Besuche. Als er zum ersten Mal in meine Zelle kam, bot ich ihm an, sich auf mein Bett zu setzen, aber er warf nur einen etwas geringschätzigen Blick darauf und blieb bei der Tür stehen. Er meinte seinerseits, ich möge es mir doch bequem machen, doch da ich es ungehörig fand, in Anwesenheit eines Höhergestellten zu sitzen, stellte ich mich in die Ecke unter das kleine Fenster. Er trug einen Tweedanzug und Schnürschuhe aus braunem Leder, die nicht so recht zu dieser trostlosen Umgebung passten. Sein Gesicht wirkte frisch, und seine Hände waren weich und rosig. Ich würde ihn auf ungefähr vierzig Jahre[12] schätzen. Er sprach auf die gemessene, elegante Weise eines Gentlemans.

---

12 Andrew Sinclair war zu diesem Zeitpunkt zweiundsechzig Jahre alt.

Mr. Sinclair teilte mir mit, man habe ihn zu meinem Rechtsbeistand bestimmt, und es sei seine Pflicht, mich so gut wie nur möglich zu vertreten. Dann sagte er, er freue sich sehr, meine Bekanntschaft zu machen, und die Vorstellung, dass ein Gentleman einen Nichtsnutz wie mich auf diese Weise ansprach, erschien mir so komisch, dass ich lauthals anfing zu lachen. Er wartete, bis ich mich wieder gefasst hatte, dann teilte er mir mit, dass er alles, was ich ihm sagte, vertraulich behandeln werde, woraufhin er mir die Bedeutung des Wortes »vertraulich« erklärte wie ein Lehrer einem begriffsstutzigen Schüler.

Ich sagte ihm, es sei nicht nötig, mir dieses Wort – oder irgendein anderes – zu erklären, und ich bräuchte seine Dienste nicht. Er erwiderte, wenn ich einen anderen Rechtsbeistand wünschte, ließe sich das ohne Weiteres einrichten. Doch ich erklärte ihm, es gehe mir nicht um die Person meines Rechtsbeistands, sondern darum, dass ich keinen solchen benötigte, da ich nicht vorhätte, die mir zur Last gelegten Taten zu leugnen. Mr. Sinclair sah mich eine Weile mit ernster Miene an und sagte dann, er verstehe meine Position, aber das Gesetz schreibe vor, dass jemand mich vor Gericht vertrete.

»Was das Gesetz vorschreibt, interessiert mich nicht«, erwiderte ich. »Das Gesetz bedeutet mir nichts.«

Ich weiß nicht, was mich dazu trieb, auf so unhöfliche Weise mit ihm zu sprechen, außer vielleicht ein Widerstreben, gesagt zu bekommen, was ich zu tun oder zu lassen hätte. Davon abgesehen, war es mir unangenehm, in Gegenwart eines Gentlemans zu sein, während der Inhalt meiner Gedärme in einem Eimer zu meinen Füßen stand, und ich wünschte von ganzem Herzen, er möge mich alleine lassen.

Mr. Sinclair schürzte die Lippen und nickte.

»Dennoch«, sagte er, »ist es meine Pflicht, Sie darauf hinzuweisen, dass es Ihren Interessen keineswegs förderlich wäre, auf einen Rechtsbeistand zu verzichten.«

Er setzte sich nun doch auf mein Bett und wechselte zu einem weniger förmlichen Ton. Er sagte, ich würde ihm einen Gefallen tun, wenn ich so freundlich wäre, ihm ein paar Fragen zu beantworten. Ein wenig reumütig willigte ich ein, und das schien ihn zu freuen. Dieser Gentleman behandelte mich mit einer Höflichkeit, die ich keineswegs verdiente, und ich hatte keinen Anlass, ihm Ärger zu bereiten.

Alsdann stellte Mr. Sinclair mir einige allgemeine Fragen über meine Familie und meine Lebensumstände, fast so, als wären wir zwei Gleichgestellte, die sich gerade kennenlernten. Ich antwortete wahrheitsgemäß, aber recht knapp, da mir nicht einleuchtete, weshalb die Einzelheiten meines Lebens in Culduie für ihn oder irgendjemand sonst von Interesse sein sollten. Doch Mr. Sinclair hatte eine sanfte, angenehme Art, und ich fühlte mich zusehends wohler in seiner Gegenwart. Und immerhin war unser Gespräch eine Abwechslung in meinem monotonen Tagesablauf. Je länger wir miteinander sprachen, desto seltsamer erschien es mir, dass er sich mit mir unterhielt, als befänden wir uns in einer ganz alltäglichen Situation, obwohl er, ein Gentleman, doch einem ungebildeten Mörder gegenübersaß. Ich fragte mich, ob er vielleicht gar nicht über meine Verbrechen unterrichtet worden war oder ob ich mich gar nicht in einem Gefängnis befand, sondern in einem Irrenhaus, und Mr. Sinclair ein weiterer Insasse war. Doch als sich der allgemeine Teil unseres Gesprächs dem Ende zuneigte, kam Mr. Sinclair auf den eigentlichen Anlass seines Besuchs zu sprechen.

»Nun, Roderick«, sagte er, »vor einigen Tagen ist in Ihrem Dorf ein schreckliches Verbrechen geschehen.«

»Ja«, sagte ich, da ich nicht wollte, dass er weitersprach. »Ich habe Lachlan Broad getötet.«

»Und die anderen?«

»Die auch.«

Mr. Sinclair nickte langsam. »Sie sagen das nicht, um jemanden zu schützen?«

»Nein.«

»Und haben Sie die Tat allein begangen?«

»Ja«, sagte ich. »Ich habe allein gehandelt, und da ich nicht vorhabe, irgendetwas zu leugnen, benötige ich auch die Dienste eines Rechtsbeistands nicht. Ich bereue meine Tat nicht, und was immer nun geschehen mag, ist mir vollkommen gleichgültig.«

Nach meiner kleinen Ansprache musterte Mr. Sinclair mich eine Weile. Ich weiß nicht, was in seinem Kopf vorging, da ich nur selten mit Angehörigen der gebildeten Klasse zu tun habe und ihre Gewohnheiten ganz anders sind als die meiner eigenen Leute.

Schließlich sagte er, dass er meine Offenheit schätze, und bat mich um Erlaubnis, am nächsten Tag wiederkommen zu dürfen. Ich erwiderte, er dürfe gerne jederzeit wiederkommen, da ich das Gespräch mit ihm genossen hätte. Er bestätigte mir, dass es ihm ebenso ginge. Dann schlug er zweimal mit der flachen Hand gegen die Zellentür, und der Wärter, der offenbar die ganze Zeit davor gewartet hatte, drehte den Schlüssel im Schloss um und ließ ihn hinaus.

Mr. Sinclair kam in der Tat wieder, und ich gestehe, dass ich mich mittlerweile auf seine Gesellschaft freue und meine Unhöflichkeit an jenem ersten Tag bedauere. Es ist ein Zeichen seiner gehobenen Herkunft, dass er mir mein ungehobeltes Benehmen nicht verübelt hat. Da meine Zelle nun auf Mr. Sinclairs Betreiben mit einem Tisch und einem Stuhl ausgestattet worden ist, gestaltet sich unsere gemeinsame Zeit ein wenig komfortabler. Mr. Sinclair nimmt auf dem wackeligen Stuhl Platz, während ich mich auf das Bett oder auf den Fußboden setze. Der Blick meines Rechtsbeistands wandert oft auf die Seiten, die ich schreibe. Bei seinem zweiten oder dritten Besuch schlug er vor, ich möge doch die Ereignisse festhalten, die zu meinen Verbrechen geführt hätten, und er scheint erfreut zu sein, dass ich mich dieser Aufgabe mit großem Eifer widme. Eines Nachmittags strich er mit dem Daumen über die Seiten und sagte, er sei neugierig, was darin stand. Die Vorstellung, dass ein gebildeter Mann meine ungeschliffenen Sätze liest, behagte mir gar nicht, aber ich erwiderte, ich schriebe das alles nur, weil er mich darum gebeten habe, und er könne die Seiten jederzeit mitnehmen. Darauf erwiderte er, er zöge es vor, zu warten, bis ich fertig sei, und es sei wichtig, dass ich weiterhin alles so notiere, als schriebe ich es für mich allein und nicht für ihn oder irgendjemanden sonst.

Mr. Sinclair scheint mir ein Mann von großer Geduld zu sein. Tag für Tag beginnt er damit, sich nach meinem Befinden zu erkundigen und zu fragen, ob das Essen angemessen sei. Er hat mir schon mehrfach angeboten, eine Mahlzeit aus einem der umliegenden Gasthäuser bringen zu lassen, aber darauf erwidere ich stets, dass ich einfaches Essen gewohnt bin und es nicht nötig ist, sich meinetwegen Umstände zu machen. An diesem Morgen jedoch nahm unser Gespräch eine ganz andere Wendung. Bisher hatte es Mr. Sinclair meist vermieden, über die Morde selbst zu sprechen. Heute jedoch fragte er mich, was in meinem Kopf vorgegangen sei, als ich sie beging. Ich antwortete, mein einziger Gedanke sei gewesen, meinen Vater von den Ungerechtigkeiten zu erlösen, mit denen Lachlan Mackenzie ihn traktierte. Mr. Sinclair gab sich damit jedoch nicht zufrieden, sondern formulierte seine Frage immer wieder neu, bis ich den Eindruck hatte, dass er mich bei einer Lüge ertappen wollte, doch das gelang ihm nicht.

Dann fragte Mr. Sinclair, was ich davon halten würde, wenn wir bei dem Prozess auf »Nicht schuldig« plädierten. Ich antwortete, das fände ich absurd, denn es sei ja offensichtlich, dass ich schuldig war, und ich hätte nie irgendeinen Versuch unternommen, diese Tatsache zu verbergen. Darauf erklärte mir Mr. Sinclair, in den Augen des Gesetzes läge nur dann ein Verbrechen vor, wenn sowohl eine körperliche als auch eine geistige Tat stattgefunden habe. In diesem Fall sei klar, dass eine körperliche Tat stattgefunden habe, aber ob es auch eine geistige Tat – oder eine böse Absicht, wie er es nannte – gegeben habe, hänge davon ab, was sich währenddessen in meinem Kopf abgespielt habe. Ich hörte Mr. Sinclairs Ausführungen höflich zu, hatte jedoch zunehmend den Eindruck, dass er in seinem Drang, die Fähigkeiten seines Geistes zum Einsatz zu bringen, bisweilen die offensichtlichsten Tatsachen ignorierte. Als er fertig war, erwiderte ich nur, ich verstünde nicht, inwiefern das, was er dargelegt habe, in meinem Fall von Belang sein könne.

Darauf sagte Mr. Sinclair in einem vorsichtigen Tonfall, als wolle er meine Gefühle nicht verletzen: »Was, wenn nun jemand die Vermutung äußerte, dass das, was Sie in jenem Moment im Kopf hatten, gar nicht das war, was Sie glauben?«

Das war so albern, dass ich laut lachen musste. »Wenn ich etwas anderes im Kopf gehabt hätte, hätte ich das sicher bemerkt«, erwiderte ich. »Sonst hätte es ja nicht in meinem Kopf sein können.«

Mr. Sinclair lächelte über meine Antwort und neigte den Kopf zur Seite, als gebe er mir in dem Punkt Recht. Dann sagte er, ich sei ein sehr kluger junger Mann. Ich gestehe, dass mir diese Feststellung schmeichelte, und ich erröte, während ich dies hier festhalte.

Er fuhr fort: »Halten Sie es für möglich, Roddy, dass ein Verrückter überzeugt ist, er sei bei klarem Verstand?«

Dieser Gedanke erschien mir zunächst ebenso absurd wie seine vorige Annahme, doch dann dachte ich an Murdo Cock, den Dorftrottel von Aird-Dubh, der oft in seinem Hühnerstall schlief und wie ein Hahn krähte. Würde er, wenn man ihn fragte, sagen, er sei verrückt? Ich begriff, dass Mr. Sinclair auf seine feinfühlige Art nahelegte, ich sei, wenn auch auf meine eigene Weise, wie Murdo Cock. Ich ließ mir ein wenig Zeit mit der Antwort, denn mir war klar, dass ich tatsächlich wie ein Verrückter erscheinen könnte, wenn ich unbeherrscht reagierte.

»Ich versichere Ihnen«, sagte ich in gemessenem Tonfall, »dass ich voll und ganz im Besitz meiner geistigen Kräfte bin.«

»Gerade die Tatsache, dass Sie das annehmen, lässt das Gegenteil vermuten«, erwiderte er. Offenbar wirkte ich ziemlich getroffen von dieser Aussage, denn er fügte hinzu: »Sie müssen verstehen, Roderick, dass es meine Pflicht ist, alle möglichen Wege zu Ihrer Verteidigung zu prüfen.«

»Aber ich will mich doch gar nicht verteidigen«, platzte ich heraus und bedauerte sofort meine ungehobelte Reaktion.

Mr. Sinclair nickte kurz und stand auf. Er sah ein wenig traurig aus, und ich hatte den Eindruck, dass ich seine Gefühle verletzt hatte, und wünschte, ich könnte es wiedergutmachen.

»Wären Sie trotzdem bereit«, fragte er, »sich von einem Herrn untersuchen zu lassen, der sehr erpicht darauf ist, Ihre Bekanntschaft zu machen?«

Wieder schoss mir der Gedanke durch den Kopf, wie absurd es doch war, dass sich nun, da ich einen Mörder aus mir gemacht hatte, lauter feine Herren um meine Gesellschaft rissen, aber ich sagte nur, dass ich mit Freuden jeden empfangen würde, den er mir brachte.

»Gut«, sagte er, und dann bedeutete er dem Gefängniswärter mit dem üblichen Zeichen, dass er gehen wollte.

Einige Tage nach dem Vorfall mit den Algen begegnete ich Flora zum zweiten Mal. Ich saß auf dem Deich, der die Felder von der Straße trennt, und neckte ein paar Krähen mit einer Maus, die ich an eine Schnur gebunden hatte. Da ich dem Dorf den Rücken zukehrte, merkte ich nicht, dass Flora auf mich zukam. Offenbar hatte sie gesehen, dass ich mit einer Art Spiel beschäftigt war, denn als sie neben mir auftauchte, fragte sie, was das für ein Spiel sei. Ich schämte mich meiner kindlichen Betätigung, deshalb ließ ich die Schnur los und behauptete, ich täte gar nichts.

»Du scheinst nie irgendetwas zu tun«, erwiderte sie. »Gib acht, sonst findet der Teufel Arbeit für deine untätigen Hände.«

»Und was sollte das für eine Arbeit sein?«, fragte ich.

Flora zuckte die Achseln und sah hinauf zum Himmel. Dann setzte sie sich neben mich auf den Deich. Sie hatte einen Korb dabei, der mit einem karierten Tuch bedeckt war, und den stellte sie auf ihren Schoß. Ihre Röcke streiften mein Bein. Kurz darauf schlängelte sich die Schnur, die ich losgelassen hatte, durch das Gras, und eine Krähe hüpfte mit ihrer Beute im Schnabel davon.

»Hast du keine Angst, dass dein Vater uns sehen könnte?«, fragte ich.

»Du solltest Angst haben«, entgegnete sie. »Schließlich bin ich ja nicht diejenige, die die Prügel bekommt.«

Dennoch blickte sie kurz über die Schulter zu ihrem Haus.

»Ich soll diese Eier zu Mrs. MacLeod in Aird-Dubh bringen«, sagte sie und hob das Tuch an, um mir den Inhalt des Korbes zu zeigen. Die Broad Mackenzies hatten Unmengen von Hühnern, so viele, dass sie sogar das Gasthaus in Applecross mit Eiern versorgen konnten. Mrs. MacLeod war eine alte Witwe, die alle nur »die Zwiebel« nannten, weil sie immer so viele Kleiderschichten übereinander trug. Es hieß, seit dem Tod ihres Mannes habe sie keine einzige davon mehr ausgezogen.

Flora fragte, ob ich sie begleiten wolle, und ich erwiderte, das würde ich sehr gern tun. Sie ging so langsam, dass ich alle paar Schritte stehen bleiben musste, damit sie mich wieder einholen konnte. Als wir bei der Kreuzung ankamen, wo die Straße nach Aird-Dubh abging, fragte Flora mich, ob ich den Korb mit den Eiern tragen könne. Ich nahm ihn ihr ab, und von da an ging sie ein wenig schneller, als hätte das Gewicht der Eier sie gebremst.

»Wie geht es dem Patienten?«, fragte Flora.

Ich hatte den jungen Vogel an dem Morgen tot auf dem Boden des Schuppens gefunden. Flora wirkte betroffen und sagte, das täte ihr sehr leid.

»Das ist eines der Dinge, die Gott uns schickt, um uns zu prüfen«, sagte sie in einem merkwürdigen Singsang.

Ich warf ihr einen Blick von der Seite zu. Das war eine Bemerkung, die man in unserer Gegend oft hörte.

»Ich kann mir nicht vorstellen, dass Gott nichts Wichtigeres zu tun hat, als uns zu prüfen«, sagte ich.

Flora sah mich mit ernster Miene an.

»Warum passieren solche Dinge dann?«, fragte sie.

»Was für Dinge?«

»Schlimme Dinge.«

»Der Pfarrer würde sagen, um uns für unsere Sündhaftigkeit zu bestrafen.«

»Und was würdest du sagen?«, fragte sie.

Ich zögerte einen Moment und erwiderte dann: »Ich würde sagen, sie passieren einfach so, ohne Grund.«

Meine Antwort schien Flora nicht zu bestürzen, was mich ermutigte. »Ich glaube nicht, dass Gott sich besonders für mich interessiert, oder für irgendjemanden von uns«, fuhr ich fort.

Flora ermahnte mich, ich solle so etwas nicht sagen, aber ich hatte nicht das Gefühl, dass sie anderer Meinung war, sondern nur fand, man dürfe solche Gedanken nicht äußern.

»Vielleicht ist Gott nur eine Geschichte, wie die, die Mr. Gillies uns in der Schule erzählt hat«, sagte ich und warf verstohlen einen Blick auf Flora. Der Wind wehte ihr eine Haarsträhne ins Gesicht, und sie hob die Hand, um sie hinters Ohr zu schieben. Sie schaute nach vorne, und wir gingen schweigend weiter.

Als wir in Aird-Dubh ankamen, nahm Flora mir den Korb wieder ab und streckte den Kopf in das Haus der Zwiebel. Eine gebeugte alte Frau erschien im Türrahmen. Ihr Hals war so schief, dass sie den Kopf wie ein Huhn zur Seite drehen musste, um uns anzusehen. Es war ein warmer Abend, und im Haus brannte ein kräftiges Feuer, aber trotzdem trug sie einen dicken Mantel, der bis zum Kinn zugeknöpft und obendrein um den Bauch mit einer Schnur zusammengebunden war. Sie schien sich über Floras Besuch zu freuen und lud sie ein, ins Haus zu kommen. Flora sagte, sie habe ihr Eier mitgebracht, und reichte ihr den Korb.

»Und wer ist das da neben dir?«, fragte sie.

»Das ist der Sohn von John Black«, sagte Flora.

»Hat er auch einen Namen?« Die Stimme der Alten war schrill wie der Ruf einer Möwe.

»Er heißt Roddy«, sagte Flora.

Die Zwiebel musterte mich eine Weile und sagte dann, das mit meiner Mutter täte ihr leid, obwohl es schon über ein Jahr her war. Sie nahm Flora den Korb ab und verschwand im rauchigen Dämmerlicht des Hauses. Flora summte leise ein Lied vor sich hin, und ich musste an meine Mutter denken, wie sie auf dem Feld gesungen hatte. Die Alte kam mit dem leeren Korb zurück und dankte Flora für die Eier.

Auf dem Rückweg nach Culduie bot ich ihr an, wieder den Korb zu tragen, doch Flora erklärte mir, der Korb sei gar nicht so schwer gewesen, es sei ihr nur um die Geste gegangen. Dennoch war unser Gespräch nun, da wir die Eier abgegeben hatten, unbeschwerter. Flora machte eine etwas abfällige Bemerkung darüber, wie Mrs. MacLeod roch, und ich erzählte ihr, dass mein Vater die Einwohner von Aird-Dubh nicht mochte, weil sie schmutzig waren und Napfschnecken aßen. Darüber lachte Flora fröhlich. Dann wurde sie wieder ernst und sagte: »Manchmal denke ich, dein Vater mag überhaupt niemanden.«

»Das tut er auch nicht«, erwiderte ich.

Dann beugte ich mich vor und ahmte meinen Vater nach, wie er mit seinem Stock vorwärtshumpelte. »Deine Sünden werden dich heimsuchen«, brummelte ich und fuchtelte mit meinem krummen Zeigefinger vor Floras Gesicht herum. »Du bist auf dem Weg ins ewige Höllenfeuer, junge Dame!«

Flora blieb mitten auf der Straße stehen und hob die Hand vor den Mund, um ihr Lachen zu verbergen. Ich richtete mich wieder auf, plötzlich voller Scham, weil ich meinen Vater auf diese Weise lächerlich gemacht hatte.

»Mach das noch mal«, sagte sie, aber ich kam mir töricht vor und ging weiter.

Als wir zu der Stelle kamen, wo der Pfad in unser Dorf abzweigte, sagte ich zu Flora, dass ich weiter die Straße entlanggehen würde, damit man uns nicht zusammen sah. Sie protestierte nicht. Wir standen einen Augenblick da und sahen uns an. Dann sagte sie, vielleicht würden wir uns ja an einem anderen Abend wiedersehen, drehte sich um und ging den Pfad entlang, wobei sie den leeren Korb hin und her schwenkte. Ich folgte weiter der Straße und kletterte über den Deich am Ende unseres Feldes. Mir war ganz leicht zumute, als hätte mir jemand unvermittelt eine Ladung Torf abgenommen. Als ich durch unsere mageren Gemüsereihen ging, sah ich, wie Jetta eiligen Schrittes den Pfad von Lachlan Broads Haus heraufkam, einen Schal über dem Kopf und gebückt wie eine Witwe. Ich konnte mir nicht vorstellen, was sie dort gewollt hatte, und wartete vor unserem Haus auf sie, doch sie hastete an mir vorbei, ohne mich anzusehen.

Vater saß in seinem Lehnstuhl am Fenster und rauchte seine abendliche Pfeife. Ich war bereits darauf gefasst, dass er mich fragen würde, wo ich mich herumgetrieben hatte, und genau das tat er auch. Sein Stuhl stand ein wenig schräg zum Fenster, damit der Lichtschein auf sein Buch fiel. Da er uns ohne Weiteres an der Kreuzung gesehen haben konnte, sagte ich ihm geradeheraus, dass ich mit Flora Broad in Aird-Dubh gewesen war, um jemandem Eier zu bringen. Mein Vater fragte, für wen die Eier gewesen waren. Ich verstand nicht, warum das wichtig war, antwortete jedoch wahrheitsgemäß. Da er keinerlei Reaktion zeigte, nahm ich an, dass er genau gewusst hatte, wo ich gewesen war, und nur gefragt hatte, um zu sehen, ob ich die Wahrheit sagte. Er zog ein paarmal an seiner Pfeife. Jetta hatte ihr Strickzeug hervorgeholt und tat so, als würde sie nichts von unserem Gespräch mitbekommen.

Es ärgerte mich, dass ich so ins Verhör genommen wurde, und zwar umso mehr, als Jetta nicht ausgefragt worden war. Mein Vater nahm die Pfeife aus dem Mund und sagte, er wünsche nicht, dass ich mit Flora Broad oder irgendwelchen anderen Mitgliedern dieser Familie verkehre. Für gewöhnlich widersprach ich meinem Vater nicht, aber diesmal konnte ich nicht an mich halten. Ich erwiderte, Flora habe ihm nichts getan, und sie sei dankbar gewesen, dass ich ihren Korb getragen hatte. Ich rechnete nicht damit, dass mein Vater sich auf eine Diskussion mit mir einließ, und das tat er auch nicht. Aber er erinnerte mich daran, dass ich noch nicht zu alt für eine Tracht Prügel sei. Ich senkte in gespielter Reue den Blick, aber ich hatte nicht die Absicht, mich an sein Verbot zu halten. Ich hatte meinen Vater schon oft als übermäßig streng empfunden, aber dies war das erste Mal, dass ich beschloss, ihm zu trotzen. Im Rückblick muss ich allerdings zugeben, dass es klug gewesen wäre, seiner Anweisung Folge zu leisten.

Ich ging hinaus und setzte mich auf die Bank, in der Hoffnung, dass meine Schwester sich zu mir gesellen würde, doch das tat sie nicht. Am nächsten Morgen, als Vater aus dem Haus war, fragte ich Jetta, wo sie am Abend zuvor gewesen sei. Ohne von ihrer Hausarbeit aufzusehen, erwiderte sie, sie habe Carmina Smoke besucht. Ich wusste, dass das nicht stimmte, denn sie war von weiter unten gekommen, aber das behielt ich für mich. Stattdessen fragte ich, ob Kenny Smoke zu Hause gewesen sei. Jetta hielt in ihrer Arbeit inne und starrte mich verärgert an.

»Ich habe schon einen Vater, noch einen brauche ich nicht. Es gibt Dinge, die gehen dich nichts an, Roddy.« Dann gab sie mir ein Bannock und sagte, ich solle sie in Ruhe lassen. Ich war ein wenig traurig, da Jetta bis dahin nie Geheimnisse vor mir gehabt hatte – obwohl ich das natürlich nicht wissen konnte. Vielleicht hatte sie alle möglichen Geheimnisse gehabt und mir nichts davon gesagt.

Danach sah ich Flora Broad mehrere Tage nicht. Tagsüber arbeitete ich bei Lachlan Broads Verbesserungsmaßnahmen, und abends dachte sich Vater Aufgaben für mich aus, auch wenn es eigentlich keine gab. Ich weiß nicht, ob das als Strafe gedacht war oder nur als Maßnahme, um mich von einem Treffen mit Flora abzuhalten. Auf jeden Fall erfüllte es seinen Zweck. Als mein Vater mich endlich in Frieden ließ, setzte ich mich drei Abende lang auf den Deich, in der Hoffnung, dass Flora zufällig vorbeikam oder mich dort sah und irgendeinen Vorwand erfand, um zu mir zu kommen. Aber sie kam nicht, und ich muss gestehen, obwohl wir erst wenig Zeit zusammen verbracht hatten, sehnte ich mich nach ihrer Gesellschaft.

Ungefähr um diese Zeit begann ich, des Nachts umherzustreifen. Der Schlaf mied mich oft, und selbst wenn ich einnickte, wurde ich beim leisesten Geräusch der Zwillinge oder irgendwelcher Tiere draußen wach. In der Stille der Nacht beschwören die Glut des Feuers oder der Ruf eines Kalbes allerlei Visionen herauf. Manchmal bildete ich mir ein, dass ich Gestalten aus dem Rauch aufsteigen sah oder eine Stimme hörte, die mir von draußen etwas zuraunte, und dann lag ich voller Angst in meinem Bett und wartete darauf, dass etwas Entsetzliches geschah. Deshalb gewöhnte ich mir an, mein Bett zu verlassen und draußen umherzuwandern. Ich sah mich im Geiste wie eine der Gestalten in meinen Visionen, als Silhouette, die in der Dunkelheit nur zu erahnen ist, etwas, das man aus dem Augenwinkel wahrnimmt und dann als Einbildung abtut. Meist verschwand ich zwischen den Häusern, kletterte ein

Stück den Hang hinauf und schaute dann von oben auf das Dorf. In den Sommermonaten wird es hier nie ganz dunkel. Stattdessen sieht alles so aus, als hätte es die Farbe verloren, und wenn der Mond hoch steht, schimmert alles silbrig, wie die Radierung in einem Buch. Wenn ich an den Fenstern eines Nachbarhauses vorbeikam, blickte ich voller Neid auf die schlafenden Körper. Das Ziel meiner Ausflüge bestand lediglich darin, meinen Kopf von unwillkommenen Gedanken zu befreien, und das erreichte ich, indem ich bis zur Erschöpfung durch die Hügel streifte. Da ich nicht wollte, dass jemand von meinen nächtlichen Aktivitäten erfuhr, kehrte ich stets zurück, bevor mein Vater und meine Schwester aufstanden, und verbrachte den folgenden Tag in einem Zustand der Benommenheit. Ein paarmal schlief ich mitten bei der Arbeit ein, sodass Jetta dachte, ich sei ohnmächtig geworden, und zu mir gelaufen kam.

Ich beschloss, einen dieser nächtlichen Ausflüge dazu zu nutzen, herauszufinden, ob Flora wieder im Gutshaus war. Obwohl ich mich danach sehnte, sie zu sehen, hoffte ich, dass sie wieder für Lord Middleton arbeitete und meine Gesellschaft nicht aus eigenem Entschluss mied. In jener Nacht war der Mond von Wolken verdeckt und warf nur ein schwaches Licht. Ich schlich zwischen den Schuppen hindurch und kletterte ein Stück den Càrn hinauf. In Anbetracht des Anlasses meiner Wanderung war ich noch mehr als sonst darauf bedacht, nicht gesehen zu werden. Ich setzte meine Füße lautlos auf den Boden und blieb gebückt, bis ich außer Sichtweite des Dorfes war. Dann lief ich über die Anhöhe, bis ich hinter dem Haus der Broads ankam. Ich war bei meinen Ausflügen nie jemandem begegnet, außer ein paar Schafen, aber jetzt pochte mir das Blut in den Schläfen. Selbst bei Tag fürchtete ich mich davor, einen Fuß auf Lachlan Broads Grund zu setzen, aber bei Nacht war es ein noch viel furchteinflößenderes Unterfangen. Falls mich jemand entdeckte, könnte ich kaum einen glaubwürdigen

Grund für meine Anwesenheit vorbringen. Schon als Kind fiel es mir schwer, zu lügen. Einmal, als ich fünf oder sechs Jahre alt war, wurde ich in den Schuppen geschickt, um die Eier einzusammeln. Ich vergaß, die Schüssel mitzunehmen, die wir für diesen Zweck verwendeten, und da ich keine Lust hatte, zum Haus zurückzugehen, beschloss ich, dass es auch so gehen würde. Ich sammelte die Eier in meinen bloßen Händen, und als ich aus dem Schuppen hinausging, flog ein Vogel auf, und vor Schreck ließ ich die Eier fallen. Ich starrte auf den Matsch aus Eiweiß und Eigelb auf dem Boden, und sofort kam mir der Gedanke zu behaupten, ich hätte einen Landstreicher dabei erwischt, wie er uns die Eier stehlen wollte. Doch als meine Mutter kam, um nach mir zu sehen, fing ich an zu weinen und gestand ihr, dass mir die Eier heruntergefallen waren, weil ich nicht an die Schüssel gedacht hatte. Sie hatte Mitleid mit mir, wischte meine Tränen ab und sagte, das sei nicht so schlimm, morgen gebe es neue Eier. Später, als wir uns zum Essen an den Tisch setzten, sagte sie zu meinem Vater, die Hühner hätten an dem Tag keine Eier gelegt, und zwinkerte mir zu. Allerdings konnte ich wohl kaum damit rechnen, dass Lachlan Broad ebenfalls Mitleid mit mir haben würde, wenn er mich dabei erwischte, wie ich mitten in der Nacht hinter seinem Haus herumschlich.

Doch da ich nun einmal den Entschluss gefasst hatte, wollte ich meinen Plan auch umsetzen. Während ich den Hang hinunterging, kam mir eine Idee. Ich hatte Geschichten von Leuten gehört, die sich ohne Bewusstsein im Schlaf erhoben und umhergingen, als wären sie vollkommen wach. Doch wenn man sie ansprach, reagierten sie nicht, als sähen ihre Augen eine ganz andere Wirklichkeit. Diese Menschen nannte man Schlafwandler, und ich beschloss, dies zu meiner Verteidigung anzuführen, falls mich jemand bemerken sollte: Ich schlafwandelte. Dank dieses Entschlusses näherte ich mich dem Haus ohne große Vorsicht. Ich wusste nicht, wie die

Räumlichkeiten dort angeordnet waren, aber an der Rückseite gab es zwei kleine Fenster, und ich nahm an, dass dies die Schlafräume waren. Zu meiner Überraschung war das zweite Fenster schwach erleuchtet, und ich stellte mir vor, wie Flora dort in ihrem Nachthemd saß und bei Kerzenschein auf mich wartete.

An die Hauswand geschmiegt, schlich ich leise zum ersten Fenster. Die Steine unter meinen Händen waren moosig und feucht. Ich zögerte kurz, hielt den Atem an und reckte vorsichtig den Kopf zur Scheibe. Die Kammer dahinter lag im Dunkeln. Nach einer Weile konnte ich ein Bett und die dunklen Umrisse von Körpern erkennen, die unter einer Decke lagen. Nichts rührte sich. Am Fuß des Bettes stand eine Wiege, und darin schimmerte das blonde Haar von Floras jüngstem Bruder. Die Scheibe beschlug von meinem Atem. Mit drei seitlichen Schritten bewegte ich mich zur zweiten Kammer. Dann ließ ich alle Vorsicht fahren und trat vor das Fenster. Drinnen flackerte eine Kerze, und in einem Sessel saß, in dicke Decken gehüllt, nicht Flora, sondern eine alte Frau, Lachlan Broads kranke Mutter, die schon seit Jahren keinen Fuß mehr aus dem Haus gesetzt hatte. Ihre Augen waren offen und direkt auf das Fenster gerichtet, aber sie schien meine Anwesenheit nicht zu bemerken. Sie sah aus wie eine Tote, und bei ihrem Anblick überlief es mich kalt. Zu ihrer Rechten stand ein kleines, leeres Bett, von dem ich annahm, dass es Floras war. Ich beobachtete die Alte eine Weile, bis ich sah, dass sich ihre Decken leicht hoben und senkten. Dann blinzelte sie langsam, als kehre ihr Sehvermögen zurück, und ein knochiger Finger kam zwischen den Decken hervor und zeigte auf mich. Ihre Lippen bewegten sich lautlos. Ich drehte mich um und rannte wieder den Hang hinauf. Irgendwo fing ein Hund an zu bellen, und ich stellte mir vor, wie Lachlan Broad aufwachte und aus dem Bett sprang, um nachzusehen, was da los war. Ich warf mich hinter einem Heidegebüsch ins feuchte Gras und blieb dort liegen, bis mein Atem sich beruhigt hatte. Unten in den Häusern rührte sich nichts, und ich kehrte unbemerkt nach Hause zurück. Den Rest der Nacht lag ich wach, dachte an Floras leeres Bett und war recht zufrieden mit dem Erfolg meines Unterfangens.

In dem Sommer verkümmerte alles, was wir angebaut hatten. Ich weiß nicht, ob es an den fehlenden Algen lag oder an etwas anderem. Mein Vater hatte sich damit abgefunden, dass wir eine schlechte Ernte haben würden, und tat nur noch das Nötigste auf dem Feld. Als Kenny Smoke eine Bemerkung zu dem Unkraut machte, das zwischen unserem Gemüse wuchs, zuckte Vater nur die Achseln und sagte: »Wozu soll ich es rupfen? Der Boden ist erschöpft.«

Mir schien es eher so, als wäre nicht der Boden erschöpft, sondern mein Vater. Ich konnte ihm nur wenig helfen, da ich viele Tage an Lachlan Broads Projekten arbeitete. Da waren zum einen die Tage, die ich selbst leisten musste, und zum anderen hatte sich die Gesundheit meines Vaters so verschlechtert, dass er nicht mehr für schwere Arbeit eingesetzt werden konnte, und so leistete ich an seiner Stelle Dienst. Zusätzlich übernahm ich noch hin und wieder für einen halben Shilling am Tag den Dienst von anderen, die mit einträglicheren Dingen beschäftigt waren. Alles, was ich verdiente, gab ich meinem Vater, und ich war froh, etwas zum Familieneinkommen beitragen zu können. Dennoch war es verdrießlich, für Lachlan Broad zu arbeiten. Es gab kaum einen Augenblick, in dem der Constable oder sein Bruder nicht umherstolzierte wie ein aufgeplusterter Hahn, um aufzupassen, dass keiner von uns seine Arbeit unterbrach, um Luft zu holen oder sich den Schweiß von der Stirn zu wischen. Selbst wenn Broad nicht da war, arbeiteten wir unablässig, voller Angst, dass er unvermittelt auftauchen und uns als Strafe für unsere Faulheit einen zusätzlichen Tag aufbrummen würde. Somit hatte ich nur wenig Zeit, mich um unser Feld zu kümmern, und das bedeutete, dass wir in den dunklen Monaten weniger zu essen haben würden.

Eines Abends stattete Lachlan Broad uns einen Besuch ab, um uns mitzuteilen, ihm sei zu Ohren gekommen, dass unser Feld Zeichen der Vernachlässigung aufweise. Es war einer seiner Lieblingausdrücke – dies oder jenes sei ihm »zu Ohren gekommen«. Er erweckte den Anschein, dass alles, was man tat oder sagte, an ihn weitergeleitet wurde, und sorgte so dafür, dass alle sich bemühten, seinen Anordnungen nachzukommen. Außerdem führte es dazu, dass jeder seinen Nachbarn scheel ansah und mit einem Misstrauen behandelte, wie es in unserer Gegend noch nie vorgekommen war. An diesem Abend belegte Broad meinen Vater mit einem Strafgeld von zehn Shilling und erinnerte ihn daran, dass die ordnungsgemäße Pflege des Feldes zu den Bedingungen seines Pachtvertrags gehörte und dass dem Gutsverwalter, falls mein Vater seinen Verpflichtungen nicht nachkam, nichts anderes übrig blieb als den Vertrag aufzulösen. Um das Strafgeld zusammenzubekommen, musste ich noch mehr an den Straßen und Wegen arbeiten, und infolge davon wurde der Zustand unseres Feldes noch schlechter.

Einige Tage nach diesem letzten Besuch des Constables blieb mein Vater am Tisch sitzen, nachdem Jetta das Essen abgeräumt hatte. Ich hatte den Eindruck, dass er etwas verkünden wollte, und ich irrte mich nicht. Nachdem er seine Pfeife gestopft und angezündet hatte, teilte er uns mit, dass er beim Gutsverwalter vorsprechen wolle. Ich fragte ihn nach dem Grund. Mein Vater ging nicht darauf ein, sondern sagte nur, ich solle ihn dabei begleiten, da ich ein intelligenter Junge sei und nicht auf die geschnörkelten Worte des Gutsverwalters hereinfallen würde. Ich war überrascht, dass mein Vater seine Grenzen so offen eingestand, und hielt dagegen, er sei dem Gutsverwalter – und jedem anderen – ohne Weiteres gewachsen. Doch mein Vater schüttelte den Kopf. »Wir wissen beide, dass das nicht stimmt, Roderick.« Dann sagte er, er wolle am übernächsten Tag nach Applecross gehen, und falls ich bereits eingewilligt hätte, an dem Tag für Lachlan Broad zu arbeiten, solle ich mir jemanden suchen, der für mich einsprang, oder mich im Vorhinein entschuldigen. Dann stand er auf und setzte sich in seinen Lehnstuhl am Fenster.

Von Anfang an ahnte ich, dass der Plan meines Vaters zu nichts Gutem führen würde. Niemand aus unserer Gemeinde hatte je beim Gutsverwalter vorgesprochen, und jeder, der zu ihm bestellt wurde, ging mit großer Angst dorthin. Vielleicht hatte Vater gedacht, es könne für uns kaum schlimmer werden, als es bereits war, aber ich zweifelte nicht daran, dass sich Lachlan Broad, wenn ihm unser Besuch beim Gutsverwalter zu Ohren kam, auf irgendeine Weise rächen würde.

Früh am Morgen machten Vater und ich uns auf den Weg nach Applecross. Irgendwann erfuhr ich nebenbei, dass Lachlan Broad in Kyle of Lochalsh war, und ich begriff, dass mein Vater mit Absicht diesen Tag für unseren Besuch gewählt haben musste. Das Wetter zeigte wieder einmal seine Wechselhaftigkeit, wie wir es in dieser Gegend gewohnt sind. Als wir in Camusterrach ankamen, waren wir durchnässt von einem Schauer, aber kurz darauf riss der Himmel auf, und die Sonne trocknete unsere Kleider. Doch als wir uns Applecross näherten, ballten sich erneut dunkle Wolken zusammen, und es begann in dicken, schweren Tropfen zu regnen. Mein Vater reagierte nicht auf diese Wetterwechsel, ja, ich bin nicht einmal sicher, ob er sie überhaupt bemerkte. Er setzte einen Schritt vor den anderen, die Arme steif an den Körper gepresst, den Blick auf die Straße vor sich gerichtet. Wir sprachen nicht über das bevorstehende Gespräch, sodass ich noch immer keine klare Vorstellung davon hatte, was mein Vater dem Gutsverwalter sagen wollte und welche Rolle ich dabei spielen sollte. Im Stillen hoffte ich, der Gutsverwalter würde gar nicht da sein oder sich weigern, uns zu empfangen, und wir könnten wieder nach Hause gehen, ohne die Obrigkeiten noch mehr zu provozieren.

Das Haus des Verwalters lag ein Stück hinter dem Gutshaus. Wir gingen in einem großen Bogen um das Anwesen herum, da mein Vater wohl vermeiden wollte, dass es Ärger gab, weil er unerlaubt den Grund und Boden des Lords betrat. Als wir zu dem zweistöckigen grauen Steinhaus kamen, betätigte mein Vater den Klopfer mit einer Scheu, die nichts Gutes für das bevorstehende Gespräch erahnen ließ. Kurz darauf öffnete eine Haushälterin die Tür. Sie musterte uns, als wären wir Landstreicher, und fragte, was wir wollten. Mein Vater nahm seine Mütze ab, obwohl die Frau eine Bedienstete war und damit nicht höhergestellt als er. Er sagte, er sei John Macrae aus Culduie und er wolle den Gutsverwalter sprechen. Darauf fragte die Haushälterin, ob wir angemeldet seien. Sie war eine dürre Frau mit verkniffenem Mund und langer Nase und offenkundig der Überzeugung, durch ihre Anstellung im Haus des Gutsverwalters etwas Besseres zu sein als ein Crofter. Mein Vater verneinte die Frage. Wortlos schloss die Frau die Tür und ließ uns an der Schwelle stehen. Da es noch immer regnete, drängten wir uns unter das kleine Vordach. Es verging so viel Zeit, dass meine Hoffnung stieg, der Verwalter sei gar nicht im Haus. Gerade, als ich meinem Vater diesen Gedanken mitteilen wollte, wurde die Tür erneut geöffnet, und wir durften eintreten. Die Haushälterin führte uns in ein mit Holz verkleidetes Arbeitszimmer und sagte, wir sollten dort warten. Im Kamin brannte ein kräftiges Feuer, aber wir wagten es nicht, uns davorzustellen, um unsere Kleider zu trocknen. Stattdessen blieben wir in der Mitte des Raumes stehen, wo unsere Anwesenheit am wenigsten stören würde. An der Wand rechts und links neben dem Kamin hingen Gemälde von feinen Herren in eleganter Kleidung. Auf einem davon erkannte ich Lord Middleton; er saß in einem Lehnstuhl mit einem Jagdhund zu seinen Füßen. Zu unserer Rechten stand ein großer Schreibtisch aus schwerem, dunklem Holz mit diversen Schreibgeräten und mehreren großen, ledergebundenen Büchern darauf. Die Wand zu unserer Linken war vollständig mit Bücherregalen bedeckt.

Der Gutsverwalter kam herein und begrüßte meinen Vater zu meiner Überraschung mit einer gewissen Wärme. Mein Vater verbeugte sich unterwürfig und drehte nervös die Mütze zwischen seinen Händen. Ich stand neben ihm, um eine unbefangene Haltung bemüht, und hatte ebenfalls die Mütze abgenommen. Der Verwalter war kleiner, als ich ihn in Erinnerung hatte, aber er hatte ein freundliches, offenes Gesicht mit einem dichten Backenbart. Das Haar auf seinem Kopf lichtete sich bereits, aber was noch da war, stand zerzaust ab, ganz anders als bei den anderen gebildeten Herren, die mir begegnet waren.

»Und wer ist der junge Mann?«, fragte er und deutete auf mich.

Mein Vater sagte es ihm, und der Gutsverwalter musterte mich eine Weile forschend, als hätte er etwas über mich gehört. Ich hoffte inständig, dass dies nicht der Fall war. Dann nahm er hinter seinem Schreibtisch Platz und sah meinen Vater an, in der Erwartung, dass dieser ihm den Grund für seinen Besuch nannte. Als mein Vater dies nicht tat, wanderte sein Blick zu mir. Doch ich konnte nicht für meinen Vater sprechen, da er mir nicht verraten hatte, was er sagen wollte. Das Schweigen zog sich in die Länge. Aus dem Augenwinkel sah ich, wie mein Vater dem Gutsverwalter einen nervösen Blick zuwarf.

»Mr. Macrae«, sagte der Verwalter, noch immer in freundlichem Ton, »ich bin sicher, Sie sind nicht den ganzen Weg von Culduie gekommen, um die Wärme meines Feuers zu genießen.« Er lachte ein wenig über seinen eigenen Scherz, dann fuhr er fort: »Ich bin zwar durchaus ein Freund von Gesellschaftsspielen, aber da ich nicht erraten kann, was Sie zu mir führt, muss ich Sie bitten, den Anlass Ihres Besuchs darzulegen.«

Mein Vater sah zu mir. Ich dachte, er hätte den Mut verloren oder verstünde nicht, was von ihm verlangt wurde, doch dann räusperte er sich und sagte leise: »Vielleicht haben Sie von den Schwierigkeiten gehört, die wir in Culduie haben?«

»Schwierigkeiten?«, fragte der Verwalter. »Nein, davon weiß ich nichts. Was für Schwierigkeiten?«

»Verschiedene, Sir.«

»Ich habe nichts von Schwierigkeiten gehört. Im Gegenteil, ich höre nur Gutes über die Verbesserungen, die in Ihrem Dorf vorgenommen werden. Haben Sie mit Ihrem Constable über diese ›Schwierigkeiten‹ gesprochen?« Er betonte das Wort auf merkwürdige Weise, als stamme es aus einer fremden Sprache.

»Nein.«

Der Gutsverwalter runzelte die Stirn und sah meinen Vater leicht gereizt an.

»Wenn Sie Schwierigkeiten haben, müssen Sie sich an Mr. Mackenzie wenden. Er wird sicher gekränkt sein, wenn er erfährt, dass Sie zu mir gekommen sind, ohne zuvor mit ihm zu sprechen. Schließlich ist es die Aufgabe des Constables, sich um alle Schwierigkeiten der Leute in der Gemeinde zu kümmern. Mit solchen Kleinigkeiten kann ich mich nicht befassen«, sagte er mit einer wegwerfenden Handbewegung.

Mein Vater schwieg. Der Verwalter trommelte mit den Fingern auf den Tisch.

»Nun?«

Mein Vater hob den Blick ein wenig vom Boden.

»Ich habe nicht mit Mr. Mackenzie über diese Schwierigkeiten gesprochen, weil Mr. Mackenzie die Ursache dieser Schwierigkeiten ist.«

Da brach der Verwalter in lautes Gelächter aus, das in meinen

Ohren jedoch nicht echt klang, sondern eher bekunden sollte, wie absurd ihm die Worte meines Vaters erschienen. Dann stieß er einen tiefen Seufzer aus.

»Können Sie das etwas genauer darlegen?«, fragte er.

Zu meiner Überraschung schien das Lachen des Gutsverwalters meinen Vater nicht allzu sehr eingeschüchtert zu haben. »Das Verhältnis zwischen mir und Mr. Mackenzie ist recht angespannt, aber ich würde mir nicht erlauben, Sie mit solchen Dingen zu belästigen.«

»Das will ich auch hoffen, Mr. Macrae. Nach allem, was ich weiß, erfüllt Mr. Mackenzie seine Pflichten mit einem Eifer, von dem in den vergangenen Jahren bedauernswert wenig zu spüren war. Und da er, wenn ich mich recht entsinne, einstimmig gewählt wurde, gehe ich davon aus, dass er darin von Ihrer Gemeinde unterstützt wird. Wenn es zwischen Ihnen und dem Constable private Meinungsverschiedenheiten gibt, dann …« Er warf die Hände in die Luft und schnaubte.

»Natürlich«, sagte mein Vater.

»Gut. Wenn Sie also nicht gekommen sind, um mir Ihren persönlichen Ärger zu schildern, schlage ich vor, Sie sagen mir, worum es geht.« Die freundliche Art des Gutsverwalters war in Ungeduld umgeschlagen.

Vater drehte die Mütze in seinen Händen, hielt dann jedoch plötzlich inne, als sei ihm klar geworden, dass diese Bewegung nicht förderlich für einen guten Eindruck war, und ließ die Hände sinken.

»Ich möchte die Vorschriften sehen«, sagte er.

Der Gutsverwalter sah ihn einen Moment verdutzt an und blickte dann zu mir, als wäre ich vielleicht in der Lage, ihm die Worte meines Vaters zu erklären.

»Sie möchten die Vorschriften sehen?«, wiederholte er langsam und strich sich über den Backenbart.

»Ja.«

»Welche Vorschriften meinen Sie?«

»Die, nach denen wir leben«, sagte mein Vater.

Der Verwalter schüttelte kurz den Kopf. »Verzeihen Sie, Mr. Macrae, aber ich kann Ihnen nicht folgen.«

Mein Vater war nun ziemlich verwirrt. Offensichtlich hatte er nicht damit gerechnet, auf solches Unverständnis zu stoßen, und natürlich nahm er an, es läge daran, dass er sich nicht klar genug ausgedrückt hatte.

»Mein Vater«, sagte ich, »meint die Vorschriften, die unser Dasein als Pächter regeln.«

Der Gutsverwalter sah mich mit ernster Miene an. »Ich verstehe«, sagte er. »Und warum möchten Sie diese ›Vorschriften‹, wie Sie sie nennen, sehen?«

Er blickte zwischen mir und meinem Vater hin und her, und ich hatte den Eindruck, dass er sich auf unsere Kosten amüsierte.

»Damit ich weiß, wann wir gegen sie verstoßen«, sagte mein Vater nach einer längeren Pause.

Der Gutsverwalter nickte. »Aber wozu?«

»Damit wir keinen schwarzen Strich an unserem Namen bekommen oder Strafgelder zahlen müssen, wenn wir dagegen verstoßen.«

Da lehnte der Verwalter sich in seinem Stuhl zurück und schnalzte laut.

»Wenn ich Sie richtig verstehe«, sagte er, »möchten Sie die Vorschriften einsehen, um ungestraft gegen sie verstoßen zu können?«

Mein Vater hatte die Augen wieder niedergeschlagen, und ich hatte den Eindruck, dass sie feucht wurden. Ich verfluchte ihn im Stillen, weil er sich in diese Situation gebracht hatte.

»Mr. Macrae, ich bewundere Ihre Kühnheit«, sagte der Gutsverwalter.

»Was mein Vater damit ausdrücken will«, erklärte ich, »ist

nicht, dass er vorhat, gegen die Vorschriften zu verstoßen, sondern dass er durch ihre bessere Kenntnis mögliche Verstöße vermeiden möchte.«

»Mir scheint vielmehr«, beharrte der Verwalter, »dass jemand, der die Vorschriften einsehen will, dies nur zu dem Zweck tut, um auszuloten, wie er sie ungestraft umgehen kann.«

Mittlerweile war mein Vater vollkommen verwirrt, und um dem Elend ein Ende zu machen, sagte ich zum Gutsverwalter, es sei ein Irrtum gewesen, ihn aufzusuchen, und wir würden ihn nicht weiter belästigen. Doch das ließ der Gutsverwalter nicht gelten.

»Nein, nein, nein«, sagte er. »So geht es ja nicht! Erst kommen Sie hierher und äußern Anschuldigungen gegen Ihren Constable, und dann geben Sie auch noch offen zu, dass Sie der rechtmäßigen Strafe entgehen wollen, wenn Sie gegen die Vorschriften verstoßen. Sie erwarten doch wohl nicht, dass ich das auf sich beruhen lasse.«

Da der Gutsverwalter sah, dass mein Vater zu einer Fortführung des Gesprächs nicht in der Lage war, wandte er sich nun ganz an mich. Er rückte seinen Stuhl näher an den Schreibtisch, griff nach einem der großen Bücher und schlug es auf. Er blätterte ein paar Seiten um, dann fuhr er mit dem Finger über eine Zahlenkolonne. Nachdem er ein paar Zeilen gelesen hatte, blickt er wieder zu mir.

»Sagen Sie, Roderick Macrae, was sind Ihre Ziele im Leben?«

Ich erwiderte, mein einziges Ziel sei, meinem Vater auf dem Feld zu helfen und mich um meine Geschwister zu kümmern.

»Sehr lobenswert«, sagte er. »Zu viele Leute wie Sie haben Vorstellungen, die ihrem Stand nicht angemessen sind. Dennoch haben Sie doch sicher darüber nachgedacht, von hier fortzugehen. Wollen Sie Ihr Glück nicht anderswo suchen? Ein intelligenter junger Mann wie Sie muss doch erkennen, dass es für ihn hier keine Zukunft gibt.«

»Ich möchte keine andere Zukunft als die in Culduie«, sagte ich.

»Und was, wenn es dort keine Zukunft gibt?«

Ich wusste nicht, was ich darauf antworten sollte.

»Eines will ich Ihnen ganz offen sagen, Roderick. Hier gibt es keine Zukunft für Aufrührer und Verbrecher.«

»Ich bin keines von beidem«, erwiderte ich. »Und mein Vater ebenso wenig.«

Da blickte der Gutsverwalter bedeutungsvoll auf das Buch, das vor ihm lag, und neigte den Kopf zur Seite. Dann schlug er das Buch mit einem Knall zu.

»Sie sind mit der Pacht im Verzug«, sagte er.

»So wie alle unsere Nachbarn«, erwiderte ich.

»Ja, aber Ihre Nachbarn sind nicht hier aufgekreuzt und haben so getan, als wäre ihnen Unrecht geschehen. Sie haben es nur unserer Nachsicht zu verdanken, dass Sie auf dem Land bleiben dürfen.«

Ich nahm diese Warnung als Zeichen, dass die Prüfung vorbei war, und stieß meinen Vater in die Seite, der während der letzten Minuten wie in Trance dagestanden hatte. Der Gutsverwalter erhob sich.

Ich wandte mich zum Gehen, doch mein Vater war noch nicht bereit aufzugeben.

»Soll ich das so verstehen, dass wir die Vorschriften nicht zu sehen bekommen?«

Diese Frage schien den Gutsverwalter eher zu erheitern als zu verärgern. Er war hinter seinem großen Schreibtisch hervorgekommen und stand jetzt nur wenig Schritte vor uns.

»Diese Vorschriften, von denen Sie sprechen, werden schon seit undenklichen Zeiten befolgt«, sagte er. »Und bisher hat noch nie jemand die Notwendigkeit verspürt, sie zu ›sehen‹, wie Sie es nennen.«

»Trotzdem ...« Mein Vater hob den Kopf und sah dem Verwalter direkt in die Augen.

Der schüttelte den Kopf und lachte leise.

»Ich fürchte, Sie unterliegen einem Missverständnis, Mr. Macrae«, sagte er. »Wenn Sie nicht die Früchte vom Land Ihres Nachbarn nehmen, dann unterlassen Sie dies nicht, weil eine Vorschrift es verbietet. Sie stehlen seine Früchte nicht, weil es falsch wäre. Dass Sie die Vorschriften nicht ›zu sehen bekommen‹, liegt daran, dass es keine Vorschriften gibt, jedenfalls nicht in der Form, die Sie sich offenbar vorstellen. Das ist ungefähr so, als wenn Sie die Luft zu sehen verlangten, die wir atmen. Natürlich gibt es Vorschriften, aber man kann sie nicht sehen. Es gibt sie, weil wir alle akzeptieren, dass es sie gibt, und weil ohne sie die Anarchie ausbrechen würde. Es ist die Aufgabe des Constables, diese Vorschriften auszulegen und für ihre Einhaltung zu sorgen.«

Dann wies er uns mit einer herablassenden Handbewegung die Tür. Da dachte ich auf einmal, wenn mein Vater uns schon hierhergebracht hatte, wäre es unsinnig zu gehen, ohne unser eigentliches Anliegen dargelegt zu haben.

»Ich würde gerne noch einmal auf die Schwierigkeiten zu sprechen kommen, von denen mein Vater sprach«, sagte ich. »Was mein Vater Ihnen mitteilen möchte, ist, dass Lachlan Broad durch die Art, wie er für die Einhaltung dieser Vorschriften sorgt, unsere Familie fortwährender Schikane unterwirft.«

Der Gutsverwalter sah mich ungläubig an. »Fortwährende Schikane?«, wiederholte er, offenbar angetan von dem Ausdruck. Dann trat er ein paar Schritte zurück und lehnte sich an den Schreibtisch. »Das ist eine sehr ernste Anschuldigung, junger Mann. Höhergestellte dürfen ihre Macht nicht missbrauchen, ganz recht. Aber ebenso wenig dürfen Untergebene ungerechtfertigte Anschuldigungen über Höhergestellte verbreiten. Deshalb wüsste ich gerne, worin diese ›fortwährende Schikane‹ besteht.«

Die Worte des Verwalters ermutigten mich, und es kann sein, dass ich unwillkürlich einen Schritt auf ihn zutrat. Dann schilderte ich recht ausführlich, wie Lachlan Broad uns bei der erstbesten Gelegenheit ein Stück von unserem Land weggenommen hatte, uns dann das Sammeln der Algen verboten hatte, die wir zum Düngen des Feldes brauchten, und uns schließlich ein Strafgeld auferlegt hatte, weil das Feld nicht ordentlich gepflegt war.

Der Gutsverwalter hörte aufmerksam zu und sah mich dabei die ganze Zeit an. »Gab es sonst noch etwas?«, fragte er.

Ich hätte ihm gerne auch die allgegenwärtige Atmosphäre von Unterdrückung beschrieben, die auf dem ganzen Dorf lastete, aber ich wusste nicht, wie ich das in Worte fassen sollte. Und es erschien mir auch unklug, den Zwischenfall mit meiner Schwester zu schildern, den ich beobachtet hatte, und sei es nur, damit mein Vater nichts davon erfuhr.

Der Verwalter sah enttäuscht aus, als ich verneinte.

»Und das ist in Ihren Augen ›fortwährende Schikane‹?«, fragte er.

»Ja, Sir«, erwiderte ich.

»Dann sind Sie also in Wirklichkeit hierhergekommen, um aus welchen persönlichen Gründen auch immer einen Amtsinhaber zu verleumden, der, nach allem, was Sie beschreiben, nichts weiter tut, als auf gewissenhafte Weise seine Pflichten zu erfüllen. Ich werde in der Tat festhalten, was Sie mir gesagt haben, und wenn ich Mr. Mackenzie das nächste Mal sehe, werde ich ihm zu seinem vorbildlichen Verhalten gratulieren.«

Ich spürte, wie mein Magen sich auf unheilvolle Weise zusammenzog, sah jedoch keinen Sinn darin, zu protestieren.

Dann wandte der Gutsverwalter sich an meinen Vater. »Ich hoffe, Sie kommen nicht noch einmal auf die Idee, auf diese Weise hier vorstellig zu werden. Ich erinnere Sie daran, dass die Fortdauer Ihres Pachtvertrags von Lord Middletons Ermessen abhängt. Und dem seiner Vertreter.«

Dann schüttelte er den Kopf und bedeutete uns, zu gehen.

Auf dem Heimweg sagte mein Vater kein Wort, und auch sein Gesichtsausdruck ließ nicht erkennen, was er dachte. Der Regen hatte aufgehört. An dem Abend blieb ich im Haus, da ich mit Lachlan Broads Besuch rechnete, doch er kam nicht. Auch an den folgenden Abenden ließ er sich nicht blicken, und ich nahm an, dass er uns in der Sorge schmoren lassen wollte, welche Strafe uns ereilen würde. Ein paar Tage später kam Lachlan Broad vorbei, als ich an den Gräben neben der Straße nach Aird-Dubh arbeitete. Er blieb stehen und sah mir eine Weile zu, sagte jedoch nichts und ging dann weiter. Nach dem Gespräch mit dem Gutsverwalter hatte ich angenommen, dass dieser die erstbeste Gelegenheit nutzen würde, seinem Constable von dem Vorfall zu berichten, doch es sah ganz so aus, als hätte er das nicht getan, und ich begriff, dass es für diese wichtigen Männer einfach keinerlei Bedeutung hatte, was wir taten oder nicht.

Einige Tage später ging ich nach dem Abendessen nach draußen, um der düsteren Atmosphäre im Haus zu entkommen. Die Stimmung meines Vaters war zu dieser Zeit so finster, dass sie sich wie ein Leichentuch über die ganze Familie ausbreitete. Ich hatte Jetta schon seit Wochen nicht mehr lächeln gesehen, und sie schien mit jedem Tag weiter in sich zusammenzufallen, sodass sie wie eine alte Frau wirkte. Die Zwillinge spielten nur wenig, und wenn, dann taten sie es lautlos und auf eine Weise, die nur sie selbst verstanden. Jetta sprach im Flüsterton mit ihnen, um meinen Vater nicht an ihre Existenz zu erinnern. Und ich selbst war niedergeschlagen, weil ich Flora Broad nicht sehen konnte, was den allgemeinen Trübsinn noch verstärkte.

Doch als ich aus dem Haus trat, hellte sich meine Stimmung

augenblicklich auf, denn Flora saß auf dem Deich an der Kreuzung, wo die Straße nach Toscaig abzweigte. Am liebsten wäre ich sofort zu ihr gerannt, aber die Vernunft riet mir, nicht den Weg durchs Dorf zu nehmen, und so überquerte ich das Feld, kletterte über den Deich und schlenderte die Straße entlang, um jedem, der mich möglicherweise beobachtete, den Eindruck zu vermitteln, ich mache nur einen Spaziergang ohne jedes Ziel. Und so würde sicher auch Flora, wenn sie mich sah, glauben, unsere Begegnung sei reiner Zufall. Doch sie blickte gar nicht auf, als ich auf sie zuging, sondern schien mit irgendetwas auf ihrem Schoß beschäftigt zu sein. Als ich näher kam, bestaunte ich die Zartheit ihrer Züge. Ein paar Locken umspielten im Wind ihr Gesicht, ohne dass sie es wahrzunehmen schien.

Ich blieb ein paar Schritte von ihr entfernt stehen, doch Flora war vollkommen versunken darin, die gelben Blätter einer Löwenzahnblüte abzuzupfen, die bereits auf ihrem ganzen Rock verteilt waren.

Ich grüßte sie, und sie blickte von ihrer Beschäftigung auf.

»Hallo, Roddy«, sagte sie.

Es war mir unmöglich, den Unbeteiligten zu spielen. »Ich habe schon seit Tagen nach dir Ausschau gehalten«, sagte ich. »Und ich fand es schade, dass ich dich nicht gesehen habe.«

»Wirklich?«

Ein leichtes Lächeln umspielte ihre Lippen, und sie senkte den Blick auf die Blütenblätter in ihrem Schoß, als gefalle ihr meine Bemerkung.

»Ich habe im Gutshaus gearbeitet«, sagte sie.

Ich freute mich, dass Flora mir eine Erklärung für ihre Abwesenheit gab.

Ich nickte und trat ein wenig näher.

»Wohin gehst du?«, fragte sie.

»Nirgendwohin«, sagte ich.

»Dann ist es ja ein Glück, dass du auf deinem Weg nach Nirgendwohin zufällig hier vorbeigekommen bist.«

»Ja, das ist es.«

»Vielleicht kann ich dich ja nach Nirgendwohin begleiten«, sagte sie.

Sie stand auf und strich die Blütenblätter von ihrem Rock. Wir gingen eine Weile schweigend nebeneinander her und nahmen ohne Absprache die Straße nach Aird-Dubh. Ich freute mich, dass sich diese Tradition zwischen uns eingespielt zu haben schien, als wären wir ein altes Ehepaar. Der Wind erstarb, und das Wasser in der Bucht lag vollkommen still da. Wir gingen so dicht nebeneinander, dass wir uns mit einem Flüstern hätten verständigen können. Und mir war, als würden wir durch eine Welt gehen, die für einen Moment ihr Werkzeug weggelegt hatte, um eine Pause zu machen. Wenn ich wie durch Zauberei in unser Haus hätte schauen können, hätten Jetta und mein Vater mitten in ihrer Bewegung innegehalten, und die Kleinen wären im Spiel erstarrt.

Nach einer Weile fragte ich Flora, was sie im Gutshaus getan hatte. Sie sagte, wegen einer großen Jagdgesellschaft hätten sie dort Hilfe in der Küche und beim Servieren gebraucht. Sie beschrieb die Platten mit Fleisch, Gemüse und Süßigkeiten und die großen Mengen an Wein, die beim Bankett serviert worden waren. Es sei ein ungemein prächtiger Anblick gewesen, sagte sie. Dann beschrieb sie die Kleider der Damen, von denen eine schöner als die andere gewesen sei. Unter den Gästen war ein ausgesprochen gut aussehender Herr mit langem, dunklem Haar gewesen, der die Blicke aller Damen auf sich gezogen und wohl am häufigsten sein Glas auf die Gastfreundschaft Lord Middletons erhoben hatte. Es sei eine großartige Woche gewesen, sagte Flora, und sie habe zwei Shilling für ihre Arbeit bekommen. Da ich fand, es solle zwischen uns keine Geheimnisse geben, erzählte ich Flora von meiner recht kurzen Anstellung bei Lord Middleton. Doch sie lachte nicht, sondern sah mich mit ernster Miene an und sagte: »Das war nicht sehr klug, Roddy.«

»Nein, war es nicht«, erwiderte ich, »denn mein Vater hat mir danach die gründlichste Tracht Prügel meines Lebens verpasst.«

Auch das schien Flora nicht amüsant zu finden, und ich war erschrocken, dass sie die Stirn über mein Verhalten runzelte. Ich sagte ihr, dass ich nur so gehandelt hatte, weil ich nicht zusehen wollte, wie ein prächtiger Hirsch zum Vergnügen der feinen Herren getötet wurde. Darauf sagte sie, die Hirsche wären überhaupt nur zum Vergnügen der Herren dort in den Bergen, und mit solchen Unternehmungen verdiene Lord Middleton seinen Lebensunterhalt. Ich erwiderte, Lord Middletons Lebensunterhalt interessiere mich nicht. Flora gab zurück, er solle mich aber interessieren, da unsereins ohne das Gut keine Arbeit hätte.

»Ohne Lord Middletons Wohltätigkeit«, sagte sie, »müssten wir allein von dem leben, was der Boden hergibt.«

Nach ihren Worten kam ich mir recht dumm vor, und da ich die Stimmung zwischen uns nicht ruinieren wollte, sagte ich nichts weiter zu dem Thema. Den restlichen Weg nach Aird-Dubh legten wir schweigend zurück, und ich hatte das Gefühl, dass die Nähe zwischen uns ein wenig nachgelassen hatte. Wir schlenderten durch die schäbige Ansammlung von Häusern und Schuppen. Die Zwiebel saß auf der Bank vor ihrem Haus und zog schmatzend an einer kleinen Pfeife. Flora blieb stehen und wünschte ihr einen guten Abend.

»Hast du keine Eier für mich?«, fragte die Alte.

Flora schüttelte den Kopf und sagte, diesmal hätte sie leider keine. Dann erkundigte sie sich nach der Gesundheit der alten Frau. Doch Mrs. MacLeod ging nicht auf ihre Frage ein, sondern nahm die Pfeife aus dem Mund und musterte mich, wobei ihre schlaffen Lippen ein Geräusch machten wie Wellen, die gegen einen Felsen schlugen.

»Und das ist der Junge von Black Macrae?«, fragte sie.

»Ja«, sagte Flora.

Die Alte starrte mich weiter missbilligend an.

»Hat der Teufel dir die Zunge gestohlen, Roddy Black?«, fragte sie nach einer Weile.

Da ich nicht wusste, was ich darauf sagen sollte, starrte ich nur schweigend zurück. Sie schob sich die Pfeife wieder in den Mund und zog daran. Sie war nicht angezündet.

»Ich hab neulich deine Schwester gesehen«, sagte sie.

Ich konnte mir keinen Grund denken, warum Jetta in Air-Dubh hätte sein sollen, und sagte das auch.

»Nun, sie war aber hier. Oder ihre Doppelgängerin. Hübsches Mädchen, ganz wie die Mutter.« Diese letzten Worte sagte sie in einem verschlagenen Tonfall, und falls sie vorhatte, mich zu reizen, muss ich zugeben, dass sie damit Erfolg hatte. Wäre Flora nicht an meiner Seite gewesen, hätte ich ihr gesagt, dass sie eine böse alte Hexe ist, aber so hielt ich den Mund.

»Und du kommst ganz nach deinem Vater«, sagte sie.

»Sie kennen meinen Vater doch gar nicht«, erwiderte ich.

»Oh doch, den kenne ich. Stur wie ein alter Ochse.« Dann lachte sie gackernd. Da ich nichts weiter davon hören wollte, ging ich weiter, und Flora folgte mir, nachdem sie sich von der Alten verabschiedet hatte.

»Sag deiner Schwester, ich hoffe, ihr Zustand hat sich gebessert«, rief sie uns nach.

Ich tat so, als hätte ich es nicht gehört, doch als wir ein Stück gegangen waren, fragte Flora, was sie damit gemeint hatte. Ich sagte, die Alte sei verrückt, und sie solle sie gar nicht beachten.

Wir kamen an Murdo Cocks Hütte vorbei, und als er unsere Schritte hörte, kam er zur Tür. Er starrte uns an, und seine Lippen zuckten, sodass der einzige Zahn, den er noch besaß, zu sehen war. Dann stieß er einen Laut aus, der wie ein Möwenschrei klang, und verschwand wieder im Innern, wie ein Tier in seiner Höhle. Flora erschauerte. Ich rückte ein wenig näher an sie heran und ließ meine Hand über ihren Ärmel streifen, in der Hoffnung, dass sie sie ergreifen würde, doch das tat sie nicht, und so nahm ich wieder Abstand. Schließlich kamen wir an der Landspitze an und setzten uns auf einen der Felsen. Ein paar Boote tanzten sanft auf den Wellen. Ich erzählte Flora die Geschichte vom Boot meines Vaters und dem Unfall, bei dem die beiden Iains ertrunken waren. Ich beschrieb, wie meine Mutter jeden Tag zum Anleger in Toscaig gegangen war, um zuzusehen, wie mein Vater das Boot festmachte. Ich weiß nicht, warum ich ihr das erzählte; vielleicht um ihr Mitleid zu wecken, sodass sie mich ein wenig lieber mochte. Als ich geendet hatte, sagte sie, das sei eine sehr traurige Geschichte, und ich bedauerte, dass ich davon angefangen hatte.

Um das Schweigen zu brechen, das sich zwischen uns breitgemacht hatte, fragte ich sie, ob sie bald wieder im Gutshaus arbeiten würde.

»Wenn ich gebraucht werde und wenn ich meine Arbeit gut gemacht habe«, erwiderte sie. Da erinnerte ich mich daran, wie sie in der Schule gewesen war, stets eifrig bemüht, Mr. Gillies zu gefallen, und ich dachte, dass sie sich vielleicht doch nicht so sehr verändert hatte. Dann erzählte sie mir, dass sie im kommenden Jahr, wenn sie sechzehn sei, bei einem Kaufmann in Glasgow als Dienstmädchen anfangen würde. Ihre Mutter hatte die Stelle für sie durch Vermittlung der Haushälterin im Gutshaus bekommen. Flora fragte mich, ob ich schon mal in Glasgow gewesen sei, und ich sagte, da mein Vater solche Angst vor dem Wasser habe, sei ich noch nicht einmal in Kyle of Lochalsh gewesen. Sie erzählte begeistert von den großen Straßen, den Geschäften und den prächtigen Stadthäusern. Dann fragte sie mich, ob ich nicht vorhätte, Culduie zu verlassen, und ich erwiderte, dass mein Vater mich brauche, um das Feld zu bestellen, und dass ich nirgendwo anders hingehen wolle, weil ich in Culduie geboren worden war und vorhätte, mein Leben dort zu verbringen. Flora meinte, es gebe in der Welt doch sehr viel mehr als Culduie, und ob ich denn gar nichts davon sehen wolle? Ich antwortete nicht darauf, denn seit ich sie kennengelernt hatte, wollte ich nichts anderes als das, was direkt vor meiner Tür lag. Flora sagte, sie hoffe, wenn sie in Glasgow sei, würde ihr ein gut aussehender junger Mann begegnen, der sie zur Frau nehmen wolle. Darauf erwiderte ich, in Culduie gebe es genug junge Männer, die mit Freuden dasselbe tun würden.

Flora sah mich mit ernster, verwirrter Miene an. »Meinst du etwa dich?«, fragte sie.

Ich wandte den Blick ab und sah aufs Meer hinaus.

»Wenn du nicht dich gemeint hast, wen denn dann?«, hakte sie in spielerischem Tonfall nach.

Ich drehte mich zu ihr um. Dann beugte ich mich, ohne nachzudenken, ruckartig vor und streifte mit meinen Lippen ihre Wange. Flora wich zurück und sprang auf.

»Roddy Black!«, rief sie. Dann kicherte sie albern, und ich lachte ebenfalls, um zu zeigen, dass es nur ein Scherz gewesen war.

Nach kurzem Zögern setzte sie sich wieder neben mich. Wir schwiegen beide. Am liebsten wäre ich davongerannt und in Tränen ausgebrochen.

Flora stupste mich spielerisch an und sagte, ich sei nur ein alberner Junge, der nichts von der Welt wisse. Außerdem gebe es in Culduie ja noch die sechs Töchter von Kenny Smoke, denen ich hinterherlaufen könne. Ich sagte nicht, was ich dachte, weil ich mich nicht weiterem Gespött aussetzen wollte.

Als wir nach Culduie zurückgingen, lastete das Wissen, dass Flora fortgehen würde, schwer auf mir. Mir wurde bewusst, dass ich mir, ohne es zu merken, eine Zukunft vorgestellt hatte, in der wir zusammen sein würden. Ich kann nicht sagen, wann mir diese Gedanken zum ersten Mal gekommen waren, aber ich weiß gewiss, dass ich vor unserer Begegnung beim Schuppen nie darüber nachgedacht hatte, mir eine Frau zu nehmen. Bis dahin hatte ich mein Leben mit Vater und Jetta verbracht, und bis ich Flora begegnet war, hatte ich mir nie andere Gesellschaft gewünscht. Ich verfluchte mich für meine Gedanken, denn ich begriff, dass ich für Flora nur eine amüsante Ablenkung war, die vergessen sein würde, sobald sie einen Fuß in die Stadt gesetzt hatte.

Offenbar hatte Flora bemerkt, dass ich niedergeschlagen war, denn sie versuchte, über triviale Dinge zu plaudern, und stupste mich neckisch mit ihrer Schulter an, doch ich vergrub die Hände in den Hosentaschen und antwortete nicht.

Niemand von uns war in der rechten Stimmung für das Sommerfest, als der Tag kam, aber Jetta hatte einen ganzen Haufen Schals gestrickt, um sie auf dem Markt zu verkaufen, und so kam es nicht infrage, zu Hause zu bleiben. Vater verzichtete darauf, uns zu begleiten, und beschränkte sich auf die gebrummelte Ermahnung, ich solle nur ja nicht in Schwierigkeiten geraten. Ich versicherte ihm, das hätte ich nicht vor, und die Tatsache, dass er nicht mitkam, hellte unsere Stimmung ein wenig auf, als wir aufbrachen.

Wir packten Jettas Schals in den Handkarren und die Zwillinge zu ihrer Freude obendrauf. Überall auf der Straße waren ähnliche Grüppchen unterwegs, es wurde gesungen, und es herrschte allgemeine Fröhlichkeit. Um den Kleinen eine Freude zu machen, sang Jetta mit. Für einen oberflächlichen Beobachter müssen wir vermutlich wie eine glückliche Familie gewirkt haben. Mir lasteten jedoch noch immer die melancholischen Gefühle für Flora Broad auf der Seele, aber um meiner Geschwister willen beschloss ich, sie beiseitezuschieben. Als wir uns Camusterrach näherten, sahen wir vor uns die Zwiebel, die so langsam dahinschlurfte, dass ich anmerkte, sie müsse wohl schon vor zwei Tagen aufgebrochen sein. Jetta beschleunigte ihren Schritt, als wir an ihr vorbeigingen, dann hielt sie sich die Nase zu und verzog das Gesicht. Die Zwillinge lachten und ahmten die Geste nach. Ein Stück weiter trafen wir auf die Smokes und schlossen uns ihnen an. Jetta unterhielt sich leise mit deren ältester Tochter. Carmina Smoke fragte nach dem Befinden meines Vaters, und ich sagte ihr, er sei zu Hause geblieben, um sich um das Feld zu kümmern. Sie sah mich mit skeptischer Miene an, sagte jedoch nichts weiter dazu. Während des restlichen Weges hielt ich mich am Schluss der Gruppe und sprach mit niemandem mehr.

Die Straße, die zwischen dem Ufer und der Häuserreihe von Applecross entlangführte, war dicht gesäumt von Karren und Tischen, auf denen Käse, Holzschnitzereien, Pfeifen, Kleidungsstücke und allerlei unnützer Plunder zum Kauf angeboten wurden. Jetta fand einen freien Platz am Ende des Dorfes, legte ihre Waren auf dem Karren zurecht und setzte sich auf die niedrige Ufermauer. Die Zwillinge spielten zu ihren Füßen. Ich stand eine Weile untätig herum und schlenderte dann zurück durch das Dorf. Die gesamte Gemeinde schien sich auf der schmalen Straße zu drängen. Die Frauen trugen ihre besten Kleider, und die Mädchen hatten ihr Haar hübsch geflochten und mit Blumen geschmückt. Ich fragte mich, ob Flora Broad auch hier war, fürchtete jedoch, dass sie kein Interesse an mir zeigen würde. Unter die einfachen Leute mischten sich auch Gäste des Gutshauses, die sich mit lauter Stimme unterhielten und herablassend auf die angebotenen Waren deuteten.

Ich ging hinter zwei elegant gekleideten Herren und hörte ihr Gespräch mit an. Der Erste sagte, keineswegs um Diskretion bemüht: »Man vergisst so leicht, dass es in unserem Land immer noch solche primitiven Leute gibt.« Sein Begleiter nickte ernst und überlegte laut, ob man nicht mehr für uns tun könne. Darauf erwiderte der erste Herr, es sei schwierig, Menschen zu helfen, die so unfähig seien, selbst für sich zu sorgen. Dann blieben sie stehen, um aus einer kleinen Zinnflasche zu trinken und ein paar Mädchen hinterherzuschauen. Ich war nicht daran interessiert, noch mehr zu hören, und ging weiter.

Am Eingang des Gasthauses erblickte ich Archibald Ross. Er trug einen guten Tweedanzug mit Kniebundhosen und braune Schnürschuhe. Ich blieb stehen und starrte ihn eine Weile an. Er sah von Kopf bis Fuß aus wie ein feiner junger Herr bei einer Jagdgesellschaft. Obwohl ich nur wenige Schritte von ihm entfernt war, schien er mich nicht zu bemerken. Dann fiel mir ein, dass schon fast ein Jahr vergangen war, seit wir uns das erste Mal begegnet waren, und trat ein wenig näher. Er hatte eine Pfeife in der Hand, und ich sah, dass sie gefüllt und angezündet war. Ich dachte mir, dass er nach dem Vorfall bei dem Jagdausflug vielleicht nicht mit mir gesehen werden wollte, doch als er mich erkannte, blitzte es in seinem Gesicht auf. Er hob die Hand und rief: »Roddy, alter Knabe!« Wir begrüßten uns herzlich, und ich freute mich, dass er mir nichts nachzutragen schien.

»Ich dachte, du wärst schon längst in Kanada«, sagte ich.

»In Kanada?«

»Mit deinem Vetter.«

Er machte eine abwinkende Handbewegung mit seiner Pfeife. »In Kanada gibt es für uns nichts mehr. Da steht alles noch schlimmer als hier. Außerdem arbeite ich jetzt für den Jagdaufseher.«

Ich nickte und sagte, er sehe sehr gut aus in seinem Anzug. Er schwenkte erneut seine Pfeife, steckte sie in den Mund und paffte genüsslich. In dem Moment wünschte ich mir von ganzem Herzen, ich hätte auch eine Pfeife. Dann nahm er mich am Arm und zog mich mit ins Gasthaus. Ich blickte mich nervös um, voller Angst, dass mich einer unserer Nachbarn sehen könnte. Ich hatte noch nie zuvor einen Fuß in das Gasthaus gesetzt. Mein Vater betrachtete es als Lasterhöhle und verkündete immer wieder, wer es besuche, sei auf dem Weg ins ewige Höllenfeuer. Im Innern standen dicht gedrängt etliche Männer in Hemdsärmeln, die sich munter anbrüllten. Archibald manövrierte uns durch das Gedränge zu einem kleinen Tisch in der Ecke, auf den eine stämmige Frau in einem karierten Kleid alsbald zwei Humpen Bier stellte. Archibald ergriff einen davon, stieß damit geräuschvoll gegen den anderen und sagte: »Auf die Gesundheit derer, die uns schätzen.«

Ich nahm meinen Humpen, dessen Gewicht mich so überraschte, dass ich ihn beinahe fallen gelassen hätte, und wiederholte seinen Trinkspruch. Dann tranken wir. Das Bier schmeckte scheußlich, und wäre ich allein gewesen, hätte ich es auf den Boden gespuckt. Archibald nahm einen zweiten ausgiebigen Schluck und stieß mich in die Rippen, damit ich es ihm gleichtat.

»Schön, dich zu sehen, alter Knabe«, sagte er. »Du bist ein echtes Original, was?«

Ich freute mich so sehr, in Gesellschaft eines so feinen Kerls wie Archibald Ross zu sein, dass ich meinen Humpen an die Lippen hob und ihn auf einen Satz zur Hälfte leerte. Ich fragte mich, was mein Vater wohl sagen würde, wenn er mich sehen könnte, doch als das Bier erst einmal in meinem Magen angekommen war, kümmerte es mich nicht mehr. Zwei kräftige Männer, die Arm in Arm zu unserer Linken standen, sangen aus voller Lunge:

Als wir im Coille Mhùiridh waren,
Wurden wir nicht von den Flachländern geweckt,
Sondern vom Ruf der Hirschkuh und dem Röhren der Hirsche
Und dem Frühlingslied des Kuckucks.

Alsbald stimmte die gesamte Gästeschar in das Lied ein. Archibald stand auf und johlte:

Mein Land ist das Schönste,
Ein Land, so hell und gastlich und weit,
Heimat von Hirschbock und Kuh,
Von Moorschneehuhn und Lachs.

In dem Moment landeten die beiden schwankenden Männer zu meiner Linken auf meinem Schoß, sodass mein restliches Bier auf den Boden schwappte. Archibald stieß sie grob beiseite und rief der Wirtin zu, sie solle Nachschub bringen. Prompt wurden zwei weitere Humpen gebracht, und Archibald setzte sich mit höchst zufriedener Miene wieder auf seinen Platz.

»Na dann, Mr. Macrae, auf uns und alle, die uns schätzen!«
»Auf alle, die uns schätzen!«, wiederholte ich.

Das zweite Bier schmeckte um einiges besser als das erste, und ich nahm an, dass das erste verdorben gewesen war. Dann erzählte Archibald, dass der Jagdaufseher ihm am Ende der vergangenen Jagdsaison angeboten hatte, sein Lehrling zu werden, und seither wohnte er in einem der Nebengebäude des Gutshauses. Er verdiente einen Shilling am Tag und noch mehr, wenn er Botengänge für Lord Middletons Gäste machte. Diese Summen beeindruckten mich sehr, und das sagte ich ihm auch.

»Ich würde ja fragen, ob es dort auch für dich Arbeit gibt«, sagte er, »aber ich fürchte, der Jagdaufseher hat keine guten Erinnerungen an dich.« Er fuchtelte mit den Armen und krähte laut, um meinen Auftritt von damals nachzuahmen. Dann lachte er schallend. Doch offenbar merkte Archibald, wie unglücklich ich dreinschaute, denn er hörte sofort auf zu lachen und fragte mich nach meinen Zukunftsplänen. Ich sagte ihm, dass ich auf den Straßen und auf dem Feld meines Vaters arbeitete und auch zufrieden damit war. Archibald sah mich ernst an und fragte, ob das alles sei, wonach ich strebe. Da ich ihn nicht enttäuschen wollte, sagte ich ihm, das sei nur ein vorübergehendes Arrangement, und sobald ich genug Geld gespart hätte, wolle ich mein Glück in Glasgow suchen. Archibald nickte anerkennend ob dieser Unwahrheit.

»Nach allem, was man so hört, gibt es dort großartige Möglichkeiten für einen strebsamen Mann«, sagte er.

Ich stimmte ihm zu, froh, dass er mich nicht weiter ausfragte, und er brüllte nach mehr Bier. Wir waren mittlerweile bester Laune, und er erzählte mir ein paar Geschichten über die Herren, die im Gutshaus zu Gast waren, und ahmte ihre Gesten und ihre Sprechweise sehr wirkungsvoll nach. Der Jagdaufseher, sagte er, sei längst nicht so furchteinflößend, wie er auf den ersten Blick erschien, und lade ihn oft abends in seine Hütte ein, wo sie zusammen am Feuer saßen, ihre Pfeife rauchten und sich über die Ereignisse des Tages unterhielten.

Wenn keine Jagdausflüge anstünden, unterweise der Aufseher Archibald in der Kunst der Pirsch, sodass dieser jetzt anhand von umgeknickten Grashalmen oder Spuren in den Heidebüschen, die für das unkundige Auge nicht zu sehen waren, erkennen könne, ob Hirsche in der Nähe waren, und in welche Richtung sie zogen. Archibald prahlte damit, dass er die Berge und Täler mittlerweile besser kenne als sein eigenes Zuhause, und ich gestehe, ich war recht neidisch auf seinen neuen Stand im Leben. Er machte sich daran, seine Pfeife neu zu stopfen, und fragte, warum ich keine hätte. Ich erwiderte, ich würde mein ganzes Geld für die Reise nach Glasgow sparen und wolle es nicht für Tabak vergeuden. Darauf meinte Archibald, solche Gewohnheiten würden mich zu einem wohlhabenden Mann machen. Einen Augenblick lang stellte ich mir vor, ich wäre ein reicher Kaufmann und säße am Kamin eines großen Stadthauses, Flora mit ihrem Nähzeug an meiner Seite.

Ich weiß nicht, wie lange wir in dem Gasthaus blieben und wie viele Humpen Bier wir tranken, aber irgendwann strömte der lärmende Haufen hinaus auf die Straße. Der Zeitpunkt für das große

Ereignis des Tages nahte: das Shinty-Spiel[13] zwischen den Einwohnern von Applecross und denen aus unserer Gemeinde. Archibald bezahlte unsere Rechnung, was ein Glück für mich war, denn ich hatte kein eigenes Geld dabei. Er tat meinen Dank mit einer Handbewegung ab und sagte, da er mich eingeladen habe, mit ihm etwas zu trinken, wäre er ein Lump, wenn er mich bezahlen ließe.

Ich merkte, dass die Wirkung des Bieres mich schwanken ließ, doch ich schämte mich nicht meines Zustands. Ich schlenderte über die Straße, von der Menge hin und her geschoben, und erntete missbilligende Blicke von den Vorübergehenden. Archibald legte seinen Arm um meine Schultern, und gemeinsam grüßten wir jedermann, lüfteten unsere Mütze und fanden uns schlichtweg großartig. Schließlich erreichten wir das Ende des Dorfes, wo Jetta ihre Waren ausgelegt hatte. Als Jetta mich in meinem trunkenen Taumel erblickte, sah sie ziemlich entsetzt aus.

»Ich hoffe um deinetwillen, dass Vater nichts von deinem Zustand erfährt«, sagte sie leise.

Ich ignorierte ihre Bemerkung, zeigte auf meinen Gefährten und sagte: »Darf ich dir meinen Freund vorstellen, Mr. Archibald Ross.«

Archibald verbeugte sich galant. »Sehr erfreut, Ihre Bekanntschaft zu machen, Miss Macrae«, sagte er. »In der ganzen Gemeinde kann es kein hübscheres Mädchen geben.« Dann nahm er ihre Hand, die sie ihm nicht angeboten hatte, und küsste sie. Jetta starrte ihn verwundert an und fragte sich zweifellos, wie es kam, dass ihr Bruder die Bekanntschaft eines so feinen jungen Herrn gemacht hatte. Archibald trat einen Schritt zurück, um Jettas Waren zu begutachten. Mit Kennermiene befühlte er die Schals und gab bewundernde Laute von sich. Jetta schien sich über seine Auf-

---

13 Eine recht ruppige Hockey-Variante, die auch heute noch im schottischen Hochland gespielt wird.

merksamkeit zu freuen und erzählte uns, dass sie keine zehn Minuten zuvor einen davon an eine Dame vom Gutshaus verkauft hatte, für einen Shilling.

»Einen Shilling!«, sagte Archibald. »Sie verkaufen Ihre Ware unter Wert, meine Liebe.«

Dann verkündete er, er werde den Schal, den er gerade in der Hand hielt, für seine Mutter kaufen, und gab meiner Schwester zwei Shilling dafür. Jetta war hocherfreut und dankte ihm überschwänglich. Als Archibald sich von ihrem Stand entfernte, gab sie mir einen Shilling und flüsterte, ich solle Vater nichts davon erzählen. Ich steckte die Münze in meine Tasche und folgte Archibald zurück ins Gedränge, erfreut, dass ich damit in der Lage war, ihn später meinerseits auf ein paar Bier in das Gasthaus einzuladen. Wir durchquerten das Dorf und steuerten auf das Gutshaus zu, wo das Spiel stattfinden sollte.

»Deine Schwester ist wirklich hübsch, aber sie kleidet sich wie eine alte Frau«, sagte Archibald in liebenswürdigem Ton zu mir. »In so einem unvorteilhaften Aufzug wird sie nie einen Mann finden. Wenn ein Kerl ein Mädchen sieht, das in Sackleinen herumläuft, wird er annehmen, dass es einen guten Grund gibt, das, was darunterliegt, zu verstecken, haha.«

Er machte wieder eine schwungvolle Handbewegung mit seiner Pfeife, die, wie ich mittlerweile begriffen hatte, bedeuten sollte, dass seine soeben geäußerte Behauptung unwiderlegbar war. Ich musste zugeben, dass er nicht ganz Unrecht hatte, denn wenn ich Jetta mit nüchternem Blick betrachtete, sah sie nicht unbedingt vorteilhaft aus. Wie um dies zu bestätigen, gab es um uns herum lauter attraktive Mädchen in hübschen Kleidern und mit ansprechend hochgestecktem Haar, sodass man die glatte, helle Haut ihres Halses sehen konnte.

Da nahm Archibald den Schal, den er gekauft hatte, knüllte ihn zusammen und stopfte ihn in ein Gebüsch. Ich war entsetzt und fragte ihn, warum er das tat. Archibald zuckte die Achseln und sah mich grinsend an.

»Alter Knabe, so einen Lumpen würde ich nicht einmal meinem Hund zum Schlafen geben. Ich habe ihn nur gekauft, damit deine Schwester ein wenig Geld hat, um sich etwas weniger Tristes zum Anziehen zu kaufen.«

Ich dachte an die vielen Stunden Arbeit, die meine Schwester darauf verwendet hatte, diesen Schal zu stricken, und war verletzt von der Gefühllosigkeit meines Freundes. Da ich nicht wollte, dass Jetta den Schal später womöglich dort fand, lief ich zurück und zog ihn wieder heraus. Das Gebüsch war voller Dornen, und es dauerte eine Weile, bis ich ihn von den Zweigen gelöst hatte. Der Schal war zerrissen, aber ich faltete ihn trotzdem sorgfältig zusammen und schob ihn unter meine Jacke. Archibald beobachtete mich amüsiert.

»Was willst du damit machen?«, fragte er, als ich ihn wieder eingeholt hatte. »Er ist doch ruiniert.«

Ich verspürte keine Lust, ihm zu antworten. Wir gingen eine Weile schweigend weiter. Das Shinty-Spiel sollte auf einem Feld vor dem Gutshaus stattfinden, das mit Sägespänen markiert war. Rundherum hatten sich bereits etliche Zuschauer eingefunden. Nach einer Weile ließ mein Ärger auf Archibald nach. Anscheinend spürte er dies, denn er begann wieder in vertraulichem Ton mit mir zu sprechen.

»Also, ich persönlich habe nicht so bald vor, mir eine Frau zu suchen. Warum sollten junge Männer wie wir uns auf ein Gericht beschränken, wenn es so viele zu kosten gibt?«, sagte er und blickte zu einer Gruppe von Mädchen hinüber. »Wenn deine Schwester ihr Geld klug ausgibt, würde ich sie vielleicht für einen Abstecher hinter das Gasthaus in Betracht ziehen. Nachdem ich ihr die zwei Shilling gegeben habe, wird sie sich mir sicher dankbar erweisen.«

Er stieß mir mit dem Ellbogen in die Seite, und da ich nur eine äußerst vage Vorstellung davon hatte, was er meinte, nickte ich zustimmend. Die Gäste von Lord Middleton saßen auf Stühlen, die am hinteren Spielfeldrand aufgestellt worden waren. Da dieser Bereich ganz offensichtlich für die feinen Herrschaften reserviert war, verteilten sich die Dorfleute an den drei anderen Seiten. Neben dem Spielfeld war ein Zelt errichtet worden, und da das Spiel noch nicht begonnen hatte, hielten sich die meisten der Männer an dessen Eingang auf. Archibald führte mich hinein und bestellte zwei Gläser Whisky. Wir prosteten uns zu und leerten sie, und als der Alkohol meinen Magen erreichte, hatte ich den Vorfall mit dem Schal beinahe vergessen. Dann trabten die Spieler auf das Feld, und wir gesellten uns zu der Menge, die sich mittlerweile so eng um das Spielfeld drängte, dass die Markierungen im Grunde überflüssig waren. Von allen Seiten ertönten laute Rufe.

Natürlich war Lachlan Broad der Anführer der Mannschaft aus unserer Gemeinde, und er schlug seinen Mitspielern kräftig auf die Schultern, um sie anzufeuern. Er bot einen beeindruckenden Anblick, als er zur Mitte des Spielfelds ging, die Brust vorgereckt und den Caman[14] über der Schulter wie eine Axt. Der Rest unserer Mannschaft war, mit Ausnahme von Kenny Smoke, ein trauriger und verwahrloster Haufen, und die meisten sahen aus, als wünschten sie sich von ganzem Herzen anderswohin. Seit ich ein kleiner Junge war, habe ich alle Arten von Wettkampf verabscheut, und Shinty erscheint mir als ein besonders gewalttätiges und absurdes Schauspiel. In der Schule hielt ich mich stets am Rand des Spielfelds auf, und wenn der Ball auf mich zurollte, lief ich in die entgegengesetzte Richtung. Obwohl es unserer Gemeinde an kräftigen jungen Männern fehlte, war ich dank meiner Unfähigkeit nie aufgefordert worden mitzuspielen.

---

14 Ein Schläger, ähnlich dem, der beim Hockey verwendet wird.

Das Spiel begann mit lautem Schlägerkrachen in der Mitte des Spielfelds. Zwei Männer fielen direkt um und wurden hinausgetragen, während um sie herum das Spiel tobte. Lachlan Broad kam im Mittelfeld an den Ball und versetzte ihm einen wuchtigen Schlag in Richtung Tor der Mannschaft aus Applecross. Dann marschierte er über den Rasen und schimpfte mit Dunkie Gregor, der erst zwölf Jahre alt war, weil er seinen Pass nicht angenommen hatte. In der Zwischenzeit wurde der Ball wieder in unser Feld zurückgeschlagen und landete unter lautem Krachen von Schlägern und Knochen im Tor. Unter dem Gelächter der Zuschauer stieß Lachlan Broad Dunkie Gregor zu Boden und lief zurück, um den Rest seiner Mannschaft zusammenzustauchen. Die Spieler aus Applecross feierten ihr Tor, indem sie reihum aus einem mit Whisky gefüllten hölzernen Quaich[15] tranken, der hinter ihrem Tor stand. Je länger das Spiel andauerte, desto gewalttätiger wurde es und desto nachdrücklicher feuerten die Zuschauer ihre jeweilige Mannschaft an, den Gegner anzugreifen. Die feinen Herren, die an der gegenüberliegenden Seite des Spielfelds saßen, schienen sich prächtig zu amüsieren und riefen den Kontrahenten lauthals Ermunterungen zu. Auch Archibald zollte jedem neuen Angriff mit wachsendem Elan Beifall. Den Höhepunkt der Begeisterung erreichte die Menge, als eine alte Frau versehentlich mit einem Caman am Kopf getroffen wurde und bewusstlos zu Boden sank. Zum Ende hin war der Ball nahezu vergessen, und während die Menge immer näher rückte, droschen die beiden Mannschaften in der Mitte des Spielfelds mit ihren Schlägern aufeinander ein. Schließlich wurden die blutenden Spieler auf Schulterhöhe vom Feld getragen und unterwegs von ihren Gefährten mit Whisky versorgt. Archibald und ich folgten dem Zug, wobei mein Freund sich begeistert über die besonders brutalen Spielmomente ausließ. Je-

---

15 Flache Trinkschale mit zwei Griffen.

mand drückte uns einen Quaich in die Hand, und wir tranken gierig. Die Menge drängte sich um mich herum, und ich schlug Archibald vor, ins Gasthaus zurückzugehen und noch ein Bier zu trinken. Doch er bestand darauf, fürs Erste beim Zelt zu bleiben, weil die Mädchen aus dem Dorf hier waren und wir, wie er sagte, unser Glück bei ihnen versuchen könnten.

Nachdem wir uns ins Zelt geschoben und uns noch ein Bier geholt hatten, taxierte Archibald die Mädchen, die mit vor Aufregung glühenden Wangen um das Knäuel aus schnaufenden, prügelnden Männern herumstanden und tuschelnd die Köpfe zusammensteckten. Da entdeckte ich Flora Broad auf der anderen Seite des Spielfelds. Sie war in Gesellschaft eines hochgewachsenen Mädchens, das ich nicht kannte, und schien in ein Gespräch mit zwei jungen Herren versunken zu sein. Mit Missfallen sah ich, wie sie den beiden aufmerksam ihr Gesicht zuwandte, während die Finger ihrer rechten Hand unablässig mit einer Haarsträhne spielten, die sehr ansprechend herausgezupft worden war. Da ich nicht darauf aus war, unsere Bekanntschaft zu erneuern, versuchte ich, Archibald weiter in die Menge zu ziehen, doch er steuerte auf ein paar Mädchen zu, und da diese sich in entgegengesetzter Richtung von Flora befanden, folgte ich ihm bereitwillig. Ich hatte einige Mühe, einen Fuß vor den anderen zu setzen, und als ich ihn endlich eingeholt hatte, begrüßte Archibald die drei jungen Frauen, die alle mit Spitzen verzierte weiße Kleider trugen, gerade auf charmante Weise. Dann stellte er mich ihnen mit sehr schmeichelhaften Worten vor. Ich nahm die Mütze ab und versuchte eine Verbeugung, die die drei jedoch nur zum Kichern brachte.

»Und warum habt ihr nicht an dem Spiel teilgenommen?«, fragte die größte von ihnen.

Archibald schwenkte seine Pfeife. »Wir gehören zu der Sorte Männer, die ihre Gegner lieber mit dem Geist besiegen als mit Schlägen«, erklärte er.

Er stieß mich in die Rippen, zweifellos damit ich seine Aussage mit einer cleveren Bemerkung bewies, aber mehr als ein törichtes Grinsen brachte ich nicht zustande. Doch Archibald ließ sich davon nicht entmutigen und erklärte den jungen Damen, dass ich bald als Kaufmann in Glasgow mein Glück machen würde.

»Aber ist das nicht der Sohn von Black Macrae?«, fragte das große Mädchen und zeigte mit einer vorwurfsvollen Geste auf mich.

»In der Tat, er ist einer von den Black Macraes, aber ich möchte darauf hinweisen, dass wir keineswegs die Sklaven des Rufs unserer Vorfahren sind«, sagte Archibald großspurig.

Ich verspürte den Drang, ebenfalls etwas zu dem Gespräch beizutragen, doch ich schaffte es lediglich, mit den Fingern in der Luft herumzuwedeln und auf die Mädchen zuzutaumeln, sodass Archibald mich am Arm festhalten musste, damit ich nicht zwischen sie fiel.

Dann fragte er die Mädchen, ob sie nicht mit uns einen Spaziergang durch den Park machen wollten, denn es sei doch recht schwierig, sich in dieser angetrunkenen Menge zu unterhalten. Doch die Mädchen lehnten ab, und nach einer kurzen Verbeugung führte Archibald mich von ihnen fort. Die Zurückweisung schien ihn nicht im Geringsten einzuschüchtern, und er meinte, ich bräuchte nur noch ein wenig Bier, um meine Zunge zu lockern und die Wirkung des Whiskys abzumildern. Als wir wieder im Zelt standen, jeder mit einem Humpen in der Hand, gestand ich Archibald, dass ich gar kein Interesse an diesen Mädchen hatte, da mein Herz einer anderen gehöre. Archibald fragte, wer dieses Mädchen sei, und ich erzählte ihm ein wenig von meinen Begegnungen mit Flora Broad. Als ich geendet hatte, zog er eine Weile an seiner Pfeife, als denke er eingehend über meine Lage nach. Dann packte er mich am Aufschlag und zog mich zu sich heran.

»Darf ich dir einen Rat geben?«, sagte er. »Wenn du nach Glasgow willst, wäre es nicht klüger, frei und ungebunden loszuziehen? Du wirst das Mädchen bald vergessen, wenn du von all den Reichtümern umgeben bist, die die Stadt zu bieten hat.«

Ich erwiderte, ich könne sie nicht vergessen, und ich wolle es auch nicht.

Archibald nickte langsam. Dann stieß er, als wäre er plötzlich zu einem Entschluss gekommen, die Pfeife in die Luft und verkündete: »In dem Fall musst du ihr sagen, wie es um dich steht.«

Darauf erzählte ich ihm von dem Gespräch an der Landspitze von Aird-Dubh, wobei ich allerdings die demütigendsten Einzelheiten wegließ.

»Wenn deine Gefühle so stark sind, wie du sagst«, meinte Archibald und legte mir den Arm um die Schultern, »musst du sie ihr offenlegen. Dann weißt du wenigstens, woran du bist. Auf jeden Fall darfst du dich nicht so leicht entmutigen lassen. Es ist durchaus üblich, dass ein Mädchen die Avancen eines Mannes zurückweist, aber das darf man nicht ernst nehmen. Im Gegenteil, es ist ein Zeichen ihrer Wertschätzung für dich, dass sie deinem Werben nicht bei der ersten Gelegenheit nachgegeben hat. Sie prüft lediglich, wie ernst es dir ist. Du hast doch bestimmt schon mal einen Hahn im Hühnerstall gesehen. Er muss seine Schwanzfedern zur Schau tragen. Eine junge Frau ist genau wie ein Huhn, sie will umworben werden. Du musst ein wenig vor ihr auf und ab stolzieren, Roderick.«

Darauf ahmte er einen Hahn nach, bewegte die Arme wie zwei Flügel, warf den Kopf nach hinten und krähte laut. Einige der Männer um uns herum hielten im Trinken inne und starrten ihn an. Als er seine Vorführung beendet hatte, hob er wie ein Lehrer den Zeigefinger. »Die Frage ist: Willst du ein Hahn sein oder ein Kuckuck?«, fragte er, offensichtlich stolz auf seine Maxime.

Daraufhin erklärte ich ihm, selbst wenn meine Gefühle erwidert würden, wäre noch nichts gewonnen, da es zwischen unseren

Familien eine Menge böses Blut gebe und ihr Vater niemals zulassen würde, dass wir zusammenkamen.

»Mir scheint«, sagte Archibald, »du hast in deinem Kopf so viele Hindernisse aufgebaut, dass du dich schon geschlagen gibst, bevor du überhaupt angefangen hast.« Dann klopfte er mir grob auf die Stirn und sagte, ich solle mich weniger nach dem richten, was zwischen meinen Ohren sitze, und mehr nach dem, was zwischen meinen Beinen hänge. Genau in dem Augenblick sah ich über Archibalds Schulter hinweg, dass Flora sich von ihren Verehrern getrennt hatte und Arm in Arm mit ihrer Freundin um das mittlerweile verlassene Spielfeld ging. Ich reagierte nicht auf den Rat meines Gefährten, und er schien meine vorübergehende Abwesenheit zu bemerken.

»Die Farbe auf deinen Wangen lässt mich vermuten, dass du die besagte junge Dame erblickt hast«, sagte er und deutete mit dem Hals seiner Pfeife auf die beiden Gestalten. »Dann lass uns diese Frage ein für alle Mal klären.«

Ich verspürte keinerlei Drang, irgendwelche Fragen zu klären, und bedauerte es sehr, dass ich ihm überhaupt von meinen Gedanken an Flora erzählt hatte, doch Archibald zog bereits los, den Arm fest um meine Schultern gelegt. Als wir uns den beiden Mädchen näherten, merkte ich an, dass ich gewiss nicht in der geeigneten Verfassung sei, um mich vernünftig zu unterhalten.

Archibald wedelte meinen Einwand beiseite. »Unsinn«, sagte er. »Die Lage, in der du dich befindest, ist überhaupt nur entstanden, weil du deinem Herzen nicht Luft gemacht hast. Wenn deine Zunge jetzt vom Bier gelockert ist, umso besser.«

Wir gingen mitten über das Spielfeld, sodass es, als Flora und ihre Begleiterin die Ecke umrundeten, so aussah, als würden wir ihnen zufällig begegnen. Die beiden waren so ins Gespräch vertieft, dass sie uns erst bemerkten, als wir nur noch wenige Schritte von ihnen entfernt waren. In dem Moment war es nicht mehr möglich, die Begegnung abzuwenden, es sei denn, durch fluchtartigen Rückzug. Archibald fing an, sich lauthals über die Großartigkeit der Natur und unseren kleinen Platz darin auszulassen, und tat ganz überrascht, als wir beinahe mit unserer Beute zusammenstießen.

»Hallo, Roddy«, sagte Flora.

Unser Auftauchen schien sie nicht im Geringsten aus der Fassung zu bringen, und ich dachte plötzlich, dass vielleicht doch nicht alles zwischen uns verloren war und dass sie, wenn sie mich in Gesellschaft eines so feinen Kerls wie Archibald Ross sah, möglicherweise ihre Meinung über mich ändern würde.

Archibald tat überrascht, dass Flora und ich uns kannten, und drängte mich, ihn vorzustellen. Das tat ich, und darauf stellte Flora uns ihre Freundin Ishbel Farquhar vor. Archibald verneigte sich auf die gleiche Weise wie bei meiner Schwester und erklärte, wenn er gewusst hätte, dass in Culduie so hübsche Blumen blühten, hätte er längst seinen Wohnsitz dort aufgeschlagen. Die beiden Mädchen sahen sich an und übermittelten dabei irgendeinen geheimen Gedanken mit ihren Augen. Dann fragte Archibald, ob wir sie auf ihrem Spaziergang begleiten dürften, und sie hatten nichts dagegen. Nachdem Archibald von seiner Stellung beim Jagdaufseher erzählt hatte, deutete er auf einige bauliche Besonderheiten des Gutshauses und erzählte auf unterhaltsame Weise vom Leben darin. Darauf sagte Flora, dass ihre Mutter während der Sommermonate dort in der Küche arbeite, und dass sie selbst auch schon dort angestellt gewesen sei. Es ärgerte mich, dass Flora sich auf diese Weise mit dem Leben verband, das Archibald führte. Die beiden begannen über verschiedene Mitglieder des Haushalts zu sprechen, und Flora amüsierte sich sehr über die Beschreibungen und Anekdoten, die mein Freund zum Besten gab. Ishbel und ich folgten den beiden schweigend, und je mehr Flora über Archibalds Geplauder lachte, desto düsterer wurde meine Stimmung. Als wir den äußersten Rand der Wiese erreicht hatten, unterbrach Archibald seine Erzählungen und schlug vor, zum Fluss weiterzugehen, der, wie er sagte, um diese Jahreszeit sehr malerisch sei. Unsere Begleiterinnen willigten ein, und wir gingen an ein paar Schuppen vorbei in Richtung Wald, durch den der Fluss sich schlängelte. Dann fragte Archibald, wie lange Flora und ich uns schon kannten. Flora antwortete, wir seien schon unser ganzes Leben Nachbarn, aber da ich stets so ein einzelgängerischer Junge gewesen sei, habe sie mich erst in den letzten Monaten ein wenig kennengelernt. Archibald erwiderte darauf, ich sei schon etwas Besonderes, und während viele junge Männer es liebten, dem Klang ihrer eigenen Stimme zu lauschen, sei ich ein viel tiefsinnigerer Kerl. Dann sagte er, es sei wirklich schade, dass Flora und ich keine Gelegenheit hätten, uns besser kennenzulernen, da ich ja nun bald nach Glasgow gehen würde. Diese letzte Bemerkung weckte Floras Überraschung.

»Aber was ist mit dem Feld deines Vaters?«, fragte sie.

»Ich habe meine Meinung geändert«, murmelte ich.

Flora musterte mich skeptisch. »Und was willst du in Glasgow machen?«

Archibald antwortete an meiner Stelle: »Für einen unternehmungslustigen jungen Kerl wie Roddy gibt es unzählige Möglichkeiten.«

Da sahen Flora und Ishbel sich an und fingen an zu lachen. Wir kamen zu der Steinbrücke, die über den Fluss führte. Das Sonnenlicht fiel zwischen den Blättern der Bäume hindurch und funkelte auf dem Wasser. Schweigen stellte sich ein, und wir standen alle vier einen Moment auf dem Weg und blickten uns an. Dann nahm Archibald überraschend Ishbel beim Arm und führte sie mit den Worten, er wolle ihr etwas zeigen, auf die Brücke. Sie beugten sich über den Fluss, wobei sie recht nah beieinander standen, und Archibald zeigte auf etwas im Wasser und sprach leise zu ihr. Flora und ich sahen uns an. Ich fühlte mich äußerst unwohl, und meine Trunkenheit war mir nur allzu bewusst. Über Floras Schulter hinweg sah ich, wie Archibald sich zu mir umdrehte und mich mit einer Kopfbewegung anspornte.

Ich fragte Flora, ob sie noch ein Stück mit mir gehen wolle. Sie hatte nichts dagegen, und so folgten wir weiter dem Pfad am Fluss entlang. Nach ein paar Schritten konnte ich der Versuchung nicht widerstehen, mich nach Archibald umzudrehen, der sich mittlerweile so dicht zu Ishbel hinüberbeugte, dass es aussah, als würden seine Lippen ihren Hals berühren. Auch Flora blickte sich um, als wolle sie ihre Freundin nicht aus den Augen verlieren. Obwohl wir zuvor schon allein miteinander gewesen waren, spürte ich nun eine Spannung zwischen uns, die es bisher nicht gegeben hatte. Ich dachte, dass Flora irgendetwas sagen würde, doch das tat sie nicht, und da mir selbst nichts einfiel, wurde das Schweigen zwischen uns immer undurchdringlicher. Der Pfad war schmal, und wir mussten so dicht nebeneinander gehen, dass ihr Ärmel meinen Arm streifte. Ich erinnerte mich an Archibalds Rat und sagte Flora, dass ihr das Kleid sehr gut stünde. Kurz darauf kamen wir zu einer Senke, die voller Matsch war, und Flora nahm das als Anlass, vorzuschlagen, dass wir umkehren sollten. Ich schlug stattdessen vor, uns einen Moment hinzusetzen. Am Flussufer war ein großer Fels, und den nutzten wir als Bank. Da ich nicht wollte, dass sich das Schweigen wieder zwischen uns schob, erzählte ich Flora, dass Archibald und ich vor dem Spiel im Gasthaus gewesen waren und ein paar Humpen Bier getrunken hatten.

»Ich sehe, dass du getrunken hast«, sagte Flora, »und ich möchte lieber gar nicht wissen, was dein Vater tut, wenn er es erfährt.«

Ich erwiderte, mein Vater brauche es ja nicht zu erfahren, und in jedem Fall sei es ein Gewinn, Zeit mit so einem feinen Kerl wie Archibald zu verbringen.

Darauf sagte Flora, dass sie ihn nicht mochte und dass sie fand, er sei kein passender Freund für mich. Ich war recht gekränkt über ihr Urteil, behielt dies jedoch für mich, und so schwiegen wir erneut. Vielleicht spürte Flora, dass sie meine Gefühle verletzt hatte, denn diesmal ergriff sie das Wort.

»Du hast also deine Meinung geändert?«, sagte sie, bezogen auf unser Gespräch zuvor. »Ich dachte, du wärst sozusagen mit Culduie verheiratet.«

Vielleicht war es ihre Wortwahl, die meine Zunge löste, in jedem Fall entschied ich mich in dem Moment, ihr meine Gefühle zu gestehen.

»Ich möchte nicht mit Culduie verheiratet sein, sondern mit dir«, sagte ich. »Ich würde nach Glasgow gehen oder nach Kanada oder wohin auch immer, um mit dir zusammen zu sein.«

Flora sah vollkommen überrascht aus. Mir war die Röte in die Wangen gestiegen, und ich bedauerte meinen Ausbruch sofort.

»Roddy, wenn du älter bist, wirst du ganz sicher eine Frau finden, aber das werde nicht ich sein.«

Ich spürte, wie mir die Tränen in die Augen stiegen, und damit Flora sie nicht sah, nahm ich sie bei den Schultern und vergrub mein Gesicht in ihrem Haar. Einen Moment lang berührten meine Lippen die Haut ihres Halses, und ich atmete ihren Duft ein. Ich spürte ein mächtiges Wallen in meinen Lenden. Flora drückte ihren Ellbogen gegen meine Brust und stieß mich heftig von sich. Dann verpasste sie mir eine schallende Ohrfeige, und vor lauter Überraschung rutschte ich vom Felsen und landete rücklings im Moos. Flora sprang auf und lief zwischen den Bäumen davon. Ich lag eine Weile da, die Hand auf meiner Wange. Schließlich setzte ich mich auf, wischte mir mit dem Hemdsärmel die Tränen vom Gesicht und machte mich an den Rückweg. Archibald wartete an der Brücke auf mich, die Pfeife im Mund. Zu meiner Erleichterung waren Flora und Ishbel verschwunden.

Ich fühlte mich durch das, was geschehen war, schrecklich entmutigt, doch Archibald schien es sehr erheiternd zu finden. Während wir ins Dorf zurückgingen, erzählte er den Vorfall wieder und wieder, mit immer kunstvolleren Ausschmückungen, sodass ich es zutiefst bedauerte, mich ihm anvertraut zu haben. Ich hielt den Blick auf den Boden vor unseren Füßen gesenkt. Flora hatte recht, ich war nur ein dummer Junge. Schließlich bemerkte Archibald offenbar, wie niedergeschlagen ich war, denn er hörte mit seinen Scherzen auf und legte mir den Arm um die Schultern.

»Komm schon, alter Junge«, sagte er. »Ist doch umso besser, wenn du frei und ungebunden nach Glasgow aufbrichst.«

Ich war nicht in der Stimmung, seiner Anteilnahme zu lauschen, nicht nur weil seine Worte hohl und leer klangen, sondern auch weil er für mein Empfinden einen nicht unbeträchtlichen Anteil an meiner Zurückweisung hatte. Ich versuchte, seinen Arm abzuschütteln, doch er hielt mich fest in seinem Griff. Tränen brannten in meinen Augen. Plötzlich blieb Archibald stehen und sah mich an. Ich wandte den Kopf ab, weil ich damit rechnete, dass er sich über mich lustig machen würde, doch das tat er nicht, im Gegenteil, er entschuldigte sich für seine Unsensibilität gegenüber meinen »zarten Gefühlen«, wie er sich ausdrückte. Das besänftigte mich ein wenig, und ich wischte mir mit dem Handrücken die Tränen aus dem Gesicht.

»Was du brauchst, mein Freund«, sagte er und schlug mir auf die Schulter, »ist ein schöner Humpen Bier.«

Ich zwang mich zu einem Lächeln, und wir steuerten erneut auf das Gasthaus zu. Ich nahm den Shilling, den Jetta mir gegeben hatte, aus der Tasche, und zeigte ihn meinem Gefährten.

»Wir werden uns königlich betrinken«, sagte Archibald.

Das Gasthaus war noch voller als zuvor, doch Archibald schob sich geschickt durch das Gedränge und zog mich am Ärmel hinter sich her. In einer Ecke spielten zwei Musiker mit Fiedel und Akkordeon Reels. Bald darauf saßen wir mit unseren Humpen an einem Tisch, und ich fühlte mich schon ein gutes Stück munterer.

»Auf alle, die uns schätzen!«, rief Archibald.

Die Männer um uns herum hoben ihre Humpen und erwiderten Archibalds Trinkspruch, und ich war stolz, in Gesellschaft eines so feinen Kerls zu sein. Ich bedauerte, dass ich behauptet hatte, ich würde nach Glasgow gehen, denn ich wollte sein Freund bleiben und mich jeden Abend hier mit ihm treffen, um ein paar Humpen zu leeren. Bald sangen wir und tranken, was das Zeug hielt. Ich wusste nicht, was ein Bier kostete und ob mein Shilling ausreichen würde, um alles zu bezahlen, aber solche Überlegungen scherten mich nicht sonderlich. Archibald stieg auf einen Stuhl und stimmte ein Lied an, und alle sangen mit und klatschten. Immer wieder landeten neue Humpen in unserer Hand, und in mir stieg eine Woge freundschaftlicher Gefühle für meine Landsmänner auf. Der Zwischenfall mit Flora und das Elend meiner Familie waren vergessen. Ich hatte die Bruderschaft der Männer entdeckt. Um meiner Freude Ausdruck zu verleihen, kletterte ich auf einen Tisch und schüttete mir einen Humpen Bier über den Kopf. Dann begann ich zur Musik der Fiedel zu tanzen, hob die Hände über den Kopf und drehte mich wie ein Kreisel. Die Männer unter mir stampften mit den Füßen und schlugen im Takt mit der Faust auf den Tisch, bis ich das Gleichgewicht verlor und hinunterfiel. Unter lauten Beifallsrufen rappelte ich mich wieder hoch und tanzte weiter. In dem Moment sah ich Lachlan Broad mit einigen von seinen Leuten vor mir stehen. Auf einmal kam ich mir töricht vor, und ich hörte mit meinem Gekasper auf. Das Stampfen, das mich begleitet hatte, verstummte. Rufe ertönten, ich solle weitertanzen, doch ich mochte mich nicht länger zur Schau stellen. Mein Hemd war mit Bier durchtränkt, und das Haar klebte mir am Kopf.

Lachlan Broad trat einen Schritt auf mich zu.

»Komm schon, Roddy Black. Hör nicht meinetwegen auf.«

Er rief den Musikern zu, sie sollten ein Lied spielen. Die Männer um mich herum klatschten, um mich anzufeuern, doch ich rührte mich nicht. Lachlan Broad nahm einem seiner Leute den Humpen aus der Hand und schüttete mir das Bier ins Gesicht.

»Na los, Junge, tanz!«, rief er. Aeneas Mackenzie stampfte hinter ihm im Takt auf den Boden und lachte grunzend, während Lachlan Broad die Menge mit Armbewegungen immer weiter antrieb.

Ich stürzte mich auf ihn, doch er fing mich mit seinem ausgestreckten Arm ab und verpasste mir einen Stoß, dass ich rücklings zu Boden fiel. Arme zogen mich hoch und schubsten mich wieder auf Broad zu. Diesmal verpasste er mir einen Faustschlag ins Gesicht. Ich sackte zusammen, rappelte mich wieder hoch und schlug blindlings auf ihn ein. Um mich herum ertönten Anfeuerungsrufe und viel Gelächter. Der Constable versetzte mir einen Schlag in die Magengrube, und als ich auf ihn zutaumelte, rammte er mir seinen Stiefel zwischen die Beine. Halb bewusstlos vor Schmerz fiel ich zu Boden und rang nach Luft. Archibald kam zu mir, doch Lachlan Broad stieß ihn grob beiseite. Dann kniete er sich neben mich und flüsterte: »Bis Jahresende habe ich deinen Alten von seinem Land vertrieben, du irisches Stück Scheiße.«

Dann zog er mich hoch, packte mich am Jackenaufschlag und stieß mich quer durch den Raum. Ich landete rücklings auf einem Tisch, dass die Humpen in alle Richtungen flogen. Jemand richtete mich auf, und ich rechnete damit, dass Broad erneut auf mich losgehen würde, doch er hatte seinen Spaß gehabt und wandte sich wieder zu seinen Leuten um, die einen lauten Trinkspruch auf den Mackenzie-Clan losließen und ihre Humpen leerten.

Am nächsten Morgen wachte ich im Straßengraben auf, nicht weit von Applecross entfernt. Meine Kleider waren durchnässt, und in meinen Schläfen hämmerte der Schmerz. Ich blieb noch eine Weile liegen, konnte mich aber nicht an mehr erinnern als an das, was ich bereits geschildert habe. Eine Krähe beobachtete mich vom Grabenrand.

»Was willst du?«, fragte ich.

»Ich dachte mir, ich könnte deine Augen zum Frühstück verspeisen«, erwiderte sie.

»Tut mir leid, wenn ich dich enttäuschen muss.«

Ich kroch aus dem Graben und rappelte mich hoch. Die Krähe verfolgte jede meiner Bewegungen aufmerksam, als wäre sie noch nicht überzeugt, dass sie auf ihr Festmahl verzichten musste. Ich warf mit meinem Schuh nach ihr, doch sie flatterte nur kurz auf und landete wieder auf derselben Stelle. Es musste noch sehr früh am Morgen sein, denn der Tau hing schwer auf dem Gras, und es war vollkommen still. Ich machte mich auf den Weg nach Culduie. Der Empfang, der mich dort erwarten würde, ließ mich ziemlich gleichgültig. Es war nicht kalt, aber aufgrund meiner nassen Kleider zitterte ich am ganzen Leib. Als ich an die Ereignisse des Vortages zurückdachte, schämte ich mich furchtbar und beschloss, jede Strafe meines Vaters klaglos hinzunehmen. Unterwegs begegnete ich keinem Menschen, und als ich mich Culduie näherte, war noch niemand auf seinem Feld. Ich hoffte, mein Vater wäre vielleicht noch im Bett, und ich könnte mich unbemerkt ins Haus schleichen, doch dem war nicht so. Während ich am Rand der Felder entlangging, spürte ich etwas unter meiner Jacke, und als ich nachsah, entdeckte ich Jettas Schal, der immer noch dort versteckt war. Er war nur noch ein nasser Haufen Garn. Ich ging hinunter zum Ufer, und nachdem ich mich vergewissert hatte, dass niemand mich beobachtete, warf ich ihn ins Meer. Im Wasser faltete er sich auseinander und blieb an den Algen hängen, die sich mit den Wellen hin und her wiegten.

Mein Vater saß bei seinem Frühstück, als ich über die Schwelle trat. Er blickte nicht auf und sagte kein Wort. Da ich nicht wusste, was ich sonst tun sollte, legte ich mich auf mein Bett und blieb den ganzen Tag dort liegen.

Heute Morgen fragte Mr. Sinclair mich, nachdem er sich wie immer nach meinem Befinden erkundigt hatte, ob ich bereit sei, einen Besucher zu empfangen, der weit gereist sei, um mich zu sehen.

»Haben meine Verbrechen mich so erhoben«, fragte ich, »dass nun alle Welt meine Gesellschaft sucht?«

Mr. Sinclair lächelte verhalten über meine Bemerkung und erwiderte, es sei für mich möglicherweise von Vorteil, diesen Herrn zu empfangen. Natürlich willigte ich ein, zum einen weil ich meinen Rechtsbeistand nicht verstimmen wollte, und zum anderen, weil es einem Gefangenen wohl kaum ansteht, sich seine Gäste auszusuchen. Mr. Sinclair schien erfreut über meine Entscheidung und trat hinaus in den Gang, wo der Besucher offenbar wartete. Die beiden Männer kamen gemeinsam herein, und da keiner von ihnen auf dem Stuhl an meinem Schreibtisch sitzen wollte, blieben wir alle drei stehen, ich unterhalb des kleinen Fensters, Mr. Sinclair neben dem Tisch und der andere Herr am Fuß meines Bettes, rechts von der Tür. Mr. Sinclair stellte mir den Fremden als Mr. Thomson vor und erklärte, dieser sei ein sehr bedeutender Fachmann auf seinem Gebiet, allerdings kann ich mich nicht entsinnen, dass er genauer darauf einging, was für ein Gebiet dies war. Ich gestehe, dass ich den Herrn auf Anhieb wenig einnehmend fand, und ihm muss es wohl ähnlich gegangen sein, denn er musterte mich mit einem Ausdruck unverhohlenen Abscheus. Er war auffallend groß – er musste den Kopf einziehen, als er durch die Tür trat – und hatte scharf geschnittene Gesichtszüge und kleine blaue Augen. Er trug einen schwarzen Anzug und ein weißes Hemd, das am Hals so eng geknöpft war, dass die Haut schlaff über den Kragen hing. Er hatte keinen Hut auf, und sein Haar war dünn und grau, und oben auf seinem Schädel fehlte es ganz. Er hielt die Arme vor der Brust verschränkt, und der Mittelfinger seiner rechten Hand strich unablässig über den breiten Ring mit grünem Stein, der am Ringfinger seiner Linken steckte.

Dann sagte er zu Mr. Sinclair: »Er weist in jedem Fall den niederen Körperbau auf, den man bei seinem Typus erwarten würde. Ist er in der Regel munter, wenn Sie ihn besuchen, oder schläft er viel?«

Diese Art der Befragung schien Mr. Sinclair nicht zu behagen. »Er ist stets ausgesprochen munter, und soweit ich mich entsinne, habe ich ihn noch nie schlafend angetroffen.«

Der Besucher schnalzte leise mit der Zunge. »Nun ja, vermutlich weckt ihn das Geräusch des Schlüssels.«

Vorsichtig kam er zwei Schritte auf mich zu, als hätte er Angst, ich könne ihn anspringen. Dann beugte er sich ein wenig vor und musterte mein Gesicht und den Rest meiner Person eingehend. Ich ließ es still über mich ergehen, da ich annahm, dass es einen mir unbekannten Grund für sein unhöfliches Benehmen gab. Dennoch kam ich mir vor wie ein Stück Vieh. Schließlich trat er zurück und ging zum Schreibtisch, wo er auf den Stapel beschriebener Bogen tippte.

»Und das sind die Seiten, die er geschrieben hat?«

»Ganz recht«, sagte Mr. Sinclair. »Er arbeitet mit großem Eifer daran.«

Mr. Thomson stieß ein leises Schnauben aus. »Ich bezweifle sehr, dass wir darin irgendetwas von Interesse finden werden. Ich fürchte, Mr. Sinclair, Sie neigen im Umgang mit Ihrem Mandanten zu einer gewissen Naivität, aber das spricht wohl für Sie.«

Dann überflog er ein paar der Seiten. Ich verspürte den starken Drang, sie ihm aus den Händen zu reißen, da ich nicht wollte, dass er las, was ich geschrieben hatte, und überzeugt war, dass er es ohnehin nur täte, um sich über meine ungelenk formulierten Sätze lustig zu machen. Ich unterließ es jedoch, da ich die schlechte Meinung, die der Herr anscheinend von mir hatte, nicht bestätigen wollte.

Dann legte er die Seiten wieder auf den Tisch und bat meinen

Rechtsbeistand, uns einen Moment allein zu lassen. Mr. Sinclair willigte ein und wandte sich zum Gehen, doch Mr. Thomson hielt ihn mit einer Handbewegung zurück.

»Halten Sie den Gefangenen für gefährlich, was Ihre Person angeht?«, fragte er leise.

Mr. Sinclair lächelte und verneinte. Dennoch rief Mr. Thomson den Wärter und wies ihn an, bei der Tür stehen zu bleiben. Dann zog er langsam und demonstrativ den Stuhl unter meinem Schreibtisch hervor und setzte sich, wobei er den einen Fuß auf die Bettkante setzte und den Ellbogen aufs Knie stützte.

»Nun, junger Mann«, begann er, »wie es scheint, haben Sie Mr. Sinclair sehr geschickt an der Nase herumgeführt.«

Ich erwiderte nichts darauf, da diese Aussage keine Antwort zu erfordern schien.

»Ich muss Ihnen allerdings sagen, dass ich aus anderem Holz geschnitzt bin als Ihr werter Rechtsbeistand. Ich habe Hunderte, ja, Tausende von Ihrer Art untersucht, und ich sehe Sie genau so, wie Sie wirklich sind. Mich werden Sie nicht so leicht täuschen.«

Ich war bestürzt, wie Mr. Thomson über Mr. Sinclair sprach, hielt es jedoch nicht für klug, ihm zu widersprechen.

»Doch da ich einen weiten Weg zurückgelegt habe, um Sie zu untersuchen, sollten wir zur Sache kommen.«

Er erhob sich und begann mit einer eingehenden Untersuchung meiner Person, wobei er immer wieder etwas in ein kleines Büchlein schrieb, das er wohl extra zu diesem Zweck mitgebracht hatte, und gelegentlich leise vor sich hinmurmelte. Kein Tier auf dem Markt ist jemals einer so intimen Begutachtung unterzogen worden, doch ich ließ seine Betastungen und Anweisungen ohne Widerstand über mich ergehen.

Als er mit seiner Untersuchung fertig war, nahm er wieder Platz und stützte erneut den Fuß auf mein Bett. »Ich werde Ihnen jetzt einige Fragen stellen, und ich wäre Ihnen sehr verbunden, wenn

Sie sie mir so genau wie möglich beantworten würden«, sagte er. »Mr. Sinclair hat mir versichert, dass Sie über hinreichende Sprachkenntnisse verfügen und sich recht klar ausdrücken können, also versuchen wir es einmal, ja?«

Mein Blick wanderte zu dem Wärter, der hinter Mr. Thomson stand und dem Gespräch keinerlei Beachtung zu schenken schien. Seine Augen waren auf das kleine Fenster hoch oben in der Wand gerichtet, und ich dachte erneut, dass es für ihn ebenso unangenehm sein musste, innerhalb dieser Mauern eingesperrt zu sein, wie für mich. Dann sah auch ich hinauf zu dem Fenster, und nach einer Weile merkte ich, dass ich Mr. Thomson gar nicht zugehört hatte. Ich wandte meinen Blick wieder ihm zu. Er hatte den Fuß von meinem Bett genommen und saß steif da, als habe er Rückenschmerzen. Er verstummte und stand dann auf. Der Wärter trat beiseite, und Mr. Thomson ging, ohne sich von mir zu verabschieden. Der Wärter schloss die Tür und drehte den Schlüssel herum. Da dachte ich, dass ich den Herrn vielleicht ein wenig unhöflich behandelt hatte. Ich bedauerte es nicht um seinetwillen, da er mir von Anfang nicht behagt hatte, aber ich fürchtete, dass Mr. Sinclair von mir enttäuscht sein könnte, und das tat mir leid.

Nach dem Sommerfest sprach mein Vater mehrere Tage nicht mit mir. Ich weiß nicht, ob er von meinen Eskapaden im Gasthaus erfahren hatte, aber in unserer Gemeinde bleibt nur wenig unbemerkt oder unkommentiert. Auch Jetta sprach nur mit mir, wenn es notwendig war, und dann in einem schroffen Tonfall, den ich von ihr nicht kannte. Ob das in ihrer Missbilligung meines Verhaltens begründet lag oder in irgendwelchen persönlichen Sorgen, vermag ich nicht zu sagen. Wir nahmen unsere Mahlzeiten schweigend ein, und die Atmosphäre im Haus war düsterer denn je. Es hing ein Gefühl der Bedrohung in der Luft, als ob wir alle spürten, dass die Ereignisse bald auf ihren Höhepunkt zusteuerten.

Allabendlich rechnete ich damit, dass Lachlan Broad auf unserer Schwelle erschien, doch er kam nicht. Dennoch lastete das Wissen, dass unser Besuch beim Gutsverwalter und meine törichten Annäherungsversuche bei seiner Tochter nicht unbemerkt bleiben würden, schwer auf mir. Das Schlimmste ist nicht der Schlag, sondern das Warten darauf, und ich lebte in dieser Zeit in einem Zustand fortwährender Angst, die mit jedem Tag stärker wurde. Ich wurde nicht aufgefordert, an einem von Lachlan Broads Projekten mitzuarbeiten, und weder er noch einer von seinen Leuten setzte auch nur einen Fuß in die obere Hälfte des Dorfes. Ich war ziemlich sicher, dass uns diesmal nicht bloß ein Strafgeld erwartete, sondern der endgültige Schlag im Vernichtungsfeldzug, den der Constable gegen uns führte.

Ich verbrachte so wenig Zeit wie nur möglich im Haus. Tagsüber rupfte ich Unkraut und versuchte, die Aussichten für unsere Ernte zu verbessern, aber ich tat es halbherzig, und wenn ich die Geräte niederlegte und das Feld verließ, fragte mein Vater nicht nach, und er tadelte mich auch nicht. Abends wanderte ich auf den Berg und sah hinunter auf Culduie. Von dort oben sah das Dorf aus wie ein Spielzeug. Die Menschen und Tiere waren nicht größer als Streichholzschachteln, und es war schwer, sich vorzustellen, dass irgendetwas, das dort geschah, von Bedeutung war. Ich dachte daran, was jenseits der Berge lag, an die großen Städte im Süden und den Atlantik im Westen, und dahinter Kanada. Und ich fragte mich, ob ich nicht doch anderswo ein neues Leben anfangen sollte. In einer Sache hatte Flora recht – in Culduie gab es für uns nichts. Warum also sollte ich hierbleiben? Ich brauchte mich nur eines Morgens auf den Weg zu machen und nie zurückzukehren. Anfangs war das nichts weiter als ein Gedankenspiel, doch während der Stunden, die ich auf dem Càrn verbrachte, nahmen meine Gedanken mehr und mehr Besitz von mir. Noch war ich kein Gefangener. Es gab keine Mauern, die mich am Fortgehen hinderten. Ich musste nur einen Fuß vor den anderen setzen. Erst bis nach Camusterrach, dann weiter nach Applecross und dann über den Pass in die Stadt Jeantown[16]. Von dort konnte ich ein Schiff nehmen oder einfach weiterwandern. Ich würde mich nicht verabschieden. Und ich würde auch keine Pläne schmieden, denn jenseits des Passes kannte ich nichts von der Welt. Im Lauf der Tage verfestigte sich diese Idee in mir, bis sie eine unwiderstehliche Kraft erlangte.

Und so kam es, dass ich an einem ganz gewöhnlichen Morgen das Haus verließ, durch unser Feld ging, über den Deich kletterte und mich auf den Weg machte. Ich gestand mir selbst nicht ein, dass ich fortging, sondern sagte mir, ich wolle nur bis nach Camusterrach. Dort würde ich entweder weitergehen oder umkehren. Ich hatte nichts mitgenommen, nicht einmal Proviant, denn dann hätte ich anerkennen müssen, was ich tat. Ich hatte nichts zu Jetta gesagt, und während ich zugesehen hatte, wie sie den Haferbrei über dem Feuer anrührte, hatte ich mir den Gedanken verboten, dass ich sie nie wiedersehen würde. Als ich die Hügelkuppe erreichte, hinter der Culduie nicht mehr zu sehen sein würde, widerstand ich dem Drang zurückzublicken. Um meinen Kopf zu leeren, zählte ich laut meine Schritte, und so ging ich die Meile bis nach Camusterrach. Dort kam mir Reverend Galbraith auf der Straße entgegen, doch er grüßte mich nicht, und ich fragte mich, ob er sich später, wenn ich fort wäre, an unsere Begegnung erinnern würde.

Anfangs ging ich ohne Eile, doch als ich Camusterrach hinter mir gelassen hatte, beschleunigte sich mein Schritt. Je mehr Abstand zwischen mir und Culduie lag, desto leichter wurde mir ums Herz. Als ich Applecross erreichte, merkte ich, dass ich lief, und

---

16 Jeantown ist der frühere Name von Lochcarron.

um keine Aufmerksamkeit zu erregen, zwang ich mich, langsamer zu gehen. Mein Weg durch das Dorf wurde von ein paar alten Frauen beobachtet, die auf den Bänken vor ihrem Haus saßen. Als ich mich dem Gasthaus näherte, entdeckte ich Archibald Ross ein Stück vor mir; er sprach mit einem bärtigen Mann, in dem ich den Schmied erkannte. Um ihre Füße lief ein Hund. Da ich meinem Freund nicht begegnen wollte, trat ich in die Lücke zwischen zwei Häusern. Nach einer Weile spähte ich um die Ecke. Archibald kam in meine Richtung, den Hund an seiner Seite. Da ich nicht nach hinten flüchten konnte, aber auch nicht dabei erwischt werden wollte, wie ich mich versteckte, trat ich zwischen den Häusern hervor und nestelte an meiner Hose herum, als hätte ich mich gerade erleichtert. Archibald schien kein bisschen überrascht, mich so aus dem Nichts auftauchen zu sehen.

»Sieh an, der Kämpfer kehrt zurück! Du hast ganz schön was eingesteckt«, sagte er lachend. »Aber du brauchst dich nicht zu schämen. Der Kerl war doppelt so groß wie du.«

Ich sagte nichts.

»Was führt dich nach Applecross?«

Ich erwiderte, ich hätte einen Auftrag für meinen Vater zu erledigen.

»Einen Auftrag?«, wiederholte er. »Was für einen Auftrag?«

»Eine Familienangelegenheit.«

»Ich verstehe«, sagte er ernst. »Und du möchtest deinem Freund nicht verraten, worum es geht? Nun gut. Aber du wirst mir doch sicher nicht das Vergnügen verwehren, ein Bier mit mir zu teilen.« Er deutete mit dem Daumen Richtung Gasthaus.

Ich wusste ganz genau, wenn ich mit ihm in das Gasthaus ging, würde sich meine Entschlossenheit sehr bald in Luft auflösen, deshalb lehnte ich Archibalds Einladung ab.

»Dein Auftrag kann doch nicht so dringend sein, dass du einen alten Freund auf dem Trockenen sitzen lässt«, protestierte er.

»Ich muss nach Jeantown«, sagte ich.

»Aber bis dorthin sind es achtzehn Meilen«, rief Archibald aus. »Die willst du doch nicht zu Fuß zurücklegen, noch dazu über den Pass.«

»Ich habe vor, dort zu übernachten.«

»Aber erst mal musst du dorthin kommen.« Er überlegte einen Moment, dann nahm er mich am Arm und führte mich durch das Dorf. »Wir werden dir ein Pony besorgen«, sagte er, begeistert von seinem Plan. »So kannst du nach Jeantown reiten und es auf dem Rückweg wieder hier abgeben. Du kommst morgen zurück?«

Ich nickte benommen.

»Umso besser!«

»Aber ich habe kein Geld für ein Pony«, sagte ich.

Doch er fegte meinen Einwand beiseite.

»Überlass das Archibald Ross«, sagte er. »Es findet sich bestimmt irgendwann eine Möglichkeit, wie du es mir zurückzahlen kannst.«

Dann kam ihm die Idee, dass wir am kommenden Abend, nachdem ich das Pony zurückgebracht hätte, auf ein Bier ins Gasthaus gehen könnten.

»Vielleicht magst du mir dann ja von deinem geheimnisvollen Auftrag erzählen«, sagte er.

Mir blieb nichts anderes übrig, als Archibald in den Hof hinter dem Gutshaus zu folgen, wo wir uns zum ersten Mal begegnet waren. Er stolzierte mit beeindruckendem Selbstvertrauen über das Pflaster und steckte den Kopf zur Stalltür hinein. Kurz darauf erschien ein Stallbursche.

»Satteln Sie ein Pony für Mr. Macrae«, sagte Archibald ohne weitere Erklärung.

Der Stallbursche, der etwa fünfzig Jahre alt war, sah mich schief an, sagte jedoch nichts. Während wir im Hof warteten, stopfte Archibald seine Pfeife und zündete sie an. Der Hund saß zu seinen

Füßen und sah voll Ergebenheit zu ihm auf. Mir kam der Gedanke, dass Flora vielleicht gerade in der Küche arbeitete, und so lehnte ich mich an die Mauer, um vom Fenster aus nicht gesehen zu werden. Archibald wies mich an, dafür zu sorgen, dass das Pony vor meiner Rückkehr Futter und Wasser bekam. Nach einer Weile führte der Stallbursche einen alten Schecken heraus. Archibald schlug ihm derb auf das Hinterteil und forderte mich auf, in den Sattel zu steigen, was ich, wenn auch unter einigen Schwierigkeiten, tat. Jegliche Freude, die ich vielleicht verspürt hätte (denn ich hatte mir nie etwas sehnlicher gewünscht, als auf einem Pony zu reiten), wurde ruiniert durch die Lage, in die ich geraten war. Archibald begleitete mich bis zur Vorderseite des Gutshauses, versetzte dem Pony einen weiteren herzhaften Schlag auf das Hinterteil und schickte mich mit der Ankündigung, dass wir am nächsten Abend das Gasthaus leer trinken würden, meines Weges.

Das Pony trottete in zähem Schritt vorwärts. Ich grub ihm die Fersen in die Flanken, wie ich es bei anderen Reitern gesehen hatte, doch es weigerte sich, sein Tempo zu beschleunigen. Ich gab auf, und während wir wieder auf das Dorf zusteuerten, erwog ich die Handlungsmöglichkeiten, die mir offenstanden. Mein erster Gedanke war, das Pony einfach an der Wegkreuzung, wo es zum Pass hinaufging, anzubinden und zu Fuß weiterzugehen. Doch ein Pony ohne Reiter würde bald auffallen, und womöglich würde dann jemand einen Suchtrupp losschicken. Andererseits war ich kein Entflohener. Konnte ich nicht gehen, wohin ich wollte? Ich hatte gegen kein Gesetz und keine Vorschrift verstoßen, und wenn ich auf einem Pony, das mir ein Freund geliehen hatte, nach Jeantown reiten wollte, ging das weder den Lord noch den Constable oder sonst irgendjemanden etwas an. Im Gegenteil, Lachlan Broad käme mein Fortgehen sicher gut zu Passe. Und selbst für meinen Vater wäre es wahrscheinlich ein Segen. Meine Existenz hatte keine der Widrigkeiten, die über uns hereingebrochen waren, verhindert. Im Gegenteil, meine Taten und Torheiten hatten ein Gutteil davon überhaupt erst ausgelöst, und selbst wenn ich in Culduie blieb, würde ich keines der Übel, die uns erwarteten, abwenden können. Und mit diesen Gedanken ritt ich über die Kreuzung und begann den langsamen Anstieg hinauf zum Pass.

Bald zeigte sich, dass Archibald Ross recht gehabt hatte. Die achtzehn Meilen über den Pass zu Fuß zu gehen wäre keine gute Idee gewesen, nicht nur wegen der Entfernung, sondern auch weil ich zu Fuß weit mehr aufgefallen wäre. Auf einem Pony zu reiten, selbst wenn es ein so altes und lahmes war wie meines, verlieh mir eine gewisse Autorität. Diejenigen, die mir unterwegs begegneten, wünschten mir einfach nur einen guten Morgen oder tippten sich sogar an die Mütze. Niemand fragte mich (wie ich angenommen hatte), wohin ich wollte, oder beschuldigte mich, das Pony gestohlen zu haben. Je weiter ich hinauf in die Berge ritt, desto mehr hatte ich das Gefühl, dass Archibalds Einmischung ein Geschenk der Vorsehung war und dass dies tatsächlich das war, was das Schicksal für mich vorgesehen hatte. Als die Straße verlassener wurde, gestattete ich mir, darüber nachzusinnen, was mich in Jeantown wohl erwarten mochte. Zweifellos gab es, wie Archibald gesagt hatte, in den Städten im Süden zahllose Möglichkeiten. Vielleicht würde ich dort eine Anstellung finden und dadurch meiner Familie viel nützlicher sein, als wenn ich hiergeblieben wäre und abgewartet hätte, was uns erwartete. Vielleicht würde ich sogar ein wenig Geld nach Hause schicken und meiner Familie so aus ihren armseligen Verhältnissen heraushelfen können. Wer weiß, vielleicht würde Jetta sogar eines Tages nachkommen, und dann könnten wir ein sorgenfreies und glückliches Leben haben. Doch diese freudigen Gedanken hielten nicht lange an.

Je höher ich kam, desto kälter wurde es. Der Wind fegte vertrocknete Grasbüschel über die Straße. Das Pony ließ den Kopf noch tiefer hängen, und sein Schritt wurde noch langsamer. An einem Bach stieg ich ab und ließ es ein wenig trinken. Mittlerweile war ich durchgefroren und hungrig, und ich verfluchte mich, weil ich mir keine Bannocks eingesteckt hatte, bevor ich das Haus verließ. Ich zog die Mütze tiefer ins Gesicht und ging zu Fuß weiter, das Pony am Zügel. Es dauerte mehrere Stunden, bis ich oben beim Pass ankam. Ich setzte mich auf einen Felsen und betrachtete den grauen Ausblick vor mir. Die Straße schlängelte sich in ein zerklüftetes Tal hinunter, und dahinter war ein Streifen Meer zu sehen. Ich weiß nicht, was ich erwartet hatte, aber die Szenerie vor mir erfüllte mich mit kalter Furcht. Mir wurde bewusst, dass ich keine Ahnung hatte, wohin ich eigentlich wollte, und selbst wenn ich irgendwann in Jeantown ankäme, wüsste ich nicht, was ich dort tun sollte. Der Shilling in meiner Tasche würde mich gewiss nicht weit bringen. Vielleicht würde ich einen Schuppen finden, in dem ich übernachten konnte, und ein paar Bissen zu essen, aber diese Aussicht erfüllte mich nicht mit Freude. Wie elend mein Dasein in Culduie auch war, ich wollte nicht als Bettler leben. Dann dachte ich an Jetta, die mich bestimmt schon vermisste, und stellte mir vor, wie unglücklich sie über mein Verschwinden sein würde. Und mit einem Mal spürte ich, wie verachtenswert es gewesen war, mich einfach so davonzuschleichen. Wie ein Hund an der Kette hatte ich die Grenze meines Territoriums erreicht. Ich stieg auf das Pony und hieb ihm meine Fersen in die Flanken, doch das erschöpfte Tier weigerte sich, auch nur einen Schritt zu tun. Ich stieg wieder ab und überredete es mit einiger Mühe, mir den Pass hinunter zu folgen. Es war später Nachmittag, als wir Applecross erreichten.

Da ich Archibald Ross nicht begegnen wollte, näherte ich mich dem Gutshaus mit noch größerer Beklommenheit als sonst. Um eine Erklärung liefern zu können, hatte ich mir die Geschichte ausgedacht, dass der Mann, den ich in Jeantown aufsuchen sollte, mir auf halbem Weg entgegengekommen war, sodass ich noch am selben Tag zurückkehren konnte. Es kümmerte mich wenig, ob Archibald mir diesen Unsinn glauben würde, doch er tauchte ohnehin nicht auf. Das Klappern der Hufe auf dem Pflaster rief den Stallburschen heraus. Wortlos nahm er mir die Zügel ab, und ich dankte ihm dafür, dass ich mir das Pony ausleihen durfte.

Ich fühlte mich unendlich erschöpft, als ich das letzte Stück nach Culduie ging, nicht nur von den Anstrengungen des Tages, sondern auch von der Erkenntnis, dass es nun kein Entrinnen mehr gab vor dem, was das Schicksal mit uns vorhatte. Im Vergleich dazu war mir die Reaktion meines Vaters auf meine Abwesenheit vollkommen gleichgültig. Ich wollte nichts weiter, als mich in mein Bett legen und schlafen. Als ich über die Schwelle trat, erblickte ich zu meiner Überraschung einen schwarz gekleideten Mann, der mit dem Rücken zu mir am Tisch saß. An seinem kurz geschnittenen Haar erkannte ich, dass es Reverend Galbraith war. Mein Vater saß am Kopfende des Tisches, und Jetta stand wie ein dunkler Geist vor der Anrichte. Selbst in dem Dämmerlicht wirkte ihr Gesicht bleich. Ich nahm an, dass der Pfarrer gekommen war, um zu berichten, dass er mich an dem Morgen in Camusterrach gesehen hatte, doch dem war nicht so. Auf dem Tisch lag ein Bogen Pergament, dreifach gefaltet und mit einem aufgebrochenen Siegel aus Wachs.

Der Pfarrer wies mich an, mich zu setzen, und sagte dann: »Dein Vater hat heute diesen Brief bekommen.«

Er streckte die Hand aus und schob ihn mit den Fingerspitzen zu mir. Die Knöchel seiner Hand waren knotig und geschwollen. Ich nahm den Bogen und faltete ihn auseinander. Da das Licht zum Lesen nicht ausreichte, ging ich damit zum Feuer. Der Brief war in einer eleganten Handschrift geschrieben, und zuoberst stand das unterstrichene Wort »Räumungsbescheid«. Ich erinnere mich nicht an den genauen Wortlaut des Briefes, aber zuerst wurden darin der Name meines Vaters (»der Pächter«) und die Lage und

Maße unseres Pachtgrunds, unseres Hauses und der Nebengebäude aufgeführt. Dann stand dort, dass der Gutsverwalter vermittels der ihm durch den Grundherrn verliehenen Autorität den Pächter aufforderte, das oben angeführte Grundstück zum 30. September 1869 zu verlassen. Dieses Datum sei gewählt worden, um dem Pächter die Möglichkeit zu geben, zuvor seine Ernte einzuholen. Darunter folgte eine Liste von Gründen für die Aufhebung des Pachtverhältnisses: mangelnde Pflege und Bestellung des Feldes; mangelnde Pflege des Hauses und der Nebengebäude; widerrechtliche Aneignung des Eigentums des Grundherrn; Hetzerei gegen das Amt des Constables; Zahlungsrückstände bei Pacht und Strafgeldern. Dann wurden verschiedene Zahlen aufgeführt, deren Summe den Wert unseres gesamten Viehs und all unseres Besitzes bei Weitem überstieg. Vom Gutsverwalter unterzeichnet und mit Datum versehen.

Ich kehrte zum Tisch zurück und legte den Brief wieder hin. Mein Vater starrte reglos auf die Tischplatte.

»Ich habe deinem Vater den Inhalt des Briefes erklärt«, sagte der Pfarrer zu mir. »Ich bin erschüttert, dass er seine Aufgaben so vernachlässigt hat, dass diese Maßnahme notwendig war.«

»Notwendig?«, wiederholte ich.

Der Pfarrer sah mich mit einem dünnen Lächeln an. »Wir sind alle verantwortlich dafür, dass wir unsere Aufgaben erfüllen. Schließlich kann man nicht erwarten, dass der Lord seinen Pächtern gestattet, sein Land ohne Gegenleistung zu nutzen und obendrein noch gegen die Vorschriften zu verstoßen.« Er schüttelte den Kopf und schnalzte leise mit der Zunge.

Ich konnte mich des Eindrucks nicht erwehren, dass ihm unsere Lage eine gewisse Genugtuung bereitete, und hielt es für sinnlos, ihn darum zu bitten, dass er sich für uns einsetzte. Dann fügte er hinzu, dass er meine Schwester und mich schon seit Monaten nicht mehr in der Kirche gesehen habe.

»Wenn ihr eurem spirituellen Wohlergehen mehr Aufmerksamkeit gewidmet hättet«, sagte er, »wärt ihr jetzt vielleicht nicht in dieser Situation.«

»Ich sehe keinen Zusammenhang zwischen diesen beiden Dingen«, wandte ich ein.

»Genau das meine ich«, sagte der Pfarrer. »Ihr seid eine Schande für euren Vater.«

Dann sagte er noch, dass er sich, soweit es ihm möglich war, nach einer anderen Unterkunft für uns erkundigen wolle. Mein Vater dankte ihm, dann stand Reverend Galbraith auf und ging. Als er fort war, schnappte mein Vater sich den Brief und riss ihn in Fetzen. Dann schlug er mit den Fäusten auf den Tisch, dass die Fetzen in die Luft flogen. Ich beobachtete ihn, wie ich vielleicht ein verwundetes Tier in einer Falle beobachtet hätte. Die Zwillinge wachten weinend auf, und Jetta ging zu ihnen, um sie zu beruhigen. Da stand Vater auf und folgte Jetta. Er packte sie am Kragen, zerrte sie zum Tisch und stieß sie unsanft auf die Bank mir gegenüber. Die Zwillinge tapsten lauthals brüllend hinter ihr her.

»Das hat uns deine Sündhaftigkeit eingebrockt«, sagte er leise.

Jetta senkte den Kopf, und die Hände in ihrem Schoß spielten nervös mit einem bunt geflochtenen Band.

»Das stimmt nicht«, erwiderte sie.

Ich unterließ es, meinem Vater zu widersprechen, wenn er in so einer Stimmung war, doch Jetta schien sich davon nicht einschüchtern zu lassen.

Da packte er sie unsanft am Hinterkopf, beugte sich vor und drehte ihr Gesicht zu seinem.

»Glaubst du, nur weil du dich wie eine alte Frau in Kleider hüllst, würde ich deinen Zustand nicht bemerken? Ich bin nicht blind.«

Jetta versuchte vergeblich, sich aus seinem Griff zu befreien.

»Du bist eine Hure.«

Dann stieß er den Kopf meiner Schwester mehrfach auf die Tischplatte. Jetta gab keinen Ton von sich. Ich packte ihn am Handgelenk und versuchte, seine Hand zu lösen, doch seine Finger hatten sich fest in ihr Haar gegraben. Während ich mit ihm rang, wurde Jetta zwischen uns hin und her geworfen wie ein Boot auf den Wellen.

»Ich will wissen, wer dafür verantwortlich ist«, fauchte er.

Jetta presste die Lippen fest zusammen. Tränen liefen ihr aus den Augen. Ich flehte ihn an, sie loszulassen, doch stattdessen schlug er ihr Gesicht erneut auf den Tisch, diesmal mit solcher Kraft, dass seine Füße den Kontakt zum Boden verloren.

»Wer war es?«, brüllte er, dass ihm der Speichel aus dem Mund flog. Blut sickerte auf den Tisch. Jetta deutete durch eine Kopfbewegung an, dass sie nicht antworten würde. Da ich Angst um ihr Leben hatte, stieß ich aus: »Es war Lachlan Broad.«

Mein Vater hielt inne und starrte mich mit irrem Blick an. Ich nutzte den Moment, sprang auf und stürzte mich auf ihn. Ich riss seine Hand von Jettas Kopf und mit ihr ein dickes Bündel ihres Haares. Wir fielen alle drei zu Boden, und ich zwang ihn nieder. Er kämpfte einen Moment halbherzig dagegen an, und als ich dort auf ihm lag und ihn festhielt, merkte ich, dass er nur noch ein Haufen alter Knochen war. Er hatte keine Kraft mehr, und seine Gegenwehr erstarb recht bald. Jetta floh aus dem Haus. Die Zwillinge heulten wie Hunde. Vater blieb auf dem Rücken liegen, während ich den Tisch wieder aufrichtete, der bei dem Kampf umgestürzt war. Ich hob alles auf, was zu Boden gefallen war, und stellte es wieder an seinen Platz. Vater stand mühsam auf und klopfte sich den Staub von den Kleidern. Dann ließ er sich auf seinen Stuhl sinken und vergrub den Kopf in den Händen. Ich ging hinaus, um Jetta zu suchen.

Ich fand sie im Schuppen. Sie saß auf dem Melkschemel, den ich einige Zeit zuvor dazu benutzt hatte, an den Balken heranzukommen, wo ich das Nest für den kleinen Vogel gebaut hatte. Das Haar an ihrer linken Kopfseite war blutverklebt und ihr linkes Auge blutig und geschwollen. Ihre Hände umklammerten ein Seil, das auf ihrem Schoß lag. Als ich eintrat, sah sie auf.

»Hallo, Roddy«, sagte sie traurig.

»Hallo.« Da ich nicht wusste, was ich sonst sagen sollte, ging ich zu ihr. Sie hob die Hand und berührte vorsichtig ihren Kopf. Dann betrachtete sie das Blut an ihren Fingern, als wäre es gar nicht ihres. Ich hockte mich neben sie auf den Boden. Sie wandte sich zu mir, und die Bewegung ließ sie vor Schmerz zusammenzucken.

»Unser Los in diesem Leben ist kein glückliches, nicht wahr, Roddy?«, sagte sie.

»Nein.«

»Ich fürchte, Vater wird mich nicht mehr unter seinem Dach haben wollen.«

»Wir werden alle nicht mehr lange unter diesem Dach sein«, sagte ich.

Sie nickte langsam.

»Wirst du nach Toscaig gehen?«, fragte ich.

»Ich fürchte, in meinem jetzigen Zustand wäre ich dort nicht willkommen.«

»Was dann?«

Sie lächelte traurig und schüttelte den Kopf, wie um zu sagen, dass sie darauf keine Antwort wusste. Da bemerkte ich zum ersten Mal, dass ihre Nase vollkommen flach gedrückt war. Es schmerzte mich, sie so entstellt zu sehen.

»Für mich ist alles vorbei«, sagte sie. »Aber um dich mache ich mir Sorgen. Du solltest von hier fortgehen. Du siehst doch, dass es hier nichts für dich gibt.«

Ich erzählte ihr nichts von meinem glücklosen Ausflug zum Pass, da ich mich meines Fluchtversuchs schämte.

»Was ist mit Vater?«, fragte ich.

»Unser Vater ist nie glücklicher, als wenn er leidet«, sagte sie. »Du darfst dich nicht an diesen Mast binden.«

»Und die Zwillinge?«

Eine dicke Träne rollte über Jettas unversehrte Wange. »Um die wird sich schon jemand kümmern.«

»Es sollte sich lieber jemand um Lachlan Broad kümmern«, erwiderte ich. »Ich würde es ihm zu gerne heimzahlen.« Das waren zu diesem Zeitpunkt nichts als leere Worte, ins Blaue hineingesprochen. Bis zu dem Augenblick hatte ich nicht an Rache gedacht, und ich hatte auch keine Vorstellung, wie sie aussehen könnte.

Jetta schüttelte heftig den Kopf.

»So etwas darfst du nicht sagen, Roddy. Wenn du mehr von der Welt verstündest, würdest du erkennen, dass Lachlan Broad nicht dafür verantwortlich ist. Es ist die Vorsehung, die uns an diesen Punkt gebracht hat. Lachlan Broad ist ebenso wenig Schuld daran wie du oder ich oder Vater.«

»Was wäre, wenn ich den Schafbock nicht getötet hätte oder wenn Mutter nicht gestorben wäre oder wenn die beiden Iains nicht ertrunken wären?«, wandte ich ein.

»Aber all diese Dinge sind geschehen.«

»Wenn es Lachlan Broad nicht gäbe ...«, begann ich, ohne zu wissen, wohin dieser Gedanke mich führen würde.

»Aber es gibt ihn, und er hat sich, genau wie du und ich, nicht ausgesucht, ob er auf diese Welt kommt.«

»Dann wird er sich ebenso wenig aussuchen, auf welche Weise er sie verlässt«, sagte ich.

Jetta stieß einen langen Seufzer aus. »Nichts, was du tust, wird irgendetwas ändern, Roddy. Außerdem brauchst du dir wegen Lachlan Broad nicht den Kopf zu zerbrechen.« Sie senkte ihre Stimme zu einem Flüstern. »Er wird nicht mehr lange unter uns bleiben.«

Sie winkte mich etwas näher zu sich.

»Ich habe zweimal das weiße Tuch an ihm gesehen.«

Ich brauchte einen Moment, um zu verstehen, was meine Schwester gemeint hatte, doch als ich begriff, überkam mich erleichterte Freude, denn ich nahm an, dass Lachlan Broads Dahinscheiden uns von unseren Sorgen befreien würde. Doch als ich Jetta meine Gedanken schilderte, schalt sie mich, weil ich mich über etwas freute, das seine Frau zur Witwe und seine Kinder zu Waisen machen würde. Darauf entgegnete ich, ich wäre lieber ein Waisenjunge als der Sohn von Lachlan Broad.

»Solche Ansichten stehen dir schlecht zu Gesicht«, sagte Jetta. »Nichts, was Lachlan Broad zustößt, kann etwas an meinem Zustand ändern. Und es kann auch den Brief des Gutsverwalters nicht rückgängig machen.«

Ich stand auf, unwillig, ihr zu glauben, und ging unruhig im Schuppen auf und ab. Ich verlangte nach Einzelheiten über ihre Visionen und den Zeitpunkt von Lachlan Broads Ableben, doch sie weigerte sich, mehr dazu zu sagen. Das Schicksal des Constables hatte keinen Einfluss auf unsere Lage.

Auf einmal sah Jetta schrecklich müde aus. Sie schloss die Augen und ließ den Kopf sinken. Ich kniete mich vor sie und umfasste ihr Gesicht. Ich konnte nicht in ihre Gedanken sehen, aber ich hatte eine starke Vorahnung, was sie zu tun beabsichtigte, und ich wusste keinen anderen Ausweg. Sie legte ihre Hände auf meine und drückte sie. Dann öffnete sie die Augen und bat mich, zu gehen. Tränen liefen mir über die Wangen. Ich wünschte ihr eine gute Nacht und ließ sie dort auf dem Melkschemel zurück. Ich zog die Tür hinter mir zu und wickelte das Seil um den vermoderten Pfosten. Das war mein Abschied von ihr.

Da ich nicht ins Haus zurückkehren wollte, ging ich übers Feld und hinunter zum Wasser. Es war ruhig und windstill, und der Himmel über den Inseln hatte den rosigen Schimmer des späten Abends. Um diese Jahreszeit sind die Stunden der Dunkelheit kurz, so kurz, dass Besucher oftmals Mühe haben, Schlaf zu finden. Ich beobachtete einen Reiher, der reglos am Ufer stand und sich dann ohne einen Laut und mit jener Eleganz, die dieser Vogelart eigen ist, in die Luft erhob. Er flog über die Bucht und landete an der Landspitze von Aird-Dubh. Dann dachte ich über das nach, was Jetta mir erzählt hatte. Für gewöhnlich sprach sie nicht mit mir über ihre Visionen, aber ich hatte oft einen Schatten über ihr Gesicht huschen sehen, und ich wusste, dass sie in diesen Augenblicken eine Art stille Zwiesprache mit der Anderen Welt hielt. In gewisser Weise hatte Jetta nie ganz in Culduie gelebt, sondern war zwischen den beiden Welten hin und her gewechselt. Wenn sie nun endgültig hinüberging, würde es für sie ein kleinerer Tod sein als für jene von uns, die nur in der diesseitigen Welt lebten.

In dem Moment, als ich dort am Ufer saß und dem langsamen Rollen der Wellen zusah, kam mir zum ersten Mal der Gedanke, Lachlan Broad zu töten. Ich schob ihn beiseite oder versuchte es zumindest, aber er war hartnäckig, und je mehr ich mich bemühte, an etwas anderes zu denken, desto stärker ergriff er von mir Besitz. Das Wissen, dass Lachlan Broad ohnehin bald sterben würde, relativierte die üblichen Vorbehalte. Wenn die Vorsehung beschlossen hatte, dass er nicht mehr lange unter uns weilen würde, welche Bedeutung hatte dann die Art seines Todes? Die Vorstellung, dass er durch meine Hand sterben würde, erschien mir ebenso gerecht wie unwiderstehlich. Der Gedanke erregte mich. Ich würde der Erlöser sein, von dem Reverend Galbraith bei der Beerdigung meiner Mutter gesprochen hatte. Und das in dem Wissen, dass ich zwar das Instrument für Lachlan Broads Ende sein würde, aber nur das beschleunigte, was ohnehin geschehen sollte.

Jettas Vision von dem weißen Tuch sagte nichts über die Art von Lachlan Broads Tod aus, und falls doch, hatte sie es mir nicht erzählt. In unserer Gemeinde gab es kaum einen Menschen, der mehr vor Gesundheit strotzte als er und weniger Gefahr zu laufen schien, von einer plötzlichen Krankheit niedergeworfen zu werden. Und ebenso wenig konnte ich mir vorstellen, dass ihn ein tödliches Unheil ereilen könnte. War es also denkbar, dass Lachlan Broad nicht nur dem Tod geweiht war, sondern dass dieser Tod durch meine Hand erfolgen sollte? Dieser Gedanke lastete schwer auf mir, und als ich mich schließlich erhob, war die Sonne hinter dem Horizont versunken, und die dämmrige Nacht des Spätsommers umhüllte mich.

Als ich ins Haus zurückkehrte, war Vater zu Bett gegangen. Die Zwillinge schliefen tief und fest, und ich beneidete sie um ihre Seelenruhe. Ich schlief in dieser Nacht sehr unruhig, wachte immer wieder auf, und dann loderten die Gedanken, die Jetta mit ihrer Vision entzündet hatte, in meinem Kopf. Ich sehnte mich danach, sie mit Schlaf zu ersticken, doch die heraufziehende Morgendämmerung hinderte mich daran.

Ich verließ das Haus, bevor mein Vater aufstand. Aufgrund der Ereignisse des vergangenen Abends fürchtete ich, dass er übler Laune sein würde, und nachdem er meine Schwester so misshandelt hatte, verspürte ich nicht den Wunsch, mit ihm zu sprechen. Ich nahm mir zwei Bannocks, setzte mich ans hintere Ende unseres Feldes und aß sie langsam. Das Feld war überwuchert von Unkraut und bot im Vergleich zu denen unserer Nachbarn einen traurigen Anblick. Es war ungewöhnlich windstill, und über dem Wasser hingen dünne Wolkenfetzen, die wie Wollfäden anmuteten. Außer mir war keine Menschenseele zu sehen, und abgesehen von den Vogelrufen und dem leisen Mahlen des grasenden Viehs war nichts zu hören.

Ich hatte gehofft, der Gedanke, Lachlan Broad zu töten, hätte sich aufgelöst wie die Reste eines Traums, doch er hatte sich eher noch verfestigt. Dennoch war er zu diesem Zeitpunkt nichts weiter als eine müßige Spekulation, die ich keineswegs in die Tat umzusetzen beabsichtigte. Wenn ich darüber nachdachte, Lachlan Broad zu töten, dann in der Art eines Mathematikers, der sich mit einem Problem der Algebra befasst. Mein Lehrer, Mr. Gillies, hatte mir einmal erklärt, wenn man als Wissenschaftler ein Problem lösen wolle, müsse man zunächst eine Hypothese aufstellen und diese dann mittels Beobachtung oder Experiment überprüfen. Auf diese Weise ging ich vor.

Einen großen, kräftigen Mann wie Lachlan Broad zu töten würde gewiss nicht einfach sein. Ich ging die verschiedenen Möglichkeiten durch, wie man einen solchen Mann aus dem Leben befördern könnte, und jede davon wies ihre ganz eigenen Schwierigkeiten auf. Man könnte ihn beispielsweise mit einem Axthieb auf den Kopf töten, doch dazu müsste man sich in einem Versteck auf die Lauer legen, in der Hoffnung, dass er zufällig vorbeikam. Man könnte ihn auch mit einem Messer erstechen, aber ich hatte meine Zweifel, ob ich nah genug an Lachlan Broad herankommen würde und obendrein die nötige Kraft hätte, um ihm eine tödliche Wunde beizubringen. Natürlich könnte man ihn auch mit einem Gewehr töten. Das hätte den Vorteil, dass es aus der Ferne ausgeführt werden könnte. Doch selbst wenn es mir gelänge, eine solche Waffe zu beschaffen – zum Beispiel aus dem Gutshaus –, so wusste ich doch nicht, wie man sie lud und abfeuerte. Ich könnte mein Opfer auch vergiften, aber dazu müsste ich eine der alten Frauen aus der Gemeinde, die sich mit solchen Dingen auskannten, um Rat fragen, und dann bliebe noch zu klären, wie ich das Gift verabreichen sollte. Während ich die beiden letzteren Methoden erwog, wurde mir klar, dass sie einen entscheidenden Nachteil hatten, der mir bis zu diesem Moment gar nicht bewusst gewesen war. Mein Ziel bestand nicht nur darin, Lachlan Broad aus dieser Welt zu entfernen, denn das würde ohnehin geschehen, auch ohne mein Zutun. Nein, ich wollte, dass er im Augenblick des Todes wusste, dass ich es war, Roderick Macrae, der seinem Leben ein Ende setzte, und dass es als gerechte Strafe für die Widrigkeiten geschah, mit denen er unsere Familie gequält hatte.

Mein Vater trat aus dem Haus. Ich weiß nicht, wie lange ich so in Gedanken versunken gewesen war. Zu meinen Füßen lag eine Feldhacke, und ich begann das Unkraut aus den Furchen zu hacken. Mein Vater kam zu mir und fragte mich, was ich da täte. Sein Gesicht war grau und eingefallen, und er wirkte noch gebückter als sonst. Ich erwiderte, wir hätten immer noch eine Ernte einzubringen, und wenn wir das Feld nicht ordentlich pflegten, würden wir nicht einmal genug zu essen haben, um die Zwillinge durch den Winter zu bringen. Vater brummte, wenn Gott wolle, dass wir nicht verhungerten, würde Er schon für uns sorgen, aber Vater sprach ohne große Überzeugung und überließ mich ohne weitere Kommentare meiner Arbeit. Ich glaube, wir wussten beide, dass in diesem Jahr keine Ernte eingebracht werden würde.

Mittlerweile waren auch unsere Nachbarn aus ihren Häusern gekommen und hatten mit ihrer täglichen Arbeit begonnen. Es war ein ganz gewöhnlicher Morgen, und ohne die Ereignisse, die bald darauf folgen sollten, hätte sich wohl kaum jemand daran erinnern oder ihn von all den anderen Morgen unterscheiden können. Abgesehen von den düsteren Gedanken, die sich in meinem Kopf eingenistet hatten, war es ein Tag wie jeder andere. Doch als ich den Blick über die Häuser unseres Dorfes schweifen ließ, dachte ich bei mir, dass die Auslöschung von Lachlan Broad uns von einer Bürde befreien würde, die seit Langem auf unserer Gemeinde lastete.

Ich erhob mich und kehrte zum Haus zurück. Meine bisherigen Überlegungen, wie Lachlan Broad zu töten sei, waren nichts als Aufschieberei gewesen. Was ich ersann und plante, hatte keinerlei Bedeutung. Wenn das Schicksal es wollte, dass Lachlan Broad durch meine Hand starb, dann würde es so geschehen. Erfolg und Ausgang meines Unternehmens lagen außerhalb meiner Kontrolle. So kam ich zu dem Schluss, wenn ich Lachlan Broad töten wollte, müsste ich zunächst einmal zu seinem Haus gehen. Außerdem brauchte ich eine Waffe, mit der ich die Tat vollbringen konnte. Und was wäre dazu besser geeignet als die Feldhacke, die die Vorsehung mir in die Hand gegeben hatte? Als ich am oberen Teil des Feldes ankam, sah ich einen Spitzspaten, der an der Hauswand lehnte, und den nahm ich noch dazu. Dann machte ich mich auf den Weg zum anderen Ende des Dorfes. Ich redete mir ein, dass ich nicht vorhatte, Lachlan Broad zu ermorden, sondern lediglich herausfinden wollte, was passieren würde, wenn ich seinem Haus derart bewaffnet einen Besuch abstattete.

Ich ging ganz normalen Schrittes den Weg entlang. Carmina Smoke kam aus ihrem Haus und grüßte mich. Da ich nicht ihr Misstrauen erwecken wollte, blieb ich stehen und erwiderte ihren Gruß. Sie bemerkte den Spaten in meiner Hand und fragte, ob es nicht ein wenig spät im Jahr sei, um den Boden umzugraben. Ohne nachzudenken, erwiderte ich, ich hätte den Auftrag, ein Stück Land hinter Lachlan Broads Haus freizulegen, weil dort ein Deich gebaut werden solle. Die Leichtigkeit, mit der mir diese Lüge über die Lippen ging, nahm ich als Zeichen, dass mein Vorhaben von Erfolg gekrönt sein würde. Carmina Smoke sagte, sie hätte nichts von einem neuen Deich gehört, fragte aber nicht weiter nach. Ich verabschiedete mich von ihr und ging meines Wegs. Ich spürte, dass sie mir nachsah, drehte mich aber nicht um, da ich keinen Verdacht erregen wollte. Während ich an den restlichen Häusern vorbeiging, sprach ich mit niemandem mehr. Als ich mich dem Mackenzie-Gebiet näherte, überkam mich die altvertraute Angst. Ich dachte an den Vorfall mit dem Drachen, und mein Herz begann schneller zu schlagen. Vor dem Haus der Broads hielt ich inne und stützte mich auf den Stiel meines Spatens, als ginge ich in Gedanken die Arbeit durch, die vor mir lag – was ich in gewisser

Weise auch tat. Eine Krähe ließ sich auf dem Giebel nieder. Ein paar Schritte vom Hauseingang entfernt saß der kleine Donnie Broad auf der Erde. Er spähte zu mir herüber, ich grüßte ihn, als wäre nichts Besonderes, und er wandte sich wieder seinem Spiel zu. Ich blickte an der Häuserreihe entlang. Carmina Smoke war verschwunden. Ein paar von den Dorfleuten waren über ihre Felder gebeugt, ohne etwas von dem zu ahnen, was nun geschehen würde. Aus dem Schornstein der Broads stieg ein dünner Rauchfaden auf. Ich ging an Donnie vorbei und betrat das Haus.

Drinnen war es schummrig, und meine Augen brauchten einen Moment, um sich an das Zwielicht zu gewöhnen. Die Sonne warf einen kleinen Lichtfleck auf den Lehmboden. Flora saß am Tisch, schälte Kartoffeln und legte sie in einen Topf mit Wasser. Als ich hereinkam, blickte sie auf. Sie wirkte überrascht, mich zu sehen, und fragte, was ich hier wolle. Auf ihrer Stirn schimmerte ein wenig Schweiß, und sie hob die Hand, um sich eine Haarsträhne aus dem Gesicht zu streichen. Da mir kein Anlass einfiel, der meine Anwesenheit hätte erklären können, und da ich auch keinen Sinn darin sah, zu lügen, antwortete ich, dass ich gekommen sei, um ihren Vater zu töten. Sie legte die Kartoffel hin, die sie gerade säuberte, und sagte, das sei nicht sehr witzig. Ich hätte wohl so tun können, als wäre es nur ein Scherz gewesen, aber das tat ich nicht, und von dem Moment an gab es kein Zurück mehr. Flora riss die Augen auf und stieß mehrere keuchende Atemzüge aus. Ich trat ein paar Schritte näher. Sie sprang auf und stellte sich hinter das Ende des Tisches, der nun zwischen uns stand. Sie sagte, ich solle gehen, bevor ihr Vater zurückkäme, sonst würde es großen Ärger geben. Ich erwiderte, ich hätte bereits großen Ärger, und zwar ganz allein wegen ihres Vaters. Flora sagte, ich mache ihr Angst. Ich erwiderte, das tue mir leid, und ich sei der Letzte, der sich einen solchen Ausgang gewünscht habe, aber das sei nun mal nicht zu ändern.

Dann sprang Flora unvermittelt nach links und versuchte, zur Tür hinauszulaufen. Als sie an meinem Ende des Tisches vorbeikam, schwang ich den Spaten und traf sie damit an den Knien. Sie fiel zu Boden wie eine Marionette, der man die Fäden durchgeschnitten hat. Offenbar hatte der Schmerz sie betäubt, denn sie gab keinen Schrei von sich, sondern wimmerte nur leise. Ich legte mein Werkzeug weg und beugte mich zu ihr hinunter. Als ich ihren Rock anhob, sah ich, dass ihr Knie in einem unnatürlichen Winkel vom Körper abstand. Floras Augen zuckten wild hin und her, wie bei einem Tier in der Falle. Ich strich einen Moment über ihr Haar, um sie zu beruhigen. Und da ich nicht wollte, dass sie litt, griff ich nach meinem Spaten und stellte mich über sie, sodass meine Füße rechts und links neben ihren Hüften standen. Ich holte aus und zielte in Erinnerung an den Schafbock mit Sorgfalt. Flora rührte sich nicht, und ich schlug den Spaten mit aller Kraft auf ihren Kopf. Das Blatt zertrümmerte den Schädel, als wäre er nicht dicker als eine Eierschale. Floras Glieder zuckten noch ein wenig, dann lag sie reglos da, und ich war froh, dass ich kein weiteres Mal zuschlagen musste.

Ich trat von dem Leichnam zurück und musterte ihn einen Moment. Floras Röcke waren hochgerutscht. Ihre Arme waren zu den Seiten ausgestreckt, und wäre ihr Schädel nicht eingeschlagen gewesen, hätte man denken können, dass sie vom Blitz niedergestreckt worden war. Da ihr Leichnam im Dämmerlicht lag, konnte jeder, der hereinkam, darüberstolpern. Um das zu vermeiden, lehnte ich meinen Spaten an die Wand und trug sie zu dem Tisch, an dem sie eben noch Kartoffeln geschält hatte. Sie war nicht schwer, aber als ich sie hochhob, fiel eine blutige Masse aus ihrem Schädel auf den Boden. Ich legte sie auf den Rücken, sodass ihre Beine vom Tischende baumelten. Dabei stieß ich den Topf um. Das Wasser tropfte zu Boden und bildete eine Pfütze. Ich sammelte die Kartoffeln ein und legte sie zurück in den Topf. Dann holte ich meinen Spaten und stellte mich, die Feldhacke in der anderen Hand, in den dunklen Bereich hinter der Tür.

Kurz darauf kam Donnie Broad hereingetapst. Er rief nach seiner Schwester, bekam aber natürlich keine Antwort. Als er Floras Beine am Tischende entdeckte, lief er darauf zu, rutschte jedoch auf der Schädelmasse aus und fiel bäuchlings zu Boden. Er fing an zu weinen. Ich trat vor und schlug ihm mit dem Spaten seitlich gegen den Kopf. Ich wollte dem kleinen Jungen nichts Böses, aber ich konnte nicht zulassen, dass er mit seinem Weinen die Nachbarn herbeirief. Ich wusste nicht, ob ich ihn getötet oder nur betäubt hatte, da ich nicht mit großer Kraft zugeschlagen hatte, aber er regte sich nicht mehr, und nach einer Weile nahm ich an, dass er wohl tot sein musste. Ich ließ ihn, wo er war, und versteckte mich wieder hinter der Tür.

Ich weiß nicht, wie viel Zeit verging, während ich dort wartete. Der Lichtfleck am Boden wurde langsam größer. Ich wurde unruhig. Es hätte mich traurig gemacht, wenn ich Flora und den kleinen Jungen umsonst getötet hätte.

Schließlich hörte ich ganz in der Nähe einen Hund bellen, und kurz darauf erschien Lachlan Broad im Türrahmen. Ich weiß nicht, ob er wegen der Dunkelheit im Innern des Hauses innehielt oder weil er die Leichen entdeckt hatte. Im schummrigen Licht konnte ich seinen Gesichtsausdruck nicht erkennen. Wie dem auch sei, er blieb einen Moment stehen und ging dann zu der Stelle, an der sein Sohn auf dem Lehmboden lag. Er kniete sich hin, drehte den kleinen Körper um, und als er sah, dass der Junge tot war, blickte er sich hektisch im Zimmer um. Ich blieb, wo ich war, und hielt den Atem an. Dann erhob er sich und trat zum Tisch, wo Flora lag. Als er sah, dass auch sie nicht mehr unter den Lebenden weilte, presste er seine Faust in den Mund und stieß einen erstickten Schrei aus, fast wie ein Tier, das geschlachtet wurde. Dann stützte er sich auf dem Tisch ab, beide Hände zur Faust geballt, die

Beine gespreizt. Ein gewaltiger Schluchzer schüttelte seinen Körper, doch dann riss er sich zusammen und stieß sich vom Tisch ab. Er drehte sich um und ging in Richtung Tür. In dem Moment trat ich aus der Dunkelheit, und er blieb stehen. Wir standen keine drei Schritte voneinander entfernt. Plötzlich überkamen mich große Zweifel, ob es mir gelingen würde, diesen Koloss ebenso auszuschalten wie die beiden anderen. Es schien eine Weile zu dauern, bis er begriff, wen er vor sich hatte. Dann richtete er sich zu seiner vollen Größe auf und fragte mit ruhiger Stimme: »Hast du das getan, Roddy Black?«

Ich bestätigte dies und fügte hinzu, dass ich gekommen sei, um ihn ins Jenseits zu befördern, als Strafe für das Leid, das er meinem Vater angetan hatte. Er sagte nichts weiter, sondern stürzte sich auf mich. Ohne nachzudenken, stützte ich mich mit dem rechten Fuß ab und stieß meinen Spaten wie eine Lanze nach vorn. Das Blatt traf Lachlan Broad in die Rippen, aber sein Schwung trug ihn nach vorne, und wir fielen beide zu Boden. Ich ließ meine Werkzeuge nicht los, und es gelang mir, ihn mit der flachen Seite der Feldhacke an der Schläfe zu treffen. Er hob die Hand an die verletzte Stelle, stand auf und stieß ein lautes Gebrüll aus. Ich fürchtete, dass ich nichts weiter geschafft hatte, als ihn wütend zu machen, und dass ich nicht genug Kraft haben würde, um ihn zu überwältigen. Hastig kroch ich rückwärts und rappelte mich hoch. Lachlan Broad blickte sich um, vielleicht auf der Suche nach einer geeigneten Waffe. Ich ging erneut mit dem Spaten auf ihn los, doch diesmal rechnete er damit und wehrte den Stoß mit dem Arm ab. Er packte den Stiel und entrang ihn meinem Griff. Einen Moment lang starrte er mich mit irrem Blick an. Aus der Wunde an seiner Schläfe rann Blut. Er packte den Spaten mit beiden Händen, das spitze Blatt auf mich gerichtet, und stürzte sich auf mich. Ich wich zur Seite aus, und er wäre beinahe erneut gefallen. Schwankend drehte er sich um, vielleicht benommen von dem Schlag, den ich ihm verpasst hatte. Ich stand jetzt mit dem Rücken zur offenen Tür. Ich wusste, dass ich hätte fliehen können, aber ich tat es nicht, weil ich nicht gehen wollte, ohne zu vollenden, weswegen ich gekommen war.

Lachlan Broad stürmte erneut auf mich zu. Ich musste an den Tag vor vielen Jahren denken, als Kenny Smokes Bulle entkommen und wie wild durchs ganze Dorf gerast war. Sechs Männer waren nötig gewesen, um ihn wieder einzufangen. Während Broad mit dem Spaten ausholte, machte ich einen Satz zur Seite und verpasste ihm mit der Feldhacke einen Schlag auf den Hinterkopf. Die Hacke zertrümmerte ihm nicht den Schädel, aber der Schlag war kräftig genug, um ihn in die Knie zu zwingen. Er ließ den Spaten los und kauerte benommen auf allen vieren. Ich stellte mich von hinten rittlings über ihn, als wäre er ein Pony. Ich holte mit der Feldhacke aus, und da ich die Angelegenheit so schnell wie möglich zu Ende bringen wollte, schlug ich mit aller Kraft zu. Der Schlag warf ihn zu Boden, doch der Schädel hielt noch immer stand, und ich staunte über die Widerstandsfähigkeit des menschlichen Körpers. Broad lag bäuchlings auf dem Boden, die Augen weit aufgerissen, und zappelte wie ein Fisch auf dem Trockenen. Diesmal hatte ich Zeit, meinen Schlag gezielt zu setzen, und als ich meine Waffe das nächste Mal niedersausen ließ, grub sich die Hacke mit einem unschönen Schmatzen in seinen Schädel. Es klang wie ein Stiefel, der im Sumpf versank. Ich hatte Mühe, die Hacke wieder herauszuziehen. Seine Hände zuckten neben dem Körper, aber ob er noch atmete, konnte ich nicht feststellen. Sicherheitshalber verpasste ich ihm noch einen letzten Schlag, und dieser zertrümmerte seinen Schädel endgültig.

Dann trat ich zurück und betrachtete mein Werk. Das Blut rauschte in meinen Schläfen, und ich war ein wenig benommen, aber ich verspürte eine gewisse Befriedigung über den erfolgreichen Abschluss meines Vorhabens. Auf einen außenstehenden Beobachter muss der Anblick, der sich in dem Haus bot, ziemlich schrecklich gewirkt haben, und ich gestehe, dass ich selbst den Blick von dem toten kleinen Jungen abwenden musste.

Erst in dem Augenblick bemerkte ich die alte Mrs. Mackenzie, die im Schatten an der Rückseite des Zimmers in einem Sessel saß. Sie wirkte vollkommen reglos, als hätte auch sie ihren Abschied von der Welt genommen. Ihr Gesicht war ausdruckslos, und ich fragte mich, ob sie geistig weggetreten oder verwirrt war. Ich hatte schon oft von alten Leuten gehört, die immer wieder nach Menschen riefen, die schon lange tot waren, oder nicht mehr wussten, wo sie waren, sobald sie ihr Haus verließen. Ich ging auf sie zu, die Feldhacke noch in der Hand. Ihre wässrigen Augen zuckten unruhig hin und her, vielleicht aufgrund der Dinge, die sie mitangesehen hatte. Ich hob meine freie Hand und bewegte sie vor ihren Augen, doch sie reagierte nicht darauf. Es gab keinen Grund, ihr etwas anzutun. Abgesehen davon, dass sie Lachlan Broad zur Welt gebracht hatte, hatte sie mir kein Unrecht getan. Sie war ebenso wenig für die Taten ihres Sohnes verantwortlich wie mein Vater für meine. Ich hatte mein Vorhaben ausgeführt, und da ich nicht vorhatte, die Verantwortung dafür zu leugnen, wäre es sinnlos gewesen, sie zu töten. Außerdem wäre es unbarmherzig, eine wehrlose alte Frau zu erschlagen, und so etwas war mir zuwider.

MEDIZINISCHE GUTACHTEN

Medizinische Gutachten bzgl. der Opfer, erstellt von Dr. Charles MacLennan, Arzt der Allgemeinmedizin, wohnhaft in Jeantown, und Dr. J. D. Gilchrist, Chirurg, wohnhaft in Kyle of Lochalsh

Applecross, 12. August 1869

Auf Anordnung von William Shaw Esquire, Richter, und John Adam Esquire, Staatsanwalt, haben wir an diesem Tag den Leichnam von Lachlan Mackenzie, Crofter und Constable von Culduie, Ross-shire, achtunddreißig Jahre alt, untersucht. Der Leichnam befand sich im Schuppen von Mr. Kenneth Murchison, einem Nachbarn, der den Toten laut eigenem Bekunden kurz nach seiner Entdeckung dorthin gebracht hatte. Der Leichnam lag auf einem Tisch und war mit Sackleinen zugedeckt.

Das Gesicht des Opfers war stark verfärbt und mit reichlich Blut bedeckt, das bereits geronnen war. Die rechte Gesichtshälfte war von der Schläfe bis zum Wangenknochen zertrümmert, die Nase gebrochen. Der Hinterkopf war ebenfalls zertrümmert und unvollständig, und ein Großteil der Hirnmasse fehlte. Wie Mr. Murchison uns mitteilte, waren Bruchstücke des Schädels und Hirnmasse vom Boden des Hauses, in dem der Tod eingetreten war, eingesammelt und in eine Schale gelegt worden. Diese Schale haben wir untersucht, und die darin befindlichen Knochenstücke passten zu den Löchern im Schädel. Der äußere Teil des rechten Ohrs war nahezu vollständig abgerissen. Am restlichen Hinterkopf waren zertrümmerte Knochenstücke in die verbliebene Hirnmasse gedrückt. Unserer Ansicht nach müssen diese Verletzungen durch äußerst heftige Schläge mit einem schweren, stumpfen Gegenstand oder Werkzeug beigebracht worden sein.

Die Brust wies etliche Blutergüsse auf, insbesondere links vom Brustbein. Die Haut zwischen den unteren Rippen wies eine fünfzehn Zentimeter lange Wunde auf, und zwei der Rippen waren gebrochen. Die inneren Organe waren unversehrt. Diese Wunde wurde vermutlich durch eine breite, stumpfe Klinge beigebracht, wie sie das Blatt des Spitzspatens aufweist, der am Tatort gefunden und uns gezeigt wurde.

An der Außenseite des rechten Unterarms, fünfzehn Zentimeter unterhalb des Ellenbogens, befand sich ein großer Bluterguss. Die Innenflächen beider Hände wiesen mehrere kleine Schnittwunden sowie einige Holzsplitter auf. Der Ringfinger der linken Hand war gebrochen. Am übrigen Körper waren keine offensichtlichen Verletzungen zu erkennen.

Wir sind der Überzeugung, dass der Schlag oder die Schläge auf den Hinterkopf ausreichend waren, um den sofortigen Tod herbeizuführen, und dass sie die Todesursache waren.

Nach bestem Wissen und Gewissen bezeugt von
Dr. Charles MacLennan
Dr. J. D. Gilchrist

Applecross, 12. August 1869

Auf Anordnung von William Shaw Esquire, Richter, und John Adam Esquire, Staatsanwalt, haben wir an diesem Tag den Leichnam von Flora Mackenzie, fünfzehn Jahre alt, Tochter von Lachlan Mackenzie, wohnhaft in Culduie, Ross-shire, untersucht. Der Leichnam befand sich im Schuppen von Mr. Kenneth Murchison, wohin er vom Tatort gebracht worden war. Der Leichnam lag auf einer Liege und war mit einem Totenhemd bedeckt.

Der Hinterkopf war vollkommen zertrümmert, und Knochenstücke waren tief in die Hirnmasse gedrückt. Das Haar war mit einer großen Menge Blut verklebt. Das Gesicht war unverletzt, und wir sind der Überzeugung, dass die Schädelverletzung durch einen einzigen heftigen Schlag mit einem schweren Gegenstand oder Werkzeug beigebracht wurde.

Weiterhin entdeckten wir zahlreiche Schnittwunden und Blutergüsse in der Schamgegend. Die Geschlechtsteile waren regelrecht zerfetzt, und das Schambein war auf der linken Seite gebrochen.

Das linke Bein war am Knie gebrochen, und das Knie selbst wies schwere Blutergüsse auf. Diese Verletzung wurde unserer Ansicht nach durch einen heftigen Schlag mit einem Gegenstand wie dem uns gezeigten Spitzspaten beigebracht und muss das Opfer fluchtunfähig gemacht haben.

Der restliche Körper wies keine erkennbaren Verletzungen auf.

Wir sind der Überzeugung, dass der Schlag auf den Hinterkopf die Todesursache war, ob der Tod jedoch sofort eintrat oder erst später, lässt sich nicht mit Sicherheit sagen.

Nach bestem Wissen und Gewissen bezeugt durch
Dr. Charles MacLennan
Dr. J. D. Gilchrist

Applecross, 12. August 1869

Auf Anordnung von William Shaw Esquire, Richter, und John Adam Esquire, Staatsanwalt, haben wir an diesem Tag den Leichnam von Donald Mackenzie, drei Jahre alt, Sohn von Lachlan Mackenzie, wohnhaft in Culduie, Ross-shire, untersucht. Der Leichnam befand sich im Schuppen von Mr. Kenneth Murchison, wohin er vom Tatort gebracht worden war. Der Leichnam lag in einer Wiege und war mit einem Totenhemd bedeckt.

Der Schädel wies auf der linken Seite einen großen Bluterguss auf, der sich von der Schläfe bis zum Ohr zog. In diesem Bereich war der Schädel eingedrückt, aber nicht zertrümmert. Die Haut am Rand des Blutergusses war eingerissen, und ein wenig Blut war ausgetreten und geronnen.

Der restliche Körper wies keine erkennbaren Verletzungen auf.

Die Kopfverletzung wurde vermutlich durch einen Schlag mit einem schweren, stumpfen Gegenstand wie dem uns gezeigten Spitzspaten beigebracht; dieser Schlag wurde jedoch nicht mit derselben Kraft ausgeführt wie bei Lachlan Mackenzie und Flora Mackenzie. Allerdings könnte eine solche Verletzung auch durch einen unglücklichen Sturz auf einen harten Untergrund entstanden sein. Wir sind der Überzeugung, dass diese Verletzung die Todesursache war, doch wie es zu der Verletzung kam, können wir nur vermuten.

Nach bestem Wissen und Gewissen bezeugt von
Dr. Charles MacLennan
Dr. J. D. Gilchrist

AUSZUG AUS
REISEN IN DAS GRENZLAND DES WAHNSINNS

von J. Bruce Thomson

James Bruce Thomson (1810–1873) war leitender Arzt des staatlichen Gefängnisses in Perth. In dieser Eigenschaft untersuchte er rund sechstausend Gefangene und galt als anerkannte Autorität in der damals gerade erst im Entstehen begriffenen Disziplin der Kriminalanthropologie. Im Jahr 1870 veröffentlichte er zwei einflussreiche Artikel im Journal of Mental Science: »Die Psychologie der Verbrecher – eine Studie« sowie »Die Vererblichkeit des Verbrechens«. Seine Erinnerungen »Reisen in das Grenzland des Wahnsinns« wurden postum im Jahr 1874 veröffentlicht.

Ich kam am 23. August 1869 in Inverness an und begab mich zu einem Gasthaus, wo ich von Mr. Andrew Sinclair empfangen wurde, Rechtsbeistand eines jungen Bauern, der beschuldigt wurde, drei seiner Nachbarn getötet zu haben. Mr. Sinclair hatte mir geschrieben und seinem Wunsch Ausdruck verliehen, ich als bedeutendste Autorität des Landes auf diesem Gebiet möge meine Ansicht bezüglich des Geisteszustands seines Mandanten äußern. Niemand von uns ist immun gegen solche Appelle an unsere Eitelkeit, und da der Fall einige interessante Details aufwies – nicht zuletzt die angebliche Intelligenz des Täters –, hatte ich eingewilligt und war aus Perth angereist, sobald meine Pflichten es mir gestatteten.

Von Anfang an erschien mir Mr. Sinclair nicht als ein Mann von großem Kaliber, was in Anbetracht der begrenzten Möglichkeiten gelehrten Austausches in einem Provinznest wie Inverness kaum überraschend war. Er verstand rein gar nichts von der Forschung im Bereich der Kriminalanthropologie, und ich verbrachte einen großen Teil des Abends damit, ihm eine Einführung in die neuesten Erkenntnisse meiner Kollegen vom Kontinent zu geben. Natürlich war ihm daran gelegen, über seinen Mandanten zu sprechen, doch ich brachte ihn zum Schweigen, da ich meine eigenen Schlüsse ziehen wollte, unbelastet von irgendwelchen Vorurteilen, wie laienhaft sie auch sein mochten.

Am nächsten Morgen begleitete ich Mr. Sinclair zum Gefängnis von Inverness, um den Gefangenen zu begutachten, und erneut wies ich ihn an, nicht über seinen Mandanten zu sprechen, solange ich nicht Gelegenheit gehabt hatte, diesen zu untersuchen. Mr. Sinclair betrat dennoch als Erster die Zelle, um sich, wie er sagte, zu vergewissern, dass sein Mandant bereit sei, mich zu empfangen. Das fand ich höchst befremdlich, denn ich hatte noch nie zuvor gehört, dass ein Gefangener gefragt wurde, wer seine Zelle betreten durfte und wer nicht, aber ich schrieb es der mangelnden Erfahrung seines Rechtsbeistands mit solchen Fällen zu. Mr. Sinclair blieb einige Minuten in der Zelle, bevor er den Wärter anwies, mich eintreten zu lassen. Vom ersten Moment an erschien mir das Verhältnis zwischen dem Rechtsbeistand und dem Mandanten recht unorthodox. Sie unterhielten sich nicht wie ein Mann des Rechts und ein Verbrecher, sondern wie zwei Bekannte, die gemeinsame Sache machten. Dennoch bot mir das Gespräch zwischen ihnen eine Gelegenheit zur Beobachtung des Gefangenen, bevor ich mit meiner eigentlichen Untersuchung begann.

Mein erster Eindruck von R. M. war nicht gänzlich negativ. Was seine allgemeine Erscheinung betraf, so war er gewiss von niederer körperlicher Gestalt, doch seine Gesichtszüge waren nicht so abstoßend wie die der meisten Angehörigen der Verbrecherrasse, vielleicht weil er nicht die üble Luft seiner städtischen Brüder atmen musste. Sein Gesicht war bleich, und seine Augen, obwohl durchaus wach, standen eng beieinander und waren von dichten Brauen überwuchert. Sein Bartwuchs war spärlich, was allerdings eher seiner Jugend zuzuschreiben war als etwaigen erblichen Mängeln. In seinem Austausch mit Mr. Sinclair wirkte er durchaus verständig, aber mir fiel auf, dass die Fragen des Rechtsbeistands häufig so formuliert waren, dass der Gefangene lediglich das Angedeutete bestätigen musste.

Ich entließ Mr. Sinclair und wies den Gefangenen in Gegenwart des Wärters an, sich zu entkleiden. Dies tat er ohne Widerspruch. Er stand ohne Anzeichen von Scham vor mir, und ich begann mit einer detaillierten Untersuchung seiner Person. Er maß 1,63 Meter und war somit kleiner als der Durchschnitt. Seine Brust war ungewöhnlich stark vorgewölbt – eine sogenannte Kielbrust –, und seine Arme waren überdurchschnittlich lang. Die Armmuskeln waren gut entwickelt, zweifellos ein Ergebnis der täglichen körperlichen Arbeit. Die Hände waren groß und voller Schwielen, mit außergewöhnlich langen Fingern, aber ich konnte keine Anzeichen von Schwimmhäuten oder anderen Abnormitäten entdecken. Sein Oberkörper war von den Brustwarzen bis zur Scham behaart, doch Rücken und Schultern waren nahezu haarlos. Sein Penis war groß, aber innerhalb des normalen Bereichs, und die Hoden hatten sich regelgerecht gesenkt. Seine Beine waren mager, und als ich ihn anwies, durch die Zelle zu gehen (was zugegebenermaßen keine nennenswerte Strecke war), wirkte sein Gang ein wenig schlingernd und ungleichmäßig, was auf eine Asymmetrie in seiner Haltung schließen ließ. Dies könnte durch eine Verletzung in jüngeren Jahren ausgelöst worden sein, doch auf meine diesbezügliche Frage konnte der Gefangene mir keine Erklärung geben.

Daraufhin wandte ich mich einer detaillierten Musterung des Schädels und der Physiognomie zu. Stirn und Brauen waren breit und schwer, während die Oberseite des Kopfes flach war und zum Hinterkopf hin auffällig abfiel. Insgesamt wirkte der Schädel recht missgeformt und ähnelte vielen von denen, die ich in meiner Eigenschaft als Gefängnisarzt bereits untersucht hatte. Die Ohren waren auffällig größer als der Durchschnitt, mit großen, flachen Ohrläppchen.[17]

Nun zum Gesicht: Die Augen waren, wie bereits erwähnt, klein und tief liegend, aber wach und unruhig. Die Nase war ausgeprägt, aber bewundernswert gerade; die Lippen waren schmal und blass. Die Wangenknochen waren hoch und ausprägt, wie es neuesten Erkenntnissen zufolge in der Verbrecherrasse häufig vorkommt. Die Zähne wirkten recht gesund, und die Eckzähne waren nicht übermäßig entwickelt.

Somit wies R. M. eine gewisse Anzahl von Merkmalen auf, wie sie mir von zahlreichen Insassen des staatlichen Gefängnisses in Perth vertraut waren (insbesondere den missgeformten Schädel, die wenig ansprechenden Gesichtszüge, die Kielbrust sowie die überlangen Arme und großen Ohren). Davon abgesehen, war er jedoch ein gesundes und gut entwickeltes Exemplar der menschlichen Rasse, und würde man ihn in seiner natürlichen Umgebung beobachten, würde man ihn nicht instinktiv als Angehörigen der

---

17 Für weitere Forschungen im Bereich der Kriminalanthropologie könnte es überaus hilfreich sein, eine vergleichende Studie der körperlichen Merkmale von Verbrechern durchzuführen, bei denen eine genetische Verwandtschaft definitiv ausgeschlossen werden kann. [Fußnote im Original]

Verbrecherrasse klassifizieren. Unter diesem Gesichtspunkt war er ein interessantes Objekt, und ich war neugierig, ihn eingehender zu studieren.

Ich erlaubte dem Gefangenen, sich wieder anzukleiden, und stellte ihm ein paar einfache Fragen. Doch er wirkte vollkommen teilnahmslos. Einige Male schien er meine Frage nicht gehört zu haben, oder er tat zumindest so. Ich vermute, er verstand sehr wohl, was er gefragt wurde, weigerte sich jedoch, aus mir unbekannten Gründen zu antworten. Immerhin ließ diese Strategie vermuten, dass der Gefangene kein vollkommener Idiot, sondern durchaus zu gewissen Gedankengängen in der Lage war, wie unsinnig sie auch sein mochten. Da ich jedoch keinen Sinn darin sah, angesichts dieser sturen Verweigerung mit meiner Befragung fortzufahren, wies ich den Wärter an, mich gehen zu lassen.

Mr. Sinclair wartete draußen und bestürmte mich sofort mit Fragen. Sein Verhalten war weniger das eines professionellen Juristen als das eines nervösen Vaters, der sich nach dem Gesundheitszustand seines Sohnes erkundigte. Während wir den Korridor entlanggingen, schilderte ich ihm in groben Zügen meine Erkenntnisse.

»Aber was ist mit seinem Geisteszustand?«, fragte er.

Mir war bewusst, wie sehr der Rechtsbeistand meiner Antwort harrte, denn er hoffte, vor Gericht auf geistige Verwirrung plädieren und so seinen Mandanten vor dem Galgen bewahren zu können, was ihm, nebenbei bemerkt, vermutlich beträchtlichen Ruhm einbringen würde. Doch zu diesem Zeitpunkt war ich noch nicht bereit, eine Meinung zu äußern.

Ich erklärte ihm, dass ich mich als Mann der Wissenschaft nicht von Spekulationen oder Mutmaßungen leiten lassen dürfe. Was zähle, so sagte ich ihm, seien Fakten – Fakten und Beweise!

»Ihr Mandant weist einige der physiologischen Merkmale der Verbrecherrasse auf, die mir durch meine Arbeit vertraut sind.

Doch ohne das Material zu begutachten, aus dem er hervorgegangen ist, kann ich mich nicht dazu äußern, ob er diese Merkmale durch Vererbung erlangt hat. Wenn ein Becher Wasser bitter schmeckt, muss man als Erstes überprüfen, ob die Quelle vergiftet ist. Wenn sich herausstellt, dass die Quelle in der Tat vergiftet ist, kann dies einen Einfluss darauf haben, ob der Gefangene für seine Taten verantwortlich ist oder nicht.«

Wir hatten das Ende des übel riechenden Korridors erreicht und hielten in unserem Gespräch inne, während die Tür für uns aufgeschlossen wurde. Mr. Sinclair, offensichtlich eingeschüchtert durch meine überlegene Erfahrung und Intelligenz, verlegte sich auf ein respektvolleres Verhalten. Schweigend gingen wir bis zum Außentor, und als dieses uns freigab, atmeten wir tief die warme Sommerluft ein.

Auf meinen Vorschlag hin gingen wir von dort zurück zum Gasthaus, da ich dem Rechtsbeistand einige Fragen stellen wollte. Als wir mit ein paar Erfrischungen an einem Tisch saßen, fragte Mr. Sinclair, wie ich weiter vorgehen wolle. Ich erwiderte, wir würden am folgenden Tag erneut in das Gefängnis gehen, damit ich mit meiner Untersuchung des Gefangenen fortfahren könne.

»Danach«, sagte ich, »müssen wir die Quelle überprüfen.«

Mr. Sinclair begriff nicht, was ich damit meinte.

»Wir müssen das gottverlassene Nest aufsuchen«, erklärte ich, »aus dem der Missetäter hervorgegangen ist.«

»Ich verstehe«, sagte der Rechtsbeistand, und sein Tonfall ließ erahnen, dass ihn die Aussicht auf diese Expedition nicht begeisterte.

»Was wissen Sie über den Hintergrund Ihres Mandanten?«, fragte ich.

Mr. Sinclair nahm einen kräftigen Schluck von seinem Bier, zweifellos erfreut, dass ich ihn um Informationen gebeten hatte.

»Sein Vater ist ein Kleinbauer – ein sogenannter Crofter – von gutem Charakter. Seine Mutter war eine respektable Frau, die etwa vor einem Jahr im Kindbett gestorben ist. Er hat, oder vielmehr hatte, drei Geschwister, eine ältere Schwester und deutlich jüngere Zwillinge.«

»Wieso ›hatte‹?«

»Die Schwester wurde am Abend der Morde erhängt in einem Schuppen gefunden.«

Ich hielt einen Moment in meiner Befragung inne. Diese Information war in der Tat von Bedeutung für meine Untersuchung.

»Und war die Schwester vor diesem Ereignis geistig gesund?«, fragte ich.

»Das weiß ich nicht«, sagte er. »In dem Durcheinander nach den Morden wurde ihre Abwesenheit zunächst nicht bemerkt. Später suchte man sie dann und fand sie, wie gesagt, im Schuppen. Der Leichenbeschauer konnte die genaue Todeszeit nicht feststellen.«

Ich nickte langsam. Das Vorkommen eines Selbstmords ließ nichts Gutes verheißen, was die psychologische Verfassung der Familie anging. Und wenn in der heutigen Zeit eine Frau im Kindbett stirbt, deutet dies in der Regel auf eine erbliche Schwäche hin. Kurzum, das Bild, das sich hier abzeichnete, war nicht das einer robusten und gesunden Familie.

»Und die jüngeren Geschwister?«

»Darüber weiß ich nichts«, erwiderte der Rechtsbeistand und schüttelte langsam den Kopf. »Sie sind noch ganz klein.«

»Welche Beweise haben Sie für den guten Charakter des Vaters?«

»Nur das, was ich in meinen Gesprächen mit R. erfahren habe.«

»Genau das habe ich mir gedacht«, sagte ich. »Sie werden mir doch sicher zustimmen, dass wir uns nicht auf die Worte eines so hinterhältigen und gewalttätigen Individuums wie Ihres Mandanten verlassen können. Wir müssen uns bemühen, die Wahrheit über seinen Hintergrund auf objektive Weise in Erfahrung zu bringen. Fakten und Beweise, Mr. Sinclair! Um die müssen wir uns kümmern.«

Er wandte ein, dass er seinen Mandanten keineswegs hinterhältig gefunden habe, doch ich wischte seinen Widerspruch beiseite.

»Wir werden übermorgen nach Culduie fahren. Die Vorkehrungen überlasse ich Ihnen.«

Mr. Sinclair fragte, ob er an dem Abend mit mir speisen könne, doch da wir in den kommenden Tagen reichlich Zeit miteinander verbringen würden, lehnte ich ab. Ich schickte eine Nachricht an das Gefängnis in Perth, dass ich einige Tage abwesend sein würde, und schrieb meiner Frau einen Brief desselben Inhalts. Dann ging ich das Dossier mit den Zeugenaussagen und medizinischen Gutachten durch, das Mr. Sinclair mir zur Verfügung gestellt hatte, und machte mir Notizen zu den Ereignissen des Tages. Mein Abendessen nahm ich auf dem Zimmer ein, da ich mich nicht unter die Besucher der Gaststube mischen wollte, die mich allzu sehr an die Insassen meiner eigenen Anstalt erinnerten. Das Mahl war durchaus genießbar, und ich trank genug Wein, um der Unbequemlichkeit der Matratze und dem Lärm, der von unten heraufdrang, entgegenzuwirken.

Am darauf folgenden Tag wies ich Mr. Sinclair an, dem Gefangenen ein geschmackvolles Mahl und eine Flasche Wein aus einem der umliegenden Wirtshäuser bringen zu lassen. Darauf erwiderte dieser, er habe seinem Mandanten bereits mehrfach angeboten, ihm Mahlzeiten bringen zu lassen, dies sei jedoch stets abschlägig beschieden worden. Ich erklärte ihm, dass sein Mandant dies nicht abgelehnt hatte, weil er das Essen nicht mochte, sondern weil er nicht in der Schuld seines Rechtsbeistands stehen wollte. Ehrliche Freundlichkeit ist Angehörigen der Verbrecherrasse so fremd, dass sie unweigerlich auf Misstrauen stößt. Wobei ich zugeben muss, dass mein Angebot nicht auf Freundlichkeit beruhte. Es ist einwandfrei erwiesen, dass Hunger einen Gefangenen in einen Zustand von Halsstarrigkeit, Gereiztheit oder gar Angriffslust versetzen kann. Ich hingegen wollte, dass R. M. sich bei meiner Ankunft in einem Zustand wohliger Trägheit befand, ausgelöst durch die üppige Mahlzeit, die er genossen hatte, und somit bereitwilliger auf meine Fragen antworten würde. Das Essen sollte um zwölf geliefert werden, und ich verabredete mit Mr. Sinclair, dass wir uns um ein Uhr im Gefängnis treffen würden, da ich annahm, dass bis dahin die gewünschte Wirkung eingetreten wäre.

Ich begab mich allerdings bereits ein wenig vor der verabredeten Zeit zum Gefängnis, da ich dem Wärter noch einige Fragen stellen wollte, und zwar ohne die Anwesenheit meines Kollegen von der Jurisprudenz, denn nach meiner nicht unbeträchtlichen Erfahrung schließen Menschen, die mit einer so niederen Aufgabe betraut sind, sich dankbar dem erstbesten gebildeten Mann an, der ihnen begegnet, wie ein verwaistes Lamm der ersten Hand, die es füttert.

Der Wärter entsprach in weiten Zügen dem niederen Typus, der in den Gefängnissen und Irrenanstalten unseres Landes so häufig anzutreffen ist. Er war von durchschnittlichem Wuchs, aber kräftig gebaut, mit massigen Schultern und Armen. Sein Gesicht war gerötet und skrofulös, und er hatte einen recht unförmigen Schädel und große, abstehende Ohren. Sein Haar war dunkel und struppig und hing ihm tief in die Stirn. Auch sein Backenbart war von dichtem Wuchs. Seine Gesichtszüge trugen denselben auffallend dummen und stumpfsinnigen Ausdruck, der hinter den Zellentüren so verbreitet ist, und es hätte mich keineswegs überrascht, ihn dort anzutreffen. Er war *sans doute* wie geschaffen für seinen Beruf, doch ich war in diesem Fall nicht auf der Suche nach Geist und Intellekt; er besaß ein Paar Augen, und die wollte ich mir zunutze machen.

Der Wärter zeigte keinerlei Überraschung, als ich ihm mitteilte, dass ich noch nicht in die Zelle des Gefangenen wolle. Dieser

Wesenstyp lebt nahezu vollkommen in der Gegenwart; er denkt kaum an die Vergangenheit oder Zukunft und ist somit auch durch nichts zu überraschen. Ebenso empfindet er nie Langeweile, was ihn für anspruchslose und gleichförmige Arbeit prädestiniert. Ich führte den Dumpfbold zum Ende des Korridors, damit das Objekt unseres Gesprächs uns nicht hören konnte. Zunächst vergewisserte ich mich, dass R. M. seit seiner Ankunft unter der Aufsicht des Wärters gestanden hatte und dass dieser dafür zuständig war, dem Gefangenen das Essen zu bringen, seine Ausscheidungen zu entfernen und ihn in regelmäßigen Abständen durch die Öffnung in der Tür zu beobachten. Der Wärter hatte Mühe, meine Fragen zu beantworten, und ich musste sie mehrfach umformulieren, um mich verständlich zu machen.

Dann stellte ich ihm einige Fragen zum Verhalten des Gefangenen, und den Inhalt der Antworten gebe ich hier sinngemäß wieder:

Der Gefangene schlief nicht übermäßig, war stets bei klarem Verstand und wusste, wo er sich befand. Er aß mit gutem Appetit und hatte sich weder über die Beschaffenheit noch die Menge seines Essens beschwert. Ebenso schien es ihm in seiner Zelle weder zu warm noch zu kalt zu sein, und er hatte auch nicht um eine zusätzliche Decke oder irgendwelche sonstigen Dinge gebeten. Er hatte nie nach dem Wohlergehen seiner Familie gefragt oder Interesse an der Außenwelt bekundet. Kurzum, zwischen den beiden Männern hatte es keinen nennenswerten Austausch gegeben. R. M. war, sofern die Lichtverhältnisse es erlaubten, unablässig mit den Papieren auf seinem Tisch beschäftigt, aber der Wärter hatte sich nicht für deren Inhalt interessiert. Der Gefangene hatte kein einziges Mal auffälliges Verhalten gezeigt, hatte nicht getobt oder wirres Zeug von sich gegeben, als habe er Wahnvorstellungen. Nachts schlief er fest und schien nicht von Albträumen oder Visionen geplagt zu werden.

Am Ende unseres Austausches drückte ich dem Wärter einen Shilling in die Hand. Er starrte ihn eine Weile stumpfsinnig an, dann schob er ihn wortlos in die Tasche seiner schmierigen Weste. In dem Augenblick erschien Mr. Sinclair, der recht überrascht wirkte, mich im Zwiegespräch mit dem ungehobelten Wärter vorzufinden. Offenkundig war es ihm nicht in den Sinn gekommen, sich das zugegebenermaßen beschränkte Individuum, das jedoch dem Gefangenen am nächsten war, auf diese Weise zunutze zu machen. Doch vermutlich zog er wie die meisten seiner Berufskollegen Spekulationen und Mutmaßungen echten Beweisen vor. Ich sah keinen Anlass, ihm eine Erklärung für mein Verhalten zu geben, und er war nicht so vermessen, mich danach zu fragen.

Als wir die Zelle betraten, stand R. M. mit dem Rücken zur Wand gegenüber der Tür, und ich vermutete, dass das Gespräch im Korridor ihm trotz meiner Vorsichtsmaßnahmen unsere Anwesenheit verraten hatte. Da Mr. Sinclair eine gewisse Verbindung zu dem Gefangenen geknüpft hatte, ließ ich ihn vorgehen und hielt mich im Hintergrund, während er einige alberne Nichtigkeiten von sich gab. Ich bemerkte sofort, dass das Tablett mit dem Essen, das ich vom Wirtshaus hatte kommen lassen, auf dem Fußboden neben dem Schreibtisch stand. Eine Schale, die offenbar eine klare Suppe enthalten hatte, war leer, aber der Teller mit Hammelfleisch und Kartoffeln war unberührt. Auch die Weinflasche trug noch ihren Korken.

Ich fragte R. M. freundlich, warum er ein so ansprechendes Mahl nicht angerührt habe, und er erwiderte, er sei so üppiges Essen nicht gewöhnt und fühle sich ausreichend gesättigt. Dann fügte er hinzu, falls ich hungrig sei, dürfe ich mich gerne bedienen – ein Angebot, das ich höflich ablehnte. Mr. Sinclair erklärte dem Gefangenen, dass ich ihm einige Fragen stellen wolle und dass es von größtem Nutzen sei, wenn er sie ausführlich und wahrheitsgemäß beantworte. R. M. erwiderte darauf, er sehe zwar keinerlei

Nutzen für sich selbst, aber wenn Mr. Sinclair daran gelegen sei, würde er alle Fragen beantworten. Ich setzte mich auf den Stuhl neben dem Schreibtisch und bat den Gefangenen, auf dem Bett Platz zu nehmen, was er auch tat. Mr. Sinclair stellte sich mit dem Rücken zur Tür, die Hände vor dem Bauch gefaltet.

Die Fakten, die ich bisher zusammengetragen hatte – durch die körperliche Musterung und mein Gespräch mit dem Wärter –, waren nicht ausreichend, um irgendwelche Schlüsse zu ziehen, was die geistige Gesundheit des Beschuldigten anging oder die Frage, ob er für die Verbrechen, die er begangen hatte, moralisch zur Verantwortung gezogen werden konnte. In vielen Punkten reihte er sich ein in die trostlose Prozession von Schwachköpfen, die Tag für Tag durch mein Untersuchungszimmer zog, doch in anderen, wie zum Beispiel seiner generellen Aufgewecktheit und seiner Fähigkeit, sich ausdauernd einer Aufgabe zu widmen, wiederum nicht. Ich zweifelte keine Sekunde daran, dass die Seiten, die er anscheinend mit so großem Fleiß beschrieben hatte, lediglich wirres, sinnloses Gefasel enthielten, aber allein die Tatsache, dass er sich solche Mühe gegeben hatte, war bemerkenswert. In all den Jahren, in denen ich mich nun schon mit der Verbrecherrasse beschäftigt habe, ist mir noch kein einziges Individuum begegnet, das auch nur den geringsten Sinn für Ästhetik besessen hätte, ganz zu schweigen von der Fähigkeit, selbst literarische oder künstlerische Werke zu vollbringen. Die literarischen Ambitionen des durchschnittlichen Gefangenen gehen nicht über das Gekritzel vulgärer Ausdrücke an der Zellenwand hinaus. Ein Mann der Wissenschaft muss selbstverständlich stets die Theorien und Studien auf seinem gewählten Gebiet im Blick haben, aber er darf nicht zulassen, dass diese Theorien ihn blind machen für das, was er mit seinen eigenen Augen sieht, und ihn dazu verleiten, alles, was nicht zu seinen Erwartungen passt, als abwegig oder unbedeutend abzutun. Wie neuartig und überraschend ein Faktum auch sein mag, es muss mit Ehrlichkeit behandelt werden. Wie Dr. Virchow so treffend sagte: »Wir müssen die Dinge nehmen, wie sie wirklich sind, nicht, wie wir sie uns denken.«[18]

Es war offensichtlich, dass R. M. kein rasender Irrer war, wie ihn sich das gemeine Volk gerne vorstellt, doch wie Mr. Prichard[19] und andere ausführlich nachgewiesen haben, gibt es noch eine andere Kategorie des Wahnsinns, nämlich die des moralischen Schwachsinns. Hierbei kann der Betroffene die abscheulichsten Perversionen der natürlichen Impulse, Gemütsbewegungen und Gewohnheiten aufweisen, ohne dass sein Verstand und seine geistigen Fähigkeiten eingeschränkt sind. Nach allem, was ich bis dahin beobachtet hatte, verfügte R. M. durchaus über einen gewissen Grad an Intelligenz – eine Intelligenz, die aller Wahrscheinlichkeit nach nur der Täuschung und der Planung verwerflicher Taten diente, die ihn aber dennoch vom degenerierten Typus unterschied. Deshalb wollte ich nun durch meine Fragen mehr über die geistigen Fähigkeiten des Gefangenen herausfinden.

Um die Illusion zu schaffen, dass wir einfach nur zwei Männer waren, die sich unterhielten, machte ich mir währenddessen keine Notizen, und der nun folgende Bericht basiert auf dem, was ich nach meiner Rückkehr in das Wirtshaus aus dem Gedächtnis festgehalten habe.

Zunächst sagte ich zu R. M., dass seine schriftlichen Aufzeichnungen mein Interesse geweckt hätten. Er erwiderte, er notiere das alles nur, weil Mr. Sinclair ihm dazu geraten habe. Darauf wandte ich ein, das erscheine mir nicht als hinreichende Erklärung für die

---

18 Rudolf Virchow (1821–1902) war ein deutscher Arzt, der als »Vater der modernen Pathologie« gilt.
19 James Cowles Prichard: *A Treatise on Insanity and Other Disorders Affecting the Mind* (Abhandlung über den Wahnsinn und andere Geisteskrankheiten) (1835).

Sorgfältigkeit und Ausdauer, mit der er diese Aufgabe betrieben habe. Da deutete der Gefangene um sich und sagte: »Wie Sie sehen können, Sir, gibt es hier nicht viel anderes, womit ich mich amüsieren könnte.«

»Es amüsiert Sie also, diese Seiten zu schreiben?«, fragte ich.

Darauf antwortete er nicht. Er saß ziemlich aufrecht auf dem Bett, den Blick auf die Wand gegenüber gerichtet, nicht auf seinen Gesprächspartner. Dann sagte ich ihm, dass ich ihm einige Fragen zu den Taten stellen wolle, die ihn an diesen Ort gebracht hatten. Seine kleinen Augen zuckten kurz zu mir, aber davon abgesehen änderte sich nichts an seiner Haltung.

»Soweit ich Mr. Sinclair verstanden habe, leugnen Sie nicht die Verantwortung für diese Verbrechen«, sagte ich.

»Das stimmt«, erwiderte er, den Blick weiter fest auf die Wand vor ihm gerichtet.

»Darf ich fragen, was Sie zu einer so brutalen Tat getrieben hat?«

»Ich wollte meinen Vater von den Widrigkeiten erlösen, die er in letzter Zeit erdulden musste.«

»Und was waren das für Widrigkeiten?«

R. M. schilderte mir daraufhin eine Reihe von trivialen Streitigkeiten, die im Lauf mehrerer Monate zwischen seinem Vater und dem Verstorbenen vorgefallen waren.

»Und diese Vorfälle erschienen Ihnen Anlass genug, um Mr. Mackenzie zu töten?«

»Ich sah für mich keine andere Handlungsmöglichkeit«, erwiderte R. M.

»Hätten Sie nicht eine Autoritätsperson in Ihrer Gemeinde darum bitten können, als Vermittler zu agieren?«

»Mr. Mackenzie war die Autoritätsperson in unserer Gemeinde.«

»Sie scheinen ein intelligenter junger Mann zu sein«, sagte ich.

»Hätten Sie nicht versuchen können, diese Meinungsverschiedenheiten durch ein Gespräch mit Mr. Mackenzie aus der Welt zu schaffen?«

Bei diesem Vorschlag lächelte R. M.

»Haben Sie versucht, mit Mr. Mackenzie zu sprechen?«

»Nein.«

»Warum nicht?«

»Wenn Sie Gelegenheit gehabt hätten, Mr. Mackenzie kennenzulernen, würden Sie so eine Frage nicht stellen.«

»Hat Ihr Vater Sie dazu veranlasst, Mr. Mackenzie zu töten?«, fragte ich.

R. M. schüttelte müde den Kopf.

»Haben Sie mit irgendjemandem über Ihren Plan gesprochen?«

»Ich würde nicht sagen, dass ich einen Plan hatte«, erwiderte er.

»Aber Sie sind mit zwei waffenähnlichen Gerätschaften zu Mr. Mackenzies Haus gegangen. Da müssen Sie doch vorgehabt haben, ihm etwas anzutun.«

»Das stimmt.«

»Nun, das ist doch das, was man gemeinhin unter einem Plan versteht, oder nicht?« Ich sprach in liebenswürdigem Tonfall, als handele es sich lediglich um ein freundschaftliches Gespräch über ein Thema von beiderseitigem Interesse. Ich wollte den Gefangenen nicht gegen mich aufbringen, indem ich ihm den Eindruck vermittelte, er sei im Unrecht.

»Ich bin mit der Absicht, Mr. Mackenzie zu töten, zu seinem Haus gegangen, aber ich würde nicht sagen, dass ich einen Plan hatte.«

Ich tat so, als verstünde ich diese winzige Unterscheidung nicht, und bat ihn, dies genauer zu erklären.

»Ich meine damit lediglich, dass ich zwar die Absicht hatte, ihm etwas anzutun« – er betonte das Wort, als spräche er mit einem geistig Unterlegenen und nicht umgekehrt – »aber ich hatte mir keinen Plan zurechtgelegt. Ich bin lediglich mit diesen Waffen zu Mr. Mackenzies Haus gegangen, um zu sehen, was dann passieren würde.«

»Sie glauben also, dass Sie nicht in vollem Umfang für Mr. Mackenzies Tod verantwortlich sind – dass dieser, bis zu einem gewissen Grad, dem Zufall überlassen war.«

»Dann könnten Sie genauso gut sagen, dass alles, was geschieht, dem Zufall überlassen ist«, sagte der Gefangene.

»Aber war es auch der Zufall, der Ihnen eine Feldhacke in die Hand gegeben und sie zu Mr. Mackenzies Haus geschickt hat?«

»Es war Zufall, dass ich eine Feldhacke in der Hand hatte, bevor ich mich auf den Weg machte.«

»Und diese zweite Waffe …«

»Der Spitzspaten«, warf Mr. Sinclair ein.

»Es war nicht der Zufall«, fuhr ich fort, »der Ihnen den Spitzspaten in die Hand gab, oder?«

R. M. erwiderte in gelangweiltem Tonfall: »Der Spitzspaten lehnte an unserer Hauswand.«

»Dennoch«, beharrte ich, »haben Sie danach gegriffen. Es war nicht der Zufall, der ihn Ihnen in die Hand gab.«

»Nein.«

»Weil Sie den Plan hatten, Mr. Mackenzie zu töten.«

»Ich wollte, dass Mr. Mackenzie durch meine Hand stirbt. Wenn das aus Ihrer Sicht ein Plan ist, dann nennen Sie es so. Ich wollte meinem Unterfangen lediglich alle Aussicht auf Erfolg geben.«

Ich nickte ernst zu dieser Parodie der Logik. »Und waren Sie erfreut, dass es Erfolg hatte?«

»Ich war nicht traurig«, erwiderte R. M.

»Aber Sie sind doch sicher nicht froh, in dieser Zelle eingesperrt zu sein.«

»Das ist nicht von Belang«, erklärte er.

»Ist Ihnen klar, dass Ihre Taten und Ihre Aussagen darüber Sie mit großer Wahrscheinlichkeit an den Galgen bringen werden?«

Darauf antwortete R. M. nicht. Ob diese gleichgültige Haltung nur gespielt war oder auf unangebrachtem Draufgängertum beruhte, konnte ich nicht sagen. Und ebenso wenig konnte ich zu diesem Zeitpunkt sagen, ob seine klaren Antworten ehrlich gemeint waren oder den Plan verfolgten, verrückt zu erscheinen; vielleicht hoffte er, indem er sich so offen zu diesen brutalen Taten bekannte, für geistesgestört erklärt zu werden.

Dann wandte ich mich den anderen beiden Opfern von R. M. zu.

»Sie haben mir erklärt, dass sie Mr. Mackenzie töten wollten, und ich verstehe, dass dies aus Ihrer Sicht gerechtfertigt war, aber ein junges Mädchen und ein Kleinkind zu töten ist eine ganz andere Sache. Hegten Sie auch einen Groll gegen Flora und Donald Mackenzie?«

»Nein.«

»Dann war es erst recht grausam, sie zu erschlagen«, sagte ich.

»Das habe ich nur aus der Not heraus getan«, erwiderte er.

»Aus der Not heraus?«, entgegnete ich. »Wäre es einem kräftigen jungen Mann wie Ihnen nicht möglich gewesen, die beiden beispielsweise zu fesseln?«

»Im Rückblick betrachtet, haben Sie vielleicht recht. Wenn ich einen Plan gehabt hätte, wie Sie es nennen, hätte ich das vielleicht tun können. So jedoch nahmen die Dinge einfach ihren Lauf.«

»Um Ihr Ziel zu erreichen, Mr. Mackenzie zu töten, waren Sie also bereit, zwei weitere Personen zu ermorden, die selbst in Ihren eigenen Augen vollkommen unschuldig waren.«

»Es war nicht meine Absicht, sie zu töten«, erwiderte er. »Aber mir blieb nichts anderes übrig.«

»Sie handelten also aus der Not heraus?«

Der Gefangene zuckte die Achseln, als würde er meiner Fragerei allmählich überdrüssig. »Wenn Sie es so ausdrücken wollen, ja, dann habe ich sie aus der Not heraus getötet.«

Da nahm ich die medizinischen Gutachten aus meiner Mappe, die ein hiesiger Arzt recht passabel verfasst hatte, und las dem Gefangenen einen Absatz daraus vor, in dem einige Verletzungen Flora Mackenzies beschrieben wurden, die zu obszön waren, um sie hier wiederzugeben. »Was hier geschildert wird, scheint mir deutlich über das hinauszugehen, was der Not geschuldet war«, sagte ich.

Bis zu diesem Moment hatte R. M. nahezu reglos auf seinem Bett gesessen und die Wand angestarrt. Doch als er den Bericht über die Wunden hörte, die er dem jungen Mädchen beigebracht hatte, zuckten seine Augen unruhig hin und her, und seine Hände, die bis dahin in seinem Schoß gelegen hatten, begannen am Stoff seiner Hose zu zupfen.

»Können Sie mir erklären, warum Sie die Notwendigkeit verspürten, ihr solche Verletzungen zuzufügen?«, fragte ich, immer noch in ruhigem, freundlichem Tonfall.

Dem Gefangenen stieg die Röte in die Wangen. Es kommt häufig vor, dass selbst Insassen, denen es durchaus gelingt, ihre verbalen Äußerungen zu kontrollieren, nicht imstande sind, die körperlichen Anzeichen der Angst zu unterdrücken. R. M. blickte in der Zelle umher, als suche er nach einer Antwort auf meine Frage.

»Ich kann mich nicht erinnern, ihr solche Verletzungen zugefügt zu haben«, erwiderte er nach einer Weile, und seine Stimme war leiser als zuvor.

»Aber Sie müssen sie ihr zugefügt haben«, sagte ich.

»Ja, das muss ich wohl«, sagte er.

Ich sah es nicht als notwendig an, den Gefangenen in diesem Punkt weiter zu bedrängen, da ich mein Ziel bereits erreicht hatte, indem ich ihn auf diese Weise konfrontierte. Ich steckte die Unterlagen wieder in meine Tasche und erhob mich, um anzuzeigen, dass das Gespräch beendet war. Mr. Sinclair stieß sich von der Wand ab, an der er gelehnt hatte, und sah mich erwartungsvoll an. Ich gab ihm ein Zeichen, dass wir gehen wollten, und er veranlasste, dass uns aufgeschlossen wurde. Ich wies den Wärter an, das Tablett mit dem Essen zu entfernen, und ich war ziemlich sicher, dass er keinerlei Bedenken hegen würde, sich selbst daran gütlich zu tun.

Am Abend des 26. August kamen Mr. Sinclair und ich nach einer strapaziösen Reise in Applecross an. Das Gasthaus, in dem wir übernachten würden, war angenehm sauber, mit weiß gekalkten Wänden, einfachem Mobiliar und einem kräftigen Feuer im Kamin. Wir wurden gastfreundlich empfangen und bekamen von einem wohlproportionierten jungen Mädchen mit gesunder Gesichtsfarbe einen Teller Lammeintopf serviert. Die Männer aus dem Ort waren nahezu alle dunkel und von kleinem Wuchs, wirkten ansonsten aber kräftig und wiesen keine offensichtlichen erblichen Missbildungen auf. Da sie sich in dem barbarischen Dialekt dieser Gegend unterhielten, kann ich nichts zum Inhalt ihrer Gespräche sagen, aber trotz der beachtlichen Menge Bier, die sie tranken, benahmen sie sich nicht ausschweifend, und es waren auch keine Prostituierten in der Gaststube. Unsere Anwesenheit schien keine große Aufmerksamkeit zu erregen, und als ich die Wirtin darauf ansprach, sagte sie, wegen der vielen Gäste, die zur Jagdsaison ins Gutshaus kamen, war es keineswegs ungewöhnlich, dass bessere Herren ins Gasthaus kamen. Ich zog mich so bald wie möglich zurück, überließ Mr. Sinclair seiner geselligen Umgebung und schlief tief und fest.

Am nächsten Morgen standen wir zeitig auf und bekamen zum Frühstück Blutwurst mit Ei und einen Humpen Bier, den mein Begleiter mit Begeisterung leerte. Da es keine Kutsche gab, die uns zu unserem Ziel hätte bringen können, gab man uns zwei Ponys, und wir machten uns auf den Weg nach Culduie. Es war ein sonniger Morgen, die Luft frisch und kühl. Applecross lag sehr malerisch am Ufer einer geschützten Bucht, und die Häuser dort waren zwar primitiv, aber solide gebaut. Trotz der frühen Stunde saßen etliche alte Frauen auf der Bank vor ihrem Haus, und ich schätze, ein Gutteil von ihnen war bereits weit über siebzig. Einige rauchten kleine Pfeifen, während andere mit ihrem Strickzeug beschäftigt waren. Alle beäugten uns voller Neugier, aber niemand grüßte.

Nach etwa einer Meile kamen wir durch das Dorf Camusterrach, eine Ansammlung ärmlicher Hütten an einem einfachen kleinen Hafen. Zu dem Dorf gehörten eine Kirche von äußerst schlichtem Bau, ein hübsches Steinhaus und eine Schule, und diese Bauten verliehen dem Ort ein wenig Respektabilität. Doch weder Applecross noch Camusterrach – so primitiv sie auch waren – bereiteten uns auf die Handvoll armseliger Behausungen vor, die den Heimatort von R. M. bildeten. Der kurze Ritt von Camusterrach nach Culduie bot uns immerhin einen prachtvollen Ausblick auf Raasay und Skye. Der schmale Meeresstreifen, der diese Inseln vom Festland trennte, funkelte sehr hübsch im Sonnenlicht. Allerdings hätte der Gegensatz, als wir auf den schmalen Pfad in Richtung Culduie abbogen, kaum größer sein können, und ich kann nur vermuten, dass die unglückseligen Einwohner dieses Ortes jeden Tag den Blick von der Schönheit vor ihnen abwenden müssen, um nicht an das Elend erinnert zu werden, in dem sie leben. Die meisten der Häuser, wenn man sie überhaupt als solche bezeichnen kann, waren von so derber Konstruktion, dass man sie für Kuh- oder Schweineställe hätte halten können. Sie waren aus einer Ansammlung von Steinen und Grassoden gebaut und mit struppigem Stroh gedeckt, aus dem trotz der Wärme Torfrauch aufstieg, sodass es aussah, als würden sämtliche Häuser vor sich hin schwelen. Als wir den Pfad entlangritten, hielt ein Mann in seiner Feldarbeit inne und starrte uns unverhohlen an. Er war klein und untersetzt, mit struppigem Bart und recht abstoßendem Gesicht. Nur das Haus an der Wegkreuzung in der Mitte des Ortes hatte ein Schindeldach und sah aus, als könnten Menschen darin leben. Dort hielten wir an, um nach dem Haus von Mr. M., dem Vater des Beschuldigten, zu fragen. Zu meiner großen Überraschung wurden wir an der Tür von einer bemerkenswert hübschen Frau begrüßt, die uns in ihr Heim einlud, bevor wir auch nur Gelegenheit hatten, ihr den Grund für unseren Besuch zu nennen. Ich gebe zu, dass ich neugierig war, die Lebensbedingungen dieser Leute mit eigenen Augen zu begutachten, und ich war angenehm überrascht vom Innern des Hauses. Obwohl der Fußboden aus nacktem Lehm bestand, war er frisch gefegt, und überhaupt wirkte alles sehr sauber. Es gab ein paar einfache, aber solide Möbel, und wir wurden aufgefordert, in zwei Sesseln Platz zu nehmen, die vor dem Kamin standen. Mr. Sinclair wollte einwenden, das sei nicht nötig, da wir nur gekommen seien, um nach dem Weg zum Haus der Familie M. zu fragen, doch ich brachte ihn zum Schweigen und sagte, dass wir die Gastfreundschaft der Dame gerne für ein paar Minuten in Anspruch nehmen würden. Da wir von weither angereist waren, um etwas über die Gemeinde zu erfahren, die R. M. hervorgebracht hatte, wäre es nachlässig, eine solche Gelegenheit nicht zu nutzen. Die Untersuchung der Verbrecherrasse sollte sich nicht ausschließlich auf die Vererbung konzentrieren, sondern auch auf die Bedingungen achten, unter denen das degenerierte Individuum lebte. Die Vererbung kann nicht die alleinige Ursache für das Begehen eines Verbrechens sein. Der Gestank der Armenviertel, Hunger und ein allgemeines Milieu von Unmoral müssen als Faktoren miteinbezogen werden. Zahlreiche Studien haben gezeigt, dass Kinder degenerierten Ursprungs, die aus den elenden Behausungen ihrer Eltern entfernt wurden, im Rahmen ihrer intellektuellen Möglichkeiten ein durchaus nutzbringendes Leben geführt haben.

Daher war ich froh über die Gelegenheit, ein wenig über die Quelle zu erfahren, aus der R. M. hervorgegangen war. Nachdem wir uns einander vorgestellt hatten, rief Mrs. Murchison zwei ihrer Töchter herbei, damit sie uns Tee bereiteten, und setzte sich dann zu uns ans Feuer. Abgesehen von ihrer einfachen Bekleidung, hätte ich mich nicht geschämt, Mrs. Murchison in einem Salon in Perth zu präsentieren. Sie hatte ein fein geschnittenes Gesicht und intelligente braune Augen, und die Würde, mit der sie sich bewegte, ließ darauf schließen, dass sie den Umgang mit gebildeten Herren durchaus gewöhnt war. Ihre Töchter, die ich auf etwa zwölf und dreizehn Jahre schätzte, besaßen eine ähnliche Anmut und waren von ansprechendem Aussehen und Gebaren. Mrs. Murchison erklärte, ihr Mann, Steinmetz von Beruf, sei an diesem Tag unterwegs. Auf meine Frage, wie sie einander kennengelernt hätten, sagte sie, sie wären sich in der nahe gelegenen Stadt Kyle of Lochalsh begegnet, wo ihr Vater ein angesehener Kaufmann gewesen sei. So hatte Mr. Murchison den großen Fehler der schottischen Küstenstämme vermieden, die durch fortwährende Heirat untereinander ihre körperlichen Eigenheiten und Mängel weitervererben. Der Tee wurde in Porzellantassen serviert, und dazu gab es mit Butter bestrichene Scones. Ich beglückwünschte Mrs. Murchison zu ihren wohlgeratenen Kindern. Sie erwiderte, sie habe noch vier weitere Töchter, und ich sprach ihr mein Beileid aus, weil sie nicht mit einem Sohn gesegnet war.

Dann erklärte ich ihr, was uns nach Culduie geführt hatte, und bat sie um ihre Meinung über den Beschuldigten. Mrs. Murchison wich meiner Frage aus und sagte stattdessen, wie tragisch dieses Verbrechen sei und welche Auswirkungen es auf ihre kleine Gemeinde habe.

Mir fiel ihre Verwendung des Wortes »tragisch« auf, und ich fragte sie, warum sie die Geschehnisse so bezeichnete.

»Ich wüsste nicht, wie man solche Vorkommnisse sonst bezeichnen sollte.«

»Was ich meinte«, erwiderte ich, »war, warum Sie die Tat als tragisch bezeichnen und nicht etwa als böse oder niederträchtig.«

Da sah Mrs. Murchison uns beide an, als heische sie um die Bestätigung, offen mit uns sprechen zu können.

»Wenn Sie meine Meinung wissen wollen, Mr. Thomson«, sagte sie, »wird in dieser Gegend viel zu viel vom Bösen gesprochen. Wenn man manche Leute reden hört, könnte man meinen, wir lebten in einem Zustand unablässiger Verderbtheit.«

»Ich sehe, dass dies in der Tat eine falsche Annahme wäre«, sagte ich und wies mit einer Handbewegung auf den Raum. »Dennoch muss man sich fragen, wie es zu den Taten Ihres Nachbarn kam.«

An diesem Punkt schickte Mrs. Murchison ihre beiden Töchter mit der Anweisung, ihren Aufgaben nachzugehen, aus dem Haus. Dann sagte sie, es stehe ihr zwar nicht zu, eine Meinung zu äußern, aber sie könne es sich nur so erklären, dass R. M. zu dem Zeitpunkt, als er dieses schreckliche Verbrechen beging, nicht bei klarem Verstand gewesen sei. Dann bat sie um Verzeihung, weil sie in Gegenwart zweier Herren, die sicher sehr viel mehr über die Funktionsweise des menschlichen Geistes wussten als sie, ihre Ansicht geschildert hatte.

Ich wischte ihre Einwände beiseite und erwiderte, obgleich ich eine große Anzahl an Verbrechern studierte hätte, sei ich ein Mann der Wissenschaft und mehr an Fakten interessiert als an Verallgemeinerungen und Spekulationen. Ich sei ja gerade deshalb hier, weil ich wissen wolle, was diejenigen, die den Beschuldigten kannten, über ihn dachten.

»Sie werden sicher eine Menge Leute finden, die nur zu gerne ihre schlechte Meinung über ihn äußern werden«, sagte sie, »aber solange ich ihn kenne, hat er niemals einem anderen Menschen absichtlich etwas Böses getan.«

»Sie hätten ihn also nicht für fähig gehalten, ein solches Verbrechen zu begehen?«

»Ich hätte niemanden für fähig gehalten, ein solches Verbrechen zu begehen, Mr. Thomson«, erwiderte sie.

Dann fragte ich sie, ob ihr irgendein Grund bekannt sei, warum R. M. dies getan haben könnte. Diese Frage schien sie nur widerstrebend beantworten zu wollen.

»Nun, es hatte einige Auseinandersetzungen zwischen Mr. Mackenzie und Mr. M. gegeben …«, sagte sie schließlich.

»Und wer war dabei Ihrer Ansicht nach im Unrecht?«

»Ich glaube, es steht mir nicht zu, das zu beurteilen.«

»Vielleicht möchten Sie nicht schlecht über die Toten sprechen …«, sagte ich.

Mrs. Murchison sah mich eine Weile an. Sie war wirklich ein bemerkenswert hübsches Wesen.

»Ich kann mit absoluter Gewissheit sagen, dass Flora und Donald Mackenzie gänzlich unschuldig waren«, erwiderte sie schließlich und fing an zu weinen.

Ich entschuldigte mich dafür, dass ich sie so aufgewühlt hatte. Sie zog ein leinenes Taschentuch aus ihrem Ärmel und betupfte sich in vollendeter Nachahmung einer Frau besserer Herkunft die Augen. Aus der Tatsache, dass sie ein solches Taschentuch bei sich trug, schloss ich, dass sie zurzeit häufiger zu solchen Gefühlsausbrüchen neigte. Als sie sich wieder gefasst hatte, fragte ich sie, was sie mir zu R. M.s Wesen sagen könne. Sie sah mich eine Weile mit ihren hübschen braunen Augen an.

»Er war allgemein von gutem Charakter«, sagte sie ausweichend.

»Allgemein?«

»Ja.«

»Aber nicht immer?«, hakte ich nach.

»Alle Jungen in R.'s Alter stellen gelegentlich etwas an, nicht wahr?«

»Zweifellos«, sagte ich. »Aber was genau hat er denn angestellt?«

Mrs. Murchison antwortete nicht, und ich wunderte mich über ihr eigentümliches Widerstreben, schlecht über jemanden zu sprechen, der doch solch ein grausames Verbrechen begangen hatte. Daher beschloss ich, meine Fragen spezifischer zu formulieren.

»Hat er gestohlen?«

Darauf lachte Mrs. Murchison nur.

»Wissen Sie, ob er je Tiere oder kleinere Kinder misshandelt hat?«

Diesmal lachte Mrs. Murchison nicht, aber sie verneinte die Frage.

»Haben Sie je erlebt, dass er wirres Zeug gefaselt hat oder unter Halluzinationen oder Einbildungen zu leiden schien?«

»Ich würde nicht sagen, dass er wirres Zeug gefaselt hat«, erwiderte sie. »Aber manchmal, wenn er durch das Dorf ging oder auf dem Feld arbeitete, murmelte er etwas vor sich hin.«

»Konnten Sie verstehen, was er sagte?«

Mrs. Murchison schüttelte den Kopf. »Er bewegte kaum den Mund«, an dieser Stelle ahmte sie das Gesehene nach, »als wolle er nicht, dass jemand ihn hörte. Sobald jemand näher kam oder er sah, dass er beobachtet wurde, verstummte er.«

»Also muss ihm bewusst gewesen sein, was er tat«, sagte ich, mehr zu mir selbst als zu den anderen. »Haben Sie mit irgendjemandem sonst über diese Angewohnheit von R. gesprochen?«

»Mein Mann hat es auch bemerkt und mir gegenüber erwähnt.«

»Und was hat er dazu gesagt?«

»Nur dass es ihm aufgefallen ist. Wir hielten es nicht für wichtig.«

»Dennoch war es ungewöhnlich genug, um es anzumerken.«

»Allerdings«, sagte Mrs. Murchison. Sie trank einen Schluck aus ihrer Tasse, die sie elegant auf ihrem Schoß hielt. »Sie müssen verstehen, Mr. Thomson, dass R. sehr unglücklich war. Seit dem Tod seiner Mutter lastete eine Wolke der Trauer über der ganzen Familie, was schmerzlich zu beobachten und durch keine Hilfe seitens der Nachbarn abzumildern war.«

»Sie glauben also, dass der Tod von Mrs. M. eine Wesensveränderung bei ihrem Sohn ausgelöst hat?«

»Bei der ganzen Familie«, sagte sie.

Ich nickte.

»Außerdem sollten Sie wissen, dass John M. ein strenger Mann ist, der ...«, sie senkte die Stimme und blickte zu Boden, als schäme sie sich dessen, was sie nun sagen wollte, »... der seinen Kindern nicht viel Zuneigung zeigt.«

Dann fügte sie an, dass sie nicht schlecht über einen Nachbarn sprechen wolle, und ich versicherte ihr meine Diskretion.

»Sie sind mir eine große Hilfe gewesen«, sagte ich. »Wie ich schon erklärt habe, stelle ich diese Fragen aus rein professionellen Gründen.« Ich schwieg einen Moment, bevor ich fortfuhr. »Da Sie offenkundig eine Frau von gewisser Bildung sind, darf ich Ihnen noch eine weitere Frage stellen, eine Frage von etwas delikater Natur?«

Mrs. Murchison nickte.

»Verzeihen Sie bitte«, sagte ich, »aber wissen Sie, ob R. M. je unschickliche Handlungen begangen hat?«

Eine leichte Röte stieg in ihre Wangen, die sie mit der Hand zu verbergen suchte. Ich vermutete, der Grund dafür war weniger, dass sie von meiner Andeutung peinlich berührt war, als dass ich etwas angesprochen hatte, über das sie lieber Stillschweigen bewahrt hätte. Sie versuchte zunächst, meine Frage abzuwehren, indem sie fragte, was genau ich damit meinte.

»Mrs. Murchison«, sagte ich, »wenn die Antwort auf meine Frage ein Nein wäre, bräuchten Sie mich nicht nach einer näheren Erläuterung zu fragen. Ich bitte Sie, sich daran zu erinnern, dass ich Wissenschaftler bin, und Ihre natürliche Scheu zu überwinden.«

Mrs. Murchison stellte ihre Teetasse ab und vergewisserte sich, dass ihre Töchter nicht in der Nähe waren. Als sie sprach, hielt sie den Blick die ganze Zeit auf den Lehmboden gesenkt.

»Unsere Töchter – die älteste ist fünfzehn – schlafen alle in einer Kammer an der Rückseite des Hauses.« Sie deutete auf eine Tür, die vermutlich in diese Kammer führte. »Mein Mann hat R. mehrfach draußen am Fenster erwischt.«

»In der Nacht?«, fragte ich.

»In der Nacht oder am frühen Morgen.«

»Er hat Ihre Töchter beobachtet?«

»Ja.«

»Bitte entschuldigen Sie meine Taktlosigkeit, aber hat Ihr Mann den Jungen in einem Zustand der Erregung ertappt?«

Die Wangen der braven Frau wurden noch röter.

»Vollzog er onanistische Handlungen?«

Mrs. Murchison nickte schwach und hob dann scheu den Blick zu mir. Um ihre Verlegenheit zu zerstreuen, fragte ich in sachlichem Ton, was ihr Mann daraufhin unternommen habe. Sie erwiderte, R. sei nachdrücklich zurechtgewiesen worden, und ich vermutete, dass er mindestens ein paar kräftige Ohrfeigen bekommen hatte.

»Haben Sie irgendjemandem von diesen Vorfällen erzählt?«

Mrs. Murchison schüttelte den Kopf. »Wir wiesen unsere Töchter an, sich nicht mit R. abzugeben und uns Bescheid zu sagen, wenn er sich ihnen gegenüber ungehörig verhielt.«

»Und hat er das getan?«

»Nicht, dass ich wüsste.«

»Fuhr er mit seinen nächtlichen Besuchen fort?«, fragte ich.

»Eine Zeit lang«, sagte sie. »Aber vor ein paar Monaten hörte es dann auf. Ich nehme an, er ist dem entwachsen.«

Ich brachte Mrs. Murchison meine Bewunderung für ihre nachsichtige Beschreibung von R. M.'s Verhalten zum Ausdruck und bat sie erneut um Verzeihung, weil ich sie mit solchen Fragen belästigt hatte. Dann bedankten wir uns für ihre Gastfreundschaft und baten sie um eine Wegbeschreibung, was ja der ursprüngliche Anlass für unseren Besuch gewesen war.

Wir ließen unsere Ponys vor dem Haus der Murchisons angebunden und gingen die kurze Strecke zu Fuß. Die Behausung der Familie M. war mit Abstand die armseligste im Dorf; sie sah eher wie ein rauchender Misthaufen aus denn wie ein Haus. Das Stück Land davor war ungepflegt und von Unkraut überwuchert. Die Tür stand offen, und wir spähten ins Innere. Zur Linken befand sich offenbar ein heruntergekommener Kuhstall. Es waren keine Tiere darin, aber der Gestank war so überwältigend, dass man sich fragte, wie Menschen dort leben konnten. Es brannte kein Feuer im Kamin, und der Raum war kalt und nahezu stockdunkel.

Mr. Sinclair rief einen Gruß, auf den er jedoch keine Antwort bekam. Er trat über die Schwelle und wiederholte seinen Gruß auf Gälisch. Zwei Hennen, die auf dem Boden gepickt hatten, liefen an unseren Beinen vorbei. Etwas rührte sich zu unserer Rechten, und wir konnten die Umrisse einer Gestalt erkennen, die in einem Lehnstuhl am winzigen Fenster saß.

»Mr. M.?«, fragte mein Begleiter.

Die Gestalt erhob sich mit einiger Mühe und kam ein, zwei Schritte auf uns zu, schwer auf einen knorrigen Stock gestützt. Er sagte ein paar Worte in der Sprache, in der er angesprochen worden war.

Mr. Sinclair erwiderte etwas darauf, und der Mann kam näher. Ich habe selten ein so klägliches Exemplar der menschlichen Rasse gesehen. Gebeugt, wie er war, konnte er kaum mehr als einen Meter fünfzig messen. Sein Bart und sein Haupthaar waren dicht und zerzaust, seine Kleider kaum mehr als Lumpen. Auf meinen Vorschlag hin fragte Mr. Sinclair, ob wir vielleicht kurz nach draußen treten und uns dort unterhalten könnten. Der Homunkulus beäugte uns misstrauisch und schüttelte den Kopf. Er bedeutete uns, wenn wir mit ihm sprechen wollten, könnten wir uns an den Tisch in der Mitte des Raumes setzen. Wir ließen uns auf den Bänken neben dem Tisch nieder, dessen Oberfläche mit Vogelkot besprenkelt war. Als meine Augen sich an das Dämmerlicht gewöhnt hatten, musterte ich Mr. M. Er hatte dieselbe ausgeprägte Stirn und dieselben unruhigen Augen wie sein Sohn. Seine Hände, die damit beschäftigt waren, eine kleine Pfeife zu stopfen, waren groß, mit langen, gekrümmten Fingern, die am Ende flach zuliefen. Ich fragte mich, ob er bei unserem Eintreten geschlafen hatte, denn mittlerweile schien er einen Teil seiner ursprünglichen Verwirrung abgeschüttelt zu haben. Dennoch lag auf seinem Gesicht unverhohlenes Misstrauen, wenn nicht sogar offene Feindseligkeit. Er bot uns keinerlei Erfrischung an, obgleich ich in diesem Dreckloch ohnehin keinen Krümel angerührt hätte.

Mr. Sinclair fragte, ob er in der Lage sei, sich auf Englisch mit uns zu unterhalten, und wir fuhren dann in dieser Sprache fort. Der Rechtsbeistand erklärte ihm mit einfachen Worten den Anlass unseres Besuchs. Mir fiel auf, dass Mr. M. sich überhaupt nicht nach dem Befinden seines Sohnes erkundigte. Mr. Sinclair fragte zunächst, wo sich die jüngsten Kinder des Mannes aufhielten. Darauf erwiderte dieser, sie seien bei der Familie seiner Frau in Toscaig.

Dann sprach Mr. Sinclair ihm sein Beileid zum Tod seiner Tochter aus.

Der Blick von Mr. M. verhärtete sich. »Ich habe keine Tochter.«
»Ich meine Ihre Tochter Jetta«, präzisierte Mr. Sinclair.

»So jemanden gibt es nicht«, knurrte der Crofter. Die Bemerkungen meines Begleiters, so freundlich sie auch gemeint waren, hatten nicht dazu beigetragen, die Atmosphäre am Tisch zu verbessern.

»Sie sind also ganz allein?«, fragte ich.

Darauf antwortete Mr. M. nicht, vielleicht weil er nachvollziehbarerweise der Ansicht war, das sei offensichtlich. Er zündete seine Pfeife an und zog mehrmals kurz daran, um sie in Gang zu bringen. Dabei wanderten seine Augen unablässig zwischen seinen beiden unwillkommenen Besuchern hin und her.

»Mr. M.«, begann ich. »Wir sind von recht weither gekommen, um mit Ihnen zu sprechen, und ich hoffe, Sie sind so freundlich, uns ein paar Fragen bezüglich Ihres Sohnes zu beantworten. Es ist wichtig, dass wir verstehen, in welchem Geisteszustand er sich befand, als er die Taten beging, derer er beschuldigt wird.«

Mr. M.s Gesicht zeigte keinerlei Regung, und ich fragte mich, ob er überhaupt verstanden hatte, was ich gesagt hatte. Ich nahm mir vor, meine Fragen so schlicht wie nur irgend möglich zu formulieren. Meine Erwartungen, irgendetwas von Interesse zu erfahren, waren nicht sehr hoch, aber allein der Anblick der elenden Bedingungen, unter denen R. M. gelebt hatte, war bereits recht aufschlussreich.

»Ich nehme an, Sie erinnern sich an den Tag, an dem die Morde geschahen?« Ich hielt inne, da ich auf ein Zeichen der Zustimmung wartete, doch als keines kam, fuhr ich fort. »Können Sie mir sagen, in welcher geistigen Verfassung sich Ihr Sohn an dem Morgen befand?«

Mr. M. zog geräuschvoll am Mundstück seiner Pfeife.

»Ein Mensch kann ebenso wenig in den Kopf eines anderen Menschen hineinsehen wie in einen Stein«, sagte er schließlich.

Ich beschloss, meine Frage direkter zu stellen. »War Ihr Sohn allgemein von heiterem Gemüt? War er ein fröhlicher Junge?«

Der Crofter schüttelte den Kopf, nicht so sehr als Verneinung, wie mir schien, sondern um auszudrücken, dass er dazu keine Meinung hatte. Dennoch war es zumindest so etwas wie eine Antwort, was mich ein wenig ermutigte.

»Hat Ihr Sohn Ihnen von seiner Absicht erzählt, Lachlan Mackenzie zu töten?«, fragte ich.

»Nein.«

»Hatten Sie irgendeine Ahnung, dass er so etwas plante?«

Er schüttelte den Kopf.

»Stimmt es, dass es zwischen Ihnen und Mr. Mackenzie einige Unstimmigkeiten gab?«

»Unstimmigkeiten würde ich das nicht nennen«, erwiderte er.

»Wie würden Sie es denn nennen?«

Mr. M. starrte mich einen Moment an. »Ich würde es gar nicht irgendwie nennen.«

»Aber irgendwie müssen Sie es doch bezeichnen«, sagte ich.

»Warum muss ich das?«, entgegnete er.

»Nun«, sagte ich liebenswürdig, »wenn Sie über etwas sprechen wollen, müssen Sie der Sache einen Namen geben.«

»Aber ich will nicht darüber sprechen. Sie wollen darüber sprechen.«

Angesichts dieser Erwiderung konnte ich mir ein Schmunzeln nicht verkneifen. Vielleicht war er doch nicht so beschränkt, wie ich zunächst gedacht hatte.

Nun unternahm Mr. Sinclair einen Versuch, die Sturheit des alten Mannes zu überwinden.

»Könnte man sagen, dass Mr. Mackenzie eine Art Rachefeldzug gegen Sie führte?«

»Das müssten Sie schon Mr. Mackenzie selbst fragen«, erwiderte der Alte.

Mr. Sinclair warf mir einen resignierten Blick zu.

Da beugte sich Mr. M. ein wenig vor. »Was mein Sohn getan hat, kann nicht ungeschehen gemacht werden. Nichts, was Sie oder ich dazu sagen, wird irgendetwas daran ändern.«

»Aber Mr. M., ich fürchte, da irren Sie sich«, sagte Mr. Sinclair ernst. Er erklärte ihm, dass die Aussichten seines Sohnes, dem Galgen zu entrinnen, in großem Maße davon abhingen, ob es uns gelänge, festzustellen, in welchem Geisteszustand er sich zum Zeitpunkt der Tat befunden hatte, und dass wir nicht aus reiner Neugier von Inverness hierhergekommen seien, um ihm diese Fragen zu stellen.

Der Crofter sah ihn eine Weile an. Seine Pfeife war ausgegangen. Er klopfte den Inhalt vor sich auf den Tisch, griff nach seinem Tabakbeutel und fingerte offenbar die Reste heraus. Ich holte meinen eigenen Beutel heraus und schob ihn in die Mitte des Tisches.

»Bitte …«, sagte ich und machte eine einladende Geste.

Mr. M.s Blick wanderte von mir zu dem Beutel und wieder zurück. Zweifellos erwog er, inwieweit er sich in meiner Schuld fühlen würde, wenn er das Geschenk annahm. Dann legte er seine Pfeife auf den Tisch und sagte: »Ich glaube nicht, dass ich Ihnen helfen kann, Sir.«

Ich sagte ihm, er habe uns bereits sehr geholfen, und bat ihn, mir noch einige Fragen zu seinem Sohn zu beantworten. Da er nicht widersprach, fragte ich ihn der Reihe nach, ob sein Sohn unter Epilepsie litt, ob er gelegentlich heftige Stimmungsumschwünge hatte oder wirres Zeug redete oder Dinge sah, die gar nicht da waren, ob er exzentrische Gewohnheiten oder Verhaltensweisen zeigte und ob es in der Familie bereits Fälle von Geisteskrankheit gegeben hatte. Alle diese Fragen verneinte der Crofter. Allerdings hatte ich meine Zweifel, was den Wahrheitsgehalt dieser Antworten anging, denn in Anbetracht seiner armseligen Lebensumstände hätte er sich gewiss geschämt, solche Veranlagungen innerhalb seiner Familie zuzugeben.

Da ich keinen Sinn darin sah, das Gespräch zu verlängern, stand ich auf und bedankte mich für seine Gastfreundschaft. Auch Mr. M. erhob sich. Er sah hinunter auf den Tabakbeutel, der noch immer zwischen uns auf dem Tisch lag. Seine Hand schoss darauf zu und ließ ihn in seiner Jackentasche verschwinden. Dann sah er uns an, als wäre nichts geschehen. Wir verabschiedeten uns von ihm und traten mit einiger Erleichterung hinaus in die unverpestete Dorfluft.

Wir schwiegen beide, während wir zu unseren Ponys zurückgingen. Mir war bewusst, dass wir genau denselben Weg nahmen wie R. M., als er zwei Wochen zuvor zu seinem blutigen Vorhaben aufgebrochen war. Und ich fragte mich, ob in der Bemerkung des alten Mannes, dass man einem anderen Menschen nicht in den Kopf schauen könne, nicht doch ein Funken Wahrheit lag. Wenn jemand im Vollbesitz seiner geistigen Kräfte ist, kann man ihn natürlich einfach fragen, was er zu diesem oder jenem Zeitpunkt gedacht hat, und sofern man davon ausgeht, dass er wahrheitsgemäß antwortet, seiner Aussage Glauben schenken. Die Schwierigkeiten beginnen, wenn man es mit jemandem zu tun hat, der im Grenzland des Wahnsinns lebt und *per definitionem* keinen Zugang zum Inhalt seines eigenen Geistes hat. Genau dazu ist die Disziplin der Psychiatrie da: um in den Geist dieser Unglückseligen hineinzublicken. Ich zweifle nicht daran, dass Mr. Sinclair gerne gewusst hätte, was in *meinem* Geist vorging, doch da ich keine voreilige, unüberlegte Meinung äußern wollte, behielt ich meine Gedanken vorerst für mich.

Während wir den kurzen Weg zur Kreuzung zurückgingen, dachte ich bei mir, dass ein solcher Ort den Bewohnern in den Armenvierteln unserer Städte gewiss wie das Paradies erschienen wäre, und abgesehen von der Trägheit und Ungebildetheit seiner Einwohner war es das vielleicht auch.

Als wir bei unseren Ponys ankamen, äußerte Mr. Sinclair die Ansicht, dass es vielleicht vorteilhaft sei, auch Mr. Mackenzies Haus, das am anderen Ende des Dorfes lag, einen Besuch abzustatten. Ich konnte keinen Sinn darin sehen, die überlebenden Angehörigen der Opfer zu befragen, da ich nur mit dem Täter befasst war, aber Mr. Sinclair meinte, es werde ihm vielleicht vor Gericht von Nutzen sein, wenn er sich mit dem Tatort und dessen Umfeld vertraut machte. Das Haus der Mackenzies war einigermaßen solide gebaut und wirkte durchaus gepflegt. Eine stämmige Frau stand vor dem Eingang und drehte energisch die Kurbel eines Butterfasses. Als wir näher kamen, sah sie von ihrer Arbeit auf. Sie hatte ein rötliches Gesicht und dickes braunes Haar, das zu einem Knoten zusammengebunden war. Ihre Unterarme waren derb und muskulös, und ihre Haltung und Art, sich zu bewegen, hatte etwas Männliches. Dennoch wies sie keine Anzeichen von Degeneration auf und schien ein gesundes, wenn auch wenig ansprechendes Exemplar der menschlichen Rasse zu sein.

Nachdem Mr. Sinclair sich vergewissert hatte, dass sie die Witwe des Verstorbenen war, sprach er ihr sein Beileid aus, und ich neigte den Kopf als Zeichen, dass ich mich dieser Bekundung anschloss. Er erklärte ihr, dass wir mit der Untersuchung des Mordes an ihrem Mann betraut waren (wobei er so klug war, seine Rolle dabei nicht weiter auszuführen), und fragte sie, ob er kurz eintreten dürfe, um sich »mit der Geografie des Hauses vertraut zu machen«. Die Frau bedeutete ihm mit einer Handbewegung, dass er das gerne tun dürfe, folgte uns jedoch nicht hinein. Am hinteren Ende des Raumes brannte ein Feuer, und die Temperatur im Innern war recht drückend. Ich blieb im Türrahmen stehen, während Mr. Sinclair sich oberflächlich umsah. Die Möbel waren keineswegs modisch, boten aber dennoch einen deutlichen Kontrast zu dem Elendsloch, aus dem wir gerade kamen. Mr. Sinclair umrundete bei seiner Besichtigung den großen Tisch, an dem die

Familie zweifellos ihre Mahlzeiten einnahm, und vermutlich versuchte er dabei, in Gedanken die grausigen Ereignisse, die sich hier abgespielt hatten, Revue passieren zu lassen. Erst als er am hinteren Ende des Tisches ankam, bemerkte er die alte Frau, die, trotz der Hitze in Decken gewickelt, in einem Sessel am Feuer saß. Sofort entschuldigte er sich für sein Eindringen, doch die Frau reagierte nicht. Er wiederholte seine Entschuldigung auf Gälisch, doch ihre wässrigen Augen starrten an ihm vorbei, und ich nahm an, dass sie sich in einem fortgeschrittenen Stadium von geistiger Verwirrung befand.

Ich trat aus dem Haus und ließ meinen Begleiter seine Inspektion ungestört fortführen. Mrs. Mackenzie kurbelte weiter, als wäre nichts Ungewöhnliches daran, dass zwei gebildete Herren in diesem abgelegenen Weiler auftauchten. Ich sah ihr eine Weile bei ihrer anstrengenden und eintönigen Arbeit zu und dachte bei mir, wie wenig sie von einem wiederkäuenden Schaf unterschied. Es ist eine traurige Wahrheit, dass die niederen Stämme unseres Landes noch immer in einem Zustand leben, der kaum über dem Vieh anzusiedeln ist, ohne jeglichen Willen zur Selbstverbesserung, der unseren südlichen Regionen solchen Fortschritt gebracht hat.

Mr. Sinclair kam mit schweißglänzender Stirn aus dem Haus. Er bedankte sich bei der Frau dafür, dass sie ihm gestattet hatte, ihr Heim zu betreten, und gab seiner Bewunderung dafür Ausdruck, dass sie trotz der traurigen Ereignisse mit ihrer Arbeit fortfuhr. Mrs. Mackenzie sah ihn verständnislos an.

»Es gibt immer noch hungrige Mäuler zu füttern und eine Ernte einzubringen, Sir«, sagte sie.

Mr. Sinclair nickte, da sie damit unzweifelhaft recht hatte, und wir verabschiedeten uns von ihr und von Culduie, einem Ort, an den ich aus freien Stücken sicher nicht zurückkehren werde. Da der Tag zu weit fortgeschritten war, um die Rückreise nach Inverness anzutreten, kehrten wir erneut in dem Gasthaus in Applecross ein. Ich zog mich auf mein Zimmer zurück, um mir Notizen zu machen und über die Ergebnisse unserer Exkursion nachzudenken, während mein Begleiter die Vorzüge der Gaststube genoss.

DER PROZESS

Der folgende Abschnitt wurde zusammengestellt aus den Zeitungsartikeln der damaligen Zeit sowie dem Werk »Der Prozess von Roderick John Macrae – ein vollständiger Bericht«, veröffentlicht von William Kay, Edinburgh, Oktober 1869.

Erster Tag

Der Prozess wurde am 6. September 1869 vor dem Bezirksgericht in Inverness eröffnet. Um acht Uhr morgens brachte man Roderick Macrae aus seiner Zelle im Gefängnis von Inverness in einen Verwahrungsraum im Keller des Gerichtsgebäudes. Er wurde in einer fensterlosen Kutsche transportiert, flankiert von berittener Polizei. Dieser kleine Konvoi erregte großes Aufsehen auf den Straßen. John Murdoch, der im *Inverness Courier* über den Fall berichtete, schrieb, einige Passanten »riefen beleidigende Worte, während andere mit allem warfen, was ihnen in die Hände geriet«.

Das Interesse an dem Fall war so groß, dass sich mehrere Hundert Menschen vor dem Gericht drängten, und findige Verkäufer hatten ihre Stände aufgebaut, um die Menge mit Erfrischungen zu versorgen. Als die Prozession sich näherte, brach ein Sturm der Empörung los, und es gelang den Berittenen nicht, die Menschen abzuwehren, die sich auf die Kutsche stürzten und mit den Fäusten dagegenschlugen. Die Kutsche hielt an, und mehrere Männer wurden verletzt, als die Polizei die Menge mit Knüppeln zurückdrängte. Eine ältere Frau namens Mary Patterson wurde niedergetrampelt und musste ärztlich versorgt werden. An den folgenden Tagen wurden Absperrungen errichtet und mehr Polizisten eingesetzt, damit der Konvoi unbeschadet passieren konnte.

Im Gerichtssaal war ein eigener Bereich für die vielen Reporter abgetrennt worden, die den Prozess verfolgen wollten. Diese ließ man nach vorheriger Absprache durch einen Seiteneingang in das Gebäude. Der Zugang zur Zuschauertribüne wurde durch die Ausgabe spezieller Passierscheine geregelt, die, wie sich später herausstellte, für beträchtliche Summen den Besitzer wechselten. Um halb zehn war die Tribüne bis auf den letzten Platz besetzt, und der vorsitzende Richter, Lord Ardmillan, und sein Beisitzer, Lord Jerviswoode, nahmen ihren Platz an der Richterbank ein. Die Krone wurde vertreten durch den vorsitzenden Staatsanwalt Mr. Gifford, einen Mr. William Crichton und den Kronanwalt Mr. Gordon Frew. Die Verteidigung bestand aus Andrew Sinclair und seinem Kollegen Edward Smith. Der vorsitzende Richter begann mit einer strengen Warnung an das Publikum. Während der Beweisaufnahme dürfe niemand den Gerichtssaal betreten oder verlassen, und jeder, der die Verhandlung störe, werde augenblicklich des Saales verwiesen und nicht wieder zugelassen.

Dann wandte der Richter sich an die Verteidigung. Er wisse von der Existenz jener »sogenannten Aufzeichnungen«, die der Gefangene verfasst habe, aber da dieser Bericht ohne vorherige offizielle

Rechtsbelehrung verfasst worden sei und Aussagen enthalte, die der Beschuldigte im Rahmen seiner Verteidigung möglicherweise nicht vorbringen wolle, werde »weder das Dokument noch irgendein Teil daraus« bei der Beweisaufnahme zugelassen. Darüber hinaus warnte er beide Seiten nachdrücklich davor, im Rahmen ihrer Zeugenbefragungen auf das Dokument Bezug zu nehmen. Der Fall werde ausschließlich auf der Grundlage der Beweisaufnahme im Gericht entschieden. Weder der Staatsanwalt noch die Verteidigung brachte irgendwelche Einwände dagegen vor, und genau dies war sicher die Absicht des Richters gewesen, um spätere Diskussionen in Gegenwart der Geschworenen zu vermeiden.

Um fünf Minuten nach zehn wurde der Gefangene »unter einem gewaltigen Tumult, den selbst der wiederholte Hammerschlag des vorsitzenden Richters nicht dämpfen konnte«, auf die Anklagebank gebracht. James Philby, der für die *Times* berichtete, beschrieb den Moment folgendermaßen:

Diejenigen, die das Erscheinen eines Ungeheuers erwartet hatten, wurden arg enttäuscht. Nachdem sich der erste Aufruhr gelegt hatte, wurde überrascht angemerkt, der Gefangene sei ja kaum mehr als ein Junge. Und dem war in der Tat so. Roderick Macrae entsprach keineswegs der Vorstellung von einem Mörder und schien allein von seinem Körperwuchs her gar nicht in der Lage, die grausamen Verbrechen zu begehen, derer er beschuldigt wurde, auch wenn er kräftige Arme und Schultern hatte. Sein Haar war zerzaust und sein Gesicht bleich, vermutlich aufgrund der Wochen, die er in der Zelle verbracht hatte. Beim Eintreten musterten seine dunklen Augen unter der schweren Stirn den Gerichtssaal, doch er wirkte durchaus gefasst und zeigte keine Reaktion auf das Gelärme von der Zuschauertribüne. Sein Rechtsbeistand, Mr. Andrew Sinclair, stellte sich neben die Anklagebank und wies ihn an, dort Platz zu nehmen, und dies tat der Gefangene auch, mit gesenktem Kopf, die Hände im Schoß gefaltet. Diese Haltung behielt er nahezu während des gesamten Prozesses bei.

Dann verlas der Gerichtssekretär die Anklage:

Roderick John Macrae, Crofter aus Culduie, Ross-shire und derzeit Gefangener in Inverness, Sie werden auf Veranlassung von James Moncreiff, Esquire, dem Obersten Staatsanwalt Ihrer Majestät, des Mordes beschuldigt, eines abscheulichen Verbrechens, das in diesem wie in jedem anderen zivilisierten Land unter schwerster Strafe steht. Im Einzelnen werden Sie, Roderick John Macrae, beschuldigt, am Morgen des 10. August 1869 Lachlan Mackenzie aus Culduie, Ross-shire, in seinem Haus heimtückisch und in verbrecherischer Absicht angegriffen und mit einer Feldhacke und einem Spitzspaten mehrfach auf Brust, Gesicht und Kopf geschlagen zu haben, bis sein Schädel zerbrach, was zum sofortigen Tode von Lachlan Mackenzie führte.

Anschließend wurden auf gleiche Weise die Angriffe auf Flora und Donald Mackenzie vorgetragen.

Dann wies der Richter den Gefangenen an, sich zu erheben, und sagte zu ihm:

»Roderick John Macrae, Sie werden des Mordes angeklagt. Bekennen Sie sich der genannten Verbrechen für schuldig oder nicht schuldig?«

Roddy stand aufrecht da, die Hände an seinen Seiten, und nach einem Blick zu seinem Verteidiger antwortete er mit leiser, aber klarer Stimme: »Nicht schuldig, Mylord.«

Er setzte sich wieder, und Andrew Sinclair erhob sich, um einen Antrag auf Schuldunfähigkeit wegen geistiger Verwirrung zu übergeben, der daraufhin vom Gerichtssekretär vorgelesen wurde: »Der Angeklagte plädiert auf nicht schuldig. Weiterhin gibt er an, dass er zu der Zeit, als die in der Anklage genannten Verbrechen verübt worden sein sollen, unter geistiger Verwirrung litt.«

Mr. Philby schrieb dazu: »Für einen jungen Mann, der noch nie mehr als ein paar Meilen aus seinem Weiler herausgekommen war, wirkte er bemerkenswert unbeeindruckt von all den gelehrten Gesichtern, die ihn nun von der Richterbank musterten.«

Alsdann wurden die fünfzehn Männer, die als Geschworene berufen waren, in ihren Pflichten unterwiesen. Der vorsitzende Richter wies sie an, alles aus ihren Gedanken zu verbannen, was sie über den Fall gehört oder gelesen haben mochten, und erinnerte sie daran, dass sie bei ihrer Urteilsfindung nur das in Betracht ziehen durften, was im Gerichtssaal verhandelt würde. Dann fragte er die Geschworenen, ob jemand von ihnen bereits eine entschiedene Meinung zu dem Fall habe oder voreingenommen sei. Die Geschworenen erwiderten einer nach dem anderen, dass dem nicht so sei, und um halb elf wurde die Verhandlung eröffnet.

Der erste Zeuge, der vernommen wurde, war Dr. Charles MacLennan, der die Leichenschau durchgeführt hatte. Der Arzt war mit einem Tweedanzug und einer gelben Weste bekleidet und hatte einen Schnauzbart, dessen Spitzen nach unten wiesen, was ihm ein angemessen ernstes Aussehen verlieh. Als Landarzt war er vermutlich noch nie zuvor in einem Gerichtsprozess aufgetreten, und er wirkte nervös, als er in den Zeugenstand trat. Als er mit seiner Aussage begann, schrieb Mr. Murdoch im *Courier,* »erstarb die aufgeregte Stimmung auf der Zuschauertribüne alsbald, und ernste Stille breitete sich im Saal aus«.

In dieser Stille befragte Mr. Gifford Dr. MacLennan in allen Einzelheiten nach den Verletzungen jedes Einzelnen der drei Opfer, was fast eine halbe Stunde dauerte. Am Ende seiner Aussage zeigte man dem Arzt Beweisstück Nr. 1 und Nr. 2, einen Spitzspaten und eine Feldhacke. Als die Mordwaffen hereingebracht wurden, hörte man Gemurmel von der Zuschauertribüne. Das Blatt des Spatens war sichtlich verbogen, was auf die »enorme Kraft« hindeutete, »mit der die Schläge ausgeführt wurden«.

Der Staatsanwalt fragte daraufhin den Zeugen: »Haben Sie diese Gerätschaften schon einmal gesehen?«

Dr. MacLennan: »Nein, Sir.«

»Können Sie uns sagen, was das ist?«

»Ein Spitzspaten und eine Feldhacke.«

»Und wofür werden die gewöhnlich verwendet?«

»Um die Erde umzugraben oder andere Feldarbeiten auszuführen.«

Mr. Gifford, ein großer, vornehmer Mann in einem eleganten schwarzen Anzug, legte eine Pause ein, um seiner nächsten Frage mehr Gewicht zu verleihen.

»Würden Sie in Anbetracht Ihrer beruflichen Erfahrung und Ihrer sorgfältigen Untersuchung der drei Opfer sagen, dass deren Verletzungen durch diese Waffen herbeigeführt worden sein können?«

»Allerdings«, erwiderte der Arzt. »Wenn sie mit genügend Kraft eingesetzt wurden.«

Mr. Gifford nickte ernst.

»Noch eine letzte Frage, wenn Sie gestatten«, sagte er. »Wie würden Sie die Verletzungen der Toten charakterisieren, ich meine, im Vergleich zu anderen Fällen, die Sie untersucht haben?«

Dr. MacLennan schnaubte hörbar, als wäre die Antwort offensichtlich. »Es waren zweifellos die brutalsten, die mir je untergekommen sind«, sagte er.

Daraufhin gab Mr. Gifford zu verstehen, dass er mit seiner Befragung am Ende war. Wenn er beabsichtigt hatte, den Geschworenen den Ernst des Falles unmissverständlich klarzumachen, so war es ihm gelungen. Einige von ihnen sahen laut den Zeitungsberichten recht grau im Gesicht aus.

Da Mr. Sinclair keine Fragen an den Arzt hatte, wurde der Zeuge entlassen.

Roddy hatte die Aussage mit einiger Aufmerksamkeit verfolgt, zeigte jedoch keinerlei Regung, »ganz so«, schrieb Mr. Philby, »als wäre er lediglich ein interessierter Zuschauer«.

Die nächste Zeugin war Carmina Murchison. Sie trug ein grünes Taftkleid und hätte, wie der *Scotsman* vermerkte »auch in den Salons der George Street nicht fehl am Platz gewirkt«. In keiner einzigen Zeitung fehlte der Hinweis auf Mrs. Murchisons beeindruckende Erscheinung, und Mr. Philby ließ sich sogar dazu hinreißen, zu schreiben, »kein Geschworener, der Blut in seinen Adern hat«, könne »auch nur ein Wort anzweifeln, das von diesen Lippen kommt«.

Von Mr. Gifford befragt, schilderte Mrs. Murchison, wie sie Roderick Macrae am Morgen des 10. August vor ihrem Haus begegnet war und ein paar Worte mit ihm gewechselt hatte. Eine Karte von Culduie war gezeichnet und auf einer Staffelei im Gerichtssaal aufgestellt worden, und Mrs. Murchison zeigte darauf die Lage von ihrem Haus, dem des Gefangenen und dem von Lachlan Mackenzie.

»Hatten Sie den Eindruck«, fragte Mr. Gifford, »dass der Gefangene erregt war?«

»Nein, Sir.«

»Er wirkte nicht nervös oder ängstlich?«

»Nein.«

»Glaubten Sie ihm, als er sagte, er wolle auf dem Land von Mr. Mackenzie ein Stück Erde freilegen?«

»Ich hatte keinen Grund, ihm nicht zu glauben.«

»Und er hatte zu diesem Zweck Werkzeug bei sich?«

»Ja.«

Man zeigte Mrs. Murchison die Beweisstücke. Beim Anblick der Waffen schlug sie die Hand vor die Augen, und sie wurden rasch wieder weggebracht.

Der elegante Mr. Gifford entschuldigte sich mit einer leichten Verbeugung und fragte dann: »Waren das die Werkzeuge, die der Gefangene bei sich hatte?«

Mrs. Murchison: »Ja.«

»Und das sind die Werkzeuge, mit denen man gewöhnlich solche Arbeiten verrichtet?«

»Ja.«

»Aber es war nicht die Jahreszeit, zu der man normalerweise den Boden umgräbt, oder?«

»Nicht, um Kartoffeln oder Gemüse zu pflanzen.«

»Aber das brachte sie nicht auf den Gedanken, dass der Gefangene etwas ganz anderes im Sinn hatte?«

»Roddy hatte in letzter Zeit viel für Lachlan Broad gearbeitet.«

Der Richter: »Lachlan Broad ist der Name, unter dem Mr. Mackenzie in Ihrer Gemeinde bekannt war?«

»Ja, Mylord.«

Mr. Gifford: »Warum hatte der Gefangene für den Verstorbenen gearbeitet?«

Mrs. Murchison: »Als Rückzahlung einer Geldsumme, die Roddys Vater Mr. Mackenzie schuldete.«

»Und was war das für eine Geldsumme?«

»Es ging dabei um eine Entschädigung für einen Schafbock, den Roddy getötet hatte.«

»Einen Schafbock, der Mr. Mackenzie gehörte?«

»Ja.«

»Wie hoch war die Summe?«

»Fünfunddreißig Shilling.«

»Und Mr. Macrae – der Vater des Gefangenen – konnte diese Summe nicht zahlen?«

»Das nehme ich an.«

»Anstelle der Zahlung arbeitete der Gefangene also für Mr. Mackenzie?«

»Ja.«

»Und in Anbetracht dieses Arrangements ist Ihnen bei dem Gespräch mit dem Gefangenen nichts Ungewöhnliches aufgefallen?«

»Nein.«

»Nichts, das Sie hätte erahnen lassen können, was geschehen würde?«

»Nein, gar nichts.«

Dann schilderte Mrs. Murchison, wie sie einige Zeit später – sie schätzte, es war etwa eine halbe Stunde vergangen – Roderick Macrae zurückkommen sah, von Kopf bis Fuß mit Blut bedeckt. Da sie annahm, er hätte einen Unfall erlitten, lief sie zu ihm, um ihm zu helfen. Als sie ihn fragte, was geschehen sei, sagte er, er habe Lachlan Mackenzie getötet.

Die beiden anderen Opfer erwähnte er nicht. Anschließend beschrieb Mrs. Murchison den allgemeinen Aufruhr im Dorf und wie Roderick Macrae im Schuppen der Murchisons eingesperrt worden war.

Mr. Gifford: »Wie würden Sie das Verhalten des Gefangenen zu diesem Zeitpunkt beschreiben, Mrs. Murchison?«

»Er war recht ruhig.«

»Unternahm er den Versuch zu fliehen?«

»Nein.«

»Wehrte er sich gegen Ihren Gatten oder die anderen Männer, die ihn im Schuppen einsperrten?«

»Nein.«

»Äußerte er Reue über das, was er getan hatte?«

»Nein.«

Daraufhin wandte Mr. Gifford sich der Frage nach dem Motiv zu.

»Wie würden Sie das Verhältnis zwischen dem Verstorbenen, Mr. Mackenzie, und dem Gefangenen beschreiben?«

»Dazu kann ich nichts sagen.«

»Waren sie Freunde?«

»Das wohl nicht.«

»Feinde?«

Darauf antwortete Mrs. Murchison nicht.

Mr. Gifford gab seinem Erstaunen darüber Ausdruck, dass in einem Dorf von lediglich fünfundfünfzig Seelen die Art der Beziehung zwischen zwei Mitgliedern dieser Gemeinschaft ungewiss bleiben könne.

Mrs. Murchison: »Ich habe nie gehört, dass Roddy irgendetwas Böses über Lachlan Broad gesagt hat.«

»Ihnen war nichts von einer Feindschaft zwischen Mr. Mackenzie und der Familie Macrae bekannt?«

»Ich wusste, dass es ein paar Auseinandersetzungen zwischen ihnen gegeben hatte.«

»Worum ging es bei diesen Auseinandersetzungen?«

»Nun, da war die Sache mit dem Schafbock.«

»Und sonst?«

»Es ging auch um die Verteilung der Felder im Dorf.«

Mr. Gifford bat Mrs. Murchison, das genauer zu erklären.

»In seiner Eigenschaft als Constable der Gemeinde hat Mr. Mackenzie einen Teil des Feldes von Mr. Macrae dessen Nachbarn, Mr. Gregor, zugeteilt.«

»Sie beziehen sich auf Mr. John Macrae, den Vater des Gefangenen?«

»Ja.«

»Was war der Grund für diese Umverteilung?«

»Mr. Macraes Frau war gestorben, und Mr. Mackenzie meinte, da Mr. Macraes Haushalt kleiner geworden sei, bräuchte er weniger Land.«

»Und das wurde als ungerecht empfunden?«

»Ja.«

»Es gab also den getöteten Schafbock und die Umverteilung des Landes. Sonst noch etwas?«

»Es ist schwer zu beschreiben.«

»Weil es nicht existiert oder weil Sie es nicht erklären können?«

Mrs. Murchison schwieg eine Weile und musste vom Richter ermahnt werden zu antworten.

»Es herrschte eine allgemeine Atmosphäre von Unterdrückung«, sagte sie schließlich. »Mr. Mackenzie verhielt sich oft anmaßend, insbesondere gegenüber Mr. Macrae.«

»Ich verstehe. Wenn es Ihnen schwerfällt, die Beziehung zwischen Mr. Mackenzie und dem Gefangenen zu beschreiben, vielleicht können Sie uns stattdessen Ihren persönlichen Eindruck von dem Verstorbenen schildern?«

»Ich mochte ihn nicht.«

»Bitte erklären Sie uns, warum Sie ihn nicht mochten.«

»Er war ein unangenehmer Mensch.«

»Was genau meinen Sie damit?«

»Er hat es genossen, seine Macht über die anderen auszunutzen, vor allem gegenüber Mr. Macrae und seiner Familie.«

»Er hat sie schikaniert?«

»Ja, das könnte man sagen.«

Damit beendete Mr. Gifford seine Befragung, und Mr. Sinclair erhob sich für die Verteidigung, wobei er zu Beginn ziemlich nervös wirkte. »Offenbar«, schrieb Mr. Philby, »war es dieser provinzielle Rechtsverdreher nicht gewohnt, an einem Fall von solchem Ausmaß beteiligt zu sein, oder vielleicht war er auch nur verwirrt von der Schönheit vor ihm im Zeugenstand.« Wie dem auch sei, nachdem er sich beflissen nach dem Wohlbefinden von Mrs. Murchison erkundigt hatte, begann Mr. Sinclair mit seiner Befragung.

»Wie lange leben Sie schon in Culduie, Mrs. Murchison?«

»Seit achtzehn Jahren. Seit meiner Hochzeit.«

»Sie kennen den Gefangenen also schon sein ganzes Leben.«

»Ja.«

»Und wie würden Sie Ihre Beziehung zu ihm beschreiben?«

»Sie war ganz normal.«

»Sie waren in freundschaftlichem Kontakt?«

»Ja.«

»Haben Sie vor den Ereignissen, deren er beschuldigt wird, je erlebt, dass er gewalttätig war?«

»Nein.«

»Und Sie hatten ein gutes Verhältnis zu seiner Familie?«

»Grundsätzlich schon.«

»Was meinen Sie damit?«

»Ich war sehr eng mit Una Macrae befreundet.«

»Der Mutter des Gefangenen?«

»Ja.«

»Und mit seinem Vater?«

»Weniger.«

»Gab es dafür einen Grund?«

»Wir waren nicht zerstritten, ich hatte nur kaum etwas mit ihm zu tun und umgekehrt ebenso.«

»Aber es gab keinen besonderen Grund dafür?«

»Nein.«

»Aber mit der Mutter des Gefangenen waren Sie gut befreundet?«

»Ja. Wir waren uns sehr nah.«

»Und wann ist sie gestorben?«

»Im Frühling des vergangenen Jahres.«

»Das war sicher sehr erschütternd.«

»Es war schrecklich.«

»Für Sie?«

»Für mich und für die Kinder.«

»Wie würden Sie die Auswirkungen ihres Todes auf ihre Kinder beschreiben?«

»Sie veränderten sich sehr.«

»Inwiefern?«

»Jetta ...«

»Die Schwester des Gefangenen?«

»Ja. Sie wurde trübsinnig und beschäftigte sich fast nur noch mit Talismanen und Geistern und dergleichen.«

»Mit abergläubischen Dingen?«

»Ja.«

»Und der Gefangene?«

»Er schien sich in sich selbst zurückzuziehen.«

»Können Sie genauer beschreiben, was Sie damit meinen?«

Mrs. Murchison blickte hilfesuchend zur Richterbank. Der vorsitzende Richter bedeutete ihr mit einer Handbewegung, fortzufahren.

»Ich weiß nicht, ob ich es richtig erklären kann«, sagte sie. »Manchmal kam es mir so vor, als wäre Roddy in einer ganz eigenen Welt.«

»In einer ganz eigenen Welt«, wiederholte Mr. Sinclair bedeutungsvoll. »Und diese Verwandlung ereignete sich nach dem Tod seiner Mutter?«

»Ich glaube schon.«

»Haben Sie bei dem Gefangenen je Zeichen von Geisteskrankheit wahrgenommen?«

»Ich weiß nicht, ob es ein Zeichen von Geisteskrankheit ist, aber ich habe bisweilen mitbekommen, dass er mit sich selbst redete.«

»Auf welche Weise?«

»Als unterhielte er sich mit sich selbst oder mit einem Unsichtbaren.«

»Wann haben Sie das bemerkt?«

»Oft, wenn er auf dem Feld arbeitete oder durch das Dorf ging.«

»Und worum ging es in diesen Gesprächen?«

»Das weiß ich nicht. Wenn man näher kam, verstummte er.«

»Ist Ihnen je aufgefallen, dass er wirr redete oder sich verhielt, als habe er Wahnvorstellungen?«

»Nein.«

»Haben Sie je gehört, dass man ihn einsperren musste, weil er eine Gefahr für sich selbst oder andere war?«

»Nein.«

»Sie hatten nicht den Eindruck, dass er gefährlich war?«

»Nein.«

»Und er galt auch im Dorf nicht als gefährlich?«

»Soweit ich weiß, nicht.«

»Es war also überraschend für Sie, als er die Taten beging, die uns heute hier im Gerichtssaal zusammengeführt haben?«

»Du liebe Güte, ja, ein furchtbarer Schock«, erwiderte Mrs. Murchison.

»Diese Taten waren also untypisch für ihn?«

»Ja, das denke ich schon.«

Mr. Sinclair bedankte sich bei der Zeugin und beendete seine Befragung. Doch bevor Carmina Smoke aus dem Zeugenstand treten konnte, erhob sich der Staatsanwalt noch einmal.

»Eines würde ich gerne klarstellen«, sagte er. »Bemerkten Sie an dem Morgen, bevor die Verbrechen geschahen, ebenfalls, dass der Gefangene mit sich selbst redete?«

»Nein, Sir.«

»Und als Sie mit ihm sprachen, erschien er Ihnen bei klarem Verstand?«

»Durchaus, ja.«

»Er wirkte also nicht – und das ist von höchster Wichtigkeit – in irgendeiner Weise geistig verwirrt?«

»Ich glaube nicht.«

»Verzeihen Sie, Mrs. Murchison, aber das ist keine Frage des Glaubens. Erschien er Ihnen geistig verwirrt oder nicht?«

An dieser Stelle unterbrach der Richter mit der Feststellung, die Zeugin habe die Frage hinreichend beantwortet und es könne nicht angehen, dass der Staatsanwalt Zeugen so lange bearbeitet, bis sie die gewünschte Antwort gäben. Mr. Gifford entschuldigte sich beim Richter, und Mrs. Murchison wurde aus dem Zeugenstand entlassen, »wobei die Herren Geschworenen«, wie Mr. Philby anmerkte, »ihr aufmerksam mit den Blicken folgten«.

Der nächste Zeuge, der aufgerufen wurde, war Kenny Smoke. Von Mr. Gifford befragt, schilderte Mr. Murchison die Ereignisse vom Morgen des 10. August. Er bestätigte, dass der Gefangene ziemlich ruhig gewesen sei, seine Tat offen zugegeben und nicht versucht habe, sich zu wehren oder zu fliehen.

Dann bat Mr. Gifford ihn, zu beschreiben, was er im Haus von Lachlan Mackenzie vorgefunden hatte. In dem Moment breitete sich laut Mr. Murdoch eine äußerst düstere Atmosphäre im Gerichtssaal aus: »Mr. Murchison, ein überaus lebhafter und gutmütiger Mann, hatte sichtlich Mühe, das Grauen zu schildern, das sich seinen Augen dargeboten hatte, und es ist ihm hoch anzurechnen, dass er dem Gericht einen so sachlichen Bericht lieferte.«

»Lachlan Mackenzies Leichnam«, erklärte Mr. Murchison, »lag mit dem Gesicht nach unten auf dem Boden, ein Stück links von der Tür. Sein Hinterkopf war vollkommen zertrümmert, und Stücke seines Schädels waren in einigem Abstand um seinen Körper verstreut. Ein Teil seines Gehirns war seitlich aus dem Kopf gerutscht. Sein Gesicht lag in einer großen Blutlache. Ich ergriff sein Handgelenk, um nach dem Puls zu tasten, doch es war keiner zu spüren.«

Mr. Gifford: »War der Leichnam noch warm?«

»Ziemlich warm, ja.«

»Und dann?«

»Ich stand auf, und da sah ich den Jungen ein Stück weiter auf dem Boden liegen. Ich ging zu ihm. Ich konnte keine Anzeichen von Verletzungen sehen, aber er war tot.«

»Der Leichnam war noch warm?«

»Ja.«

»Und dann?«

»Dann sah ich den Leichnam von Flora Mackenzie, auf dem Tisch aufgebahrt.«

»Sie sagen ›aufgebahrt‹ – hatten Sie den Eindruck, dass der Leichnam mit Absicht dort hingelegt worden war?«

»Es sah nicht so aus, als wäre sie darauf gefallen.«

»Wie kommen Sie zu diesem Schluss?«

Mr. Murchison zögerte einen Moment. »Es war keine natürliche Haltung. Ihre Füße reichten nicht bis zum Boden, und ich dachte, jemand muss sie dort hingelegt haben.«

»Bitte beschreiben Sie, wenn es Ihnen möglich ist, was Sie gesehen haben.«

»Da war eine Menge Blut. Ihre Röcke waren hochgeschoben, und ihre Scham war verstümmelt. Ich untersuchte sie auf Lebenszeichen, aber sie war eindeutig tot. Dann erst bemerkte ich, dass ihr Hinterkopf eingeschlagen war. Ich zog ihre Röcke herunter, um sie zu bedecken.«

»Was taten Sie dann?«

»Ich ging zur Tür, damit niemand sonst hereinkam.«

Anschließend beschrieb Mr. Murchison, wie er dafür gesorgt hatte, dass die Toten in den Schuppen gebracht wurden, und wie dabei Catherine Mackenzie, die Mutter des Verstorbenen, in einer dunklen Ecke des Raumes entdeckt worden war. Sie wurde »vollkommen geistig verwirrt« ins Haus der Murchisons gebracht, wo seine Frau sich um sie kümmerte.

Daraufhin wandte sich Mr. Gifford dem Motiv für die Morde zu. Kenneth Murchison beschrieb das Treffen, bei dem die Entschädigung für Lachlan Mackenzies getöteten Schafbock ausgehandelt worden war.

Mr. Gifford: »Und die belief sich auf fünfunddreißig Shilling?«

Mr. Murchison: »Ja.«

»Warum gerade diese Summe?«

»Es war der Preis, den das Tier auf einem Markt erzielt hätte.«

»Und war es der Verstorbene, Mr. Mackenzie, der diese Summe forderte?«

»Nein, sie wurde von Calum Finlayson vorgeschlagen, der zu diesem Zeitpunkt Constable unserer Gemeinde war.«

»Stimmte Mr. Mackenzie dieser Summe zu?«

»Ja.«

»Und Mr. Macrae, der Vater des Gefangenen, ebenfalls?«

»Ja.«

»Verlangte Mr. Mackenzie, dass ihm die Summe sofort ausgezahlt werden sollte?«

»Nein.«

»Wie sollte die Rückzahlung dann erfolgen?«

»Es wurde beschlossen, dass die Summe in Raten von einem Shilling pro Woche zurückgezahlt werden sollte.«

»Das geschah mit Rücksicht auf die angespannte finanzielle Lage der Familie Macrae?«

»Ja.«

»Und kam Mr. Macrae seinen diesbezüglichen Verpflichtungen nach?«

»Ich glaube, er bemühte sich, aber es kann sein, dass es ihm nicht immer gelang.«

Der Richter: »Wissen Sie, ob die Raten gezahlt wurden oder nicht?«

»Nein, das weiß ich nicht, aber ich weiß, dass Mr. Macrae nur wenig Einkommen hatte, und die Raten waren sicher eine Belastung für ihn.«

Mr. Gifford fuhr fort: »Aber die Einigung wurde in freundschaftlichem Einvernehmen erzielt?«

»Freundschaftlich würde ich es nicht nennen.«

»Aber Sie haben eben gesagt, dass sowohl Mr. Macrae als auch Mr. Mackenzie den Vorschlag des Constables angenommen hatten.«

»Das schon, aber Lachlan Broad ließ deutlich erkennen, dass er damit nicht zufrieden war.«

»Inwiefern?«

»Er fand, dass der Junge außerdem eine Strafe bekommen sollte.«

»Mit dem ›Jungen‹ war der Gefangene gemeint?«

»Ja.«

»Und hat er sich geäußert, wie diese Strafe aussehen sollte?«

»Daran erinnere ich mich nicht, aber er sagte, dass der Junge bestraft werden sollte.«

»Obwohl die vorgeschlagene Entschädigung von beiden Seiten akzeptiert wurde?«

»Ja.«

Mr. Gifford zog daraufhin fragend die Augenbrauen hoch, doch der Zeuge fügte nichts weiter hinzu.

»Wäre es zutreffend, zu sagen, dass Mr. Mackenzie und Mr. Macrae nicht die besten Freunde waren?«

»Ja, das wäre zutreffend.«

»Und diese Feindseligkeit, wenn ich es so ausdrücken darf, bestand schon vor dem Zwischenfall mit dem Schafbock?«

»Ja.«

»Wie ist diese Feindseligkeit entstanden?«

Mr. Murchison zuckte mit den Achseln. »Ich weiß es nicht.« Er blies die Backen auf und stieß einen »ratlosen Seufzer« aus. »Mr. Macrae lebte am einen Ende des Dorfes und Mr. Mackenzie am anderen.«

Mr. Gifford schien sich mit dieser Antwort zufriedenzugeben. »Dennoch wurde eine Einigung erzielt, die Mr. Macrae in Mr. Mackenzies Schuld stellte?«, fragte er.

»Ja.«

Dann kam Mr. Gifford auf die Umstände von Lachlan Broads Wahl zum Constable zu sprechen.

»Wäre es zutreffend, zu sagen, dass diese Rolle in Ihrer Gemeinde nicht sonderlich beliebt ist?«

Mr. Murchison: »In welchem Sinne?«

»In dem Sinne, dass niemand in Ihrer Gemeinde diesen Posten gern übernimmt?«

»Ja, das stimmt wohl.«

»Dann müssten Sie doch froh gewesen sein, als Mr. Mackenzie sich bereit erklärte, diese Bürde auf sich zu nehmen?«

Mr. Murchison antwortete nicht.

Mr. Gifford: »Sie waren nicht froh darüber?«

»Ich war weder froh noch traurig darüber.«

»Aber trifft es nicht zu, dass Sie und einige andere Mitglieder Ihrer Gemeinde sich große Mühe gaben, einen Gegenkandidaten für Mr. Mackenzie zu finden?«

»Ja, wir haben uns umgehört.«

»Warum hielten Sie das für nötig?«

»Es erschien uns nicht richtig, dass Mr. Mackenzie ohne Gegenkandidaten gewählt wird.«

»Und das war der einzige Grund?«

Kenny Smoke zögerte eine Weile, bevor er antwortete. »Wir hatten den Eindruck, dass Mr. Mackenzie seine Macht womöglich zu seinem eigenen Vorteil nutzen würde.«

»Sie meinen die Macht, die mit der Stellung als Constable einhergeht?«

»Ja.«

»Und tat er das?«

»In gewisser Weise.«

»Was heißt das?«

»Er genoss es, seine Macht gegenüber der Gemeinde auszuspielen.«

»Können Sie das genauer erläutern?«

»Er stellte einen Einsatzplan auf, nach dem die Männer der Gemeinde eine bestimmte Anzahl an Tagen ihre Arbeitskraft zur Verfügung stellen mussten.«

»Und was war der Zweck dieses Einsatzplans?«

»Die Ausbesserung der Straßen und der Entwässerungsgräben in der Gemeinde.«

»Dienten diese Arbeiten seinem eigenen Vorteil?«

»Nicht direkt.«

»Wie meinen Sie das?«

Darauf antwortete Mr. Murchison nicht.

Mr. Gifford fuhr fort: »Waren diese Unternehmungen vorteilhaft für die Gemeinde?«

»Grundsätzlich schon.«

»Mr. Mackenzie entwarf also einen Einsatzplan, um Verbesserungen vorzunehmen, die der Gemeinde dienten, und die Männer der Gemeinde stellten ihre Arbeitskraft dafür zur Verfügung?«

»Ja.«

»Und das nennen Sie als Beispiel dafür, dass Mr. Mackenzie seine Macht zu seinem eigenen Vorteil nutzte!« Mr. Gifford wandte sich mit einem Ausdruck des Unverständnisses zu den Geschworenen.

»Nun«, fuhr er fort. »Wenden wir uns einem anderen Vorfall zu. Würden Sie sagen, dass Ackerland in Ihrer Gemeinde rar ist?«

»Es gibt jedenfalls nicht viel davon.«

»Und wie ist das Land verteilt?«

»Jede Familie hat ihr Feldstück.«

»Jede Familie hat ihr Feldstück«, wiederholte er. »Das heißt, das vorhandene Land ist unter Ihnen aufgeteilt?«

»Ja.«

»Und für welchen Zeitraum ist dieses Land jeweils zugeteilt? Für ein Jahr, für fünf Jahre oder für wie lange?«

»Praktisch beackert jede Familie das Stück, das zwischen ihrem Haus und der Straße nach Toscaig liegt.«

»Und dieses Stück wird von allen als ihr Land angesehen?«

»Ja.«

»Also gehört jedes dieser Feldstücke faktisch zu dem Haus, vor dem es liegt?«

»Ja.«

»Ohne Rücksicht auf Umfang und Zusammensetzung des Haushalts?«

»Üblicherweise ja.«

»Kurz nach Mr. Mackenzies Wahl zum Constable wurde ein Teil des Ackerlands in Culduie neu zugeteilt, nicht wahr?«

»Ja.«

»Können Sie diese Neuzuteilung beschreiben?«

»Ein Teil von Mr. Macraes Land wurde seinem Nachbarn Mr. Gregor zugeteilt.«

»Wie kam es dazu?«

»Da Mr. Gregors Haushalt größer war als der von Mr. Macrae, wurde beschlossen, dass Mr. Gregor mehr Land brauchte.«

»Ich verstehe. Und wie viele Menschen gehörten zu Mr. Macraes Haushalt?«

»Fünf, einschließlich der beiden Kleinen.«

»Also Mr. Macrae selbst, der Gefangene, die Tochter und die beiden Dreijährigen?«

»Ja.«

»Und wie viele gehörten zu Mr. Gregors Haushalt?«

»Acht.«

»Welche Personen waren das?«

»Mr. Gregor und seine Frau, Mr. Gregors Mutter und ihre fünf Kinder.«

»Das heißt, sie brauchten in der Tat mehr Land als die Macraes?«

»Ja, aber …«

»Zog Mr. Mackenzie einen persönlichen Nutzen aus dieser Umverteilung?«

»Nein.«

»Es war also durchaus gerechtfertigt, das Land entsprechend den Bedürfnissen der Familie Gregor neu aufzuteilen?«

»Das könnte man so sehen.«

»Ich wüsste gerne, ob Sie das so sehen.«

Mr. Murchison strich sich über den Bart und ließ den Blick durch den Gerichtssaal schweifen.

»Es war nicht in Ordnung«, sagte er schließlich.

»Aber Sie haben selbst gesagt, dass die Familie Gregor mehr Land brauchte als die Macraes.«

»Mag sein, dass es von Gesetz wegen richtig war«, sagte Mr. Murchison, mittlerweile sichtlich erbittert, »aber so etwas wird einfach nicht gemacht. Die Feldstücke werden nicht auf diese Weise aufgeteilt. Jede Familie beackert ihr Land, und es wird von Generation zu Generation weitergegeben.«

»Ich verstehe. Mr. Mackenzies Umverteilung war also neuartig?«

»Sie war rachsüchtig.«

»Ah!«, sagte Mr. Gifford, als sei es ihm endlich gelungen, auf den springenden Punkt zu kommen. »›Rachsüchtig‹ ist ein starkes Wort, Mr. Murchison. Ihrer Ansicht nach hat Mr. Mackenzie also seine Macht nicht für das Gemeinwohl eingesetzt, sondern für einen privaten Rachefeldzug gegen Mr. Macrae?«

»Genau.«

Mr. Gifford warf den Geschworenen einen vielsagenden Blick zu, dann dankte er dem Zeugen und beendete seine Befragung. Der *Scotsman* schrieb dazu, Mr. Murchison sei »allem Anschein nach ein anständiger Mann, aber sein erstaunliches Beharren darauf, dass Ackerland nach den Traditionen zugeteilt werden solle und nicht nach dem Nutzen, zeigt wieder einmal, wie die Hochlandstämme durch ihre Uneinsichtigkeit ihren eigenen Untergang herbeiführen«.

Mr. Sinclair erhob sich für die Verteidigung.

»Wie lange kennen Sie den Gefangenen?«

Mr. Murchison: »Von seiner Geburt an.«

»Und wie würden Sie Ihr Verhältnis zu ihm beschreiben?«

»Ich kann ihn gut leiden.«

»Würden Sie ihn als geistesschwach bezeichnen?«

»Geistesschwach? Nein.«

»Wie würden Sie ihn dann beschreiben?«

Mr. Murchison blies die Backen auf und blickte zu Roddy, der ihn mit einem schwachen Lächeln ansah.

»Nun, der Junge hat zweifellos was im Kopf. Er ist ein kluger Bursche, aber ...«

»Ja, Mr. Murchison?«

Der Zeuge wandte den Blick zur Decke, als suche er nach den richtigen Worten. Dann schüttelte er den Kopf und sagte: »Er ist seltsam.«

»Seltsam?«, wiederholte Mr. Sinclair. »Können Sie erklären, was Sie damit meinen?«

Wieder hatte Mr. Murchison sichtlich Mühe, die richtigen Worte zu finden. »Manchmal scheint er in seiner eigenen Welt zu sein. Er war von klein auf ein Einzelgänger. Ich habe nie gesehen, wie er mit anderen Kindern gespielt hat. Und selbst wenn er zwischen vielen Leuten saß, machte es oft den Anschein, als würde er die Menschen um sich herum gar nicht bemerken. Man wusste nie, was in seinem Kopf vorging.«

»Und war er schon immer so?«

»Ich denke schon.«

Mr. Sinclair ließ das einen Moment wirken, bevor er seine nächste Frage stellte. »Haben Sie je beobachtet, dass der Gefangene mit sich selbst sprach oder mit jemandem, der gar nicht da war?«

Mr. Murchison nickte. »Aye, manchmal habe ich gesehen, wie er etwas vor sich hin murmelte.«

»Oft?«

»Häufiger.«

Hier schaltete sich der Richter ein. »Was genau meinen Sie mit ›häufiger‹?«

»Ziemlich oft.«

Der Richter: »Jeden Tag, jede Woche oder einmal im Monat?«

»Nicht jeden Tag, aber bestimmt jede Woche.«

»Sie haben sein Verhalten also regelmäßig beobachtet?«

»Ja, Mylord.«

Mr. Sinclair: »Und haben Sie je gehört, was er so zu sich sagte?«

»Nein.«

»Warum nicht?«

»Sobald jemand näher kam, hörte er damit auf. Außerdem war es eher ein Gemurmel als normales Reden.«

»Aha. Und hat der Gefangene das schon immer getan?«

»Das weiß ich nicht.«

»Hat er schon als Kind mit sich selbst geredet?«

»Ich glaube nicht.«

»Können Sie sich erinnern, wann Ihnen das zum ersten Mal aufgefallen ist?«

Mr. Murchison schüttelte den Kopf, wurde jedoch vom Richter angewiesen zu antworten.

»Nein, ich erinnere mich nicht.«

»Ist es eher zehn Jahre her, fünf Jahre oder ein Jahr?«

»Mehr als ein Jahr.«

»Aber nicht fünf Jahre?«

»Nein.«

»Können Sie sagen, ob der Gefangene sich bereits vor dem Tod seiner Mutter so verhalten hat?«

»Nicht mit Sicherheit.«

»Könnte man insgesamt sagen, dass Sie den Gefangenen für nicht ganz normal halten?«

»Ja, das könnte man sagen.«

Damit beendete Mr. Sinclair seine Befragung, und Kenny Smoke wurde entlassen. Als nächster Zeuge wurde Duncan Gregor aufgerufen. Mr. Gifford begann damit, ihn nach dem Morgen des Verbrechens zu befragen, doch der Richter unterbrach ihn mit dem Hinweis, er möge keine Zeit damit verschwenden, Dinge zu erörtern, die bereits geklärt waren, da die Ereignisse selbst nicht zur Diskussion stünden. Mr. Sinclair hatte keine Einwände dagegen, und während des restlichen Tages ging die Beweisaufnahme schneller voran. Die Befragungen verliefen stets nach dem gleichen Muster: Der Staatsanwalt versuchte, rationale Beweggründe für die Morde zu finden, während Mr. Sinclair sich mit wechselndem Erfolg bemühte, den Beschuldigten als geistig unzurechnungsfähig darzustellen. Ironischerweise erwies sich ausgerechnet die Aussage von Aeneas Mackenzie als hilfreich für die Verteidigung. Mr. Philby beschrieb ihn als »Mann, der einem Schwein ähnelte und nicht zu begreifen schien, dass seine abfälligen Bemerkungen über den Beschuldigten eher der Verteidigung dienten als der Anklage«.

Als er nach seiner Meinung zu dem Geisteszustand des Gefangenen gefragt wurde, antwortete er frei heraus: »Er ist verrückt.«

»Verrückt?«, wiederholte Mr. Sinclair freundlich. »Können Sie dem Gericht erklären, was Sie damit meinen?«

»Na, was ich sage. Alle wissen, dass er nicht richtig im Kopf ist.«

»Wer sind ›alle‹?«

»Alle aus der Gemeinde.«

»Sie meinen, er gilt dort als eine Art Dorftrottel?«

»Aye, und das ist noch nicht alles.«

»Was meinen Sie damit?«

»Er hat immer so blöd gegrinst. Und gelacht, wenn es gar nichts zu lachen gab.«

»Aha. Sie würden also sagen, dass er nicht bei klarem Verstand ist?«

»Und ob ich das sagen würde. Es gab Tage, da hätte ich ihm nur zu gerne das Grinsen aus dem Gesicht geprügelt, und ich würde es auch jetzt tun, wenn ich könnte.«

Nachdem Mr. Sinclair seine Befragung beendet hatte, brauchte Mr. Mackenzie eine Weile, bis er begriff, dass er gehen konnte, und er verließ den Zeugenstand, »wobei er auf eine Art und Weise vor sich hin murmelte, als wäre er derjenige, dessen Geisteszustand infrage stand«.

Der letzte Zeuge des Tages war Mr. Gillies, der Dorflehrer, den Mr. Philby, mittlerweile offensichtlich zur Hochform aufgelaufen, mit folgenden Worten beschrieb: »Er hatte die Hände einer Frau und ein Gesicht, das zu nichtssagend war, um es zu beschreiben – oder sich auch nur daran zu erinnern.« Mr. Gifford bekam vom Lehrer ein glühendes Zeugnis von Roddys geistigen Fähigkeiten. Dann befragte er Mr. Gillies nach seinem Besuch beim Vater wegen der schulischen Weiterbildung des Jungen.

»Und was war das Ergebnis dieses Besuchs?«

»Bedauerlicherweise bestand sein Vater darauf, dass Roddy auf dem Feld der Familie arbeitete.«

»Haben Sie solche Besuche häufiger gemacht?«

»Nein, das war das einzige Mal.«

»Und warum haben Sie es gerade in diesem Fall gemacht?«

»Weil Roddy ohne jeden Zweifel der talentierteste Schüler war, den ich je unterrichtet habe.«

Daraufhin wandte Mr. Gifford sich Roddys allgemeinem Benehmen und Verhalten zu. »War er ein aufsässiger Schüler?«

»Ganz im Gegenteil, er war wohlerzogen und aufmerksam.«

»Mr. Gillies, Ihnen ist bewusst, dass die Herren von der Verteidigung in diesem Fall auf geistige Verwirrung plädieren?«

»Ja.«

»Sind Ihnen bei dem Gefangenen jemals Anzeichen von Irrsinn aufgefallen?«

Mr. Gillies schien ernsthaft über diese Frage nachzudenken, bevor er antwortete, dass dem nicht so war.

»Sie haben nie erlebt, dass er mit sich selbst redete oder wirres Zeug von sich gab?«

Mr. Gillies schüttelte den Kopf. »Nein, nie.«

Nach einer kurzen Beratung mit seinen Kollegen gab Mr. Gifford zu verstehen, dass er keine weiteren Fragen habe.

Mr. Sinclair erhob sich für die Verteidigung.

»War der Gefangene bei seinen Mitschülern beliebt?«, fragte er.

»Nicht besonders.«

»Was meinen Sie mit ›nicht besonders‹?«

»Genau das«, erwiderte Mr. Gillies leicht verwirrt.

»Spielte und unterhielt er sich mit ihnen auf normale Weise?«

»Ich glaube, er war eher ein Einzelgänger, ganz zufrieden mit sich allein.«

»Vielleicht ein wenig distanziert gegenüber seinen Mitschülern?«

»Ja, das könnte man sagen, aber ich fand das nicht weiter ungewöhnlich. Manche Kinder sind von Natur aus gesellig und andere nicht.«

Mr. Sinclair schien unsicher, ob er seine Befragung vertiefen sollte, und beschloss dann, dass er wenig dabei zu gewinnen hatte, wenn er dem Gericht einen Zeugen vorführte, der die geistigen Fähigkeiten des Gefangenen in den höchsten Tönen lobte.

Da es mittlerweile halb fünf war, wurde die weitere Verhandlung auf den nächsten Tag verlegt. Der vorsitzende Richter teilte den Geschworenen mit, dass sie über Nacht in einem Hotel untergebracht würden, und legte ihnen nahe, weder über die Einzelheiten des Falles zu diskutieren noch sich eine Meinung darüber zu bilden.

Es war, wie Mr. Philby schrieb, »überaus unterhaltsam« gewesen, »und diejenigen, die das Glück gehabt hatten, Zutritt zu erlangen, verfolgten gebannt jedes Wort. Nur einen schien das Spektakel unberührt zu lassen, was die Aussage des werten Aeneas Mackenzie nahezu glaubwürdig erscheinen ließ, nämlich den Gefangenen selbst.«

Zweiter Tag

Am nächsten Morgen um halb zehn wurde die Verhandlung wieder aufgenommen. Roddy wurde unter lautem Geschimpfe und Gepfeife der Zuschauer hereingeführt, die, wie Mr. Murdoch im *Courier* schrieb, »offenbar glaubten, sie befänden sich nicht bei Gericht, sondern im Theater, und der unglückselige Gefangene sei lediglich ein Bühnenunhold, der zu ihrer Unterhaltung auftrat.« Roddy blickte kein einziges Mal zu seinen Peinigern. Mr. Sinclair begrüßte ihn mit einem freundlichen Schulterschlag, als er auf der Anklagebank Platz nahm. Der vorsitzende Richter wartete noch ein paar Minuten, bevor er zur Ruhe mahnte, vielleicht weil er es für klug hielt, wenn die Zuschauer zuvor ein wenig Dampf abließen. Und als er dann mit seinem Hammer schlug, wurde es in der Tat sehr bald still im Saal.

Diese respektvolle Stille war jedoch nicht von langer Dauer, denn Mr. Gifford rief als ersten Zeugen des Tages John Macrae auf. Mr. Philby von der *Times* beschrieb Mr. Macrae als einen »kleinen, gebeugten Mann, der doppelt so alt erschien wie seine eigentlichen vierundvierzig Jahre. Er stützte sich schwer auf einen knorrigen Stock, und in seinen kleinen dunklen Augen lag ein Ausdruck von Verwirrung, als er in den Zeugenstand trat. Der Gefangene hielt den Kopf gesenkt, während sein Vater befragt wurde, und der Crofter sah seinen Sohn nicht an.« Der Richter ermahnte die Zuschauer streng, ruhig zu sein, da sie sonst des Saales verwiesen und wegen Missachtung des Gerichts belangt würden. Man einigte sich darauf, Mr. Macrae auf Gälisch zu befragen, da er »die alte Sprache des Hochlands« besser beherrsche, und ein Dolmetscher wurde hereingeholt. Mit Rücksicht auf die offensichtliche Gebrechlichkeit des Zeugen begann Mr. Gifford seine Befragung in sanftem Tonfall.

Als Erstes fragte er nach dem Verhältnis des Zeugen zu dem Verstorbenen. Mr. Macrae schienen die Fragen zu verwirren, und auf der Tribüne erhob sich amüsiertes Gemurmel, das umgehend vom Richter zum Verstummen gebracht wurde. Daraufhin formulierte Mr. Gifford seine Fragen anders, was aufgrund der Übersetzung eine ganze Weile dauerte. »Waren Sie und Mr. Mackenzie befreundet?«

Mr. Macrae: »Ich kenne eine ganze Menge Mackenzies.«

Mr. Gifford lächelte geduldig. »Ich meine Ihren Nachbarn Lachlan Mackenzie, oder Lachlan Broad, wie er auch genannt wurde.«

»Ah ja«, sagte Macrae. Diese Antwort löste einen erneuten Heiterkeitsausbruch auf der Tribüne aus. Daraufhin befahl der Richter den Gerichtsdienern, einen der Schuldigen hinauszuwerfen, was trotz der Störung, die dies verursachte, die erwünschte Wirkung zu haben schien.

Dann wiederholte Mr. Gifford seine Frage.

»Ich würde nicht sagen, dass wir Freunde waren«, erwiderte Mr. Macrae.

»Wie kam das?«

»Das weiß ich nicht.«

»Gab es irgendeinen Grund dafür, dass Sie und Lachlan Mackenzie nicht befreundet waren?«

Mr. Macrae antwortete nicht. Daraufhin ließ der Richter über den Dolmetscher fragen, ob Mr. Macrae Schwierigkeiten habe, die Fragen des Staatsanwalts zu verstehen. Nachdem der Zeuge ihm versichert hatte, dass dies nicht der Fall war, erinnerte der Richter ihn daran, dass er die ihm gestellten Fragen beantworten müsse, andernfalls würde er wegen Missachtung des Gerichts belangt.

Als Nächstes befragte Mr. Gifford den Zeugen nach der Umverteilung des Ackerlands. Nach einem mühsamen Hin und Her über die Einzelheiten dieses Vorfalls fragte er: »Waren Sie verärgert über diese Umverteilung?«

»Nein.«

»Sie waren nicht verärgert, dass man Ihnen einen Teil des Landes, mit dem Sie Ihre Familie ernähren, weggenommen hat?«

»Es gab andere, die das Land dringender brauchten.«

»War Ihr Sohn verärgert über diese Umverteilung?«

»Das müssen Sie ihn fragen.«

»Hatten Sie den Eindruck, dass er darüber verärgert war?«

Keine Antwort.

»Haben Sie mit Ihrem Sohn über den Vorfall gesprochen?«

»Nein.«

Mr. Gifford wirkte etwas gereizt und wandte sich mit der Bitte an den Richter, den Zeugen zu ermahnen, seine Fragen ausführlicher zu beantworten. Worauf der Richter erwiderte, er überlasse es den Geschworenen, zu entscheiden, ob ihnen die Antworten ausreichend erschienen.

Dann wandte sich der Staatsanwalt einem Vorfall zu, der bisher noch nicht zur Sprache gekommen war.

»Erinnern Sie sich an einen Morgen im April oder Mai dieses Jahres, als Sie am Ufer bei Culduie Algen sammelten?«

»Ja.«

»Können Sie dem Gericht schildern, was an dem Morgen geschah?«

»Genau das, was Sie gesagt haben«, erwiderte Mr. Macrae unter gedämpftem Gelächter von der Tribüne.

»Sie sammelten Algen?«

»Ja.«

»Mit Ihrem Sohn?«

»Ja.«

»Zu welchem Zweck sammelten Sie diese Algen?«

»Um sie auf dem Feld zu verteilen.«

»Sprachen Sie an diesem Morgen mit Mr. Mackenzie?«

»Er sprach mit mir.«

»Und was sagte er?«

»Er sagte, wir sollten die Algen dahin zurückbringen, wo wir sie hergeholt hatten.«

»Nannte er einen Grund dafür?«

»Er sagte, wir hätten keine Erlaubnis.«

»Sie brauchen eine Erlaubnis, um am Ufer Algen zu sammeln?«

»Anscheinend.«

»Wessen Erlaubnis brauchen Sie dafür?«

»Die von Lord Middleton, dem die Algen gehören.«

»Lord Middleton ist der Gutsherr Ihrer Gemeinde?«

»Ja.«

»Haben Sie früher schon Algen am Ufer gesammelt?«

»Ja.«

»Öfter?«

»Jedes Jahr.«

»Und haben Sie bei diesen früheren Malen die Erlaubnis dafür eingeholt?«

»Nein.«

»Aber dieses Mal wies Mr. Mackenzie Sie an, die Algen zurückzubringen?«

»Ja.«

»Was denken Sie, warum er das tat?«

»Es war seine Aufgabe, dafür zu sorgen, dass die Vorschriften eingehalten werden.«

»Und das akzeptierten Sie?«

»Ja.«

»Sie waren nicht verärgert über Mr. Mackenzies Verhalten?«

Mr. Macrae antwortete nicht.

»Sie wurden gezwungen, eine große Menge Algen, die Sie in stundenlanger Arbeit gesammelt hatten, wie es seit vielen Jahren üblich war, zurückzubringen, und Sie waren nicht verärgert darüber?«

Der Crofter sah den Staatsanwalt eine Weile an, dann sagte er: »Glücklich war ich nicht.«

Mr. Gifford stieß einen theatralischen Seufzer aus und wurde deswegen vom Richter ermahnt. Er entschuldigte sich, konnte sich jedoch nicht verkneifen, den Geschworenen einen vielsagenden Blick zuzuwerfen.

»Und stimmt es«, fuhr er fort, »dass am Tag darauf alle aus dem Dorf Algen sammelten, um sie auf ihren Feldern zu verteilen?«

»Ich weiß nicht, was die anderen damit gemacht haben.«

»Aber sie sammelten Algen?«

»Ja.«

»Und Sie nicht?«

»Nein.«

»Können Sie sagen, warum die anderen Algen sammeln durften und Sie nicht?«

»Sie hatten die Erlaubnis dazu.«

»Und Sie baten nicht um Erlaubnis?«

»Ich wollte nichts nehmen, was mir nicht gehörte.«

Wieder erklang Gelächter von der Tribüne. Mr. Macrae starrte stur auf seine linke Hand, die sich um das Geländer des Zeugenstands klammerte. Mr. Gifford schwieg eine Weile, bevor er fortfuhr.

»Wenn ich Ihre Aussagen zusammenfassen darf«, sagte er, »dann hegten Sie keinen Groll gegen den Verstorbenen, einen Mann, der Ihnen einen Teil Ihres Ackerlands genommen hatte, der Ihnen befohlen hatte, die mühsam gesammelten Algen zurückzubringen, und bei dem Sie durch den Vorfall mit dem Schafbock mit einer beträchtlichen Summe in der Schuld standen?«

Mr. Macrae schwieg.

Mr. Gifford drängte ihn zu einer Antwort.

»Es stand mir nicht zu, einen Groll gegen Mr. Mackenzie zu hegen.«

An dieser Stelle erinnerte der Richter Mr. Gifford daran, dass es nicht der Zeuge war, der unter Anklage stand, und dass die Frage, ob er einen Groll gegen den Verstorbenen hegte, nicht von Belang war. Offensichtlich war dem Staatsanwalt jedoch sehr daran gelegen, die Existenz eines solchen Grolls gegen das Opfer festzustellen, um beweisen zu können, dass der Beschuldigte rational gehandelt hatte. Daher stand Mr. Gifford der Ärger ins Gesicht geschrieben, als er seine Befragung beendete. Eine spöttische Zeichnung im *Inverness Courier* beschrieb am nächsten Morgen, wie »der klügste Anwalt der Krone von einem einfachen Bauern überlistet« worden war.

Alsdann begann Mr. Sinclair mit seiner Befragung des Zeugen, bei dem er sich zunächst auf Gälisch nach seinem Befinden erkundigte.

»Nun muss ich Ihnen einige Fragen zu Ihrem Sohn stellen«, sagte er dann, »der hier eines grausigen Verbrechens beschuldigt wird. Haben Sie vor den Ereignissen, die uns in diesem Gerichtssaal zusammengeführt haben, schon einmal erlebt, dass Ihr Sohn gewalttätig wurde?«

Mr. Macrae antwortete nicht.

»Hat Ihr Sohn Sie je geschlagen oder damit gedroht, Sie zu schlagen?«

Mr. Macrae schwieg weiter, wurde jedoch vom Richter ermahnt zu antworten.

»Nein.«

»Hat er je Ihre Frau oder seine Geschwister geschlagen?«

»Nein.«

»Hat er je einen Ihrer Nachbarn geschlagen?«

»Nein.«

»Sie würden also nicht sagen, dass er einen Hang zur Gewalttätigkeit hatte?«

»Nein.«

»Wenn er also diese Verbrechen begangen hat, deren er hier beschuldigt wird, würden Sie sagen, dass dies untypisch für ihn war?«

Mr. Macrae schien diese Frage nicht zu verstehen.

Mr. Sinclair: »Würden Sie Ihren Sohn als gewalttätigen Menschen beschreiben?«

»Es gab nie einen Grund, ihn zu beschreiben.«

Mr. Sinclair lächelte »in dem offenkundigen Versuch, seine wachsende Gereiztheit zu verbergen«, und formulierte seine Frage neu. »Wenn jemand Sie bitten würde, Ihren Sohn zu beschreiben, würden Sie ihn als gewalttätigen Menschen beschreiben?«

»Ich glaube nicht«, erwiderte der Zeuge.

»Waren Sie je gewalttätig gegen Ihren Sohn?«

»Nein.«

»Sie haben ihn nie geschlagen?«

»Natürlich habe ich ihn geschlagen.«

»Bei welcher Gelegenheit?«

»Wenn es nötig war.«

»Aha. Und können Sie uns ein Beispiel dafür geben, wann Sie es für nötig hielten, ihn zu schlagen?«

»Wenn er mir nicht gehorcht oder Ärger gemacht hatte.«

»Wenn er Ärger gemacht hatte. Können Sie dem Gericht ein Beispiel nennen, als Ihr Sohn Ärger gemacht hatte und Sie sich genötigt sahen, ihn zu schlagen?«

Mr. Macrae antwortete nicht.

»Wir haben eine Aussage über einen Zwischenfall gehört, bei dem Ihr Sohn einen Schafbock tötete, der Mr. Mackenzie gehörte. Haben Sie ihn bei diesem Anlass geschlagen?«

»Ja.«

»Können Sie dem Gericht erklären, warum?«

»Weil er Ärger gemacht hatte.«

»Aha. Und haben Sie ihn einmal geschlagen oder mehrmals?«

»Mehrmals.«

»Womit haben Sie ihn geschlagen?«

»Mit meinem Stock«, sagte der Zeuge und hielt das Beweisstück hoch.

»Und wohin haben Sie ihn geschlagen?«

»Auf den Rücken.«

»Sie haben ihn mehrmals mit dem Stock auf den Rücken geschlagen?«

»Ja.«

»War das ein Einzelfall?«

Mr. Macrae schien die Frage nicht zu verstehen.

»Gab es noch andere Gelegenheiten, bei denen Sie Grund hatten, Ihren Sohn zu schlagen?«

»Ein paar.«

»Und haben Sie ihn immer mit dem Stock geschlagen?«

»Nicht immer.«

»Haben Sie ihn auch mit den Fäusten geschlagen?«

»Ja.«

»Und wenn Sie ihn mit den Fäusten geschlagen haben, wohin haben Sie ihn dann geschlagen?«

»Mal hierhin und mal dahin.«

»Auf den Kopf und ins Gesicht?«

»Wahrscheinlich auch, ja.«

»Und kam das häufig vor?«

Der Richter bat Mr. Sinclair, seine Fragen präziser zu stellen.

»Haben Sie Ihren Sohn täglich geschlagen, wöchentlich oder seltener?«

»Wöchentlich.«

»Und Sie hielten das für nötig?«

»Der Junge brauchte Disziplin.«

»Und hat diese Disziplin sein Verhalten verbessert?«

»Nein.«

Mr. Sinclair warf einen Blick auf die Papiere, die vor ihm lagen, und erklärte nach kurzer Rücksprache mit seinem Assistenten, er habe keine weiteren Fragen.

An dieser Stelle bat Mr. Gifford darum, eine Änderung in der Reihenfolge der Zeugen vorzunehmen. Der Richter hatte nichts dagegen, und so wurde Allan Cruikshank aufgerufen.

Mr. Gifford begann seine Befragung. »Bitte sagen Sie uns, was Ihre berufliche Funktion ist.«

»Ich bin Gutsverwalter von Lord Middleton in Applecross.«

»Und das Dorf Culduie gehört zu Lord Middletons Besitz?«

»Ja.«

»Demnach obliegt Ihnen auch die Verwaltung dieses Dorfes?«

»Ich bin für die Verwaltung des Gutes zuständig. Die alltäglichen Dinge in den Dörfern gehören nicht zu meinem Aufgabenbereich.«

»Darum hat sich der örtliche Constable zu kümmern, nicht wahr?«

»Ganz recht.«

»Und in Culduie war dies Mr. Lachlan Mackenzie?«

»Genau. Er war Constable für Culduie, Camusterrach und Aird-Dubh.«

»Letztere sind die Nachbardörfer?«

»Ja.«

»In seiner Eigenschaft als Constable dieser Gemeinde hatten Sie also Anlass, sich mit Mr. Mackenzie zu treffen und über die Verwaltung der Dörfer zu sprechen?«

»Wir haben uns ein paarmal getroffen, aber nicht oft.«

»Haben Sie ihm Anweisungen gegeben, wie die Dörfer zu verwalten sind?«

»Wir sprachen über ein paar grundsätzliche Dinge, aber mit Einzelheiten habe ich mich nicht befasst.«

»Was für ›grundsätzliche Dinge‹ waren das?«

»Die Pflege der Straßen und Wege, die Eintreibung der Pacht und dergleichen mehr.«

»Und war Mr. Mackenzie Ihrer Meinung nach kompetent?«

»Mr. Mackenzie war zweifellos der beste Constable, den wir in meiner Zeit als Gutsverwalter je gehabt haben.«

»Sie hatten Vertrauen in seine Fähigkeiten?«

»Absolutes Vertrauen, ja.«

»Gut. Erinnern Sie sich an einen Tag Ende Juli, als Mr. John Macrae und sein Sohn – der Gefangene – Sie aufsuchten?«

»Ja.«

»Kannten Sie Mr. Macrae bereits vor diesem Treffen?«

»Nein.«

»Werden Sie öfter von Pächtern des Gutes aufgesucht?«

»Nein. Das war höchst ungewöhnlich.«

»Warum?«

»Wenn ein Pächter etwas besprechen will, das die Verwaltung seines Dorfes betrifft, dann sollte er sich damit an den Constable wenden.«

»In diesem Fall also Mr. Mackenzie?«

»Richtig.«

»Haben Sie Mr. Macrae darauf hingewiesen?«

»Allerdings.«

»Und wie reagierte er darauf?«

»Er sagte mir, Mr. Mackenzie sei der Grund für seinen Besuch.«

»Könnten Sie das genauer ausführen?«

»Offenbar gab es Ärger zwischen den beiden Männern, oder

zumindest fand Mr. Macrae, dass Mr. Mackenzie ihn schlecht behandelt hatte.«

»Haben Sie Mr. Macrae gefragt, worum es dabei ging?«

»Ja. Er erwähnte ein paar unbedeutende Vorfälle, aber an die Einzelheiten erinnere ich mich nicht mehr.«

»Dennoch hatten Sie den Eindruck, dass Mr. Macrae, zu Recht oder zu Unrecht, einen Groll gegen Mr. Mackenzie hegte?«

»Ja.«

»Und was unternahmen Sie daraufhin?«

»Gar nichts. Die Sache ging mich nichts an.«

»Haben Sie Mr. Mackenzie zwischen diesem Besuch und seinem Tod noch einmal gesehen?«

»Ja.«

»Wann war das?«

»Am Tag des Sommerfests.«

»An welchem Tag fand das statt?«

»Ich glaube, am 31. Juli.«

»An dem Tag haben Sie mit ihm gesprochen?«

»Ja. Wir tranken ein Bier im Gasthaus von Applecross.«

»Aha. Und erinnern Sie sich, ob Sie den Besuch von Mr. Macrae und seinem Sohn ihm gegenüber erwähnt haben?«

»Ich glaube, ja.«

»Auf welche Weise schilderten Sie ihm das Ganze?«

»Es war ein amüsanter Vorfall.«

»Fand Mr. Mackenzie es amüsant?«

»Ich hatte den Eindruck.«

Damit beendete Mr. Gifford seine Befragung. Die Verteidigung hatte keine Fragen an den Zeugen.

Dann wurde Mr. Macrae erneut aufgerufen, und ihm wurde die Aussage des Gutsverwalters vorgetragen.

»Wenn Sie, wie Sie ausgesagt haben, keinen Groll gegen den Verstorbenen hegten«, fragte Mr. Gifford, »warum hielten Sie es dann für notwendig, den Gutsverwalter aufzusuchen und diese Beschwerden vorzutragen?«

Zu diesem Zeitpunkt herrschte bemerkenswerte Stille unter den Zuschauern, von denen manche, wie Mr. Murdoch schrieb, »offenbar deutlich spürten, wie demütigend die Situation für den Crofter sein musste«. Mr. Macraes Blick zuckte hilfesuchend durch den Gerichtssaal, als suche er nach Unterstützung. Schließlich ermahnte der vorsitzende Richter ihn, zu antworten.

»Ich wollte nur die Vorschriften besser kennenlernen, unter denen wir leben.«

»Und mit diesem Ansinnen konnten Sie nicht zum Constable gehen?«

»Nein.«

»Warum nicht?«

Nach längerem Schweigen erwiderte er: »Weil ich mich mit Mr. Mackenzie nicht gut verstand.«

»Und Sie fanden, dass er sich Ihnen gegenüber rachsüchtig verhalten hatte?«

Mr. Macrae antwortete nicht.

Da Mr. Gifford offenbar das Gefühl hatte, dass dazu alles Nötige gesagt war, wandte er sich einem neuen Punkt zu. »Am Montag, dem 9. August, dem Tag vor dem Mord, bekamen Sie einen Brief?«

»Ja.«

»Von wem war der Brief?«

»Vom Gutsverwalter.«

»Und was stand darin?«

»Es war ein Räumungsbescheid.«

»Sie wurden gezwungen, Ihr Haus zu verlassen?«

»Ja.«

»Wie reagierten Sie auf diesen Brief?«

Mr. Macrae machte eine vage Bewegung mit seiner freien Hand.

Mr. Gifford formulierte seine Frage anders. »Was wollten Sie gegen diesen Bescheid unternehmen?«

»Gar nichts.«

»Hatten Sie vor, ihn zu befolgen?«

Mr. Macrae sah den Staatsanwalt eine Weile an.

»Es war nicht meine Entscheidung, ob ich ihn befolge oder nicht«, sagte er.

»Wessen Entscheidung war es dann?«

»Die vom Gutsverwalter. Oder vom Lord.«

»Sprachen Sie mit Ihrem Sohn über die Angelegenheit?«

»Nein.«

»Haben Sie je die Ansicht geäußert, dass es Ihnen besser ginge, wenn Mr. Mackenzie tot wäre?«

»Nein.«

»Hat Ihr Sohn je geäußert, dass es Ihnen besser ginge, wenn Mr. Mackenzie tot wäre?«

»Nein.«

»Haben Sie Ihren Sohn dazu angestiftet, Mr. Mackenzie zu töten?«

»Nein.«

»Tut es Ihnen leid, dass Mr. Mackenzie tot ist?«

»Es ist mir gleichgültig.«

Nach diesem Wortwechsel atmeten alle im Gericht auf. Mr. Macrae wurde zum zweiten Mal aus dem Zeugenstand entlassen, und wie später berichtet wurde, lehnte er das Zimmer im Gasthaus ab, das man ihm anbot, und verbrachte die Nacht am Bahnhof, wo er auf den Zug wartete, mit dem er seinen Heimreise antreten würde.

Dann wurde Allan Cruikshank noch einmal aufgerufen. Mr. Gifford bat ihn, den Geschworenen erneut seine Stellung zu nennen, bevor er mit der Befragung des Zeugen fortfuhr.

»Wir haben gehört«, begann er, »dass Sie sich am 31. Juli im

Gasthaus in Applecross mit dem Verstorbenen, Lachlan Mackenzie, trafen und dass Sie im Verlauf Ihrer Unterhaltung den Besuch von John Macrae und seinem Sohn, dem Gefangenen, erwähnten.«

»Das ist richtig.«

»Haben Sie den Verstorbenen danach noch einmal gesehen?«

»Ja.«

»Unter welchen Umständen?«

»Mr. Mackenzie suchte mich am Abend des 7. August zu Hause auf.«

»Drei Tage vor seinem Tod?«

»Ja.«

»Und was war der Anlass für seinen Besuch?«

»Er bat mich darum, einen Räumungsbescheid für John Macrae auszustellen.«

»Mit welcher Begründung?«

»Es gab mehrere Gründe.«

»Nämlich?«

»Die Familie Macrae war arg im Rückstand mit der Pacht. Darüber hinaus hatten sie weitere Schulden bei dem Gutsherrn, weil mehrere Strafgelder gegen sie erhoben worden waren ...«

»Diese Strafgelder waren durch Mr. Mackenzie erhoben worden?«

»Ja.«

»Können Sie sich an den Grund für diese Strafgelder erinnern?«

»Nein. Soweit ich mich entsinne, waren es etliche.«

»Gab es noch weitere Gründe für den Räumungsbescheid?«

»Mr. Macrae war seiner Pflicht, sein Haus und sein Ackerland ordnungsgemäß zu unterhalten, nicht hinreichend nachgekommen. Außerdem herrschte offenbar die Ansicht, dass die Anwesenheit der Macraes für ein befriedigendes Miteinander im Dorf nicht förderlich war.«

»Inwiefern?«

Diese Frage konnte Mr. Cruikshank nicht beantworten. Nach einer Weile murmelte er: »Angeblich hatten sie einen schlechten Einfluss.«

»Haben Sie irgendwelche Schritte unternommen, um dies zu überprüfen?«

»Nein.«

»Warum nicht?«

»Ich vertraute Mr. Mackenzies Urteil.«

»Trifft es nicht zu, dass viele Pächter des Guts mit ihrer Pacht im Rückstand sind?«

»Bedauerlicherweise, ja.«

»Warum wurde Mr. Macrae dann so behandelt?«

»Seine Schulden waren so hoch, dass sie nicht mehr zu bewältigen waren. Es gab keine Aussicht darauf, dass er sie zurückzahlen würde.«

»Wie wir hier gehört haben, wurde Mr. Macrae letztes Jahr ein Stück von seinem Ackerland genommen. Wäre es denkbar gewesen, dass er, wenn er mehr Land gehabt hätte, seinen Ernteüberschuss hätte verkaufen können, um davon seine Schulden zu bezahlen?«

Mr. Cruikshank erwiderte: »Davon wusste ich nichts. Aber man müsste schon eine große Menge Kartoffeln, oder was auch immer diese Leute anbauen, verkaufen, um Schulden in dieser Höhe abzutragen.«

»Sie wussten nichts davon, dass Mr. Macrae ein Stück von seinem Land genommen wurde?«

»Nein, Sir.«

»Diese Umverteilung wurde also ohne Ihre Zustimmung durchgeführt?«

»Nun ja, ohne mein Wissen. Ich zweifle nicht daran, dass Mr. Mackenzie gute Gründe für sein Vorgehen hatte.«

»Hätten Sie erwartet, in einer solchen Angelegenheit hinzugezogen zu werden?«

»Wie ich schon sagte, ich bin sicher, dass Mr. Mackenzie gute Gründe dafür hatte.«

»Das war nicht meine Frage. Meine Frage war, ob Sie erwartet hätten, in einer solchen Angelegenheit hinzugezogen zu werden.«

»Ich würde erwarten, dass man mich hinzuzieht, wenn es um eine generelle Neuverteilung des Ackerlandes in den Dörfern geht. Aber da es hier offenbar um ein kleines Stück von einem einzelnen Feld ging, bin ich sicher, dass die Leute aus dem Dorf so etwas unter sich regeln können. Sie sind ja keine kleinen Kinder.«

»Hat Mr. Mackenzie Ihnen von einem Zwischenfall berichtet, bei dem Mr. Macrae ohne spezielle Erlaubnis Algen am Ufer gesammelt hat?«

Mr. Cruikshank lachte bei der Vorstellung und verneinte.

»War Ihnen bekannt, dass Mr. Macrae auch persönliche Schulden bei Mr. Mackenzie hatte, weil der Gefangene einen Schafbock von Mr. Mackenzie getötet hatte?«

»Nein.«

»Wären Ihnen diese Dinge bekannt gewesen«, fragte Mr. Gifford, »hätten Sie dann den Verdacht gehabt, dass hinter Mr. Mackenzies Bitte um einen Räumungsbescheid für Mr. Macrae eine böswillige Absicht steckte?«

Mr. Cruikshank überlegte eine Weile, bevor er antwortete. »Ich kann nur sagen, dass Mr. Mackenzie meines Wissens seinen Pflichten als Constable auf bewundernswerte Weise nachkam. Ich hatte keinerlei Anlass, seine Beweggründe infrage zu stellen, und die Gründe, die er vorbrachte, waren stichhaltig.«

»Sie schlossen sich also Mr. Mackenzies Überzeugung an, dass er Haus und Feld verlassen sollte?«

»Ich sah keine andere Möglichkeit.«

»Und Sie stellten die entsprechenden Papiere aus?«

»Ja.«

»Sofort?«

»Aus Rücksicht auf den Sonntag wurde der Brief am darauffolgenden Montag aufgesetzt und überbracht.«

»Also am Montag, dem 9. August, einen Tag vor Mr. Mackenzies Tod?«

»Richtig.«

Mr. Gifford dankte dem Gutsverwalter für seine Aussage, und da Mr. Sinclair keine Fragen an ihn hatte, wurde er entlassen.

Als Nächstes wurde Reverend James Galbraith aufgerufen. Er war, wie Mr. Murdoch berichtete, »der Inbegriff des wackeren Gottesmannes, der die entlegenen Winkel unseres Landes bewohnt und mit unerschütterlichem Willen über seine Schäfchen wacht. Er trug die schlichte Tracht des Dorfgeistlichen, und seine säuerliche Miene ließ erkennen, dass er gänzlich unbelastet von irdischen Freuden war. Er musterte Mr. Gifford mit derselben Verachtung, als hätte er einen großstädtischen Dandy vor sich, und selbst der berühmte Staatsanwalt schien unter diesem Blick ein wenig zu zittern.«

Mr. Gifford: »Sie sind Pfarrer der Gemeinde Applecross?«

Mr. Galbraith erwiderte »mit der Miene eines Lehrers, der einen begriffsstutzigen Schüler verbessert«: »Meine Gemeinde umfasst die Dörfer Camusterrach, Culduie und Aird-Dubh.«

»Somit gehören auch John Macrae und seine Familie zu Ihrer Gemeinde?«

»Ja.«

»John Macrae ist sogar einer der Kirchenältesten?«

»In der Tat.«

»Ist es richtig, dass Mr. Macrae am Abend des 9. August um Ihren Besuch bat?«

»Ja. Er schickte seine Tochter, um zu fragen, ob ich zu ihm kommen könne.«

»Und das taten Sie?«

»Ja.«

»Was war der Grund für diese Bitte?«

»Er hatte einen Räumungsbescheid vom Gutsverwalter bekommen.«

»In welchem Zustand war Mr. Macrae an dem Abend?«

»Er war besorgt.«

»Bat er Sie um Hilfe?«

»Er fragte mich, ob ich mich für ihn einsetzen könne.«

»Und willigten Sie ein?«

»Nein.«

Mr. Gifford zog eine überraschte Miene. »Können Sie dem Gericht erklären, warum Sie es nicht taten?«

Mr. Galbraith musterte den Staatsanwalt mit einem vernichtenden Blick. »Es war eine Angelegenheit, die mich nichts anging.«

»Aber das Wohlergehen Ihrer Gemeindemitglieder geht Sie doch sicher etwas an.«

»Ich kümmere mich um das spirituelle Wohlergehen meiner Gemeinde. In die Gutsverwaltung mische ich mich nicht ein.«

»Aha. Haben Sie Mr. Macrae denn in irgendeiner Weise Unterstützung angeboten?«

»Ich habe ihn daran erinnert, dass die Widrigkeiten dieses Lebens eine gerechte Strafe für unsere Sünden sind und dass er sie als solche hinnehmen muss.«

»Aber Sie haben ihm keinerlei praktischen Rat gegeben, wie er mit der Situation, in der er sich befand, umgehen sollte?«

»Ich habe mit ihm gebetet.« Darauf erhob sich Gelächter von der Tribüne, was unter dem strengen Blick des Pfarrers rasch erstarb.

Mr. Gifford dankte dem Zeugen und kehrte auf seinen Platz zurück.

Dann erhob sich Mr. Sinclair für die Verteidigung.

»War der Gefangene, Roderick Macrae, während Ihres Besuchs zugegen?«

»Er kam nach Hause, als ich ging.«

»Sprachen Sie mit ihm?«

»Nur wenige Worte.«

»Besuchte der Gefangene Ihre Kirche?«

»Nein.«

»Hat er es nie getan?«

»Doch, früher.«

»Und wann hat er damit aufgehört?«

»Das kann ich nicht genau sagen.«

»Vor einem Jahr oder vor fünf Jahren?«

»Eher vor ein bis zwei Jahren.«

»Also ungefähr zu der Zeit, als seine Mutter starb?«

»Ja, das kann sein.«

»Sie sagten, Sie kümmern sich um das spirituelle Wohl Ihrer Gemeindemitglieder. Können Sie dem Gericht schildern, welche Schritte Sie unternahmen, um den Gefangenen wieder zum Besuch der Kirche zu ermuntern?«

»Es ist nicht meine Aufgabe, die Gemeindemitglieder in die Kirche zu treiben. Ich bin zwar ein Hirte, aber nur im übertragenen Sinne.«

Diese Bemerkung war, wie Mr. Philby spöttisch schrieb, »überraschend geistreich für den gestrengen Presbyterianer, ja sogar beinahe witzig«.

»Sein Fernbleiben hat Sie also nicht weiter bekümmert?«

»Ein Hirte muss sich um das Wohlergehen seiner Herde als Ganzes kümmern. Wenn sich darin schwarze Schafe befinden, müssen diese ausgestoßen werden.«

»Und Roderick Macrae ist ein schwarzes Schaf?«

»Wir wären wohl kaum hier, wenn das nicht der Fall wäre.«

»Mag sein«, erwiderte Mr. Sinclair. »Aber wenn ich ein wenig nachfragen darf, wodurch unterscheidet sich Roderick Macrae von den anderen?«

»Der Junge ist ein bösartiger Kerl.«

»›Bösartig‹ ist ein starkes Wort, Mr. Galbraith.«

Der Pfarrer reagierte nicht auf diese Bemerkung. Mr. Sinclair versuchte es erneut. »Wie hat sich diese Bösartigkeit gezeigt?«

»Schon als Kind hatte er keinerlei Respekt für das Gotteshaus. Er war verschlagen und unaufmerksam. Einmal habe ich ihn dabei erwischt, wie er sich auf dem Kirchgrundstück erleichtert hat.«

Wieder erhob sich Gelächter auf der Tribüne, sodass der Richter mit seinem Hammer für Ruhe sorgen musste.

»Ich verstehe«, sagte Mr. Sinclair. »Würden Sie sagen, dass Sie bei dem Gefangenen Anzeichen von Wahnsinn bemerkt haben?«

»Das nicht, aber Anzeichen von Gottlosigkeit.«

»Was waren das für Anzeichen?«

Mr. Galbraith schien es nicht für nötig zu halten, auf diese Frage einzugehen. Doch der Richter forderte ihn auf zu antworten.

»Man braucht ihn doch nur zu beobachten. Wenn Sie es nicht sehen, muss ich annehmen, dass Sie genauso gottlos sind wie er«, erwiderte er verächtlich.

Mr. Sinclair lächelte schwach. »Ich möchte lediglich Ihre Meinung als gebildeter Mann über das Wesen des Gefangenen in Erfahrung bringen.«

»Meiner Beobachtung nach ist der Junge ein Handlanger des Teufels, und wenn dafür noch Beweise nötig sind, brauchen wir uns nur seine Taten anzusehen.«

Mr. Sinclair nickte resigniert, und der Zeuge wurde entlassen.

Der nächste Zeuge hätte kaum einen größeren Gegensatz zu dem Geistlichen bieten können. Als Archibald Ross den Gerichtssaal betrat, brach auf der Tribüne große Heiterkeit aus. Er war im Stil eines Landedelmanns gekleidet und trug »einen Anzug aus gelbem Tweed, der offensichtlich extra für diesen Anlass angeschafft worden war«, dazu blitzblank polierte Schuhe mit großen, eckigen Schnallen und eine grüne Seidenkrawatte. Er war, wie Mr. Philby schrieb, »von Kopf bis Fuß ein Dandy, und wenn man ihn ansah, konnte man fast meinen, das abgelegene Dorf Applecross, aus dem er kommt, wäre *très à la mode*«.

Nach den üblichen Präliminarien bezüglich Ross' Geburtsort und Beruf fragte Mr. Gifford ihn, wie er die Bekanntschaft des Gefangenen gemacht habe. Daraufhin beschrieb Ross, wie er Roddy im Hof vor den Ställen von Lord Middletons Gutshaus begegnet war.

»Was war an dem Tag die Aufgabe des Gefangenen?«

»Eine Kiste auf den Berg zu tragen.«

»Und was befand sich in der Kiste?«

»Geschirr, Besteck und Gläser für das Picknick der Jagdgesellschaft.«

»Erfüllte der Gefangene seine Aufgabe fachgerecht?«

»Ja, das schon.«

»Sind Sie dem Gefangenen danach noch einmal begegnet?«

»Ja.«

»Wann war das?«

»Vor ein paar Wochen, am Tag des Sommerfests.«

»Also am 31. Juli?«

»Wenn Sie das sagen«, erwiderte Ross grinsend.

»Bitte schildern Sie uns, was geschah.«

Ross beschrieb, wie er den Gefangenen vor dem Gasthaus in Applecross getroffen hatte, wie sie hineingegangen waren und mehrere Humpen Bier getrunken hatten und schließlich zum Gutshaus gegangen waren, um sich das Shinty-Spiel anzusehen.

»Waren Sie betrunken?«

»Vielleicht ein klein wenig.«

»War der Gefangene betrunken?«

»Ich denke schon.«

»Sprach der Gefangene mit Ihnen über privaten Dinge?«

»Er erzählte mir, dass er eigentlich nach Glasgow gehen wollte, um dort sein Glück zu machen, aber nun zögerte, weil er sich in ein Mädchen aus seinem Dorf verliebt hatte.«

»Und wer war dieses Mädchen?«

»Flora Mackenzie.«

»Und diese Flora Mackenzie war die Tochter des Verstorbenen Lachlan Mackenzie?«

»Ja.«

Diese Neuigkeit löste beträchtliche Unruhe auf der Tribüne aus, die sich erst nach wiederholten Drohungen seitens des Richters legte.

»Und die selbst eines der Opfer des Verbrechens ist, über das hier verhandelt wird?«

»Ja.«

»Hat Ihnen der Gefangene noch mehr Einzelheiten über seine Beziehung zu der verstorbenen Miss Mackenzie anvertraut?«

»Er sagte, sie hätte ihn zurückgewiesen, und außerdem gebe es böses Blut zwischen ihrer und seiner Familie, und ihrer beider Eltern würden einer Heirat niemals zustimmen.«

Erneute Unruhe auf der Tribüne.

»Dann haben Sie sich das Shinty-Spiel angesehen?«

»Ja.«

»Und danach?«

»Wir tranken einen Whisky, und dann sah Roddy dieses Mädchen …«

»Flora Mackenzie?«

»Ja. Sie ging mit einer Freundin im Park des Gutshauses spazieren.«

»Und was taten Sie dann?«

»Ich riet ihm, dem Mädchen seine Gefühle zu offenbaren, damit er wusste, woran er bei ihr war.«

»Stimmte er dem zu?«

»Nicht so ganz, aber ich ließ nicht locker, und so gingen wir zu den beiden Mädchen hinüber und stellten uns vor.«

In diesem Moment »zeigte der sonst so desinteressierte Gefangene Anzeichen von Unruhe«, schrieb Mr. Philby. »Er beugte sich tief über seine Knie, als hoffe er, auf dem Boden der Anklagebank einen Penny zu finden.«

»Und was geschah dann?«

»Wir gingen ein wenig gemeinsam spazieren.«

»Wohin gingen Sie?«

»Zu einer kleinen Brücke im Wald.«

»Einem abgeschiedenen Ort?«

Archibald Ross zwinkerte dem Staatsanwalt auf anzügliche Weise zu und erwiderte unter dem Gelächter der Zuschauer: »Offenbar sind Ihnen solche Abenteuer nicht fremd.«

Mr. Gifford ging nicht darauf ein.

»Und was geschah dort?«

»Damit Roddy mit dem Objekt seiner Zuneigung alleine sein konnte, führte ich Floras Begleiterin auf die Brücke und gab ihm ein Zeichen, dass er weiter dem Pfad folgen sollte.«

»Und dann?«

»Ich plauderte ein wenig mit dem Mädchen, und kurz darauf kam Flora Mackenzie wieder zurück.«

»Ging sie oder lief sie?«

»Sie lief.«

»Und sie war allein?«

»Ja.«

»Wie viel Zeit war vergangen?«

»Ein paar Minuten.«

»Und was tat sie?«

»Sie nahm ihre Freundin beim Arm und ging mit ihr davon.«

»In welche Richtung?«

»Zum Gutshaus.«

»Wirkte sie verstört?«

»Möglich. Ich kann es nicht mit Sicherheit sagen.«

»Weinte sie?«

»Ich weiß es nicht.«

»Waren ihre Wangen gerötet?«

»Ja, aber nach meiner Erfahrung gibt es eine ganze Menge Gründe, warum die Wangen eines Mädchens gerötet sein können«, sagte Ross mit einem Grinsen.

Der Richter erinnerte den Zeugen an den Ernst der Situation und drohte ihm mit einem Bußgeld, falls er noch eine solche Bemerkung machte. Ross verneigte sich tief vor dem Richter und entschuldigte sich unterwürfig.

Mr. Gifford fuhr mit seiner Befragung fort. »Miss Mackenzie ging also mit dem Gefangenen in den Wald, kam einige Minuten später wieder angelaufen und kehrte mit ihrer Freundin zum Gutshaus zurück?«

»Ja, Sir.«

»Und wo war der Gefangene zu dieser Zeit?«

»Im Wald.«

»Tauchte er wieder auf?«

»Ja.«

»Wie viel später war das?«

»Ein oder zwei Minuten.«

»Wie verhielt er sich?«

»Er war durcheinander.«

»Woher wissen Sie das?«

»Er weinte.«

»Erzählte er Ihnen, was passiert war?«

»Ja, Sir.«

»Wären Sie so freundlich, dem Gericht mitzuteilen, was er sagte?«

»Er sagte nur, dass sie seine Avancen zurückgewiesen habe, und dass er sehr unglücklich sei.«

»›Seine Avancen‹ – waren das die Worte, die er benutzte?«

»Das weiß ich nicht mehr.«

»Aber Sie verstanden es so, dass er ›Avancen‹ gemacht hatte?«

»Ja.«

»Gab es sonst noch etwas, das Ihnen an dem Gefangenen auffiel?«

»Sein Gesicht war auf der einen Seite ganz rot.«

»Was war der Grund dafür?«

»Das Mädchen hatte ihn geohrfeigt.«

»Haben Sie gesehen, wie das Mädchen ihn geohrfeigt hat?«

»Nein.«

»Woher wissen Sie es dann?«

»Roddy hat es mir erzählt.«

»Und was geschah dann?«

»Ich versuchte, den Vorfall herunterzuspielen, aber als ich sah, dass es meinem Freund wirklich schlecht ging, schlug ich vor, noch ein Bier zu trinken, um ihn aufzuheitern.«

»Und willigte er ein?«

»Ja.«

»Sie kehrten also zum Gasthaus zurück?«

»Ja.«

»Und tranken noch ein Bier?«

»Ja.«

»Wie ging es Ihrem Freund – dem Gefangenen – dann?«

»Er war wieder deutlich munterer.«

»Geschah an dem Tag noch etwas Bemerkenswertes?«

»Als wir unser Bier tranken, stürzte sich ein Schrank von einem Kerl auf Roddy und prügelte wie besessen auf ihn ein.«

»Warum griff dieser Mann Ihren Freund an?«

»Ich konnte keinen Grund erkennen.«

»Wurden irgendwelche Worte zwischen den beiden gewechselt?«

»Nein, Sir.«

»Und wer war dieser ›Schrank von einem Kerl‹?«

»Später erfuhr ich, dass es Lachlan Mackenzie war.«

»Der verstorbene Lachlan Mackenzie?«

»Ja.«

»Und was geschah dann?«

»Ich ging mit Roddy nach draußen und brachte ihn auf den Weg zurück in sein Dorf.«

Damit beendete der Staatsanwalt seine Befragung und überließ den Zeugen Mr. Sinclair. Dieser führte Archibald Ross zurück zu dem Tag der Jagdgesellschaft.

»War die Jagd an diesem Tag erfolgreich?«

»Nein, ganz und gar nicht«, erwiderte Ross mit einem Lachen.

»Wie kam das?«

Archibald Ross schilderte, wie Roddy »wild mit den Armen fuchtelnd auf die Hirsche zugerannt« war und geschrien hatte »wie eine Todesfee«.

»Das tat er, um die Hirsche aufzuscheuchen?«

»Ja.«

»Was hielten Sie von diesem Verhalten?«

Unter dem lauten Gelächter der Zuschauer verzog Archibald Ross sein Gesicht zu einer Grimasse und tippte sich an die Stirn. Der Richter wies ihn erneut streng zurecht und wies ihn an, sich auf verbale Antworten zu beschränken.

Darauf sagte Ross: »Es war das Verrückteste, was ich je gesehen hatte.«

Mr. Sinclair: »Hatte der Gefangene davor irgendwelche Andeutungen gemacht, was er plante?«

»Nein.

»Es kam also überraschend?«

»Völlig aus heiterem Himmel.«

»Welchen Eindruck hatten Sie vor diesem Zwischenfall von dem Gefangenen?«

»Ich hatte keinen besonderen Eindruck von ihm.«

»Es gab nichts Sonderbares an seinem Verhalten?«

»Nein.«

»Oder an dem, was er sagte?«

»Nein.«

»Er war also ganz normal?«

»Ja.«

»Bis zu dem Moment, als er die Hirsche verscheuchte?«

»Ja.«

»Sie haben eben gegenüber Mr. Gifford ausgesagt, dass der Gefangene nach dem Zwischenfall mit Flora Mackenzie im Wald ›ganz durcheinander‹ war?«

»Ja.«

»Er weinte oder hatte geweint?«

»Ja.«

»Und doch war er nach Ihrer Aussage wenig später …«, er warf einen Blick in seine Notizen, »›deutlich munterer‹?«

»Ja.«

»Was tat der Gefangene, unmittelbar bevor Mr. Mackenzie ihn angriff?«

»Er tanzte auf dem Tisch.«

»Er tanzte auf dem Tisch?«

»Ja.«

»Wie viel Zeit war zwischen dem Vorfall im Wald, der den Gefangenen offenbar so mitgenommen hatte, und dem Tanz auf dem Tisch vergangen?«

Ross zögerte einen Moment. »Vielleicht eine Stunde.«

»Mehr als eine Stunde oder weniger?«

»Eher weniger.«

»Fanden Sie es nicht merkwürdig, dass der Gefangene erst weinte und kurz darauf auf dem Tisch tanzte?«

»Ich dachte nur, das Bier hätte ihn aufgemuntert.«

»Ihnen kam also nicht der Gedanke, dass er zu extremen Stimmungsschwankungen neigte? Und das, obwohl er auch beim Jagdausflug erst ganz normal gewesen war und im nächsten Augenblick etwas vollkommen Verrücktes getan hatte?«

»Darüber habe ich nicht nachgedacht«, sagte Ross. Damit beendete auch Mr. Sinclair seine Befragung, und Mr. Ross verließ den Zeugenstand, allerdings nicht ohne »eine schwungvolle Verbeugung zur Tribüne«, wie Mr. Philby schrieb, »als wäre er ein Schauspieler auf der Bühne, was er in gewisser Weise ja auch war«.

Daraufhin rief der Staatsanwalt Ishbel Farquhar auf, ein junges Mädchen, das laut dem *Scotsman* »mit seinem bescheidenen Auftreten und den rosigen Wangen die besten Tugenden schottischer Weiblichkeit auf sich vereinte«. Sie trug ein dunkles Trägerkleid, und ihr Haar war zu zwei ordentlichen Zöpfen geflochten. Ihr Erscheinen schien Roddy zu beunruhigen. Sein Blick zuckte im Gerichtssaal umher und »landete auf allem außer dem Mädchen, das in den Zeugenstand trat«.

Nach den einleitenden Formalitäten fragte Mr. Gifford: »Können Sie dem Gericht sagen, wie es kam, dass Sie die Bekanntschaft von Flora Mackenzie machten?«

»Sie half in der Küche des Gutshauses aus.«

»Wo Sie ebenfalls arbeiteten?«

»Ja, Sir.«

»Und Sie freundeten sich an?«

»Ja.«

Miss Farquhar sprach so leise, dass der Richter sie bat, lauter zu sprechen, damit die Geschworenen ihre Antworten hören konnten.

»Und Sie waren am Nachmittag des Sommerfests, also am 31. Juli, mit Flora Mackenzie in Applecross?«

»Ja, Sir.«

Als der Name ihrer Freundin fiel, fing Miss Farquhar an zu weinen, und Mr. Gifford zog galant ein Taschentuch aus seiner Weste und reichte es ihr. Als sie sich wieder gefasst hatte, entschuldigte sich der Staatsanwalt für den Kummer, den er ihr bereitete.

»Aber wir sind in einer ernsten Angelegenheit hier versammelt«, fuhr er fort, »und es ist notwendig, dass Sie zu den Dingen aussagen, die für diesen Fall von Belang sind.«

»Ich werde mir Mühe geben, Sir«, erwiderte Miss Farquhar.

»Hat Flora je mit Ihnen über den Gefangenen gesprochen?«

»Ja, Sir, das hat sie.«

»Und was hat sie gesagt?«

»Dass sie ein paarmal mit ihm spazieren gegangen war, und dass sie ihn ganz nett fand, aber dass er seltsame Ideen hatte und manchmal merkwürdige Dinge tat.«

»Was waren das für seltsame Ideen?«

»Das weiß ich nicht.«

»Sie hat es Ihnen nicht erzählt?«

»Nein.«

»Können Sie uns sagen, was Sie an dem Nachmittag taten, unmittelbar bevor Sie dem Gefangenen und Archibald Ross begegneten?«

»Wir gingen im Park des Gutshauses spazieren.«

»Und dann kamen Archibald Ross und der Gefangene auf Sie zu?«

»Ja.«

»In welchem Zustand waren die jungen Herren?«

»Sie waren betrunken.«

»Beide?«

»Roddy mehr als der andere.«

»Wie äußerte sich das?«

»Er sprach undeutlich und schwankte.«

»Dennoch gestatteten Sie den beiden, Sie zu begleiten?«

»Ja.«

»Und Sie gingen mit ihnen zu dem Fluss im Wald?«

»Ja. Es schien nichts Schlimmes dabei zu sein.«

»Sie hielten den Gefangenen also nicht für gefährlich, hatten keine Angst, dass er Ihnen oder Flora etwas antun könnte?«

»Ich kannte ihn nicht.«

»Bitte schildern Sie dem Gericht, was dann im Wald geschah.«

»Als wir zu dem Fluss kamen, nahm Mr. Ross meinen Arm und sagte, er wolle mir etwas zeigen, und führte mich zur Brücke.«

»Begleiteten der Gefangene und Flora Mackenzie Sie dorthin?«

»Nein, sie folgten weiter dem Pfad am Fluss.«

»Was geschah dann?«

»Mr. Ross beugte sich über den Rand der Brücke und sagte etwas von Forellen und Lachsen im Fluss und zeigte aufs Wasser, aber ich konnte keine Fische sehen.«

»Und dann?«

»Dann versuchte er, mich zu küssen.«

»Wo versuchte er, Sie zu küssen?«

Miss Farquhar antwortete nicht, sondern führte nur die Hand zu ihrem Hals.

»Und gestatteten Sie Mr. Ross, Sie zu küssen?«

»Nein.«

»Was taten Sie?«

»Ich wich zurück, aber er hielt mich am Arm fest und ließ mich nicht los, und dann machte er …«

»Bitte fahren Sie fort, Miss Farquhar.«

»Er machte eine ungehörige Bemerkung.«

»Eine Bemerkung sexueller Natur?«

»Ja, Sir.«

»Aha. Und dann?«

»Ich hatte Angst, weil er mich festhielt. Dann kam Flora zurück, er ließ mich los, und Flora und ich gingen zusammen weg.«

»Ging sie oder lief sie?«

»Sie lief.«

»Hat Flora Mackenzie Ihnen erzählt, was vorgefallen war, als sie mit dem Gefangenen allein war?«

»Sie meinte, Roddy hätte ungehörige Sachen zu ihr gesagt und sie angefasst, und sie hätte ihn geohrfeigt.«

Mr. Gifford entschuldigte sich erneut für die Unannehmlichkeiten und fragte: »Sagte oder zeigte sie Ihnen, wo der Gefangene sie angefasst hatte?«

In diesem Moment, berichtete Mr. Philby, »wurde der Gefangene unruhiger als je zuvor. Seine Wangen liefen dunkelrot an, er rieb sich nervös die Hände in seinem Schoß und schien in sich zusammenzuschrumpfen. Auch wenn er keinerlei Bedauern über die Ermordung dreier Menschen geäußert hatte, schien er doch seine ›Avancen‹ gegenüber der armen Miss Mackenzie zu bedauern.«

Die Zeugin hielt den Blick gesenkt und antwortete nicht.

»Miss Farquhar, sagte Flora, dass er sie an intimen Stellen ihres Körpers berührt hatte?«

Sie nickte, und der Richter wies den Protokollanten an zu notieren, dass die Zeugin die Frage bejaht hatte.

»Sagte sie sonst noch etwas?«

»Nein, Sir.«

Mr. Gifford dankte ihr und beendete seine Befragung. Da Mr. Sinclair darauf verzichtete, die Zeugin ins Kreuzverhör zu nehmen, wurde sie entlassen.

Der letzte Zeuge, den der Staatsanwalt aufrief, war Dr. Hector Munro, »ein kleiner, dicker Mann mit Backenbart und rotem Gesicht«, der, wie Mr. Philby boshaft schrieb, »sehr gut mit einem gewissen Mr. Johnnie Walker bekannt zu sein schien«.

Nach seinem Beruf gefragt, gab Dr. Munro an, er sei Arzt und als solcher im Gefängnis von Inverness angestellt.

Mr. Gifford: »Und was sind Ihre Pflichten in dieser Anstellung?«

Dr. Munro: »Mich um die allgemeine Gesundheit der Gefangenen zu kümmern.«

»Und in dieser Funktion wurden Sie beauftragt, Roderick Macrae, den hier anwesenden Gefangenen, zu untersuchen?«

»Ganz recht.«

»Und taten Sie dies?«

»Ja.«

»Untersuchten Sie den Gefangenen lediglich auf seinen körperlichen Zustand?«

»Nein. Ich wurde von der Staatsanwaltschaft gebeten, auch die geistige Verfassung des Gefangenen zu überprüfen.«

»Um festzustellen, ob der Gefangene bei klarem Verstand war?«

»Ja.«

»Können Sie dem Gericht etwas über den körperlichen Zustand des Gefangenen sagen?«

»Bei meiner Untersuchung befand er sich in einem guten Allgemeinzustand, wies jedoch Zeichen von Skorbut auf, zweifellos durch mangelhafte Ernährung hervorgerufen.«

»Aber sonst war er gesund?«

»Ja. Und bei guten Kräften.«

»Nun zu seiner geistigen Verfassung. Können Sie uns sagen, auf welche Weise Sie diese festzustellen versuchten?«

»Ich unterhielt mich längere Zeit mit dem Gefangenen.«

»Über die Verbrechen, derer er hier beschuldigt wird?«

»Ja, darüber und über seine allgemeinen Lebensumstände.«

»Und sprach der Gefangene in zivilisierter Weise mit Ihnen?«

»Absolut, ja.«

»Wie lautete Ihr Urteil über die geistige Verfassung des Gefangenen?«

»Er erschien mir im Vollbesitz seiner geistigen Kräfte.«

»Im Vollbesitz seiner geistigen Kräfte«, wiederholte Mr. Gifford und betonte dabei jedes einzelne Wort. »Und auf welcher Grundlage kamen Sie zu diesem Schluss?«

»Der Gefangene war sich im Klaren darüber, wo er sich befand und warum er sich dort befand. Er beantwortete meine Fragen klar und wohlüberlegt und zeigte keinerlei Anzeichen von Verwirrung oder Wahnvorstellungen. Ich würde sogar so weit gehen zu sagen, dass er einer der intelligentesten und wortgewandtesten Gefangenen ist, die mir je begegnet sind.«

»Einer der intelligentesten und wortgewandtesten Gefangenen, die Ihnen je begegnet sind – das ist eine bemerkenswerte Aussage, Dr. Munro.«

»Es ist meine ehrliche Meinung.«

»Haben Sie den Gefangenen direkt nach den Verbrechen gefragt, derer er hier beschuldigt wird?«

»Ja.«

»Und was erwiderte er darauf?«

»Er erklärte sich offen für schuldig.«

»Hätte er das aus dem Wunsch heraus sagen können, Ihnen zu gefallen – weil er vielleicht dachte, dass Sie genau das hören wollten?«

»Über die Beweggründe des Gefangenen kann ich nichts sagen, aber soweit ich mich entsinne, stellte ich ihm die Frage auf recht neutrale Weise.«

»Was meinen Sie damit?«

»Ich sagte ihm, ich hätte gehört, dass in seinem Dorf ein Verbrechen geschehen sei, und fragte, ob er etwas darüber wüsste.«

»Und was antwortete er darauf?«

»Er sagte, ohne zu zögern, dass er die Taten begangen habe.«

»Und haben Sie ihn gefragt, warum er die Taten begangen hat?«

»Ja. Er sagte, er habe es getan, um seinen Vater von den Widrigkeiten zu erlösen, die dieser durch das Opfer erlitten habe.«

»Mit dem Opfer ist Lachlan Mackenzie gemeint?«

»Ja.«

»Und das waren seine Worte: ›um seinen Vater von den Widrigkeiten zu erlösen, die er erlitten habe‹?«

»Ja, mehr oder weniger.«

»Haben Sie ihn auch nach den beiden anderen Opfern gefragt?«

»Nicht im Besonderen.«

»Hatten Sie den Eindruck, dass seine Antworten der Wahrheit entsprachen?«

»Ich sah keinen Grund, ihm nicht zu glauben.«

»Stellten Sie dem Gefangenen noch weitere Fragen bezüglich des Verbrechens?«

»Ich fragte ihn, ob er Reue für seine Taten empfand.«

»Und was antwortete er darauf?«

»Er sagte, das tue er nicht.«

»Er empfand keine Reue darüber, dass er drei Menschen ermordet hatte?«

»Nein, Sir.«

»Empfanden Sie das nicht als ungewöhnlich? Vielleicht sogar als Zeichen, dass er nicht bei klarem Verstand war?«

»Nach meiner Erfahrung zeigen Gefangene nur selten Reue für ihre Taten. Wenn sie etwas bedauern, dann in der Regel nur die Tatsache, dass sie erwischt wurden.«

Diese letzte Bemerkung lockerte die Atmosphäre im Gericht für einen Moment auf, und der Richter wartete ab, bis das Gelächter von selbst erstarb.

»Dieses Fehlen jeglicher Reue ist also nach Ihrer Meinung als Arzt kein Anzeichen für geistige Verwirrung?«

»Keineswegs, Sir.«

»Sie wissen, dass der Gefangene auf Unzurechnungsfähigkeit

plädiert, dass er also zu dem Zeitpunkt, als er diese Taten beging, nicht bei klarem Verstand war?«

»Ja, das weiß ich.«

»Hatten Sie den Eindruck, dass der Gefangene geistig verwirrt war?«

»Nein.«

»Halten Sie es für möglich, dass er zu dem Zeitpunkt, als er die Taten beging, geistig verwirrt war?«

»In Anbetracht seines Berichts über die Verbrechen und seiner klaren, vernünftigen Ausdrucksweise, glaube ich nicht, dass er zum Tatzeitpunkt geistig verwirrt war.«

Daraufhin dankte Mr. Gifford dem Zeugen, und Mr. Sinclair begann mit seiner Befragung.

»Wie lange sind Sie schon als Arzt im Gefängnis von Inverness tätig?«

»Ungefähr acht Jahre.«

»In der Zeit müssen Sie viele Gefangene untersucht haben.«

»Das habe ich allerdings.«

»Und wie groß ist Ihrer Einschätzung nach der Anteil derjenigen, die Sie für unzurechnungsfähig halten?«

»Das kann ich nicht genau sagen.«

»Die Hälfte? Mehr als die Hälfte? Weniger als die Hälfte?«

»Deutlich weniger als die Hälfte.«

»Können Sie das etwas genauer fassen?«

»Ein sehr kleiner Anteil.«

»Zehn von hundert? Fünf von hundert?«

»Vielleicht einer von hundert.«

»Einer von hundert! Das ist in der Tat ein sehr kleiner Anteil«, rief Mr. Sinclair aus. »Und die anderen neunundneunzig Männer, was hat die in Ihr Gefängnis gebracht?«

»Sie haben ein Verbrechen begangen oder wurden eines Verbrechens für schuldig erklärt.«

»Und warum begehen diese Männer – diese neunundneunzig Prozent – ihre Verbrechen?«

Die Frage schien Dr. Munro zu verwirren. Er sah zum Richter, der ihm jedoch lediglich bedeutete zu antworten.

»Wenn ich dazu eine Meinung äußern soll, dann würde ich vermuten, dass sie es tun, weil sie unfähig sind, ihre niederen Instinkte zu beherrschen.«

»Ihre Instinkte, andere zu bestehlen oder zu verletzen?«

»Zum Beispiel, ja.«

»Aber diese Unfähigkeit, ihre Instinkte zu beherrschen, ist Ihrer Ansicht nach kein Anzeichen von geistiger Verwirrung?«

»Nein, Sir.«

»Sie sind einfach nur böse.«

»Wenn Sie es so ausdrücken wollen.«

»Wie würden Sie es denn ausdrücken?«

»Ich würde sagen, dass sie Verbrecher sind, Sir.«

Mr. Sinclair legte eine Kunstpause ein und fragte dann, den Blick zu den Geschworenen gewandt: »Neunundneunzig Prozent der Männer, die Sie in Ihrer Funktion als Gefängnisarzt dieser Stadt untersuchen, weisen also keinerlei Anzeichen von geistiger Verwirrung auf?«

»Das ist richtig.«

»Wäre es zutreffend zu sagen, dass Sie im Allgemeinen, wenn Sie die Gefangenen untersuchen, nicht nach Anzeichen von geistiger Verwirrung suchen?«

»Meine Untersuchung beschränkt sich normalerweise auf den körperlichen Zustand der Gefangenen, ja.«

»Würden Sie sich als sachkundig im Bereich der Kriminalanthropologie bezeichnen?«

»In Anbetracht der Tatsache, dass ich seit acht Jahren Gefangene untersuche, würde ich sagen, dass ich darin einige Erfahrung habe.«

»Würden Sie sich als sachkundig im Bereich der Kriminalpsychologie bezeichnen?«

»Ja.«

»Können Sie dem Gericht die Bedeutung des Begriffs ›moralischer Schwachsinn‹ erklären?«

»Der Begriff ist mir nicht bekannt.«

»Können Sie dem Gericht die Bedeutung des Begriffs ›manie sans délire‹ erklären?«

Dr. Munro schüttelte den Kopf.

»Dieser Begriff ist Ihnen auch nicht bekannt? Sind Sie mit den Arbeiten von Monsieur Philippe Pinel[20] vertraut?«

»Nein.«

»Sind Sie mit der Arbeit von Dr. James Cowles Prichard vertraut?«

»Ich habe von ihm gehört.«

»Dann haben Sie sicher sein Werk *Abhandlung über den Wahnsinn und andere Geisteskrankheiten* gelesen?«

»Ich kann mich nicht entsinnen.«

»Sie können sich nicht entsinnen, ob Sie eines der wichtigsten Werke in der aktuellen Forschung zur Psychologie von Verbrechern gelesen haben, einem Feld, in dem Sie sich nach eigenem Bekunden für sachkundig halten?«

»Meine Sachkunde basiert auf meiner Erfahrung bei der Untersuchung von Angehörigen der kriminellen Bevölkerung.«

»Einer Bevölkerung, die nach Ihrer eigenen Aussage nur zu einem verschwindend geringen Teil aus Männern mit geistigen Störungen besteht.«

---

20 Philippe Pinel (1745–1826) war ein Pionier auf dem Gebiet der Kriminalpsychologie. Er schuf den Begriff *manie sans délire* in seinem Werk *Nosographie philosophique, ou la méthode de l'analyse appliquée à la médecine* (*Philosophische Krankheitsbeschreibung oder Über die Anwendung der Analyse auf dem Gebiet der Medizin*; 1798).

»Ja.«

»In Anbetracht der Tatsache, dass Sie heute hier aufgerufen wurden, um in einem Fall von größtem Ernst als Sachverständiger auszusagen, meinen Sie nicht, dass es Ihre Aufgabe gewesen wäre, sich mit dem aktuellen Forschungsstand auf dem Gebiet vertraut zu machen?«

»Ich glaube nicht, dass irgendein anderer Mediziner bei der Untersuchung des Gefangenen zu einem anderen Ergebnis käme als ich.«

»Verzeihen Sie, Dr. Munro, aber das war nicht meine Frage. Meine Frage lautete: Ist es als sogenannter Fachmann der Kriminalpsychologie – die für diesen Fall von größter Wichtigkeit ist – nicht Ihre Aufgabe, sich mit dem Stand der aktuellen Forschung auf diesem Gebiet vertraut zu machen?«

Der Arzt wurde, wie Mr. Philby schrieb, »zusehends nervöser und blickte sich unruhig um, als hoffe er, irgendwo im Zeugenstand eine versteckte Flasche Whisky zu finden«.

Mr. Sinclair drängte ihn nicht zu einer Antwort, da er zweifellos davon ausging, dass sein Schweigen vernichtender war als alles, was er hätte sagen können. Stattdessen sagte er in versöhnlichem Tonfall: »Möglicherweise war mein Ansatz falsch. Vielleicht wäre es hilfreicher, wenn Sie den Geschworenen schildern, welche Ausbildung Sie im Bereich der Kriminalpsychologie haben.«

Dr. Munro sah den Richter flehentlich an, doch der bedeutete ihm nur, darauf zu antworten.

»Ich habe keine solche Ausbildung.«

Mr. Sinclair, der offensichtlich diese für ihn glückliche Wendung des Prozesses genoss, blickte mit einem Ausdruck größten Erstaunens zu den Geschworenen.

»Wäre es also treffender zu sagen, dass Sie sich auf dem Gebiet selbst sachkundig gemacht haben?«

»Ja, das wäre treffender«, erwiderte der Arzt.

»Vielleicht könnten Sie den Geschworenen dann, da Sie weder mit den Arbeiten von Dr. Prichard noch mit denen von Monsieur Pinel vertraut sind, einige der Werke nennen, die Sie zu Ihrer Fortbildung gelesen haben?«

Dr. Munro schien eine Weile nachzudenken, antwortete dann jedoch, er könne sich im Moment an keinen speziellen Titel erinnern.

»Sie können sich nicht an ein einziges Buch erinnern, das Sie gelesen haben, und das in einem Fachbereich, in dem Sie sich vorhin selbst als sachkundig bezeichnet haben?«

»Nein.«

»Sollen wir daraus schließen, Dr. Munro«, er deutete mit einer theatralischen Handbewegung auf die Geschworenen, »dass Sie vollkommen ungeeignet sind, eine Aussage über den Geisteszustand des Gefangenen zu treffen?«

»Ich halte mich durchaus für sachkundig.«

»Aber Sie haben keinerlei Qualifikationen!«

Der Zeuge schien nicht den Willen zu haben, sich gegen die Attacke des Verteidigers zu wehren, und mit einem bedeutungsschweren Kopfschütteln beendete Mr. Sinclair seine Befragung. Dr. Munro, offenkundig erleichtert, dass diese Prüfung vorbei war, wollte den Zeugenstand verlassen, wurde jedoch vom Richter ermahnt, dass er noch nicht entlassen sei. Mr. Gifford erhob sich, entschuldigte sich zunächst bei dem Arzt dafür, dass er ihn nochmals belästigen müsse, und bat ihn, das Gericht daran zu erinnern, wie lange er bereits im Gefängnis von Inverness arbeitete. Dann fragte er den Arzt, wie viele Gefangene er in dieser Zeit untersucht hatte.

Sichtlich froh, dass er die Gelegenheit bekam, seinen Ruf zu retten, erwiderte Dr. Munro, er könne zwar unmöglich eine genaue Zahl nennen, aber es müssten wohl »viele Hundert« sein.

»Und nach Ihrer langjährigen Erfahrung kann nur ein sehr kleiner Anteil derjenigen, die Ihnen anvertraut sind, als geistesgestört bezeichnet werden?«

»Ja, das ist meine Meinung.«

»Ihre Meinung als Arzt?«

»Ja.«

»Dr. Munro, erkennen Sie die Anzeichen oder Symptome von Geisteskrankheit?«

»Ja.«

»Können Sie diese bitte für uns aufzählen?«

»Nun, ein Gefangener kann beispielsweise unter Wahnvorstellungen leiden …«

»Bitte verzeihen Sie, wenn ich Sie unterbreche«, sagte Mr. Gifford. »Können Sie kurz erklären, was Sie unter Wahnvorstellungen verstehen?«

»Ich meine damit einfach nur, dass der Gefangene Dinge wahrnimmt, die nicht existieren. Vielleicht hört er Stimmen in seinem Kopf, oder er hat Halluzinationen, oder er hält sich für jemand anders, als er in Wirklichkeit ist.«

»Danke. Bitte fahren Sie fort.«

»Das Denken eines Gefangenen kann durcheinander sein. Er spricht dann scheinbar durchaus normal, aber die Gedanken folgen nicht logisch aufeinander. Oder das, was er sagt, hat keinerlei Bezug zur Wirklichkeit.«

»Sonst noch etwas?«

»Mir sind auch schon Gefangene begegnet, die unverständliches Gebrabbel von sich geben, deren Sprache nichts weiter ist als ein Strom wirrer, unzusammenhängender Worte oder nicht erkennbarer Laute.[21] Manche Gefangenen verstehen selbst die einfachsten Fragen nicht, die man ihnen stellt, oder antworten auf unpassende oder unsinnige Weise. Dann gibt es noch jene, die

---

21 Eine boshafte Karikatur im *Scotsman* deutete an, dass die Gefangenen, die Dr. Munro beschrieb, lediglich Gälisch gesprochen hatten.

man wohl als schwachsinnig bezeichnen muss, weil sie, aus welchem Grund auch immer, geistig zurückgeblieben sind.«

Mr. Gifford ermutigte den Arzt fortzufahren.

»In einigen wenigen Fällen reagieren die Gefangenen überhaupt nicht auf ihre Umgebung. Sie sitzen oder liegen nur in einer Ecke ihrer Zelle und antworten nicht, wenn man sie anspricht; oft murmeln sie auch irgendetwas vor sich hin oder wiederholen ein und dieselbe Bewegung immer und immer wieder.«

»Das ist eine höchst umfangreiche Aufzählung«, sagte Mr. Gifford. »Und wie haben Sie das Wissen um diese verschiedenen Formen von Geisteskrankheit erworben?«

»Durch meine Erfahrung in der Behandlung der Insassen des Gefängnisses von Inverness.«

»Aber Ihnen müssen doch auch gelegentlich Fälle unterkommen, bei denen es sich als schwierig erweist, eine Diagnose zu stellen?«

»In der Tat.«

»Und was tun Sie in so einem Fall?«

»Ich berate mich mit einem Kollegen oder ziehe ein Fachbuch zurate.«

»Aha. Und würden Sie sagen, dass dieser Prozess der Beratung sowie Ihre langjährige Erfahrung im Umgang mit Verbrechern Sie hinreichend qualifiziert, um eine Aussage über die geistige Gesundheit eines Menschen zu treffen?«

»Ja, allerdings.«

»Bevor Sie den Zeugenstand verlassen, gestatten Sie mir noch eine weitere Frage: Als Sie den hier anwesenden Gefangenen untersuchten, zeigte er da irgendeines der Anzeichen von Geisteskrankheit oder absonderlichem Verhalten, die Sie uns eben beschrieben haben?«

»Nein.«

»Er hatte keine Wahnvorstellungen?«

»Nein.«

»Er hat nicht wirr oder unzusammenhängend geredet?«

»Nein.«

»Er war sich seiner Umgebung und der Umstände bewusst, die ihn dorthin gebracht haben?«

»Ja, das war er.«

»Und deutet nach Ihrer ärztlichen Meinung irgendetwas darauf hin, dass er unzurechnungsfähig oder geistig verwirrt ist?«

»Nein.«

Mr. Gifford bedachte die Verteidigung mit einem vernichtenden Blick und beendete ohne weitere Theatralik seine Befragung. Dr. Munro wurde aus dem Zeugenstand entlassen und »eilte erleichtert davon, zweifellos um im nächsten Gasthaus Zuflucht zu suchen«.

Nach dem Ende der Beweisaufnahme wurde, wie es zu jener Zeit in der schottischen Rechtsprechung üblich war, vom Gerichtssekretär die Erklärung des Gefangenen vorgelesen. Dies war die einzige Aussage, die dem Beschuldigten selbst gestattet war:

Mein Name ist Roderick John Macrae, und ich bin siebzehn Jahre alt. Ich stamme aus Culduie in Ross-shire und wohne mit meinem Vater, John Macrae, einem Crofter, im nördlichsten Haus des Dorfes. Nach Verlesung der Anklage, in der ich beschuldigt werde, Lachlan Mackenzie, achtunddreißig Jahre alt, Flora Mackenzie, fünfzehn Jahre alt, und Donald Mackenzie, drei Jahre alt, am 10. August dieses Jahres in ihrem Haus durch Schläge mit einem Spitzspaten und einer Feldhacke getötet zu haben, erkläre ich hiermit, dass ich verantwortlich für den Tod dieser drei Menschen bin. An dem fraglichen Morgen ging ich mit diesen Werkzeugen bewaffnet zum Haus von Lachlan Mackenzie, in der Absicht, ihn zu töten. Ich tötete Lachlan Mackenzie aus Rache für das Leid, das er meinem

Vater und meiner ganzen Familie angetan hat. Es war nicht meine Absicht, Flora Mackenzie oder Donald Mackenzie zu töten. Dies geschah aus Notwendigkeit, weil sie im Haus anwesend waren und ich vermeiden wollte, dass sie um Hilfe riefen. Ich bin überzeugt, dass der Erfolg meines Unterfangens der Vorsehung zuzuschreiben ist, und gleichermaßen nehme ich jedwedes Schicksal hin, das die Vorsehung mir zuweist. Ich erkläre weiterhin, dass ich bei klarem Verstand bin und diese Aussage freiwillig und ohne Zwang mache und dass sie der Wahrheit entspricht.

[Unterschrift]
Roderick John Macrae

An dieser Stelle wurde eine Pause angeordnet. Da es bereits kurz vor vier Uhr nachmittags war, entstand eine Diskussion, ob die Verhandlung am nächsten Tag fortgeführt werden sollte. Mr. Sinclair, der verhindern wollte, dass die Geschworenen die Nacht mit Roddys Erklärung – vor allem seiner geistigen Klarheit – im Ohr verbrachten, drängte auf eine Fortführung. Mr. Gifford wandte ein, da der Prozess ohnehin nicht an diesem Tag abgeschlossen werden könne, solle man besser ausgeruht am nächsten Morgen weitermachen. Die Debatte wurde zumindest auf Mr. Sinclairs Seite zusehends hitziger, doch nach einer kurzen geflüsterten Beratung mit seinen Kollegen verkündete der vorsitzende Richter, dass das Gericht sich vertagte. Mr. Sinclair wurde nach dem Bericht des *Scotsman* »dunkelrot im Gesicht und murmelte hörbar etwas von einer Verschwörung gegen seinen Mandanten, was ihm eine strenge Ermahnung des Richters eintrug und wofür er sich umgehend entschuldigte«.

Ganz unabhängig davon, was Mr. Sinclair persönlich von der – vollkommen verständlichen – Entscheidung des Richters halten mochte, war ein so unprofessionelles Verhalten in Anwesenheit der Geschworenen kaum förderlich für seinen Mandanten. Der Richter wiederholte die Ermahnung an die Geschworenen, nicht über den Fall zu sprechen, dann verließ er den Saal. Die Zuschauer auf der Tribüne drängten nach draußen, »ungeduldig wie Schuljungen, die in die Sommerferien entlassen werden«.

Die Abendausgaben der Zeitungen brachten launige Berichte über die Wortwechsel zwischen den Rechtsvertretern und Dr. Munro, und der *Inverness Courier* schrieb: »In den Gasthäusern und auf den Straßen wurde über nichts anderes geredet. Diejenigen, die das Glück hatten, bei der Verhandlung dabei gewesen zu sein, hielten Hof wie große Weise, und überall wurde aufgeregt darüber debattiert, ob der unglückselige Gefangene am Galgen enden würde.«

Auch unter den Reportern schienen die Meinungen geteilt zu sein. Der *Scotsman* schloss seinen Bericht über den Verhandlungstag mit den Worten: »Der Hoffnungsschimmer, der nach der meisterhaften Vernichtung von Dr. Munro durch den Verteidiger aufge-glommen war, wurde umgehend durch die Erklärung des Gefangenen selbst zunichte gemacht, in der er verkündete, dass er bei klarem Verstand sei. Nun wird wohl nur noch eine höchst überraschende Wendung die Geschworenen von der Unschuld des jungen Crofters überzeugen können.«

Für John Murdoch vom *Courier* war der Fall nicht so klar: »Obwohl Mr. Gifford die Anklage zweifellos sehr geschickt vertreten hat, werden die Geschworenen im Lauf der Verhandlung genug über das merkwürdige Verhalten des Beschuldigten gehört haben, um gewisse Zweifel an dessen geistiger Zurechnungsfähigkeit aufkommen zu lassen.«

Am nächsten Morgen schrieb Mr. Philby in der *Times*:

Es ist höchst ungewöhnlich, dass die Verteidigung sich in einem solchen Fall nur auf einen einzigen Zeugen stützt, allerdings ist der Prozess des Roderick Macrae auch wahrlich kein gewöhnlicher Fall. Hier geht es nicht um Fakten, sondern darum, was im Kopf des Täters vor sich geht, und das ist etwas, das bisher kaum jemand hinreichend klären konnte, wenn es denn überhaupt geklärt werden kann. Der Gefangene hat sich die ganze Zeit über bescheiden und respektvoll verhalten, und man kann sich schlicht nicht vorstellen, dass er imstande ist, ein so brutales Verbrechen zu begehen wie das, was ihm zur Last gelegt wird. Dennoch hat er es begangen, und die Tatsache, dass jemand zu einer solchen Raserei fähig ist und dann zwei Tage mucksmäuschenstill dasitzt, lässt eine Art von Geisteskrankheit vermuten, wie sie von Dr. Hector Munro nicht aufgezählt wurde. Somit lastet eine große Verantwortung auf den Schultern von James Bruce Thomson, in dessen Händen das Schicksal von Roderick Macrae liegt.

Dritter Tag

Mr. Philby war nicht der Einzige, der die Bedeutung von Mr. Thomsons Aussage erkannte. Sein Erscheinen im Gerichtssaal wurde beinahe mit der gleichen Aufregung erwartet wie das des Gefangenen am ersten Tag. Mr. Thomson, gekleidet in einen eng sitzenden schwarzen Anzug, der am Bauch von der Kette einer goldenen Taschenuhr geschmückt wurde, nahm mit großer Feierlichkeit seinen Platz im Zeugenstand ein. Laut dem Berichterstatter der *Times* »warf er zunächst einen hochmütigen Blick zur Tribüne und musterte dann der Reihe nach die Richter, die Vertreter der

Staatsanwaltschaft und die Verteidigung mit nicht minder arroganter Miene. Der berühmte Irrenarzt machte keinen Hehl daraus, dass er sich für den wichtigsten Schauspieler in diesem besonderen Theaterstück hielt.«

Der vorsitzende Richter rief das Gericht zur Ordnung, und nachdem die Formalitäten erledigt waren, begann Mr. Sinclair seine Befragung, indem er den Zeugen bat, seinen Beruf zu nennen.

Mr. Thomson: »Ich bin leitender Arzt im staatlichen Gefängnis von Perth.«

»Wie lange haben Sie diese Stellung schon inne?«

»Vierzehn Jahre.«

»Wie viele Gefangene haben Sie in dieser Zeit untersucht?«

»Ungefähr sechstausend.«

»Und Sie haben diese Gefangenen nicht nur auf ihren körperlichen, sondern auch auf ihren geistigen Zustand untersucht?«

»Ja.«

»Trifft es zu, dass Sie dabei besonderes Augenmerk auf die psychologische Verfassung der Gefangenen gelegt haben?«

»Ja, das ist richtig.«

»Würden Sie sagen, dass Sie ein Fachmann in der Untersuchung des Geisteszustands von Verbrechern sind?«

»Ja, das würde ich in aller Bescheidenheit sagen.«

»Auf welcher Grundlage beruht diese Feststellung?«

»Zusätzlich zu meiner praktischen Erfahrung durch die Untersuchung der Gefangenen habe ich die Fachliteratur zu diesem Thema eingehend studiert. Ich wurde als Mitglied in die Medizinisch-Psychologische Gesellschaft gewählt und von dieser dazu eingeladen, einen Vortrag über die psychologischen Auswirkungen des Gefängnisaufenthalts auf die Insassen zu halten. Im *Edinburgh Monthly Journal* wurde ein Artikel von mir über Epilepsie unter Gefangenen veröffentlicht, und im *Journal for Mental Science* werde ich in Kürze weitere Arbeiten über die psychologischen und erblichen Aspekte des Verbrechens publizieren.«

»Das ist sehr beeindruckend, Sir«, sagte Mr. Sinclair. »Und stimmt es, dass die Verbrecher, die aufgrund von Geisteskrankheit nicht verurteilt werden können, in Ihrer Einrichtung untergebracht werden?«

»Ja, das ist richtig.«

»Sie haben also nicht nur reichlich Erfahrung mit der allgemeinen Verbrecherbevölkerung, wenn man das so nennen kann, sondern auch eine Menge Kontakt zu geisteskranken Straftätern.«

»Allerdings.«

»Und wie würden Sie den Unterschied zwischen der allgemeinen Verbrecherbevölkerung und den geisteskranken Straftätern beschreiben?«

»Angehörigen beider Verbrechergattungen ist gemein, dass ihnen größtenteils das moralische Empfinden abgeht. Der gewohnheitsmäßige Verbrecher wird jedoch meist durch Vererbung zu seinen Taten gedrängt und ist somit weitgehend unheilbar. Mittlerweile gibt es eine ganze Verbrecherrasse, die in den überbevölkerten Armenvierteln unserer Städte lebt. Diese Menschen werden in das Verbrechen hineingeboren, darin aufgezogen, davon genährt und darin unterwiesen. Somit könnte man argumentieren, dass solche Verbrecher letzten Endes nicht für ihre Taten verantwortlich gemacht werden können, da sie sie quasi im Blut haben und der Tyrannei ihrer Lebensumstände nicht entgehen können.«

Wie Mr. Murdoch anmerkte, »ähnelte der Vortrag des Irrenarztes in Rhythmus und Tonfall der Predigt eines freikirchlichen Gemeindepfarrers«.

»Ist es möglich zu erkennen, ob jemand dieser erblichen Verbrecherrasse angehört?«

»Allerdings.«

»Woran?«

»Aufgrund der üblen Bedingungen, unter denen diese Rasse lebt, und ihres mangelnden Verständnisses für die Folgen innerfamiliärer Fortpflanzung findet man bei ihren Mitgliedern zahlreiche Anomalien, wie zum Beispiel Verformungen der Wirbelsäule, Stottern, missgebildete Sprachorgane, Klumpfüße, Hasenscharten, Wolfsrachen, Taubheit, Blindheit, Epilepsie, Skrofeln und dergleichen mehr. Dies wird meist begleitet von Geistesschwäche oder Schwachsinn. Diejenigen, die im Verbrechen geboren sind, unterscheiden sich so deutlich von einem ehrlichen, hart arbeitenden Mann wie ein schwarzgesichtiges Schaf von einem Cheviot-Schaf.«[22]

»Aha. Stimmt es, dass Sie nach Inverness gereist sind, um den hier anwesenden Beschuldigten zu untersuchen?«

»Ja, das habe ich auf Ihre Bitte hin getan.«

»Und haben Sie den Gefangenen untersucht?«

»Ja.«

»Was war das Ergebnis Ihrer Untersuchung?«

»Ich stellte fest, dass er einige der niederen körperlichen Merkmale der erblichen Verbrecherrasse aufweist.«

»Welche sind das?«

»Er ist kleiner als der Durchschnitt, sein Schädel ist missgeformt, und seine Ohren sind abnorm groß und hängend. Die Augen sind klein und stehen eng beieinander, und wie jedermann sehen kann, ist seine Stirn niedrig und vorgewölbt. Die Haut ist bleich und fahl, obwohl ich das eher einer Mangelernährung als irgendwelchen erblichen Faktoren zuschreiben würde.«

»Haben Sie bei Ihrer Untersuchung daraufhin, ob der Gefangene als Verbrecher durch Vererbung angesehen werden muss, noch weitere Nachforschungen angestellt?«

---

22 Die Theorien, die Thomson hier vorträgt, sind ausführlich in seinem Artikel »Die erbliche Natur des Verbrechens« nachzulesen, veröffentlicht 1870 im *Journal of Mental Science*. Sie sind ein Beispiel für die damals vorherrschende Theorie des »Degenerationismus«, einer Art umgekehrter Evolution.

»Ja, das habe ich. Ich fuhr in Ihrer Begleitung zum Haus des Gefangenen in Culduie, Ross-shire.«

»Warum hielten Sie diese Reise für notwendig?«

»Wie ich damals bereits bemerkte: Wenn ein Becher Wasser übel schmeckt, muss man die Quelle überprüfen.«

An dieser Stelle meldete sich der Richter zu Wort und bat den Psychiater zu erklären, was er mit dieser Redewendung meinte.

»Ich meine damit einfach nur«, sagte Mr. Thomson, »dass man allein anhand einer körperlichen Untersuchung nicht feststellen kann, ob die Merkmale eines Menschen auf Vererbung zurückzuführen sind. Dazu muss man auch die Quelle überprüfen, aus der er hervorgegangen ist.«

Mr. Sinclair: »Und was war das Ergebnis Ihres Besuchs in Culduie?«

»Die Einwohner dort sind allgemein von niederem Körperbau, eher klein und zumeist wenig ansprechend in ihrem Äußeren. Dies ist zweifellos auf die innerfamiliäre Fortpflanzung zurückzuführen, worauf die hohe Verbreitung bestimmter Familiennamen in der Gegend hinweist. Die ärmliche Hütte – ein Haus möchte ich das nicht nennen –, in dem der Gefangene und seine Familie wohnten, erschien mir höchst ungeeignet für die Unterbringung von Menschen, da sie weder Belüftung noch sanitäre Anlagen enthält und obendrein mit dem Vieh geteilt wird. Der Vater, mit dem ich mich ein paar Minuten lang unterhielt, erschien mir geistig so zurückgeblieben, dass ich ihn fast als schwachsinnig bezeichnen muss. Die Mutter des Gefangenen starb im Kindbett, was in der heutigen Zeit auf eine erbliche Schwäche schließen lässt. Die Schwester des Gefangenen hatte Selbstmord begangen, was den Gedanken nahelegt, dass in diesem vom Unglück verfolgten Clan eine Form von Geisteskrankheit vorherrscht. Die jüngeren Geschwister des Beschuldigten konnte ich nicht untersuchen, da sie zur Pflege anderswohin gebracht worden waren. Unterm Strich würde ich zweifelsfrei sagen, dass der Gefangene von niederer physischer Herkunft ist.«

»Würden Sie daraus schließen, dass er zu der erblichen Verbrecherrasse gehört, die Sie zuvor so anschaulich beschrieben haben?«

»Mir ist angesichts der Strategie, die Sie in diesem Fall verfolgen, durchaus bewusst, dass Sie gerne eine Bestätigung hören möchten. Doch obgleich der Gefangene eine gewisse Ähnlichkeit mit der städtischen Verbrecherbrut aufweist, die zweifellos auf seine niedere Herkunft zurückzuführen ist, würde ich ihn nicht als Angehörigen der Verbrecherrasse klassifizieren, also als einen von denen, die in das Verbrechen hineingeboren und von diesem unwiderstehlich angezogen werden.«

In diesem Moment sah Mr. Sinclair aus, »als habe ihm jemand mit einem Ruck den Teppich unter den Füßen weggezogen«. Mit leicht stockender Stimme bat er Mr. Thomson zu erklären, wie er zu diesem Schluss gekommen sei.

»Das ist ganz einfach, Mr. Sinclair. Wenn man nach der Ursache für das Verbrechen forscht, darf man nicht nur das Erbgut des Verbrechers betrachten, sondern muss auch seine Umgebung mit einbeziehen. Während dieses Dorf im Hochland gebildeten Männern wie uns wie eine Ansammlung armseliger Hütten erscheinen mag, ist es doch ein Paradies im Vergleich zu den Elendsvierteln, in denen der städtische Bösewicht haust. Die Luft ist frisch und sauber, und obwohl die meisten Menschen, die dort leben, sehr arm sind, arbeiten sie ehrlich auf dem Feld oder in anderen niederen Berufen. Diebstahl und Betrug sind in diesen Gegenden nahezu unbekannt. Das Individuum, wie niedrig seine physische Abstammung und wie begrenzt seine geistigen Fähigkeiten auch sein mögen, wird also nicht in einer Atmosphäre von Kriminalität geboren und aufgezogen. Der Gefangene mag in ein Leben hineingeboren worden sein, die jeden zivilisierten Menschen erschaudern lässt, aber er wurde nicht in das Verbrechen hineingeboren.«

Es gab eine Pause im Ablauf, da Mr. Sinclair sich mit seinem Assistenten beriet. Mr. Gifford, so wurde berichtet, »lehnte sich auf seinem Stuhl zurück und hätte, wäre es nicht so unschicklich gewesen, wahrscheinlich die Füße auf den Tisch vor ihm gelegt«. Die Zuschauer auf der Tribüne, die vielleicht die Bedeutung dieser Aussage noch nicht ganz begriffen hatten, unterhielten sich flüsternd. Der Richter wartete eine Weile geduldig ab, bevor er Mr. Sinclair fragte, ob er seine Befragung des Zeugen beendet hätte.

Der Verteidiger verneinte und stellte Mr. Thomson hastig die nächste Frage: »Wir haben die Aussage von Dr. Hector Munro gehört, einem Arzt, demzufolge der Gefangene keines der üblichen äußeren Anzeichen von Geisteskrankheit aufweist. Würden Sie dem zustimmen?«

»Ja.«

»Aber würden Sie auch zustimmen, dass ein Mensch keinerlei solche Anzeichen aufweisen und dennoch als geisteskrank gelten kann?«

»Ja.«

»Wie ist das möglich?«

»Während der letzten Jahrzehnte hat sich unser Verständnis von der Funktionsweise des Gehirns dank der Arbeiten meiner englischen Kollegen und derjenigen auf dem Kontinent stark erweitert, sodass im Bereich der Kriminalanthropologie ein Zustand allgemein anerkannt ist, der moralischer Schwachsinn oder *manie sans délire* genannt wird.«

»Können Sie beschreiben, was damit gemeint ist?«

»Kurz gesagt, bedeutet es eine krankhafte Veränderung der Gemütsregungen ohne gleichzeitige Einschränkung der geistigen Fähigkeiten. Eine Person kann also vollkommen der Wirklichkeit gewahr und vernünftig in ihren Äußerungen sein und dennoch jegliches sittliche Empfinden vermissen lassen. Dies zeigt sich beim Kleinverbrecher darin, dass er sich das Dieben nicht verkneifen kann und es immer wieder tut, und beim Großverbrecher – demjenigen, der Mord, Schändung oder Kindestötung begeht – im völligen Fehlen von Reue. Wer unter moralischem Schwachsinn leidet, ist vollkommen unfähig, seinem kriminellen oder gewalttätigen Drang zu widerstehen. Diese Unglücksseligen zeichnen sich durch auffallend bösartige Gefühle aus, die häufig bei der geringsten Provokation ausbrechen. Sie sehen Feindschaft, wo keine ist, und geben sich wüsten Rachefantasien hin, die sie dann geradezu zwanghaft in die Tat umsetzen müssen.«

»Wollen Sie damit sagen, dass diese Personen nicht für ihre Taten verantwortlich sind?«

»Unter rechtlichen Gesichtspunkten kann ich mich dazu nicht äußern, aber aus kriminalpsychologischer Sicht kann man sie nicht auf die übliche Weise als verantwortlich ansehen, denn sie sind, aus welchem Grund auch immer, ohne moralisches Empfinden geboren. Ihnen fehlt die normale Gewissenskontrolle zivilisierter Männer und Frauen. Sie sind moralische Idioten und haben ebenso wenig Schuld an ihrem Zustand wie ein geistiger Idiot.«

An diesem Punkt meldete sich der Richter zu Wort und wies Mr. Sinclair an, seine Befragung des Zeugen von diesen »zweifellos faszinierenden« allgemeinen Erläuterungen auf den vorliegenden Fall zurückzuführen. Mr. Sinclair fügte sich, wies jedoch auf die Notwendigkeit hin, die Geschworenen mit dem derzeitigen Forschungsstand auf dem Gebiet der Kriminalpsychologie vertraut zu machen.

»Dem Gericht wurde eine Erklärung vorgelesen«, fuhr er fort, »in der der Gefangene sich selbst als bei klarem Verstand beschreibt. Ist es Ihrer langjährigen Erfahrung mit der verbrecherischen Bevölkerung nach denkbar, dass jemand, der eine solche Aussage trifft, dennoch als geisteskrank angesehen werden muss?«

»Durchaus, ja«, erwiderte Mr. Thomson.

»Wie ist das möglich?«

»Wenn ein Gefangener unter einem Wahn leidet, dann ist dieser Wahn für ihn ebenso real wie dieser Gerichtssaal es für uns ist. Wenn jemand geisteskrank ist, ist er per definitionem nicht in der Lage, sich selbst als geisteskrank zu erkennen.«

»Aha«, sagte Mr. Sinclair und schwieg einen Moment, um den Geschworenen Zeit zu geben, diese Aussage aufzunehmen. »Welchen Wert würden Sie vor diesem Hintergrund der Erklärung des Gefangenen über seinen Geisteszustand beimessen?«

»Gar keinen.«

»Gar keinen«, wiederholte Mr. Sinclair und warf den Geschworenen einen vielsagenden Blick zu.

Der Richter meldete sich erneut zu Wort: »Um der Klarheit willen, Mr. Thomson, wollen Sie damit sagen, dass der Gefangene geisteskrank ist?«

»Ich will damit lediglich sagen, wenn der Gefangene geisteskrank wäre, wäre er sich dessen nicht bewusst. Würde er hingegen behaupten, er sei geisteskrank, ließe dies auf das Gegenteil schließen, denn eine solche Feststellung setzt einen Grad an Selbsterkenntnis voraus, über den jemand, der nicht im Vollbesitz seiner geistigen Kräfte ist, nicht verfügt.«

Der Richter beriet sich kurz mit Lord Jerviswoode und bedeutete Mr. Sinclair dann, mit seiner Befragung fortzufahren. Dieser bedankte sich und wandte sich wieder dem Zeugen zu. »Mr. Thomson, Sie haben den Gefangenen im Hinblick darauf untersucht, seinen Geisteszustand festzustellen, nicht wahr?«

»Ganz recht.«

»In welcher Form fand diese Untersuchung statt?«

»Ich habe mich mit ihm recht ausführlich über seine Verbrechen unterhalten.«

»Und was haben Sie dabei festgestellt?«

»Der Gefangene verfügt zweifellos über eine gewisse Intelligenz, und sein Sprachvermögen übersteigt das, was man bei jemandem von so niederer Herkunft erwarten würde. Im Wesentlichen unterhielt er sich freimütig und ohne erkennbares Unbehagen mit mir. Wie es dem von mir beschriebenen höheren Verbrecherrang entspricht, zeigte er keine Reue für seine Taten. Ich würde sogar so weit gehen zu sagen, dass es ihm einen perversen Stolz bereitete, mir davon zu erzählen.«

»Würden Sie sagen, dass dies ein typisches Merkmal derjenigen ist, die unter moralischem Schwachsinn leiden?«

»Dieses Verhalten kommt bei moralischen Idioten in der Tat häufig vor, aber es ist für sich allein genommen kein Anzeichen von moralischem Schwachsinn.«

»In Ihrer Antwort auf meine vorige Frage sagten Sie, moralische Idioten …«, an dieser Stelle las er aus einer Notiz vor, die sein Assistent ihm reichte, »… ›zeichnen sich durch auffallend bösartige Gefühle aus, die häufig bei der geringsten Provokation ausbrechen‹.«

»Richtig.«

»Wir haben im Verlauf der Beweisaufnahme Aussagen gehört, nach denen der verstorbene Lachlan Mackenzie den Gefangenen und seine Familie wiederholt provoziert haben soll.«

»Ganz recht.«

»Wenn wir einmal davon absehen, ob diese Provokationen geringfügig waren oder nicht, würden Sie den Wunsch des Gefangenen, sich an Mr. Mackenzie zu rächen, als Anzeichen für moralischen Schwachsinn ansehen?«

»Sofern man die Darstellung der Ereignisse aus der Sicht des Gefangenen akzeptiert, könnte man in der Tat zu dem Schluss kommen, dass er unter dem Einfluss dieses Leidens steht.«

Da dies »ein Punkt von höchster Wichtigkeit« war, bat der vorsitzende Richter den Zeugen, sich klarer auszudrücken.

Direkt an den Richter gewandt, erklärte Mr. Thomson: »Es ist in vielen Disziplinen, meine eigene eingeschlossen, sehr verbreitet, bloße Ideen als Fakten anzusehen, wenn sie nur oft genug wiederholt werden. Was den vorliegenden Fall angeht, so fürchte ich, dass ein bestimmtes Element – nämlich die Annahme, dass der Gefangene die Taten begangen hat, um seinen Vater von den als rachsüchtig wahrgenommenen Handlungen Mr. Mackenzies zu erlösen – durch stete Wiederholung als Tatsache akzeptiert worden ist, und zwar sowohl vom Gericht wie auch von mehreren Zeugen. Und doch hängt diese Geschichte einzig und allein an der Aussage eines einzigen Zeugen: der des Gefangenen selbst. Ich für meinen Teil sehe keinen Anlass, diese Version der Ereignisse als der Wahrheit entsprechend anzusehen, zumindest nicht ohne sorgfältige Überprüfung.«

Der Richter: »Haben Sie sie einer solchen Überprüfung unterzogen?«

»Ja, das habe ich.«

»Und zu welchem Schluss sind Sie gekommen?«

»Ich bin zu dem Schluss gekommen, dass es keinerlei Grund gibt, den Worten eines Mannes Glauben zu schenken, der seinem eigenen Geständnis zufolge ein äußerst blutiges Verbrechen begangen hat. Darüber hinaus bietet eine andere Erklärung einen viel glaubwürdigeren Anlass für seine Taten.«

Nun gelang es Mr. Sinclair nicht länger, seine Sorge zu verbergen. Er versuchte, die Fragen des Richters zu unterbrechen, wurde jedoch sofort zum Schweigen gebracht.

Der Richter: »Und haben Sie eine solche Erklärung?«

»Allerdings«, sagte Mr. Thomson.

»Dann bitte ich Sie, sie dem Gericht zu schildern.«

»Meine Sicht der Dinge basiert auf den Widersprüchlichkeiten und Auslassungen in dem Bericht, den der Gefangene zunächst Mr. Sinclair gab und dann auch mir. Diese Widersprüchlichkeiten betreffen insbesondere die Verletzungen am Leichnam Flora Mackenzies, die meiner Ansicht nach auf ein vollkommen anderes Motiv für die Verbrechen schließen lassen. Ich behaupte, als der Gefangene zu seinem blutigen Vorhaben aufbrach, war sein wahrer Beweggrund nicht, sich an Mr. Mackenzie zu rächen, sondern an dessen Tochter, die, wie wir gehört haben, seine anstößigen Annäherungsversuche zurückgewiesen hat. In dieser Version der Geschichte wurde Roderick Macrae nicht von dem beinahe edlen Wunsch getrieben, seinen Vater zu schützen, sondern von seinem triebhaften Verlangen nach Miss Mackenzie. Ich behaupte, der Gefangene ist in dem Wissen aufgebrochen, dass Mr. Mackenzie nicht zu Hause war, und wollte dessen Tochter auf verderbteste Weise schänden. Dabei wurde er gestört, und ein Kampf entbrannte, der zu Mr. Mackenzies Tod führte.«

Einen Moment herrschte Stille, dann brach auf der Tribüne gedämpftes Gemurmel aus. Der Richter schlug mehrfach mit seinem Hammer, um für Ruhe zu sorgen. Mr. Sinclair wirkte ratlos.

Der Richter: »Warum sollten wir diese Version der Ereignisse eher glauben als die bisher geschilderte?«

»Selbstverständlich war ich nicht zugegen, als die Taten verübt wurden«, erwiderte Mr. Thomson. »Aber die Verletzungen, die an Miss Mackenzies Leichnam festgestellt wurden, passen ganz und gar nicht zu dem vom Gefangenen angegebenen Motiv. Und als ich den Gefangenen in seiner Zelle besuchte, zeigte er lediglich bei der Erwähnung dieser Verletzungen Anzeichen von Beunruhigung. Ein Riss erschien in der Fassade, die er der Welt gezeigt hatte.«

Der Richter blickte fragend zu Mr. Sinclair, der sichtlich um Haltung rang. Da ihm die Bedeutung von Mr. Thomsons Aussage zweifellos bewusst war, gewährte er dem Verteidiger einen Moment, um sich zu fassen. Nach einer kurzen Beratung mit seinem Kollegen fuhr Mr. Sinclair mit der Befragung fort.

»Wenn wir diese Version der Ereignisse akzeptieren, würde sie nicht sogar noch stärker auf einen Verlust der Zurechnungsfähigkeit schließen lassen als die bisher vorgetragene?«

Mr. Thomson lächelte verhalten, denn ihm war klar, dass der Verteidiger versuchte, seine Aussage für seine eigenen Zwecke zu nutzen. »Wäre dies ein schlichter Fall eines sexuell motivierten Verbrechens, könnte man den Täter aufgrund der Unfähigkeit, seine niederen Triebe zu beherrschen, möglicherweise als nicht schuldfähig einstufen. Das Entscheidende an dem vorliegenden Fall ist jedoch nicht die Natur des Verbrechens selbst, sondern die heuchlerische Art, in der der Täter die Ereignisse anschließend geschildert hat. Hätte er die wahren Gründe für seinen Übergriff geradeheraus gestanden, hätte man ihn, wie Sie sagen, als moralisch schwachsinnig einstufen können, da ihm die Verwerflichkeit seiner Tat nicht bewusst gewesen wäre. Doch indem er sich eine andere Erklärung ausgedacht hat – eine, die seine Taten zu rechtfertigen versucht –, verrät der Gefangene, dass er sehr wohl um die schändliche Natur seines wahren Beweggrundes weiß. Die Unglücklichen, die unter moralischem Schwachsinn leiden, sind vollkommen unfähig, zwischen Gut und Böse zu unterscheiden. Sie sind aufrichtig überzeugt, dass alles, was sie tun, wie schändlich es auch immer sein mag, gerechtfertigt ist. Im vorliegenden Fall jedoch zeugt das vom Beschuldigten vorgeschobene Motiv nicht nur von dem Wunsch, den wahren Grund für seine Taten zu verbergen, sondern auch von einer Fähigkeit, zu heucheln und zu täuschen, wie sie bei den wahrhaft Schwachsinnigen nicht vorhanden ist.«

»Aber«, wandte Mr. Sinclair in dem tapferen Versuch ein, seine Verteidigung zu retten, »wenn die Schilderung des Beschuldigten unmittelbar nach den Taten der Wahrheit entspräche, würden Sie ihn dann als schwachsinnig einstufen?«

»Ja.«

»Da Sie jedoch nicht bei dem Angriff zugegen waren, und auch sonst kein Zeuge, können Sie nicht mit Gewissheit sagen, dass die

Darstellung des Gefangenen weniger wahr ist als die, die Sie hier vorgebracht haben.«

»Sie haben natürlich recht, Mr. Sinclair, wenn Sie betonen, dass ich nicht zugegen war. Doch die Version der Ereignisse, die ich geschildert habe, passt besser zu den physischen Beweisen des Falles. Wären die Tatmotive des Gefangenen diejenigen gewesen, die er vorgebracht hat, hätte es keinen Grund gegeben, der armen Miss Mackenzie solche Verletzungen zuzufügen. Selbst wenn er es für nötig hielt, sie zum Schweigen zu bringen, während er auf die Rückkehr ihres Vaters wartete, hätte ein Schlag auf den Kopf, um sie bewusstlos zu machen, genügt. Stattdessen hat er sie auf übelste Weise geschändet. Ich sehe keinerlei Zusammenhang zwischen dieser Tat und dem von ihm genannten Wunsch, seinen Vater von den Widrigkeiten zu erlösen, die dieser angeblich durch Mr. Mackenzie erdulden musste.«

»Aber es könnte auch andere Interpretationen für das Verhalten des Gefangenen geben, nicht wahr?«

»Die kann es geben, aber sie passen nicht zu den Fakten dieses Falles.«

An diesem Punkt kehrte Mr. Sinclair zu seinem Platz zurück, und der Richter musste ihn fragen, ob er mit dem Zeugen fertig war. Da der Staatsanwalt auf eine Befragung verzichtete, wurde Mr. Thomson entlassen. Das Gericht vertagte sich auf den Nachmittag; dann würden den Geschworenen die Schlussplädoyers vorgetragen werden.

Das Plädoyer des Staatsanwalts dauerte nicht länger als eine Stunde und wurde von Mr. Gifford »mit einer Selbstgefälligkeit vorgetragen, die vermutlich nicht alle Geschworenen für ihn einnahm«. Er ersuchte die Geschworenen, sich nur an die Fakten des Falles zu halten. Roderick Macrae hatte die Taten vorsätzlich begangen – was dadurch bewiesen wurde, dass er bewaffnet zum Haus der Mackenzies marschiert war – und hatte drei unbescholtene Menschen in einem »rasenden Akt äußerster Brutalität« getötet.

»Mr. Sinclair wird versuchen, Ihnen etwas vorzumachen«, sagte er. »Er wird versuchen, den Gefangenen als Geisteskranken darzustellen, der mit sich selbst redet und Stimmen in seinem Kopf hört. Ich erinnere Sie daran, dass der Gefangene sich zwar bisweilen exzentrisch verhalten haben mag, dass aber kein einziger Zeuge – mit Ausnahme von Aeneas Mackenzie – bereit war auszusagen, dass er geistesgestört war. Und Mr. Mackenzies Äußerung scheint mir, mit Verlaub, lediglich auf einer verständlichen Abneigung gegen den Gefangenen zu beruhen sowie dessen Neigung, in unpassenden Momenten zu lachen. Wenn das allein genügt, um jemanden für geistesgestört zu erklären, meine Herren, dann säßen wir wohl alle in einem Irrenhaus. Stattdessen erscheint mir die Aussage von Mrs. Carmina Murchison sehr viel bedenkenswerter, denn sie hat nur wenige Minuten, bevor er die Verbrechen beging, mit Roderick Macrae gesprochen, und nach ihren Worten war er ›bei klarem Verstand‹.

Wir haben einen unterhaltsamen Dialog zwischen Mr. Thomson und Mr. Sinclair über die möglichen Beweggründe für diese Verbrechen und deren Aussagekraft über den Geisteszustand des Gefangenen gehört. Doch so faszinierend diese Diskussion zweifellos war, sie bringt uns nicht weiter.«

Dann zählte er noch einmal die Zwischenfälle auf, die sich zwischen Mr. Mackenzie und dem Vater des Gefangenen ereignet und schließlich dazu geführt hatten, dass die Familie Macrae ihr Haus verlassen musste. »Das war das Motiv für die Taten des Beschuldigten – wenn auch keineswegs die Rechtfertigung. Darüber hinaus haben wir gehört, dass der Beschuldigte romantische Gefühle für Flora Mackenzie hegte, Gefühle, die er auf überaus derbe Weise zum Ausdruck brachte, und möglicherweise trug die Tatsache, dass sie ihn zurückwies, zu der Feindseligkeit bei, die er gegenüber der Familie Mackenzie hegte. Es mag sein, dass wir die wahren Beweggründe für diese Verbrechen nicht kennen – und vielleicht auch niemals erfahren werden –, aber, meine Herren, das ist hier nicht von Belang.«

Mr. Gifford legte eine kurze Pause ein, bevor er seine abschließenden Sätze sagte. »Ich möchte Ihnen noch einmal die Fakten in Erinnerung rufen: Roderick Macrae ging bewaffnet zum Haus der Mackenzies, mit der Absicht zu töten, und er hat getötet. Wie uns zahlreiche Zeugen bestätigt haben, unternahm er keinen Versuch, die Schuld von sich zu weisen, also sollten Sie das auch nicht tun. Und wenn Sie Zweifel an seiner geistigen Gesundheit hegen, so haben wir hier die Aussagen von zwei erfahrenen Fachleuten gehört, die beide sehr viel qualifizierter sind als Sie oder ich, über diese Dinge zu urteilen. Wir hörten zunächst Dr. Hector Munro, einen Mann mit großer Erfahrung im Umgang mit der verbrecherischen Bevölkerung und nachweislichen Kenntnissen in den Anzeichen von Geisteskrankheit. Sein Urteil: Roderick Macrae ist nicht nur im Vollbesitz seiner geistigen Kräfte, er ist ›einer der intelligentesten und wortgewandtesten Gefangenen‹, die er je untersucht hat.

Dann hatten wir das Privileg, auch Mr. James Bruce Thomson zu hören, der, wie Sie nicht vergessen sollten, von der Verteidigung selbst als Zeuge benannt wurde; ein Mann, dessen Sachkenntnis auf diesem Gebiet unbestritten ist. Und sein Urteil? Roderick Macrae ist im Vollbesitz seiner geistigen Kräfte und nichts weiter als ein bösartiger und heuchlerischer Mann.

Schließlich haben wir die Erklärung des Gefangenen selbst, die ohne jeden äußeren Druck erfolgte: ›Ich erkläre, dass ich bei klarem Verstand bin.‹ Meine Herren, der einzige Mensch in diesem Gerichtssaal, der glaubt – oder vorgibt zu glauben –, dass der Gefangene geisteskrank ist, ist mein Kollege Mr. Sinclair. Aber dieser Glaube steht in eklatantem Widerspruch zu den Aussagen vor diesem Gericht.«

Die Geschworenen, schloss Mr. Gifford, würden ihre Pflicht vernachlässigen, wenn sie zu einem anderen Urteil kämen als schuldig in allen drei Fällen.

Als Mr. Sinclair sich erhob, um sein Schlussplädoyer zu halten, tat er es nicht in der Haltung eines geschlagenen Mannes. Er hatte sich, wie Mr. Philby schrieb, »bemerkenswert von der Demütigung durch seinen eigenen Zeugen erholt, und falls es eine Auszeichnung für Menschen gibt, die mit größtem Einsatz hoffnungslose Fälle vertreten, so sollte sie diesem tapferen Rechtsanwalt verliehen werden.«

»Meine Herren, wie mein gelehrter Kollege ganz richtig festgestellt hat, stehen die Fakten dieses tragischen Falles nicht zur Diskussion«, begann er, die Hand auf dem Geländer der Geschworenenbank. »Die Verteidigung bestreitet nicht, dass die bedauernswerten Opfer durch die Hand des Gefangenen starben. Was hier zu klären ist, sind nicht die Einzelheiten eines Verbrechens, sondern die Vorgänge im Kopf eines Mannes. Ich behaupte, dass es in diesem Fall nicht drei Opfer gibt, sondern vier, und das vierte Opfer ist der unglückliche Mensch, der die letzten drei Tage hier vor Ihnen gesessen hat. Und wer ist dieser Mensch? Ein junger Mann von nur siebzehn Jahren, ein hart arbeitender Crofter voll treuer Verbundenheit zu seiner Familie. Wir haben gehört, wie schwer ihn der tragische Tod seiner geliebten Mutter traf und dass die Familie seither unter einer Wolke des Trübsals lebte. Wir haben vom Vater des Gefangenen – dem Vater, dem der junge Mann so ergeben ist – gehört, dass er seinen Sohn regelmäßig mit Fäusten schlug. Wir haben von den Nachbarn, Carmina und Kenneth Murchison, gehört, dass er die Angewohnheit hatte, angeregte Gespräche mit sich selbst zu führen, jedoch verstummte, sobald sich jemand näherte, was möglicherweise darauf schließen lässt, dass die Gedanken, die er auf diese Weise äußerte, von verstörender Natur waren. Mr. Murchison sagte aus, der Gefangene schien ›in seiner eigenen

Welt zu leben‹. Mr. Aeneas Mackenzie drückte es unumwundener aus. Roderick Macrae, so sagte er, gelte als Dorftrottel, sei nicht richtig im Kopf, verhalte sich oft auf eine Weise, die nicht zu seiner Umgebung passt. Ich vermute, die Tatsache, dass die anderen Zeugen gezögert haben, den Gefangenen als geisteskrank zu bezeichnen, ist vor allem der Toleranz und Gutwilligkeit der Einwohner von Culduie zuzuschreiben. Mr. Mackenzie hat auf seine direkte Weise nur ausgesprochen, was alle denken. Wir haben auch gehört, dass Roderick Macrae zu heftigen Stimmungsschwankungen und exzentrischem Verhalten neigte. In jedem Fall war er nicht von stabiler Gemütsverfassung. Und als Lachlan Mackenzie seine neue Rolle als Constable der Gemeinde dazu missbrauchte, um Rodericks Familie zu schikanieren – denn anders kann man es nicht bezeichnen –, wurde der angeschlagene junge Mann vollends in den Wahnsinn getrieben. Als er sich nicht mehr zu helfen wusste, zog Roderick los, um Lachlan Mackenzie zu töten, und bei der Ausführung dieses schrecklichen Vorhabens nahm er zwei Unschuldigen das Leben.

Das sind schreckliche Taten, keine Frage. Doch vor allem das, was nach diesen Taten geschah, verrät uns etwas über den Geisteszustand von Roderick Macrae. Verhielt er sich, wie Sie oder ich uns verhalten hätten? Wie jeder normale Mensch sich verhalten hätte? Versuchte er zu fliehen oder die Schuld für seine Taten zu leugnen? Nein, das tat er nicht. Er ließ sich in aller Seelenruhe festnehmen und gestand offen, was er getan hatte. Er äußerte keinerlei Reue. Und von dieser Haltung ist er zu keinem Zeitpunkt abgewichen.

Meine Herren, Sie müssen sich fragen, warum er sich so verhalten hat. Die Antwort darauf kann nur lauten, dass er zutiefst davon überzeugt war – und immer noch überzeugt ist –, dass er nichts Falsches getan hat. In der Geisteswelt von Roderick Macrae waren die Taten, die er begangen hat, eine rechtmäßige und unausweichliche Reaktion auf die Schikanen, denen seine Familie ausgesetzt war. Natürlich ist das falsch. Jeder Mann und jede Frau in diesem Gericht«, er wies mit einer ausholenden Geste auf den Gerichtssaal, »erkennt, dass es falsch war, was er getan hat. Aber nicht Roderick Macrae. Und genau da liegt die Krux dieses Falles. Roderick Macrae konnte nicht mehr unterscheiden, was richtig und was falsch ist. Um ein Verbrechen zu begehen, braucht es nicht nur eine körperliche Tat – die hier zweifellos vorliegt –, sondern auch eine geistige. Der Missetäter muss wissen, dass das, was er tut, falsch ist. Und Roderick Macrae wusste es nicht.

Sie haben gewiss aufmerksam die Ausführungen des gelehrten Mr. Thomson verfolgt, wie es Ihre Aufgabe ist. Er äußerte die Vermutung – ich will sie hier nicht unterschlagen –, dass das wahre Ziel von Roderick Macraes Angriff nicht Lachlan Mackenzie war, sondern dessen Tochter Flora. Aber ich möchte Sie nachdrücklich darauf hinweisen, dass Mr. Thomsons Meinung zu diesem Punkt des Falles nichts weiter ist als Spekulation. Nehmen wir einmal an, er hätte recht – was würde das bedeuten? Dann müssten wir glauben, dass Roderick unmittelbar nach seiner Tat, nach drei blutigen Morden, imstande war, sich eine falsche Erklärung für das auszudenken, was er getan hatte. Es erscheint mir unvorstellbar, dass ein normaler Mensch die Selbstbeherrschung hätte, so etwas zu tun.«

Mr. Sinclair hielt inne, legte den Zeigefinger auf seine Lippen und blickte zur Decke, als denke er selbst über diese Frage nach, bevor er fortfuhr.

»Man könnte natürlich einwenden, dass der Beschuldigte sich diese Geschichte bereits im Vorfeld seiner Tat ausgedacht hat, dass er zum Haus der Mackenzies ging, um Flora zu töten, hinterher jedoch behaupten wollte, er sei in der Absicht dorthin gegangen, ihren Vater zu töten. Aber diese Variante hat einen entscheidenden Fehler: Roderick wusste nicht und konnte auch nicht wissen, dass Lachlan Mackenzie nach Hause kommen und ihn bei seiner Tat stören würde. Mr. Thomsons Version der Geschichte Glauben zu schenken erfordert ein äußerst verschlungenes Denken und meines Erachtens eine völlige Missachtung sämtlicher Logik. Alle Beweise, die hier vor Gericht vorgetragen wurden, deuten darauf hin, dass der Gefangene vorhatte, Lachlan Mackenzie zu töten, eine Tat, die in seiner verworrenen Vorstellung richtig und angemessen schien. Die Tatsache, dass er bei der Ausführung dieser Tat auch Flora Mackenzie und Donald Mackenzie, einem kleinen Kind, das Leben nahm, zeigt nur allzu deutlich die Verwirrung seines Geistes. Mr. Thomson hat Sie völlig zu Recht auf die schrecklichen Verletzungen aufmerksam gemacht, die Flora Mackenzie zugefügt wurden, aber ich frage Sie, sind das die Taten eines Menschen, der bei klarem Verstand ist? Ganz offensichtlich nicht, meine Herren. Und wenn Sie die Ansicht teilen, auf die alle Beweise hindeuten, nämlich dass Roderick Macrae Lachlan Mackenzie aus dem unwiderstehlichen Drang heraus tötete, sich für das Übel zu rächen, das dieser seiner Familie angetan hatte, dann müssen Sie Mr. Thomson zustimmen, dass Roderick Macrae nicht bei klarem Verstand war, sondern an *manie sans délire* oder ›moralischem Schwachsinn‹ litt und somit vor dem Gesetz nicht für seine Taten verantwortlich ist.

Aus diesem Grund bitte ich Sie, in diesem Fall auf nicht schuldig zu erkennen. Auf Ihren Schultern liegt eine schwere Last. Aber Sie müssen in Übereinstimmung mit dem Gesetz handeln und dürfen sich nicht von verständlichen und menschlichen Gefühlen des Abscheus angesichts dieser grausamen Taten beeinflussen lassen. Zu dem Zeitpunkt, als er diese Verbrechen beging, litt Roderick Macrae an einer schweren Geistesverwirrung, und deshalb muss er freigesprochen werden.«

Es war, wie Mr. Philby schrieb, »ein bravouröses Plädoyer, dargeboten mit größter Selbstsicherheit. Niemand unter den Anwesenden konnte daran zweifeln, dass der Gefangene die tüchtigste und sorgfältigste Verteidigung bekommen hatte und dass der edle

Geist der Gerechtigkeit auch außerhalb von Schottlands Metropolen florierte.« Als Mr. Sinclair zu seinem Platz zurückkehrte, wischte er sich mit einem Taschentuch über die Stirn, und sein Assistent klopfte ihm auf die Schulter. Mr. Gifford, der ihm gegenüber saß, neigte den Kopf als Zeichen seiner professionellen Anerkennung.

Der vorsitzende Richter duldete die allgemeine Unruhe eine Weile, dann rief er das Gericht zur Ordnung. Um drei Uhr begann er mit seiner Ansprache an die Geschworenen, und diese dauerte etwa zwei Stunden. »Seine Zusammenfassung«, schrieb Mr. Philby, »war der Inbegriff der Ausgewogenheit und gereichte der schottischen Rechtsprechung zur Ehre.« Nach den üblichen einführenden Worten und einem Lob an den Staatsanwalt und den Verteidiger für die Art, wie sie den Fall verhandelt hatten, erklärte er den Geschworenen: »Um auf schuldig zu erkennen, und sei es auch nur bei einem der drei Verbrechen, die dem Gefangenen zur Last gelegt werden, gibt es vier Dinge, von denen Sie aufgrund der vorgetragenen Beweise überzeugt sein müssen. Erstens, dass das Opfer durch die hier beschriebenen Schläge und Verletzungen gestorben ist. Zweitens, dass diese Schläge mit der gezielten Absicht erfolgten, zu töten. Drittens, dass es der hier anwesende Gefangene war, der diese Schläge ausführte. Und viertens schließlich, dass der Gefangene zum Zeitpunkt der Tat bei klarem Verstand war. Wenn Ihnen auch nur bei einem dieser vier Punkte die Beweise unzureichend erscheinen, hat der Gefangene ein Recht auf Freisprechung. Wenn Sie jedoch von allen vier Punkten überzeugt sind, bleibt Ihnen nichts anderes übrig als die strenge und schmerzliche Schuldigsprechung.«

Was die ersten drei Punkte anging, gab es natürlich wenig Zweifel, aber wie es seiner Pflicht entsprach, fasste der vorsitzende Richter während der folgenden Stunde noch einmal alle Aussagen zusammen, zunächst die der medizinischen Sachverständigen und dann die der Dorfleute, die den Beschuldigten nach dem Verbrechen gesehen oder gesprochen hatten.

Schließlich wandte er sich der Erläuterung des Begriffs der geistigen Unzurechnungsfähigkeit zu. »Ein Mensch gilt vor dem Gesetz als unzurechnungsfähig, wenn er zum Zeitpunkt seines Verbrechens unter einer Störung des Verstandes oder einer Krankheit des Geistes litt, sodass er Natur und Art der vollzogenen Handlung oder deren Unrecht nicht zu erkennen vermochte. Es ist weder an Ihnen, meine Herren, noch an mir, den Sinn dieser Richtlinien infrage zu stellen. So lauten die Regeln des Gesetzes, und Sie müssen darüber entscheiden, ob sie in diesem Fall Anwendung finden oder nicht.[23]

Wir haben im Verlauf dieses Prozesses mehrere Zeugen gehört, die den Gefangenen sein Leben lang kennen, und ihre Äußerungen über seinen Charakter dürfen Sie in Ihre Überlegungen mit einbeziehen. Insbesondere haben wir die Aussagen von Mrs. Carmina Murchison und ihrem Mann, Kenneth Murchison, gehört. Beide Zeugen haben lobenswert klar und sachlich über die erschütterndsten Einzelheiten dieses Falles Auskunft gegeben. Und beide haben berichtet, dass der Gefangene augenscheinlich die Angewohnheit hat, auf ungewöhnliche Weise mit sich selbst zu sprechen. Wir kennen jedoch nicht den Inhalt dieser Selbstgespräche, und obgleich ein solches Verhalten durchaus als exzentrisch gelten mag, genügt es für sich allein genommen nicht, um den Gefangenen als geistesgestört anzusehen. Andererseits können Sie dieses Verhalten auch als einen Mosaikstein unter vielen betrachten, die zusammengenommen ein Bild des Irrsinns ergeben. Wir haben auch die Aussage von Mr. Aeneas Mackenzie gehört, dem

---

23 Dies ist eine Zusammenfassung der sogenannten *M'Naghten Rules,* die seit 1843 sowohl in englischen wie in schottischen Gerichten als anerkannter Nachweis für geistige Unzurechnungsfähigkeit gelten.

Bruder des Opfers, der unumwunden geäußert hat, dass der Gefangene nicht bei klarem Verstand sei. Hierbei dürfen Sie sich allerdings fragen, ob seine Aussage möglicherweise von einem verständlichen Zorn gefärbt war, den er offenkundig dem Gefangenen gegenüber hegte. Darüber hinaus müssen Sie die unbeherrschte Weise in Betracht ziehen, in der diese Äußerung erfolgte, sowie die Tatsache, dass Mr. Mackenzie in keiner Weise qualifiziert ist, über die geistige Verfassung des Gefangenen zu urteilen. Mr. Mackenzies Aussage sollte also mit Vorsicht behandelt werden. Dennoch ist es, ebenso wie bei den Aussagen der anderen Einwohner von Culduie, an Ihnen, zu entscheiden, welche Bedeutung Sie seiner Aussage zumessen.«

Als Nächstes wandte der Richter sich den Schilderungen zu, die beweisen sollten, dass der Gefangene sich auf unvorhersehbare oder exzentrische Weise verhielt. Er fasste die Ereignisse des Jagdausflugs und der Begegnung mit Flora Mackenzie während des Sommerfestes zusammen und tat beide als unbedeutend ab. »Ersteres«, so sagte er, »war wohl kaum mehr als der alberne Streich eines unreifen jungen Mannes, der zu dem Zeitpunkt gerade einmal fünfzehn Jahre alt war. Und was den zweiten Zwischenfall angeht, so sollten Sie die Gefühlswirren jugendlicher Verliebtheit und die zusätzliche Wirkung des Alkohols nicht vergessen, die der Gefangene nicht gewohnt war.« Es sei Aufgabe der Geschworenen, die Wichtigkeit dieser Vorfälle abzuwägen, fuhr er fort, doch er rate davon ab, ihnen bei ihrer Urteilsfindung allzu viel Bedeutung beizumessen.

Dann kam er zu den Aussagen der beiden Sachverständigen. »Beide Seiten haben in diesem Fall Zeugen aufgerufen, die Fachleute auf ihrem Gebiet sind, aufgrund von Studium oder Erfahrung, und beide Zeugen haben ein Urteil zu der entscheidenden Frage geäußert, ob der Gefangene bei klarem Verstand ist oder nicht. Es ist Ihre Pflicht, die Äußerungen dieser beiden Zeugen aufmerksam zur Kenntnis zu nehmen, aber Sie müssen nicht mit ihnen übereinstimmen. Falls Sie sich entscheiden, die Aussage eines oder beider Zeugen bei Ihrer Entscheidung außer Acht zu lassen, dann sollten Sie dies nur nach sorgfältiger Überlegung und mit gutem Grund tun.

Dr. Hector Munro, von der Anklage aufgerufen, ist ein Arzt mit langjähriger Erfahrung sowohl im medizinischen Bereich wie auch mit Verbrechern, von denen er nach eigenem Bekunden im Gefängnis von Inverness Hunderte untersucht hat. Dr. Munro unterhielt sich ausführlich mit dem Beschuldigten und kam zu dem Schluss, dass dieser ›einer der intelligentesten und wortgewandtesten Gefangenen‹ war, die er je untersucht hat. Er zählte verschiedene Anzeichen für Geistesgestörtheit auf und sagte, dass er keines davon bei dem Gefangenen feststellen konnte. In Anbetracht seiner Erfahrung im Umgang mit der verbrecherischen Bevölkerung und seines offenkundigen Wissens auf dem Gebiet der Geisteskrankheiten verdient Dr. Munros Aussage aufmerksame Beachtung.«

Dann wandte sich der vorsitzende Richter der Aussage von Mr. Thomson zu, »eines Mannes von höchstem Ansehen auf dem Gebiet der Kriminalpsychologie. Auch Mr. Thomson vertrat die Ansicht, dass der Gefangene nicht geistesgestört ist und sich durchaus der verbrecherischen Natur seiner Taten bewusst war. Obgleich Sie seiner Meinung, ebenso wie der seines Kollegen Dr. Munro, bei Ihrer Entscheidungsfindung größte Bedeutung beimessen sollten, ist es meine Pflicht, noch einmal die Gründe darzulegen, die ihn zu diesem Urteil bewogen haben. Dies ist deshalb so bedeutsam, weil Mr. Thomsons Urteil auf einer anderen Interpretation der Fakten beruht, einer anderen Interpretation als der der Anklage. Mr. Thomsons Überzeugung nach begab sich der Gefangene nicht in der Absicht zum Haus der Mackenzies, um Lachlan Mackenzie zu töten, sondern um dessen Tochter Flora zu schänden, für die der Gefangene, wie wir gehört haben, starke Gefühle hegte. Als Beweis für seine Interpretation führte Mr. Thomson die obszönen Verletzungen am Körper von Miss Mackenzie an, die seiner Ansicht nach nicht erfolgt wären, wenn Miss Mackenzie bei diesem Verbrechen lediglich ein zufälliges Opfer gewesen wäre. Was Mr. Thomson zusätzlich davon überzeugte, dass der Gefangene nicht unter sogenanntem moralischem Schwachsinn litt, war die Tatsache, dass der Gefangene wiederholt versicherte, es sei seine Absicht gewesen, Lachlan Mackenzie zu töten. Diese lügnerische Behauptung beweist nach Mr. Thomsons Ansicht, dass der Gefangene um das Verbrecherische seiner Tat wusste und somit nicht als moralisch schwachsinnig gelten kann.

Meine Herren, dies sind komplexe Sachverhalte, zu denen Sie sich Ihre eigene Meinung bilden müssen. Aber ich möchte an dieser Stelle zur Vorsicht gemahnen. Mr. Thomsons Meinung beruht auf einem einzigen Faktum – den besonderen Verletzungen von Miss Mackenzie – und seinen Interpretationen bezüglich des Motivs für diese Verletzungen. Aber es sind eben nur Interpretationen, keine Tatsachen. Mr. Thomson war bei der Tat nicht zugegen, und es ist Ihr gutes Recht, andere Interpretationen der hier gehörten Zeugenaussagen in Betracht zu ziehen, insbesondere jener Aussagen, die darauf hindeuten, dass es Mr. Mackenzies Verhalten war, das dem Gefangenen das Motiv für seine Verbrechen gab. Falls Sie sich entschließen, Mr. Thomsons Interpretation nicht zu folgen, ist es Ihnen jedoch durchaus gestattet, seine Äußerung in Betracht zu ziehen, dass der Gefangene, sollte Mr. Mackenzie tatsächlich das beabsichtigte Opfer gewesen sein, in Anbetracht seines anschließenden Verhaltens als unzurechnungsfähig angesehen werden kann.«

Hier legte der Richter eine Pause ein, als wolle er den Geschworenen Gelegenheit geben, diesen komplizierten Abschnitt seiner Zusammenfassung zu verdauen.

»Doch selbst wenn Sie nicht mit Mr. Thomsons Ansicht übereinstimmen«, fuhr er fort, »müssen Sie die Gesamtheit der Beweise, die Ihnen hier vorgetragen wurden, in Betracht ziehen. Es genügt nicht, zu denken, dass ein Mensch, der so schreckliche Taten begeht, nicht bei klarem Verstand sein kann. Geistig gesunde Menschen können solche Verbrechen begehen, und sie tun es auch, und die Tatsache allein, dass jemand eine solche Tat begeht, weist ihn keineswegs als irrsinnig aus. Auch Ihre Gefühle dürfen in dieser Angelegenheit keine Rolle spielen. Ihr Urteil muss einzig und allein aufgrund einer sachlichen Abwägung der Beweise erfolgen, die Ihnen in diesem Gericht vorgetragen wurden.«

Zum Abschluss erinnerte der vorsitzende Richter die Geschworenen nochmals an den Ernst ihrer Aufgabe. »Die Anklage vor diesem Gericht ist von schwerwiegendster Natur, und das Urteil ›schuldig‹ zieht die Todesstrafe nach sich.« Dann dankte er den Geschworenen für ihre Aufmerksamkeit während des gesamten Prozesses und wies sie an, ihr Urteil erst nach sorgfältiger Abwägung der Beweise zu fällen.

Das Urteil

Da es mittlerweile nach vier war, erklärte der Richter den Geschworenen, wenn sie bis sieben Uhr nicht zu einem Urteil gekommen seien, würden sie ins Gasthaus gebracht werden, um ihre Beratung am nächsten Morgen wieder aufzunehmen. Er ermahnte sie, dass diese zeitliche Vorgabe ihre Überlegungen in keiner Weise beeinflussen dürfe, und erinnerte sie erneut an den Ernst der Aufgabe, mit der sie betraut waren.

Roddy wurde nach unten in den Verwahrungsraum gebracht, und das Gericht verließ den Saal. Da sie nicht den Höhepunkt des Prozesses versäumen wollten, blieben die Zuschauer auf ihren Plätzen und diskutierten mit ihrem neu erworbenen juristischen

Fachwissen über die Einzelheiten des Falles. Die erfahreneren Reporter zogen *en masse* in das treffend benannte Gallows Inn[24] an der Gordon Terrace, nicht ohne zuvor ein paar bereitstehenden Jungen einen Shilling in die Hand zu drücken, damit sie ihnen Bescheid gaben, sobald die Glocke geläutet wurde. Große Mengen Wein und Bier wurden bestellt und eilends getrunken, da alle annahmen, dass die Geschworenen nicht lange brauchen würden, um zu einem Urteil zu kommen. Man war sich einig, dass Mr. Thomsons Aussage den unglücklichen Gefangenen trotz der tapferen Bemühungen seines Rechtsbeistands zum Galgen verdammt hatte. Nur John Murdoch war nicht der Ansicht, dass das Urteil bereits feststand. Seine Kollegen aus dem Süden, so erklärte er, ließen das Mitgefühl außer Acht, das die Geschworenen gegenüber einem Crofter empfinden könnten, dem man übel mitgespielt hatte. Der Groll, der sich durch die jahrhundertelange schlechte Behandlung bei den Menschen des Hochlands angestaut hatte, war deutlich zu spüren, und vielleicht sahen sie in Roderick Macrae einen Mann, der es gewagt hatte, sich gegen die Obrigkeiten aufzulehnen. Mr. Philby lauschte aufmerksam den Ausführungen seines Kollegen aus Nairnshire, wandte jedoch ein, dass die Geschworenen nicht zulassen durften, dass solche Gefühle, wie berechtigt sie auch sein mochten, ihr Urteil beeinflussten. Andere spotteten lediglich über Murdoch und meinten, seine radikale Einstellung hätte ihn für die Fakten dieses Falles blind gemacht.

Doch als die Uhr an der Wand des Wirtshauses halb sieben anzeigte, schlug die Stimmung um. Offenbar hatten die Geschworenen etwas gefunden, worüber diskutiert werden musste. Dann, um zehn vor sieben, stürmten die Jungen herein: Man hatte die Glocke geläutet. Hastig warfen die Reporter ihre Münzen auf den Tisch und stürzten zur Tür. Sie ernteten einen mahnenden Blick vom

---

24 »Wirtshaus zum Galgen«.

Richter, als sie auf die für die Presse reservierten Bänke gelassen wurden. Der gesamte Gerichtssaal war erfüllt von erwartungsvollem Gemurmel. Nachdem der Richter für Ruhe gesorgt hatte, warnte er die Zuschauer aufs Strengste vor irgendwelchen Unterbrechungen und Störungen. Dann wurde Roddy hereingebracht. »Seine Haltung«, schrieb Mr. Philby, »war kaum anders als bei seinem ersten Erscheinen, nur sein Kopf saß vielleicht ein wenig schwerer auf den Schultern.« Schließlich wurden die Geschworenen hereingeführt, und ihr Sprecher, ein Färber namens Malcolm Chisholm, trat vor.

Der Gerichtssekretär fragte, ob sie zu einem Urteil gekommen seien.

»Nein, das sind wir nicht«, erwiderte Mr. Chisholm.

Diese Antwort löste einen ebensolchen Aufruhr aus, wie es ein Freispruch getan hätte, und erst nachdem die Gerichtsdiener zwei Zuschauer von der Tribüne entfernt hatten, kehrte wieder Ruhe ein.

Der Richter lobte die Geschworenen für die Ernsthaftigkeit, mit der sie ihrer Aufgabe nachkamen, wies sie an, sich am nächsten Morgen um zehn erneut im Geschworenenraum einzufinden, und ermahnte sie nochmals, bis dahin nicht weiter über den Fall zu sprechen.

Die Zeitungsleute zogen erneut in das Gallows Inn, wo der Wein floss »wie der Ness bei Hochwasser«. Mr. Philby äußerte später: »Das Urteil, das noch vor Kurzem eine gänzlich überraschende Wendung bedeutet hätte, erschien nun um einiges wahrscheinlicher.« Wenn in den Köpfen der Geschworenen die Saat des Zweifels erst einmal gesät worden sei, so argumentierte er, könne sie über Nacht nur weiter keimen. Er verbrachte einen Großteil des Abends im Gespräch mit John Murdoch, der trotz seiner vorherigen Äußerungen nicht damit rechnete, dass das Urteil zugunsten des Gefangenen ausfallen würde. »Wir sind hier oben zu sehr daran gewöhnt, vor den Obrigkeiten zu kuschen, um uns gegen die

Krone zu erheben«, sagte er zu Mr. Philby. Und selbst wenn der Gefangene dem Henker ein Schnippchen schlagen sollte, wäre ein lebenslanger Aufenthalt im staatlichen Gefängnis unter Mr. Thomsons Aufsicht auch nicht sehr verlockend.

Der Abend endete feucht-fröhlich, und Mr. Philby gestand, dass er »die Gastfreundschaft des Hochlands so ausgiebig genossen« habe, dass er am nächsten Morgen, als die Wirtin ihn weckte, nicht einmal seine Stiefel schnüren musste.

Die Zuschauertribüne wurde um zehn Uhr geöffnet. Obwohl keine Zeugenaussagen mehr zu hören sein würden, war der Andrang ebenso groß wie an den Tagen zuvor. Diejenigen, die keinen Platz mehr ergatterten, warteten vor dem Gerichtsgebäude, um wenigstens unter den Ersten zu sein, die vom Ausgang des Prozesses erfuhren. Mr. Philby und seine Kollegen warteten im Flur vor dem Gerichtssaal und pflegten ihren Kater mit Schlucken aus kleinen Zinnflaschen. Doch diesmal brauchten sie nicht lange zu warten. Um Viertel nach elf wurde die Glocke geläutet. Vor dem Eintreten der Geschworenen warnte der Richter, er würde nicht zögern, den Gerichtssaal räumen zu lassen, falls es nötig sei, und wie in Ehrerbietung vor dem Ernst des Augenblicks herrschte eine geradezu unheimliche Stille, als Roddy hereingeführt wurde. Er war sehr blass und hatte dunkle Schatten unter den Augen. Mr. Sinclair, der ähnlich bleich aussah, schüttelte ihm die Hand. Dann kamen die Geschworenen herein. Roddy beobachtete sie, als rege sich nun doch ein wenig Interesse für den Prozess in ihm. Die Männer wirkten traurig, als nähmen sie ihren Platz bei einem Begräbnis ein. Keiner von ihnen sah den Gefangenen an. Der Gerichtssekretär erhob sich und fragte, ob sie zu einem Urteil gekommen seien. Mr. Chisholm bejahte.

Daraufhin stellte der Richter ihnen die Frage:

»Wie lautet Ihr Urteil, meine Herren – ist der Gefangene schuldig oder nicht schuldig?«

Mr. Sinclair senkte den Kopf.

Der Sprecher der Geschworenen antwortete: »Mylord, in Bezug auf den ersten Anklagepunkt erkennen wir auf schuldig. In Bezug auf den zweiten Anklagepunkt erkennen wir ebenfalls auf schuldig. Und auch in Bezug auf den dritten Anklagepunkt erkennen wir auf schuldig.«

Im Gerichtssaal herrschte einen Moment Stille. Dann fragte der Richter: »Ist Ihr Urteil einstimmig erfolgt?«

»Es wurde mit einer Mehrheit von dreizehn zu zwei Stimmen entschieden«, erwiderte der Sprecher.

Mr. Sinclair vergrub sein Gesicht in den Händen, dann hob er den Kopf und sah zu dem Gefangenen. Roddy saß regungslos auf der Anklagebank. Ein paar Sekunden lang geschah nichts. Selbst auf der Tribüne tat sich nichts, als hätten die Zuschauer erst jetzt begriffen, dass das, was sie hier verfolgt hatten, kein Schauspiel war.

Der Richter dankte den Geschworenen für ihre sorgfältige Aufmerksamkeit während des gesamten Prozesses. »Sie sollten sich keine Vorwürfe wegen des Urteils machen, das Sie gefällt haben«, sagte er, »denn es ist aufgrund der Aussagen und Beweise erfolgt, die hier vorgetragen wurden. Die Verantwortung liegt ausschließlich bei dem Gefangenen, dessen Taten uns überhaupt erst hier zusammengeführt haben, und die Folgen Ihres Urteils sind ein Fall für das Gesetz und nur für das Gesetz.«

Dann wurde das Urteil von den Richtern unterschrieben. Roddy wurde angewiesen aufzustehen, und der vorsitzende Richter setzte sich seine schwarze Kappe auf.

»Roderick John Macrae, Sie sind von den Geschworenen für schuldig erkannt worden, die Ihnen zur Last gelegten Morde begangen zu haben, und das Urteil beruht auf Beweisen, die keinen neutralen Beobachter im Zweifel lassen können. Sie haben drei Menschen getötet, darunter ein kleines Kind und ein junges Mädchen in der Blüte ihrer Jugend, und Sie haben diesen Menschen grausigste Verletzungen zugefügt. Wir haben, wie es sich gehört, eingehende Diskussionen über die Beweggründe für diese Verbrechen gehört, doch nach dem Schuldspruch sind diese Beweggründe nicht mehr von Belang, und es gibt nur einen Satz zu verkünden: Sie sind verurteilt, die höchste Strafe des Gesetzes zu erleiden. Ich hoffe, Sie werden die kurze Zeitspanne, die Ihnen noch verbleibt, dazu nutzen, Ihre Taten zu bereuen und die kirchlichen Sakramente zu empfangen, aber nach dem, was ich in diesem Prozess gehört habe, fürchte ich, dass Sie das nicht tun werden.«

Dann verkündete er offiziell, dass der Gefangene am 24. September zwischen acht und zehn Uhr morgens im Inverness Castle hingerichtet werden würde. Er nahm die schwarze Kappe ab und fügte hinzu: »Möge Gott sich Ihrer Seele erbarmen.«

EPILOG

Der Prozess von Roderick Macrae endete am Donnerstag, dem 9. September. Am darauffolgenden Morgen suchte Mr. Sinclair John Murdoch auf und zeigte ihm Roddys Manuskript. Zu jener Zeit gab es in der schottischen Rechtsprechung noch keine offizielle Möglichkeit, in Berufung zu gehen, und der Anwalt hoffte, mit Murdochs Hilfe eine Kampagne zur Umwandlung von Roddys Urteil in Gang setzen zu können. Offenbar ging er davon aus, dass die Veröffentlichung von Roddys Aufzeichnungen im Volk eine Welle der Unterstützung für den Verurteilten auslösen würde.[25]

Mr. Murdoch war zwar skeptisch, aber dem Vorhaben des Anwalts nicht grundsätzlich abgeneigt. Er willigte ein, das Manuskript zu lesen und es dem Herausgeber des *Inverness Courier* vorzulegen, um dann gegebenenfalls einige Auszüge daraus in der Zeitung oder in einer Sonderausgabe abzudrucken. Mr. Sinclair

---

25 Vierzig Jahre später führte, wenn auch unter vollkommen anderen Umständen, eine von 20 000 Menschen unterzeichnete Petition dazu, dass das Todesurteil von Oscar Slater in eine lebenslängliche Gefängnisstrafe umgewandelt wurde.

ließ die Angelegenheit in seinen Händen und verbrachte das Wochenende damit, eine Petition an Lord Moncreiff zu verfassen, oberster Staatsanwalt und höchste juristische Instanz des Landes.

In diesem Schreiben unternahm Mr. Sinclair nicht den Versuch zu behaupten, die Verurteilung seines Mandanten beruhe auf ungesicherten Beweisen oder irgendetwas am Ablauf des Prozesses habe nicht den Vorschriften entsprochen. Seine Bitte um Gnade richtete sich ganz offen an das Mitgefühl. Nach einer kurzen Zusammenfassung der Einzelheiten des Falles schrieb er:

Wie sowohl die Aussagen während des Prozesses als auch der Bericht des Gefangenen selbst beweisen, wurde Roderick Macrae durch die gezielte und mutwillige Schikane des Mannes, der sein Hauptopfer werden sollte, zu den Taten getrieben. Während der Verhandlungen wurden hinreichende Beweise für das exzentrische Verhalten und die geistigen Absonderlichkeiten des Beschuldigten vorgetragen, um die Beratung der Geschworenen auf einen zweiten Tag auszudehnen. Und als das Urteil dann kam, war es nicht einstimmig, sondern lediglich mehrheitlich entschieden, was für sich genommen bereits zeigt, dass vernünftige Männer es durchaus für möglich halten, dass der Beschuldigte nicht bei klarem Verstand war. Dies alles trotz der wiederholten und alles andere als förderlichen Äußerungen des Gefangenen selbst – Äußerungen, die, wie ich hinzufügen möchte, keineswegs für einen klaren Verstand sprechen. Denn welcher vernünftige Mensch würde von sich aus Dinge sagen, die ihn, sofern sie ernst genommen werden, zum Galgen verurteilen? Dass die Geschworenen solche nachvollziehbaren Zweifel an der geistigen Gesundheit meines Mandanten haben, spricht doch gewiss gegen die Verhängung der schwersten Strafe unseres Gesetzes.

Während seiner Inhaftierung hat mein Mandant mit Eifer und Sorgfalt einen Bericht der Ereignisse verfasst, die zu den Verbrechen führten (eine Kopie davon füge ich zu Ihrer gefälligen Kenntnisnahme bei). Allein das zeigt, dass er weit höhere intellektuelle Fähigkeiten besitzt, als man es von jemandem mit seiner Herkunft und Ausbildung erwarten würde. Mr. J. Bruce Thomson, leitender Arzt des staatlichen Gefängnisses in Perth, hat vor Gericht ausgesagt, dass ihm in seiner langjährigen Erfahrung mit Verurteilten und Geistesgestörten noch kein einziger Gefangener begegnet sei, der imstande gewesen wäre, irgendetwas von literarischem Wert zu verfassen – ein Urteil, das die außergewöhnliche Natur von Mr. Macraes Aufzeichnungen noch unterstreicht. Das Leben eines Menschen zu beenden, der über genug Sensibilität und Intelligenz verfügt, um ein umfangreiches literarisches Werk zu verfassen, wäre meines Erachtens ein grausamer und unzivilisierter Akt. Darüber hinaus möchte ich die Jugend des Gefangenen – er ist erst siebzehn Jahre alt – und seinen ansonsten unbescholtenen Charakter als strafmildernd anführen. Die Taten, deren Mr. Macrae für schuldig befunden wurde, waren gänzlich untypisch für ihn, und in Anbetracht seiner außergewöhnlichen Talente gibt es guten Grund zu der Annahme, dass er nach einer Zeit im Gefängnis durchaus ein schaffensreiches und fruchtbares Leben führen könnte.

Wenn wir unsere Gesellschaft an dem Mitgefühl messen, das wir all ihren Mitgliedern entgegenbringen, dann wäre es ein Zeichen unserer Treue gegenüber den höchsten christlichen Werten, dieses Mitgefühl auch den Elendsten unter uns entgegenzubringen. In diesem Sinne ersuche ich Eure Lordschaft, Milde gegenüber Roderick John Macrae walten zu lassen.

Ich wäre Eurer Lordschaft zutiefst verbunden, wenn Sie dieses Schreiben wohlwollend in Betracht zögen und es an Ihre aller-

gnädigste Majestät weitergäben, auf dass sie von ihrem königlichen Recht Gebrauch mache, das Urteil, das über den Gefangenen verhängt wurde, zu revidieren.

[Unterschrift]
Mr. Andrew Sinclair, Esquire
Rechtsbeistand des Gefangenen

Die Petition wurde am Montag, den 13. September eingereicht, und am gleichen Tag druckte der *Inverness Courier* John Murdochs Artikel *Was wir aus diesem Fall gelernt haben*. Murdoch begann mit einer Schilderung seiner Eindrücke im Gerichtssaal und beschrieb Roddy als »einen Menschen, der verloren wirkte, als hätte all das, was um ihn herum geschah, nichts mit ihm zu tun. Ob dies in kalter Gleichgültigkeit oder einer Störung seines Geistes begründet war und ob diese Haltung echt oder gespielt war, vermag ich nicht zu sagen. Dennoch erscheint es mir nicht besonders klug, die Klärung dieser Frage fünfzehn zweifellos ehrbaren, aber ebenso unqualifizierten Geschworenen zu überlassen, um in einem solchen Fall Recht zu sprechen.« Dann wandte sich Murdoch Roddys Aufzeichnungen zu, die nach seinen Worten »abwechselnd schockierend und berührend sind und ganz offensichtlich nicht in der Absicht verfasst wurden, einen Freispruch zu erwirken. Doch die Intelligenz und Wortgewandtheit, die sich in dieser Niederschrift zeigen, stehen in krassem Widerspruch zu den blutigen Taten, die darin letztendlich beschrieben werden, und allein dies scheint mir ein Zeichen von Wahnsinn zu sein.« Murdoch plädierte nicht offen für eine Umwandlung von Roddys Urteil, sondern beschränkte sich darauf, zu konstatieren, die bestehende Rechtsprechung sei »nicht dazu geeignet, über Fälle wie diesen zu entscheiden. Unsere höchsten Vertreter des Gesetzes sollten umgehend das Vorgehen in Fällen überdenken, bei denen das Urteil von der geistigen Gesundheit des Beschuldigten abhänge. Und solange dies nicht erfolgt ist«, schloss er, »erscheint es unziemlich, einen Mann an den Galgen zu schicken.«

Am selben Tag schrieb auch Mr. Murdoch an Lord Moncreiff, und obwohl der Brief nicht mehr erhalten ist, kann man wohl davon ausgehen, dass er ähnlichen Inhalts war.

Nach Erhalt des Schreibens von Mr. Sinclair hätte der oberste Staatsanwalt sich mit den zuständigen Richtern und dem obersten Standesbeamten, William Pitt Dundas, beraten müssen, doch was auch immer ihre Korrespondenz enthielt, wurde alsbald von den Ereignissen überholt.

John Murdoch hatte Roddys Manuskript einem örtlichen Drucker namens Alexander Clarke übergeben. Was dann jedoch erschien, war nicht die vollständige Fassung, sondern ein Groschenheft von vierundzwanzig Seiten, in dem die schauerlichsten und skandalösesten Passagen zusammengefasst waren. Innerhalb weniger Tage wurden überall im Land weitere, obendrein grob verfälschte Fassungen davon gedruckt. Die berüchtigtste davon trug den Titel *Sein blutiges Projekt: Die wahnsinnigen Schriften eines Mörders,* veröffentlicht von William Grieve in Glasgow. *Sein blutiges Projekt* umfasste lediglich sechzehn Seiten und bestand im Wesentlichen aus Roddys Beschreibung der Morde, der Tötung von Lachlan Mackenzies Schafbock (gefolgt von der Zeile: »In diesem Augenblick entdeckte ich meine Lust am Schädeleinschlagen und beschloss, mich diesem Genuss bald wieder hinzugeben«) sowie einem vollkommen erfundenen Abschnitt, in dem Roddy die zwölfjährige Flora »aufs Übelste schändete«. Das Pamphlet verkaufte sich innerhalb weniger Tage zehntausendfach. Diverse schaurige Zeichnungen, Radierungen und Balladen folgten (darunter auch »Eines schönen Morgens tötete ich ihrer drei« von Thomas Porter), und so wurde aus Roddy keine *cause célèbre,* sondern ein nationaler Buhmann. Die Ironie, dass Roddy in all diesen Machwerken als Irrer dargestellt wurde, dürfte denen, die sie verschlangen, dabei vermutlich entgangen sein.

Aller Wahrscheinlichkeit nach hatte Mr. Sinclairs Plan nie eine Aussicht auf Erfolg. Es gab keine Verfahrensfehler, die er anprangern konnte, und ebenso wenig konnte er glaubhaft nachweisen, dass das Urteil aufgrund mangelhafter Beweise gefällt wurde. Und seine Hoffnung, dass die Veröffentlichung von Roddys Aufzeichnungen eine Woge öffentlicher Unterstützung für seine Petition auslösen würde, war, das muss man einfach sagen, hoffnungslos naiv. Doch dies waren nun einmal alle Möglichkeiten, die ihm zur Verfügung standen, und es spricht für ihn, dass er annahm, die Öffentlichkeit würde sich ebenso für Roddy einsetzen wie er.

In der folgenden Woche erhielt Mr. Sinclair eine höfliche, aber knappe Antwort von Lord Moncreiff, in der er konstatierte, »da es weder an der Beweislage noch am Ablauf des Prozesses etwas zu bemängeln gibt«, sei er nicht verpflichtet, ein Gnadenersuch in Betracht zu ziehen. »Die besonderen Talente des Beschuldigten, ob nun tatsächlich vorhanden oder nicht, können vor dem Angesicht des Gesetzes keine Rolle spielen.« Und somit blieb es bei der Todesstrafe.

Mr. Sinclair besuchte Roddy auch weiterhin jeden Tag. Er fand ihn durchweg in apathischem Zustand vor, »ohne jede Lust zu essen oder zu sprechen«. Doch zu keinem Zeitpunkt jammerte Roddy über seine Lage, und er zeigte auch keine Angst vor dem, was ihm bevorstand. Ebenso wenig wollte er den Beistand des Gefängnisgeistlichen, der ihm dringend nahelegte, die verbleibende Zeit dazu zu nutzen, sich mit seinem Schöpfer zu versöhnen. Und obgleich er alles Nötige dazu in seiner Zelle hatte, schrieb Roddy nichts weiter, außer dem folgenden kurzen Brief an seinen Vater:

Lieber Vater,

ich schreibe Dir in der Hoffnung, dass Deine Lage sich inzwischen gebessert hat. Mir bleibt nicht mehr viel Zeit, und ich sehne mich auch nicht danach, länger in dieser Welt zu verweilen. Die Mauern meiner Zelle sind ein trister Anblick, und obwohl ich Culduie liebend gerne noch einmal sehen möchte, würde ich, wenn es in meiner Macht stünde, meine Hinrichtung mit Freuden vorziehen. Bis dahin jedoch bin ich gut untergebracht, und Du brauchst Dir keine Gedanken um mein Wohlergehen zu machen oder mein Dahinscheiden zu betrauern.

Ich möchte Dir noch sagen, dass ich es bedauere, dir so viel Kummer bereitet zu haben, und dass ich von Herzen wünschte, Du wärst mit einem würdigeren Sohn gesegnet gewesen.

[unterzeichnet]
Roderick John Macrae

Der Brief wurde am Nachmittag des 22. September ausgeliefert, doch John Macrae las ihn nie, denn er war am Morgen desselben Tages von Carmina Smoke tot in seinem Lehnsessel aufgefunden worden. Er wurde neben seiner Frau auf dem Friedhof von Camusterrach begraben. Das Haus und die Nebengebäude wurden dem Verfall überlassen, und das Land wurde unter den übrigen Einwohnern von Culduie aufgeteilt. Das Amt des Constables übernahm Peter Mackenzie.

Am Morgen des 24. September, dem Tag seiner Hinrichtung, war Roddys einzige Bitte, dass er noch einmal im Innenhof des Gefängnisses umhergehen dürfe. Dies wurde ihm gestattet, und nach Mr. Sinclairs Worten drehte er seine Runden, »als wäre er ganz woanders«. Dann wurde er, begleitet von seinem Rechtsbeistand, einem Pfarrer der Church of Scotland und zwei Wärtern, aus seiner Zelle geführt. Als das Grüppchen sich dem Raum näherte, in dem die Hinrichtung stattfinden sollte, gaben Roddys Beine nach, und er musste die restlichen Meter von den Wärtern gestützt werden. Alle notwendigen Vorbereitungen waren bereits getroffen worden, und außer dem Henker waren auch Dr. Hector Munro und der Leiter des Gefängnisses anwesend. Als man Roddy den Sack über den Kopf zog, begann er zu weinen. Mr. Sinclair vergrub sein Gesicht in den Händen. Um 8:24 Uhr wurde Roderick Macrae für tot erklärt. »Das Hängen«, so der Bericht des Arztes, »wurde in beispielhafter Weise durchgeführt, und der Gefangene erlitt keine unnötigen Qualen.«

DANK

In Bezug auf Recherche und Inspiration verdanke ich vor allem folgenden fünf Werken sehr viel: *Highland Folk Ways* von I. F. Grant (Routledge, 1961), einem unersetzlichen Kompendium zu Leben und Bräuchen des schottischen Hochlands; *The Making of the Crofting Community* von James Hunter (John Donald, 1976), dem besten Buch über die historische Entwicklung des Hochlands, das ich kenne; *Children of the Black House* von Calum Ferguson (Birlinn, 2003), das die Geschichte eher in Form von Anekdoten schildert; *The Origins of Criminology: A Reader* von Nicola Rafter (Routledge, 2009), das mich mit den Schriften von J. Bruce Thomson und anderen Pionieren auf diesem Gebiet vertraut machte; und schließlich *I, Pierre Rivière, having slaughtered my mother, my sister and my brother*, herausgegeben von Michel Foucault (Bison Books, 1982).

Außerdem bin ich dem Geschichtswissenschaftler Iain MacLennan aus Applecross sehr dankbar, sowohl für die Vielfalt an Informationen aus seinem Buch *Applecross and Its Hinterland: A Historical Miscellany* (Applecross Historical Society, 2010) wie auch für seine ausführlichen Antworten auf meine E-Mails. Auch Gordon Cameron, Kurator des Applecross Heritage Centre, hat mir viel seiner Zeit geschenkt und mir den Text des Liedes »Coille Mhùiridh« zur Verfügung gestellt, das 1820 von Donald MacRae verfasst wurde. Die Übersetzung zu »Càrn nan Uaighean« wurde mir von Francis und Kevin MacNeil vorgeschlagen.

Ich sollte hier ebenfalls die Predigten von Reverend Angus Galbraith (1837–1909) anführen, die mich zu der Grabrede seines Namensvetters in diesem Buch inspiriert haben. James Galbraiths »Aussage« gibt mehr oder weniger die Worte von Reverend John Mackenzie aus der Gemeinde Lochcarron wieder, der in seinem »Statistischen Bericht« von 1840 vermerkt: »Noch in der Mitte des vergangenen Jahrhunderts lebten die Einwohner dieses Bezirks in zügellosester Barbarei. Die Aufzeichnungen der Pfarrei, die im Jahr 1724 beginnen, strotzen von finsteren, blutigen Verbrechen und zeichnen ein Bild von Raserei, Hemmungslosigkeit und Genusssucht, wie man sie nur bei Wilden vermuten würde.«

James Bruce Thomson (1810–1873) war eine reale Person, und die Artikel, die hier im Text erwähnt werden, kann man im Internet nachlesen. Die Theorien, die Mr. Thomson im Roman vorträgt, basieren auf diesen Artikeln, aber seine Persönlichkeit und sein Wesen sind ein Produkt meiner Fantasie, ebenso wie seine Lebenserinnerungen. Die Figur des John Murdoch ist ebenfalls einer realen Person nachempfunden, nämlich dem radikalen Reformer gleichen Namens (1818–1903).

Im Jahr 2013 bekam ich einen Scottish Book Trust New Writers Award, und ich bin dieser Einrichtung zutiefst dankbar für die wunderbare Unterstützung und Ermutigung, die sie mir während der Arbeit an diesem Buch geschenkt hat. Außerdem möchte ich den stets hilfsbereiten Mitarbeitern der Mitchell Library in Glasgow und dem National Archive of Scotland in Edinburgh danken.

Trotz all der Hilfe und Beratung, die ich bekommen habe, bin ich kein Fachmann für die Zeit, in der diese Geschichte spielt, und ebenso wenig für das Leben im schottischen Hochland. Dies ist ein Roman, und ich habe mir einige Freiheiten erlaubt, was historische Fakten angeht, und, wie es Schriftsteller eben tun, manchmal auch Dinge erfunden. Selbstverständlich gehen alle Fehler, ob absichtlich oder aus Versehen, auf mein Konto.

Ganz besonders danke ich meiner Herausgeberin Sara Hunt für ihre Begeisterung, Großzügigkeit und Unterstützung während der Arbeit an diesem Buch sowie Craig Hillsley für sein sorgfältiges und einfühlsames Lektorat.

Noch eine persönliche Bemerkung: Dieses Buch wäre nie entstanden, wäre ich nicht so oft in Wester Ross gewesen, sowohl als Kind wie auch als Erwachsener, und für dieses Geschenk danke ich meinen Eltern, Gilmour und Primrose Burnet, von ganzem Herzen. Außerdem danke ich meiner lieben Freundin und Chef-Feedbackerin Victoria Evans, die immer Zeit für mich hat und deren Anmerkungen stets klug und hilfreich sind.

Und schließlich: Danke dir, Jen, für deine Geduld und Unterstützung und dafür, dass du meine schlechte Laune ertragen hast. Wie Una Macrae bist du das Sonnenlicht, das die Pflanzen nährt.

DIE THRILLER-PERLE –
einfach ultra spannend

Band 1
ISBN 978-3-95890-241-1

Band 2
ISBN 978-3-95890-242-8

Band 3
ISBN 978-3-95890-243-5
Erscheint im August 2020

Eine gesellschaftskritische Verschwörungs-
trilogie, die in Erinnerung bleiben wird.

europa-verlag.com   **EUROPA**VERLAG

HÅKAN NESSER

Die Kommissar-Van-Veeteren-Serie
Das grobmaschige Netz. Roman
Das vierte Opfer. Roman
Das falsche Urteil. Roman
Die Frau mit dem Muttermal. Roman
Der Kommissar und das Schweigen. Roman
Münsters Fall. Roman
Der unglückliche Mörder. Roman
Der Tote vom Strand. Roman
Die Schwalbe, die Katze, die Rose und der Tod. Roman
Sein letzter Fall. Roman

Weitere Kriminalromane
Barins Dreieck. Roman
Kim Novak badete nie im See Genezareth. Roman
Und Piccadilly Circus liegt nicht in Kumla. Roman
Die Schatten und der Regen. Roman
In Liebe, Agnes. Roman
Die Fliege und die Ewigkeit. Roman
Aus Doktor Klimkes Perspektive. Erzählungen
Die Perspektive des Gärtners. Roman
Die Wahrheit über Kim Novak. Roman
Himmel über London. Roman
Die Lebenden und Toten von Winsford. Roman
Der Fall Kallmann. Roman
Der Verein der Linkshänder. Roman

Die Inspektor-Barbarotti-Serie
Mensch ohne Hund. Roman
Eine ganz andere Geschichte. Roman
Das zweite Leben des Herrn Roos. Roman
Die Einsamen. Roman
Am Abend des Mordes. Roman

btb

LEIF GW PERSSON

Zwischen der Sehnsucht des Sommers und
der Kälte des Winters
Kriminalroman

Eine andere Zeit, ein anderes Leben
Kriminalroman

In guter Gesellschaft
Kriminalroman

Die Profiteure
Kriminalroman

Zweifel
Kriminalroman

Der sterbende Detektiv
Kriminalroman

Der Professor.
Wie ich Schwedens erfolgreichster Profiler wurde

Die Bäckström-Serie

Mörderische Idylle
Kriminalroman

Sühne
Kriminalroman

Der glückliche Lügner
Kriminalroman

btb